ABRE LAS ALAS

MELANIE ALEXANDER

Cubierta y diseño de portada: © Alicia Pérez Vivancos
Maquetación y diseño de interiores: Alicia Pérez Vivancos
Corrección morfosintáctica: Melanie García Gavino
Corrección ortotipográfica y de estilo: Melanie García Gavino

ISBN: 978-8460673866

AGRADECIMIENTOS

¿En serio esta es la quinta novela? ¡Dioses! Parece que fue ayer cuando escribí *Recuerdos*, la primera parte de *El grimorio de los dioses* y ya estoy aquí de nuevo dando por saco.

Esta historia en realidad salió de la nada, sinceramente, no sé ni cómo, pero he disfrutado como una niña escribiéndola, metiéndome una vez más en un mundo de fantasía que ha conseguido arrebatar de mis pensamientos todo lo malo. Sin duda batí mi propio record al escribirla, solo dos meses, pero ha estado madurando durante un año entero y espero que os guste tanto como me gusta a mí.

Una vez más tengo que agradecer a todas las personas que están ahí día tras día, apoyándome en esta intensa aventura que cada vez es más maravillosa.

En primer lugar, a la creadora de mis maravillosas portadas, mi lectora cero y uno de los más grandes apoyos que tengo en este viaje; mi querida Alicia Vivancos. Y junto a ella, mi loca Melody, mi niña de las pulseras, mi otra lectora cero que siempre está ahí para meterme la bronca.

Y también una mención especial a Ariadna Bolet, la fotógrafa que ha hecho posible esta portada tan maravillosa que me ha sacado divina de la muerte.

Sí, la de la portada soy yo.

A Aura Pop por ser como es, por estar siempre ahí.

A la gaditana con más salero del mundo que tantas ganas tenía yo de achuchar y comerme a besos, Eva María Rendón Flores.

A todas las blogueras que me apoyan, Tania, Raquel, Esther… y un largo etcétera de personas que hacen de esto algo grande.

Y como no, a mis chicas LCDE. ¿Qué haría yo sin ellas? Pues nada. Ellas son lo más. En especial quiero mencionar a Feli, D.W, Helen y Pepa porque siempre están ahí para sacarme una sonrisa, apoyarme y son las cabecillas de muchas cosas. Y Lucía por su gran apoyo y su ayuda con la corrección.

A mi padre, por ser el relaciones públicas fardando de hija.

A mi hermana, que aunque no me lea, la quiero mucho al igual que a mi querido Alex.

Y por último a mi madre, que aunque ya no está, sé que estaría orgullosa de mí. Te la dedico mamá, porque tú, eres un ángel que brilla en el cielo.

Prólogo

Mi vida era todo lo normal que puede ser una vida cuando a tu lado no hay nadie que sea un referente que te indique lo que debes hacer para avanzar en el duro camino de vivir.

Trabajo todos los días para seguir adelante junto a mi amiga Kayla, viviendo lo más normal que una mujer como yo puede hacerlo, rodeada de clientes que vuelven una y otra vez a mi tienda gracias a mi desbordante simpatía, característica que aprendí a moldear con el paso de los años.

Mi sonrisa lleva grabada en mi rostro sin desaparecer casi desde que tengo memoria. Un efectivo mecanismo de autodefensa que mucha gente cree exasperante.

Hasta para él la mantuve…

Entró en la tienda silencioso, como si fuera un espectro y sus andares fuesen como los de un *ninja* con la misión de pasar desapercibido. Algo a su alrededor me hizo creer que no era real. No conseguía ver su rostro, estaba cubierto por una capucha oscura que ensombrecía su mirada y apenas pude apreciar nada. Alto, seductor… tenía pinta de estar muy bueno, pocos de los que entraban lo estaban, pero su forma de actuar me descolocó.

—Al fin te he encontrado —exclamó. Su voz era misteriosa, suave, pero llena de fuerza. Su tono denotaba un conocimiento sobre mí que yo no comprendía.

Sonreí con amabilidad, como habría hecho con cualquier otro cliente y no atisbé que él me correspondiera.

Vuelvo a repetir que fui incapaz de ver sus facciones...

Abre las alas

Quizá era uno de esos especímenes de ser humano que venía a dar por saco. No sería la primera vez. Me había encontrado en medio de situaciones extrañas muchas veces. Si era un cliente, se comportaba de forma muy rara. Incluso aún pienso que todo fue un sueño.

—¿En qué puedo ayudarle? —pregunté.

Adiviné bajo la capucha una mirada penetrante que se clavó en mis ojos. Creo que su rostro era fino como la porcelana, capaz de quebrarse si se manipulaba demasiado brusco.

Sentí una intensa atracción. No lo comprendía. Mi cuerpo parecía reconocer algo familiar en él, casi como si fuéramos iguales y nos perteneciéramos.

Pensaréis que estoy loca.

Según mucha gente, así es. He aprendido a ignorarlos a todos. Sé perfectamente lo que tengo y lo que soy.

—Ayúdame a encontrar el *Cáliz de platino*. Tu sangre es la única que puede salvar a nuestra raza.

—¿Perdona?

¿De qué raza hablaba? ¿Cáliz? ¿Eso no era una copa? ¿Estaría borracho?

Estaba alucinando. ¿De nuevo volvía a las andadas?

Mi mente era un atolladero de pensamientos sin sentido que intentaba descifrar lo que ese extraño hombre tan sexi me quería decir. Durante unos segundos nuestras miradas se cruzaron y no parecía tener ningún tipo de sentido del humor, así que descarté que aquello fuera una broma.

El hombre no respondió a mi pregunta. De un rápido movimiento, que fui incapaz de prever, se acercó a mí, y lo último que recuerdo, es como me rodeó con sus fuertes brazos y me llevó con él.

¿RESACÓN EN LAS VEGAS?

L a melodía de *Roar* de Katy Perry penetró en mis oídos como si se tratara de una alarma contra incendios repiqueteando en mi cerebro con fuerza, me despertó de mala gana y con un dolor punzante en mi cabeza parecido al de la resaca.

¿Bebí la noche anterior?

Ni siquiera recuerdo cuándo me acosté. Muchas veces me ocurría, pero estaba acostumbrada y era un efecto secundario de todo lo que me tomaba para no volver a las andadas.

Perdonad que no me haya presentado.

Mi nombre es Holly Collins —o ese creo que es mi apellido— y vivo en el 2030 de la Avenida St. Louis de Las Vegas.

Sí, la ciudad del pecado.

¡Me encanta!

Mi vida era de lo más normal, o todo lo normal que podía ser para una persona como yo, pero bueno, eso ahora no importa, porque pienso contaros de cabo a rabo toda mi vida a pesar de que seguro que no os interesa demasiado.

Me levanté de la cama después de que la molesta alarma me arrancara de las profundidades de los sueños. Pocas veces soñaba, pero cuando lo hacía, siempre despertaba con la sensación de que todo lo que me había ocurrido era real.

Abre las alas

Consecuencias de estar loca de atar…

Faltaba media hora para marcharme a trabajar. En el 120 del bulevar Charleston estaba mi maravillosa tiendecita: *Erotic Pleasure*.

Sí. Soy la dueña de un lugar donde el placer es el producto principal y los clientes salen sonrientes gracias a mí.

No, no soy prostituta, hasta eso no llego, pero sí que regento una tienda erótica que me encanta y me hace feliz. Comencé a trabajar allí con diecisiete años para una mujer llamada Morrigan, la antigua dueña, a la cual echo muchísimos de menos. Hace ya dos años que murió, y como no tenía familia, heredé su tienda para mantenerla a flote en una ciudad donde prácticamente todo está al alcance del ser humano. Mi sueldo no era muy boyante, pero me daba para vivir con comodidad en mi ático junto a Kayla, mi mejor amiga.

—¡Venga, dormilona! —gritó Kayla desde el otro lado de la puerta.

Abrí los ojos al fin después de resistirme a la tentación y levanté el trasero de la cama. El ático en el que vivíamos tenía unos cien metros cuadrados, por suerte, con un baño en las dos habitaciones que lo componían. Kayla era una tardona, y yo, a veces, también.

Antes de entrar a asearme estiré el edredón negro, puse unos cojines morados sobre la almohada y un osito de peluche que Kayla me regaló hacía unos años. Me encantaba mi habitación. Cada recoveco era un reflejo de mi estilo. Deslicé las cortinas rojas a un lado y la luz solar bañó la estancia. Las paredes en tonos grisáceos hacían que el sol no fuera molesto. Varios vinilos orientales cubrían las lisas paredes.

Mi habitación era moderna, casi zen, una filosofía que me gustaba aplicar en mi vida. La puerta del baño estaba a la derecha, justo al lado de un armario empotrado en la pared de madera color nogal que conjuntaba con el resto del mobiliario. Me quité el camisón de dormir y me quedé desnuda para darme una ducha rápida antes de ir a trabajar. Esperaba que el agua reactivara mi cuerpo, porque si por mi fuera, volvería al calor de las sábanas.

¡Lo que había que hacer para sobrevivir!

Cinco minutos más tarde me coloqué ante el espejo desnuda para ter-

minar de arreglarme. Los hombres se fijaban bastante en mí. No quería sonar como una creída, pero por suerte o por desgracia —dependiendo del caso—, era así. Muchos decían que era por mis ojos, otros por mi sedoso y largo pelo. Lo cierto era que ambos se mostraban espectaculares y yo misma me preguntaba una y otra vez si mi madre o mi padre tuvieron los mismos rasgos que yo.

Jamás los conocí.

Saqué del cajón del lavabo mi estuche de maquillaje y apliqué la base y un poquito de colorete. Mi piel era de un tono muy pálido, blanca como la nieve en el invierno, junto con mi pelo rubio casi blanco, parecía una deidad nórdica. Era del color en que queda la decoloración llevada a cabo en una peluquería, aunque cuando intentaba demostrar que mi tono era natural, nadie se lo creía por el hecho de que mis cejas eran de un tono más oscuro. Si hubieran sido exactamente igual que mi pelo, definitivamente se debería a que era albina, pero no.

No me importaba mucho lo que la gente pensara de mí. Era natural, además de largo y liso. Tampoco llevaba extensiones.

Maquillé mis ojos con un poquito de sombra morada y la marca de agua con delineador negro. Eso conseguía hacer que el color de mis ojos fuera todavía más vistoso, morado con destellos grises. Según los médicos, un color muy fuera de lo normal que podía deberse a un gen recesivo de mis padres. Jamás lograría descubrir si eso era así. Después de terminar pintándome los labios de color rojo, escogí de mi inmenso armario un vestido corto de palabra de honor en azul eléctrico. Me encantaban los colores fuertes y vistosos, también los vestidos cortos. Mostraban las partes que más me gustaban de mi cuerpo: los tatuajes. Obras de arte que daban color a mi blanca piel, no paraba de hacerme uno detrás de otro, a cada cual más vistoso.

Salí después de colocarme una cazadora negra. Kayla me esperaba con un sándwich en sus manos para desayunar por el camino, lista para marcharnos juntas a trabajar.

—Ya era hora. Son las diez, llegamos tarde —murmuró.

—Lo sé, lo sé. No te preocupes.

Abre las alas

Aunque fuera la dueña, no me gustaba llegar tarde a mi puesto de trabajo. Suerte que estaba a diez minutos y el camino fue corto.

—¿Qué tal tu cita de ayer?

—¿Cita?

Dejé las llaves sobre el mostrador y giré mi mirada en dirección a Kayla como la niña de *El Exorcista*.

¿De qué demonios hablaba? ¿Tuve una cita y yo no me enteré?

—Sí, claro. Ayer vino un tío y te fuiste con él sin avisarme. No me dio tiempo a verlo, me tenías reponiendo género, pero logré ver su cuerpo de espaldas y, déjame decirte una cosa, tenía pinta de estar buenísimo —explicó. Por la mirada que le eché creo que se dio cuenta de que no sabía de qué demonios me estaba hablando.

Supongo que si había pasado la noche con alguien lo recordaría, aunque si bebí cuando me marché de la tienda, podría explicarme a mí misma por qué no lo recordaba. El dolor de cabeza con el que me había levantado podría ser obra del alcohol a la perfección. No solía beber mucho, pero salir por Las Vegas y no hacerlo, era casi como vivir en el polo norte y no tener una chaqueta con la que abrigarse.

—Llegaste a casa bastante tarde —continuó Kayla.

—Pues tía, te juro que no me acuerdo. —Puse una mueca.

Solo recordaba mi extraño sueño. Alguien me sacó de la tienda diciéndome cosas sin sentido que me dejaron boquiabierta. Parecía un loco, la única conclusión que mi estúpida y loca mente lograba sacar en claro de la explicación de mi amiga, era que mi sueño no tenía nada que ver con lo que hice en realidad. Así que deseché la opción de que el misterioso hombre con el que tuve la cita, fuera el mismo que el de mi sueño, ergo estoy más loca de lo que creía.

—Pues que pena. Estaba ansiosa por conocer todos los detalles. —Me guiñó un ojo socarrona.

—Ya sabes que muchas veces no recuerdo ni lo que hago. Siento intriga, pero ¿sabes qué?, paso de todo —sonreí.

Kayla me devolvió la sonrisa. Me admiraba porque a pesar de llevar sobre mis hombros una carga tan pesada, seguía adelante y vivía el día

a día al máximo.

La vida constaba de dos días y nadie más que uno mismo podía vivirla, sin reservas, aprovechando hasta el último momento.

Kayla McCabe era la única que lograba comprenderme. Con su metro sesenta de altura y sus curvas de infarto acompañadas por un sedoso pelo castaño, a conjunto con sus ojos, era una chica impresionante capaz de dejar boqueando a quien quisiera con su carácter abierto y lleno de vida. Ella era la única persona de todas las que había conocido en mi vida, que no me juzgó ni rechazó por lo que tenía. Al contrario, me apoyó desde el principio y me brindó su amistad hasta el punto de compartir nuestras vidas

Los clientes comenzaron a entrar en la tienda. En un Sex Shop podías encontrarte de todo. La gente que pasaba la noche de fiesta se acercaba sin dormir —la mayoría borrachos, junto a los ligues con los que pasarían una velada de pasión y desenfreno—, y salían con todo tipo de productos que conseguía venderles.

Aunque a más de uno me hubiera gustado darle un buen tortazo en sus caras de babosos, aguantaba como una campeona. En mi rostro siempre se encontraba una sonrisa prefabricada que ya conseguía que pareciese natural. Después de muchos años de práctica, ese era mi sello de identidad y aunque por dentro quisiera estrangular al capullo que se me ponía por delante, mi sonrisa hablaba por mí, ayudándome a mantener el control.

Cuando finges durante tanto tiempo, tu yo interior se acostumbra a mantenerse al margen. Una bestia habitaba en mí, para eso, ya tenía un remedio que cada vez me parecía más ineficaz, pero por ahora, funcionaba. A veces…

Salí del mostrador cuando en el cuarto pasillo —el de artículos *Bondage*—, escuché bastante escándalo. Un hombre de unos cuarenta años jugueteaba con la falda de una joven que no debía tener más de veinte y ambos reían. Pude atisbar la erección desde mi posición y como ella se resistía a desnudarse allí mismo.

¡Puaj!

Abre las alas

A veces desearía poder arrancarme los ojos, por suerte, no era lo peor que me había encontrado en mis seis años como dependienta de la tienda.

—¿Puedo ayudarles en algo? —sonreí con amabilidad. Noté la mirada lasciva que me lanzó el hombre. No hacía falta que hablara para saber que me cambiaría por su bomboncito juvenil si tuviera la oportunidad. Sus ojos estaban puestos en mis pechos y cuando su chica se dio cuenta, me miró con odio.

¡Bah! Estaba acostumbrada, no me amedrentaban.

La ignoré.

—¿Tienes algo para atar a este bellezón en mi cama? —Le dio un mordisquito en el cuello y la chica rio. Ya no me taladraba con la mirada, satisfecha por volver a ser el centro de atención.

—Por supuesto. —Saqué de la estantería situada a mi lado varios modelos de amarres para las camas, de seda, cuero, nylon… Tenía de todos los tipos.

Los dos los miraban entre risas estruendosas y tuve que apartarme un poco al notar el olor a alcohol que desprendían sus enormes bocazas. Se me hacía insoportable. La chica parecía idiota asintiendo a todo lo que le decía, intentaba parecer un sabihondo sobre todo lo relacionado con el sexo.

Tuve que aguantar sus análisis detallados de todo lo que le haría a la mujer una vez la tuviera en su cama mientras se decidían cuál coger.

—Vaya, este es para dos —exclamó—. ¿Te gustaría apuntarte? —me propuso guiñándome un ojo, enseñando a su vez sus amarillentos dientes.

«¡Voy a vomitar!», pensé.

Mi cara seguía sonriente cuando contesté:

—No gracias, yo ya estoy servida.

Era mentira, por supuesto. No tenía a nadie en mi vida en ese instante. Me bastaban y me servían los productos que yo misma me administraba para mi propio placer.

¿Para qué acostarse con un hombre? Con los vibradores con más de

16

siete posiciones los orgasmos eran un regalo detrás de otro que jamás se agotaba. Los hombres a duras penas conseguían que tuviera uno, eso, si eran buenos.

Los vibradores eran el futuro. Además, no te mandan ni tampoco les tienes que hacer la comida, ni te imponen reglas absurdas como si fueras una niña de diez años.

A mis veintidós, no había tenido nada más que una relación estable y duró un año. Después de perder mi virginidad con él de forma desastrosa, sin sentir ni pizca de placer, continué un tiempo pensando que la cosa mejoraría, pero no, así que lo dejé. No me aportaba nada y no estaba enamorada. Tuve varias relaciones más y después me decanté por los rollos de una noche. Lo bueno de vivir en Las Vegas era que la gente no se comprometía. Justo lo que yo necesitaba.

—Qué pena... Te aseguro que lo habríamos pasado estupendamente. —Volvió a guiñarme el ojo y bufé interiormente.

Mi cara y mi mente decían cosas completamente distintas.

—No lo dudo, señor. Entonces, ¿cuál prefiere? —pregunté para cerrar de una vez por todas la venta.

Al final, después de otros cinco interminables minutos sin ser capaz de decidirse, la chica lo convenció para que se los llevara todos, deseosa de tener al fin su noche de placer. Por mí perfecto, más dinero.

Cuando al fin se marcharon, Kayla soltó una carcajada al ver mi expresión. Había sido consciente de toda la conversación y aguantó la risa hasta el final de forma estoica.

—¿Te puedes creer que me ha invitado a hacer un trío? La gente está fatal.

Kayla rio todavía más.

—Trabajas en un Sex Shop, cariño. ¿Qué esperabas?

—Me encanta mi trabajo, es muy divertido, pero odio a los tíos así. ¡Ni que fuera una prostituta!

—¿Quién sabe? Quizá te hubieras divertido —sonrió.

—No tiene gracia —fruncí el ceño, pero sí la tenía.

En los seis años que llevaba trabajando en Erotic Pleasure había visto prácticamente de todo. Con solo diecisiete años ya vendía todo aquello, al principio, hubo una temporada en la que me escandalizaba debido a mi corta edad. Fueron muchas las ocasiones en las que los clientes se ponían a probar los juguetes en medio de los pasillos, por supuesto, después de hacerlo, se los llevaban. Además de que el número de proposiciones indecentes que me habían hecho, era más elevado que cuando salía de fiesta. Acabé por acostumbrarme. Al final, tenía cientos de anécdotas que contar a la gente. Era divertido.

Salí a comer con Kayla cuando cerramos al mediodía. El cielo estaba despejado, sin ninguna nube que lo cubriera y el sol brillaba convirtiéndose en sofocante. Estábamos en marzo y la primavera auguraba un caluroso verano y muchas quemaduras en mi blanco cuerpo.

En el 3655 del sur de *Las Vegas Boulevard*, se alzaba la torre Eiffel de París convertida en restaurante. Solíamos ir muy a menudo y se comía de fábula. Ese día estaba atestado de turistas, pero como todos los viernes, Richard, nuestro camarero favorito, nos guardó nuestra mesa habitual junto a la ventana. Se mostraba una estupenda vista de la zona más transitada de Las Vegas, con sus majestuosos hoteles y la fuente que por las noches se llenaba de gente para ver un precioso espectáculo que yo ya sabía de memoria.

—¿Cómo están mis chicas favoritas? Lo de siempre, ¿no? —Richard sacó su libreta de pedidos y nosotras asentimos mientras él apuntaba. Nos apetecía una parrillada de carne. Siempre estaba deliciosa.

Se marchó a por nuestro pedido y observé como Kayla lo seguía con la mirada, mirando su trasero.

—¿Soy yo, o este tío cada día está más bueno? —me preguntó sin dejar de mirarlo—. Debí haber aceptado cuando me pidió una cita. ¿Has visto lo prieto que tiene el culo?

Sonreí. La verdad era que después de mirarlo durante unos segundos, debía darle toda la razón.

—Pues pídeselo tú. Estará encantado —respondí.

Kayla frunció el ceño. Ella era chapada a la antigua en cuanto a citas se refería. Tenía cierto encanto su forma de pensar. Decía que los hom-

bres se lo tenían que currar y dar el primer paso. Ella jamás se lanzaría a pedirle de salir. Si de verdad alguien sentía interés, debía demostrarlo.

Mi opinión era completamente distinta.

Yo elegía, no ellos. Resultaba más sencillo y aunque pudiera parecer una buscona, cualquiera no tenía lo que debía tener para que yo lo aceptara. En pleno siglo XXI era libre de tomar mis propias decisiones, y si alguien me juzgaba por lo que hacía, básicamente le podían dar por culo. La libertad era un derecho humano del que yo disfrutaba como quería. La forma en que lo hacía, no tenía por qué ser del interés de nadie. La injusticia de que la gente se entretuviera en criticar sin saber me molestaba desde que era pequeña, todo por pura maldad. El ser humano se divertía criticando, faltando al respeto y metiéndose en asuntos ajenos para hacer que sus patéticas vidas dejaran de serlo por un rato, fijándose en las miserias del resto.

—Yo no me voy con nadie si no me invitan —respondió al fin. Vi en su mirada que en realidad le gustaría hacerlo.

Kayla fue criada en una familia católica y su madre le inculcó a fuego todas esas ideas. Cuando se enteró de que su hija trabajaba conmigo, puso el grito en el cielo e incluso llamó a un grupo ultrarreligioso con la intención de cerrarme el chiringuito. Por suerte, la sangre no llegó al río.

Comimos en silencio. Mi mente no dejaba de divagar una y otra vez pensando en ese hombre misterioso, tanto por el de mi sueño, como con el que me había ido la noche anterior. Durante toda la mañana formó parte de mis pensamientos, sin embargo, no lograba distinguir entre la realidad y la ficción. Todo era confuso y no me hacía bien imaginarme las cosas en mi cabeza, uno de mis mayores problemas era la capacidad de mi mente de inventar situaciones que creía como reales.

Recordé que todavía no me había tomado mis pastillas y las saqué del bolso. Kayla no me quitaba el ojo de encima.

—¿No son demasiadas? —preguntó.

Me encogí de hombros. Yo pensaba lo mismo, cada vez me aumentaban más la dosis. Cada cierto tiempo dejaban de hacerme efecto y las alucinaciones que tenía desde que tengo memoria, volvían para atormentarme. Eran mejor las pastillas que volver a pasar por el infierno que viví con tan solo doce años por culpa de mis últimos padres adoptivos. No estaba dispuesta a repetirlo. Era una mujer fuerte, una superviviente en un mundo donde ciertos temas seguían siendo tabú, los humanos, teníamos la extraña manía de utilizar tratamientos agresivos y sin sentido con el propósito de anular a las personas.

Conmigo no lo consiguieron, lo neutralizaron, pero era consciente de que en mi interior había algo que no funcionaba bien. Aprendí a vivir con ello. Eso era lo único que me importaba y jamás volvería a darle el placer a nadie de verme destrozada. Mi cara siempre les transmitía una felicidad que en realidad no sentía.

—No puedo hacer otra cosa. Si los médicos dicen que esto me mantendrá controlada, será verdad.

—¿Pero a qué precio, Holly? Últimamente olvidas lo que haces. Ayer te marchaste sin avisar y hace un par de semanas despertaste en Los Ángeles y no sabes ni siquiera por qué fuiste allí. ¿Has leído todas las contraindicaciones de lo que te tomas?

Asentí. Me sabía los malditos prospectos de memoria, al menos eso no lo olvidaba.

—Tranquila Kay. Yo controlo —sonreí.

Restarle importancia no me funcionaba con ella, solo la hacía callar por el momento.

Volvimos al trabajo después de la comida y apenas tuvimos tiempo de entablar conversación. Esa noche habría cuatro despedidas de soltero y los amigos de los novios nos tuvieron toda la tarde de arriba para abajo para ayudarles a encontrar los complementos que usarían durante la noche.

Cerramos más tarde de lo habitual, era necesario, hicimos mucha caja y merecía la pena el esfuerzo. Las noches de Las Vegas no eran muy frías, pero al salir a la calle para volver a casa, tuvimos que abrigarnos. La luna llena brillaba y me prendé de su luz mientras caminábamos. Era abrumador, lanzaba destellos por todo el firmamento, acompañada por las estrellas. A veces sentía que podía alcanzarlas. Me encantaría poder surcar los cielos cuando la noche se mostraba así de espléndida y ver la ciudad desde allí. Estaba segura de que sería espectacular visualizar las luces de los hoteles y casinos con vida propia de la ciudad.

Cuando llegamos a nuestro edificio, Kayla rebuscó en su bolso para encontrar las llaves. Alcé la vista hasta nuestro ático y noté una extraña sensación. Nuestra terraza daba a la calle y en ella logré ver una sombra. Caminé unos pasos hacia atrás para tener mejor perspectiva y entonces lo vi…

Un hombre estaba de pie, mirando al interior de nuestra casa.

A mi habitación, para ser más específica.

Su espalda me resultaba familiar. ¿Lo conocía?

¿Qué cojones hacía un tipo en nuestro balcón?

—Kayla, ven aquí. —La llamé en un susurro sin quitar la vista de la figura inmóvil de la terraza.

Quien estuviera intentando entrar tampoco parecía maniobrar para conseguirlo. Su quietud era sorprendente. Yo misma era incapaz de estar dos segundos enteros como una estatua sin sentir el impulso de al menos mover un dedo.

Kayla no me hacía ni caso, seguía concentrada buscando las llaves entre el desorden de su bolso. Podría hacer como yo, llevarlo todo en los bolsillos, o al menos comprarse un bolso de tamaño normal, no el maletón que medía casi más que ella que se empeñó en adquirir en un puesto callejero.

—¡Kay! —la llamé subiendo demasiado el tono.

El hombre pareció percatarse de nuestra presencia. Juro que pude sentir su mirada traspasándome el cuerpo entero. Parecía enfadado, aunque también curioso por mi voz. No era una chica que me asustara con facilidad, pero ese tío lo consiguió con solo mirarme.

Había algo embriagador en su aura.

¿Qué sabía yo de auras?

—Kayla, hay alguien en nuestra terraza —exclamé llamando al fin su atención.

Logré atisbar una mueca de disgusto en el ser. Le habíamos cortado

Abre las alas

todo el rollo.

—Está ahí —señalé cuando mi amiga al fin se reunió conmigo. Conseguí asustarla, pero os prometo que yo lo estaba más.

El nivel de vandalismo en Las Vegas era enorme. Me habían atacado varias veces, aunque nunca intentaron irrumpir en mi propia casa. Además, ¿cómo había llegado hasta ahí arriba? No había cuerdas que delataran su intrusión atadas a la barandilla, aunque era un edificio de solo tres pisos además del ático, había como diez metros desde mi terraza hasta el suelo que yo pisaba.

Kayla echó un vistazo y luego me miró.

—Holly, ahí no hay nadie. ¡Por un momento me habías asustado de verdad, capulla!

Volví a alzar la vista y mi amiga tenía razón.

No había nadie.

El hombre había desaparecido sin dejar rastro y la terraza estaba tan oscura como la noche.

MI HOMBRE MISTERIOSO

Me pasé la noche en vela dando vueltas en la cama sin conseguir conciliar el sueño de ninguna de las maneras. Estaba segura de lo que había visto. La imagen de ese hombre era tan real como el pellizco que me di en el brazo cuando entré en mi habitación. Tenía un hematoma justo al lado de mi tatuaje a todo color de cuatro flores de cerezo rosadas, con un árbol casi seco a su alrededor.

Mordisqueé el piercing del centro de mi labio superior y fijé la vista en el Buda dorado de vinilo que adornaba mi pared oscura, como si el gordito dios fuera el elegido para abrir mi embotada mente que funcionaba a trompicones después de pasar la noche sin dormir. Kayla se quedó bastante preocupada cuando entramos, al final la convencí de que no pasaba nada y logré hacerle creer que le había gastado una broma.

Al principio sospechó, pero después de años gastándole bromas de mal gusto, coló. Me costó fingir estar bien durante la cena, aunque lo logré. Una vez en mi habitación, ya no lo hice.

La terraza tenía dos accesos, uno era desde mi habitación, el hombre misterioso estuvo justo delante de mi ventanal. Al inicio de la noche cerré las cortinas, así si aparecía, al menos no lo vería mientras intentaba dormir, pero después de varios intentos por conseguirlo, las descorrí y salí allí con mi camisón morado a buscar pistas, cual agente del CSI.

Abre las alas

No encontré nada fuera de lo normal más que una enorme cucaracha que me hizo dar un brinco. Al menos no grité y Kayla no se despertó. Cogí una maceta del suelo y la aplasté, satisfecha por haber terminado mi misión sin huir despavorida del asqueroso bicho. Luego me senté de nuevo en mi cómodo colchón y así seguí hasta que amaneció.

Nadie se presento en mi ventana a decirme *«Oye, que vengo a robarte. Ábreme».* El «por favor» sobraba en la situación.

Era sábado y solo abríamos por la tarde, así que tenía una larga mañana por delante para seguir pensando en lo ocurrido.

Me resultó familiar desde que lo vi. En su momento no me paré a examinar con detalle su imagen, porque el hecho de creer que me iban a robar, nubló todo lo demás. Por suerte, mi mente recordaba lo que quería, en esa ocasión, las escasas facciones que logré visualizar de mi inquilino.

Era el hombre de mis sueños. No ese con el que toda mujer sueña toparse algún día con la certeza de que será el padre de sus hijos y todo el rollo ese de cuento de hadas que nos venden cuando somos pequeñas —a mí eso me resultaba como un programa malo de televisión—, sino al hombre que me sacó de la tienda y soltó aquellas cosas tan extrañas por su boca que ya apenas recordaba.

—Puede que un golpe en la cabeza me quite las tonterías —me dije a mí misma en voz alta para convencerme.

Era genial hablar sola y elucubrar sobre mis teorías en voz alta. El problema llegaba cuando yo misma me llevaba la contraria y mi conversación se convertía en una discusión que no llegaba a ninguna parte. Tal y como me acababa de ocurrir, por no mencionar al angelito y al diablito que aparecían de vez en cuando, uno en cada hombro.

Si me concentraba, aun podía sentir la mirada de ese chico puesta en mí. Si no me equivocaba, sus ojos eran de un azul tan claro como el cielo despejado en un día de verano, con un brillo que me embrujó durante los segundos que estuvimos en contacto. No logré ver mucho. Ni siquiera vislumbré el color de su pelo, pero por la silueta, deduje que medía aproximadamente un metro noventa y cinco, por su estructura, debía tener un cuerpo ejercitado en un gimnasio durante varios días a la semana. Kayla seguramente se habría fijado en su culo y yo juraría que debía ser muy prieto.

¿Qué hacía pensando en esas cosas? Fuera real o no, yo lo había visto y más que preocuparme por su aspecto, debería descubrir qué pasaba. O qué me pasaba a mí…

Mi escasa vida sexual con penes de carne y hueso hacía estragos en mi torturada mente, mis hormonas —ya de por sí revolucionadas—, bailaban la conga en mis entrañas cuando mis ojos visualizaban algo medianamente atractivo. Ese misterioso hombre, no dudaba que lo fuera.

Comenzaba a pensar que me lo había imaginado. Después de horas dándole vueltas era lo único que se me ocurría. No sería la primera vez… Haberlo soñado no me inquietaba tanto como verlo despierta. Desde los doce años no me pasaba algo así.

Me toqué las muñecas y acaricié con los dedos una cicatriz ahora cubierta por un tatuaje. Verla me traía malos recuerdos porque no era la única que tenía.

¿Estaban volviendo las alucinaciones? Después de doce años medianamente bien, ¿tendrían que volverme a hacer lo mismo?

Esperaba de todo corazón que no. Era tan solo una niña aterrada cuando ocurrió. Once años después, seguía dándome pánico recordarlo.

No sabía si contárselo a los médicos. Por una vez no pasaba nada, ¿verdad?

Intentaba pensar que a lo mejor solo necesitaba unas cuantas pastillas más para mantenerme bajo control.

Mi estómago rugió con fuerza. Estaba tan absorta en mis turbulentos pensamientos llenos de fantasía, que las horas pasaron sin apenas darme cuenta. El reloj despertador de mi mesita sonó marcando la una del mediodía.

Me tapé con una bata de seda del mismo color de mi camisón. Un precioso conjunto que me vendí yo misma, sexi a rabiar, y salí por la puerta en busca de la cocina meneando las caderas.

Las voces en el salón me alertaron de que había alguien más que Kayla

en casa. Una voz masculina, demasiado familiar e irritante, penetró en mis oídos y solté un bufido.

—¿Pero qué ven mis ojos? Si es la Madame Vibrador.

—Gilipollas.

—No empecéis.

Aidan tenía instalada en su cara una sonrisa socarrona que hacía que me cabreara. Su sola presencia me molestaba. Quizá no era mal chico, pero desde que lo conocí, siempre utilizó conmigo un vocabulario ofensivo capaz de destruir mi perpetua sonrisa. Convertía mi cara en una mueca de hastío que no desaparecía hasta que él se largaba por la puerta.

Con una altura considerable de nada más y nada menos que un metro noventa, acompañado por un pelo corto castaño y ojos del mismo color, Aidan era idéntico a su hermana, con la única diferencia de que Kayla me caía bien, y él, no.

Su porte atractivo era centro de las miradas del sexo femenino. Tenía la misma fina piel que su hermana y una mirada hermosa. O eso era lo que opinaban las demás, porque conmigo, siempre tenía una mueca de burla plantada en su cara y yo me moría de ganas por darle un puñetazo.

Puede que el hecho de besarlo estando borracha me perjudicara. Por suerte, la cosa no llegó a más, desde entonces, nos hemos odiado y puteado mutuamente. Antes de eso, incluso lo consideraba un gran amigo.

—Qué alegría, si está aquí el vividor follador —ironicé.

—Kay, tu amiga es siempre tan agradable… —dramatizó.

Lo ignoré y caminé ante él, que estaba en «mi» sofá repanchingado con los pies sobre la mesa de centro y entré en la cocina que estaba justo al fondo del salón. Rebusqué en los armarios algo con lo que alimentar mi cuerpo serrano y unos deliciosos pastelitos rellenos de mucho chocolate llamó mi atención. El sabor de los dulces era tan maravilloso como el sexo. Volví y de un manotazo le hice bajar los pies al suelo a Aidan para abrirme camino hasta mi sitio del sofá; la esquina derecha.

—¿Qué comemos hoy? —pregunté a Kayla. Teníamos la nevera prácticamente vacía y nuestras opciones estaban en pedir chino, japonés, pizza o bajar al McDonald's de la calle de al lado. Parecía que en Las

Vegas fuera obligatorio salir a la calle para cualquier cosa, y lo cierto era que no tenía ganas de hacerlo hasta que tuviera que abrir la tienda.

—Chino —respondió—. Estará a punto de llegar, así que no comas muchos pastelitos.

Me miró con cierta envidia. Kayla odiaba que comprara todas las porquerías que metía en mi cuerpo y no engordara ni un solo gramo porque ella se lo tenía prohibido a sí misma. Su cuerpo rellenito la hacía muy sexi y seductora, pero si se pasaba mucho, engordaba y os juro que aguantarla cuando no le cabía un pantalón, era una auténtica tortura. Siempre se preguntaba con quién pactaba para que el chocolate no engordara mi culo ya de por sí respingón. Lo tengo prieto y fuerte. No demasiado grande.

Le di un bocado al pastelito y un chorretón de chocolate resbaló por mi barbilla, cayéndome en el pecho. De inmediato noté la mirada de Aidan puesta en mis tetas y lo fulminé con mis ojos morados.

No sirvió de nada. La mancha de chocolate de mi teta lo tenía distraído por completo, aumentando su cara de gilipollas.

—¿Quieres lamerlo? —pregunté con todo el sarcasmo que podía generar mi voz. Aidan levantó la vista y me guiñó un ojo.

—Ya te gustaría a ti, bonita. No todas tienen el privilegio de que esta lengua lama sus pechos —respondió enseñando la húmeda cavidad.

—Solo las menores, imagino. El resto de féminas están infectadas por el virus del picha corta —sonreí enseñando los dientes manchados de chocolate con maldad.

Pasaron unos segundos en los que ambos mantuvimos un incómodo silencio y cuando vi la intención de Aidan para contestarme con alguno de sus mordaces comentarios, el timbre sonó y pude oler como al otro lado de la puerta mi comida llegaba.

—Aidan, trae platos y vasos —pidió Kayla mientras poníamos la mesa.

—¿Qué hace aquí? —le pregunté nada más perderlo de vista.

Su hermano tenía la extraña costumbre de dar por saco más de lo necesario. Kayla y él estaban muy unidos. Algo incomprensible por completo para mí, porque no tenía familia, si la tuviera, tener un hermano tan egocéntrico como él resultaría insoportable.

—Papá y mamá lo han echado de casa. Volvió borracho.

—Menuda perlita… —susurré.

Encima de egocéntrico, capullo. Con veintinueve años aun vivía con sus papis y al parecer estos lo trataban como si tuviera diez.

Normal. Era un descarriado…

—Se va a quedar unos días con nosotras. —Rodé los ojos—. Espero que no te importe…

¡Claro que me importaba! Kayla me lanzó esa mirada a la que no se le podía decir a nada que no. Sus ojos parecían aumentar de tamaño y el pucherito enternecedor se clavaba en lo más profundo de mi corazón.

¿Por qué había tenido que perfeccionar la miradita del gato de Shrek?

—Odio que me mires así y por supuesto que me molesta que el playboy se quede aquí, pero pagas el piso conmigo y tienes libertad para hacer lo que se te antoje —acepté a regañadientes.

—Gracias, cariño. ¡Haré lo posible para que no te moleste!

—Eso sí que es imposible...

—Un poco —admitió—. Por cierto, ¿por qué tienes esas ojeras? Aun estás maquillada. La verdad es que tienes un aspecto horrible —habló con rapidez al darse cuenta de mi patético estado.

—No he dormido una mierda —reconocí—. Creo que estoy volviendo a tener alucinaciones.

Kayla sabía toda la historia de mi vida, además de los médicos que me habían tratado y la vieja loca del orfanato donde me crié. No confiaba mis secretos a demasiadas personas, porque apenas ninguna lo entendía. Ella no me juzgaba, escuchaba y me daba consejo sin meterse demasiado.

Me dijo que fuera al psiquiatra, hacía meses que no iba. La última vez fue para aumentar la dosis y aunque los especialistas creían que tenía que hacer visitas periódicas, me pasé sus recomendaciones por el arco de triunfo. Quizá la consecuencia de no hacerlo desencadenaba aquello, sin embargo, no tenía crisis nerviosas que me llevaran a la locura. Si alguna vez me volvía a ocurrir, entonces pondría cartas en el asunto para arreglarlo.

Me hizo prometerle que iría y no lo vi mal. Contarle mi vida a la gente me resultaba cuando menos incómodo, pero últimamente me sentía con la cabeza más embotada que de costumbre y debía ponerle remedio. Antes de que la cosa fuera a peor…

Me tranquilizaba que, al menos, mis supuestas alucinaciones no contuvieran monstruos como las que me asolaban de niña. Si entonces todas hubieran tratado de un tío que parecía atractivo, habría firmado donde fuera para que siempre apareciera.

La cosa estaba en que también eran diferentes a cómo se mostraban en mi niñez. Solía ocurrirme paseando por la calle.

La primera vez que me pasó, tenía solo cinco años e iba con la primera madre adoptiva que tuve, Shade. Por aquel entonces vivía en Los Ángeles, en el barrio de Pasadena. Recuerdo que estaba muy feliz por haber encontrado al fin una familia que quisiera quedarse conmigo. Anhelaba tener una vida normal como la de los niños con los que iba al colegio, siendo la niña consentida de una pareja que, como yo, ansiara tener un bonito ambiente familiar.

Al principio todo era maravilloso. Shade y Peter me mimaban como a una hija y me compraban casi todo lo que les pedía para hacerme feliz. Salíamos juntos al parque, de cena, e incluso me llevaron a un parque de atracciones para conocer a *Mickey* y sus amigos.

Pero la felicidad apenas duró un par de meses.

Uno de los tantos días en los que salimos a pasear por las calles de Pasadena, se torció todo. Era de noche, hacía frío y Shade le insistió a Peter para que volviéramos a casa porque no quería que yo enfermara. Estaba a punto de comenzar a llover.

La oscuridad de la noche me inquietó. Cogida de la mano de mis padres adoptivos, observaba todo lo que me rodeaba. En la esquina de un callejón algo llamó mi atención. Había un grupo de personas reunido que obraba en silencio. Mi madre caminó más deprisa al observarlos, yo continué con la vista fija en aquellos desconocidos y me asusté cuando unos seres con alas negras descendieron dispuestos a atacar.

Por supuesto, inocente de mí, lo conté al instante y después de que Shade y Peter desviaran su mirada hasta el lugar para comprobar lo que yo había visto, no vieron nada.

Después la cosa empeoró.

En un principio no se preocuparon, creyeron que era mi forma de llamar la atención. Tras mi insistencia en decir y describir con detalle todo lo que veía, aterrada y con miedo de que los monstruos me atacaran, decidieron llevarme al hospital para que me examinaran.

Me hicieron cientos de pruebas hasta dar supuestamente con lo que tenía. Entonces mis padres adoptivos, preocupados por las insinuaciones del médico de que la cosa podría empeorar hasta el punto de no ser capaz de volver en mí, me devolvieron al orfanato en el que había crecido.

Era una niña defectuosa que no se podía reparar.

Salí de mis tortuosos pensamientos cuando la molesta voz de Aidan me indicó que volvía con los platos y cubiertos para comenzar a comer.

—Supongo que mi hermanita ya te ha dicho que me quedo unos días, Madame Holly —murmuró socarrón. Fruncí el ceño.

Odiaba que me llamara Madame, como si trabajar en un Sex Shop fuera lo mismo que ser prostituta. El maldito niñato sabía qué decir para tocarme los ovarios.

—Por supuesto. ¿No ves la ilusión en mi bello rostro? Tu sola presencia hace que mi cutis sea sedoso —ironicé.

—Tu cutis parece de todo menos sedoso. Tus pintas son de terror. Ni siquiera te has desmaquillado. Menuda borrachera debiste pillar anoche —espetó con desdén sacando sus propias conclusiones.

Lo cierto era que tenía razón a la hora de describir mi estado. Esa mañana era incapaz de mostrar mi encanto habitual. Tenía mucho sueño, faltaba una hora para irme al trabajo y encima se me había metido ese capullo en casa.

No le respondí. Decidí ignorarlo con descaro y Kayla me lo agradeció con la mirada. Si Aidan y yo comenzábamos una discusión, esta podía alargarse hasta el infinito y más allá. Mi tiempo era demasiado valioso como para perderlo con discusiones infantiles que sacaban lo peor de mí. Ahora que parecía que mi problema mental volvía a emerger, atormentando mis días, no quería provocar situaciones que pudieran perjudicarme más, o Aidan podría salir muy mal parado como perdiera los estribos.

Recogí la mesa en silencio para marcharme directa a la ducha y arreglarme para el trabajo. Luego salí junto a Kayla, pensando en poner una cámara de vigilancia en casa para controlar a Aidan.

La tardé pasó deprisa sin más contratiempos que el trabajar duro. Kayla salió unos minutos antes. Quedó con unos amigos, aunque me ofreció unirme a ella puesto que era sábado, me negué en rotundo. Estaba agotada por completo, si no fuera porque en la tienda no tenía un colchón como el de mi casa, de ahí no me movía.

Plantar mi hermoso culo en mi cama era en lo único en que pensaba.

La sensación de ser observada apareció en mi interior tras recorrer el camino de vuelta a casa. Como una paranoica, giré la cabeza de un lado a otro varias veces, aumentando mi ritmo al caminar. Intenté pensar en otra cosa, pero conforme pasaba por las callejuelas vacías, la sensación aumentó.

Paré con brusquedad. Apenas faltaban unos metros hasta llegar a mi casa.

¿Por qué demonios huía como una cobarde? Si me estaban siguiendo, quería ver la cara de aquel que estaba osando tocarme los ovarios.

Me giré con rapidez y clavé mi mirada al final de la calle.

¿Otra vez él?

De nuevo aparecía ese hombre misterioso en medio del inicio de mi calle, oculto bajo su chaqueta gris con capucha.

—Por dios. ¡Basta ya de tonterías! ¿Quién demonios eres y por qué me sigues? —grité para que me escuchara.

Quizá me estaba poniendo en bandeja a manos de un violador, o quizás era algo peor; un asesino. No me paré a pensar de forma racional y me dejé llevar por mis impulsos, cansada de sentirme acosada.

El tío no se movió ni un ápice, parecía una estatua. Apenas era cons-

ciente de cómo sus labios se curvaban en una sonrisa un tanto oscura, y en vez de callarme ante el respingo de terror que me asoló, me lancé de nuevo a provocarlo.

—Vamos a ver, gilipollas. Ven aquí si tienes huevos y deja de esconderte como un cobarde. No me das miedo —mentí como una bellaca—. Soy cinturón negro de karate y te tumbaré sin romperme una sola uña. ¿Me has oído? —le amenacé inventando que sabía hacer todo aquello. La única pelea que había llevado a cabo en mi vida, fue jugando a boxeo en la videoconsola *WII*, pero de karate, no tenía ni puñetera idea.

Continué llamando su atención sin obtener ningún resultado de provecho con mi monólogo de chica dura que se mete en todos los líos. La estatua misteriosa —ya dudaba que incluso fuera un hombre—, seguía paralizada en su sitio, eso sí, sin perderme de vista.

La gente que pasaba a mi alrededor me miraba como a una loca. Lo cierto era que lo parecía…

—¡Deja de mirarme, capullo! —continué—. ¡Lárgate! ¡Mamarracho!

Noté una mano en mi hombro y de un salto me giré con la mano abierta para darle una guantada a quién fuera que estaba a mis espaldas y mi gesto impactó en la cara de alguien con un sonoro estruendo.

Aidan me miraba furioso, taladrándome con sus ojos castaños idénticos a los de su hermana, tocándose la mejilla ahora roja como un tomate por el tortazo.

—¿Se puede saber qué haces? —me reprochó.

—¡Qué haces tú asustándome de esa forma, imbécil! —contesté. El corazón me iba a cien por hora y mi cuerpo temblaba un poco.

Aidan dejó de toquetearse la mejilla y me miró aún con el enfado grabado en su rostro.

—¿Con quién discutías? Parecías una loca…

Recordé de pronto que antes de la inoportuna aparición de Aidan, estuve gritándole al hombre que me había seguido.

—Al tío ese de ahí. —Señalé a mis espaldas, sin girarme para mirar—. Me ha seguido hasta aquí y lo estaba poniendo a parir. Lleva varios días acosándome.

—Ahí no hay nadie —espetó mirando en la dirección que señalaba, así que me giré y comprobé que tenía razón.

El muy cabrón había desaparecido.

—Será hijo de puta. ¡Estaba ahí! —lloriqueé repitiendo mentalmente que no lo había imaginado. Incluso me había sonreído.

¿Cómo iba a ser una alucinación?

Aidan me miraba sin entender nada, con el rostro lleno de estupefacción al verme despotricar en medio de la calle en voz alta.

—¿Te has drogado? —Lo miré sin entender a qué venía su pregunta, al ver mi cara, continuó—. Cuando te he visto gritar venía mirando en esa dirección y ahí no había nadie, Holly.

Mi cara continuó siendo indescifrable.

¿Me estaba tomando el pelo para hacerme cabrear? Pues lo estaba consiguiendo.

No sabía si reír, llorar o tirarme de los pelos.

Opté por esto último y al final decidí entrar en casa antes de quedarme calva, seguida por Aidan. Noté algo de preocupación en su rostro. Por una vez en su vida no fue el insoportable que me habría esperado que fuera al ver mi desconcierto. Me dejó meterme en mi habitación, con la confusión metida en mi cuerpo, me fui a dormir.

EN OCASIONES, VEO MUERTOS…

Después de lo ocurrido aquella noche en plena calle, estuve durante toda la semana pensando sin parar sobre el tema. Agradecía que Aidan no se lo hubiera mencionado a Kayla y me guardara el vergonzoso secreto, sin embargo, estaba segura de que no me creía cuando le decía lo que había visto y quizá por eso no se lo dijo a nadie. Que pensara que se me iba la pinza no me importaba.

Salí de mi habitación ya vestida para marcharme al trabajo. Se me hizo extraño que Kayla no me llamara a gritos como siempre. La encontré sentada en el sofá, rodeada de pañuelos de papel y abrigada con una manta tapándose hasta la cabeza. Solo lograba ver un resquicio de sus ojos. Su cara daba la sensación de estar pálida y su nariz tenía cierta similitud con la de un payaso, roja como un tomate.

—¿Ya es la hora de irnos? —me preguntó. Su voz tenía un tono gangoso que me indicó claramente que se encontraba como el culo.

—Sí, pero viéndote con esas pintas, será mejor que descanses —le sonreí—. No quiero que los clientes salgan con un consolador y de regalo un resfriado.

—Serás cabrona… Pero tienes razón, estoy que me muero. ¿Por qué tú nunca enfermas?

Me encogí de hombros.

Nunca, en toda mi vida, había cogido un resfriado ni una gripe ni nada por el estilo. La única enfermedad que tuve en toda mi vida seguía ahí y no desaparecería jamás. Kayla decía que era inmune a todo, porque ella cada dos por tres estaba así, y a pesar de mi encuentro con los gérmenes, jamás me lo pegaba.

—No me quieren ni los resfriados —bromeé.

Le hice un té caliente antes de marcharme al trabajo. Segura de que me llamaría si necesitaba ayuda, me marché a solas a mi puesto de trabajo con la energía suficiente para aparentar una normalidad que no sentía.

Había pasado una semana desde mi monólogo con el hombre misterioso en plena calle, el cual nadie vio. Si era una alucinación, estaba perdida, pero si no, la próxima vez que apareciera iría corriendo hacia él para darle un puñetazo. En mis sueños lo había vuelto a ver, pero claro, ahí actuaba la inconsciencia de mi mente y no yo. De nuevo seguía diciéndome que lo ayudara. Me decía que yo era cómo él, una especie de raza al borde de la extinción, como si en vez de humana fuera una raza animal a punto de desaparecer.

¡Menuda tontería!

Si ese tío era el mismo, cuando le pregunté a su imagen qué quería de mí, ¿por qué no me contestó? ¿Se estaba burlando de mí? Porque a mí la situación no me hacía ni puñetera gracia. Estaba al borde de la histeria y mi capacidad de mantener el control era apenas existente.

Me encantaría poder sincerarme con Kayla —ya que era la única que podría aconsejarme de forma coherente—, pero incluso para mí, todo resultaba demasiado extraño y confuso. No quería crearle una preocupación que a lo mejor podía solucionarse con más pastillas. Al paso que iba, cuando fuera una abuela de ochenta años, tendría mi propia farmacia en casa. Eso si no me mataba en alguna de mis locuras…

El día comenzó de lo más tranquilo. Apenas hubo clientes hasta que de nuevo abrí por la tarde. Ya casi a la hora de cerrar, entraron una pareja, que sin duda llamaba la atención.

Un hombre barrigudo con el pelo entrecano y los dientes negros muy sucios que olía a vertedero, entró junto a una mujer que sin duda parecía una prostituta. Tenía la figura perfecta, delgada, con el busto bien relleno con unos pechos de silicona pura e iba con un corto vestido de lentejuelas fucsia con el que enseñaba hasta sus pensamientos. Si hubiera ido en ropa interior, quizá estaría más tapada, pero por lo que logré observar en los escasos segundos que transcurrieron desde que entraron hasta que caminaron hacia el pasillo del fondo de la tienda, ni siquiera llevaba ropa interior.

Al lado del mostrador tenía una pantalla con la visión de las cámaras de video vigilancia repartidas por la tienda. Pude observar como el hombre apenas se movía, parecía absorbido por la belleza de la mujer, como un bobo baboso.

La prostituta —o presuntamente prostituta—, se acercó a mí. Su rostro era pálido, incluso más que el mío y su piel parecía de porcelana. Quizá se debía a algún lifting, porque era fina y estirada como el alabastro. Aun así, era imposible negar que la chica fuera preciosa. Sus ojos eran fríos témpanos azules clavándose en mí, examinándome como si fuera basura.

Si la situación hubiera sido distinta —como por ejemplo que me mirara así en plena calle y no fuera una clienta—, ya le habría dado un puñetazo.

Últimamente estaba en plan guerrera.

¿Qué se había creído la muy zorra?

Sus aires de superioridad casi hicieron que pusiera una mueca de disgusto, pero manteniendo la compostura tan ensayada, pregunté:

—¿En qué puedo ayudarle? —sonreí con falsedad.

—Quiero unas esposas y unos amarres amplios para barrotes de hierro —pidió con altivez.

Su tono de voz no hizo más que irritarme. Sabía perfectamente lo que quería. Se notaba que no era la primera vez que compraba artilugios del estilo. Salí del mostrador en silencio y localicé lo que me pidió en pocos segundos, deseando que se marcharan de una vez.

El barrigudo la seguía como un perrito faldero. No hablaba, se limitaba a caminar tras ella con la boca abierta como si quisiera decir algo, pero no recordara ni su nombre. En su mirada encontré un sentimiento extraño, no fui capaz de descifrarlo, me desconcertó. Una vez la prostituta le quitó la cartera al hombre y pagó con su dinero, guardaron rápido las cosas en una bolsa. Después de que la tía me mirara fijamente como buscando en mi interior algo, se marcharon.

—Qué gente más rara… —espeté cuando la tienda volvió a quedarse vacía. Al menos esperaba que el hombre barrigudo hubiera hecho una buena inversión de su dinero. Esa chica tenía pinta de ser una lagarta busca fortunas.

Cuando presenciaba situaciones de ese estilo, llegaba a sentir compasión, después recordaba que estaba con una prostituta —quizá poniéndole los cuernos a su mujer—, y se me pasaba.

Dio la hora del cierre y tras cerrar la caja, poner la alarma, dejarlo todo limpio y aseado para la próxima apertura, me marché.

Kayla me llamó una media hora atrás para decirme que la fiebre le había subido hasta los treinta y nueve grados y Aidan se había prestado voluntario a llevarla al médico para que le recetara algo. Al menos había sido responsable y quería cuidar de su hermana. Un acto de matiz desinteresado que jamás le vi obrar en los años que hacía que le conocía. Siempre se decantaba por preocuparse de sí mismo, pero con eso me demostraba que su hermana sí que le importaba.

El viento soplaba con fuerza, levantando hojas muertas de los escasos árboles que poblaban la calle. El crujir bajo mis pies me provocó cierto estado de inquietud. Por el camino hasta mi casa pasaba por calles poco concurridas y esa noche estaban vacías. Últimamente eso me incomodaba demasiado. Me mantenía al acecho de lo que pudiera ocurrir en todo momento. Por suerte, tenía un oído finísimo y no escuchaba nada raro, aunque la sensación de ser observada no desaparecía.

Giré en la esquina de Ardmore Street para entrar por Hoyt Avenue y la escasa iluminación hizo que me costara enfocar la visión. Advertí que tampoco había nadie caminando en la calle, hasta que en un estrecho callejón en medio de dos viviendas situado a mi izquierda, divisé a una mujer saliendo. Me llamó la atención el rosa fucsia de su corto vestido con lentejuelas. Estaba recolocándose la escasa falda de forma exagerada y su mirada, antes azulada, estaba teñida con una mueca de maldad y sus ojos me parecieron, ¿rojos?

La prostituta que minutos antes entró a mi tienda con el hombre barrigudo clavó sus ojos en mí, recorriendo mi cuerpo con una mirada fría y hostil que me puso los pelos de punta.

De nuevo me sentí como una cucaracha a la que hubiera que eliminar ante su escrutinio.

Después de varios segundos examinándome mientras la taladraba con la mirada a punto de mandarla a tomar viento, con un movimiento sensual, se giró y se marchó calle arriba. Desapareció por dónde yo había llegado y pasó por mi lado sin dejar de clavar su extraña mirada en mi persona. Solté un suspiro frustrado y ordené a mis pies que continuaran su camino. Desvié la vista hacia el callejón del que la mujer salió, y por alguna razón que no lograba comprender, me encaminé hasta el interior con paso lento y comedido. El sonido de mis tacones martilleaba mi cerebro.

Cuando pasan ese tipo de cosas, el ser humano piensa que debe hacer lo más racional: marcharse y pasar página. Pero yo, muerta de la curiosidad, me encontré en medio de una situación que ojalá no hubiera ocurrido jamás. No estaba preparada para encontrarme con aquella imagen.

Al fondo del oscuro callejón, tan solo iluminado por la escasa luz de la luna y de una farola que parpadeaba a punto de fundirse, me encontré con una visión desoladora.

Reconocí a la persona que allí se encontraba tirada en el suelo. El barrigudo que entró con la prostituta se hallaba desnudo, atado a la verja de hierro que sellaba el callejón. Sus ojos estaban abiertos por completo. Su mirada estaba vacía. Solo se veía el color blanco. En su boca se hallaba la mordaza que yo misma me había encargado de proporcionarle, y aunque fue en lo último que había querido fijarme, su miembro estaba completamente erecto. No me hizo falta comprobar sus constantes vitales.

Estaba muerto.

Tieso por completo y no me refería a su virilidad…

Me llevé las manos a la boca en un intento de ahogar el grito que salió de mi garganta, lleno de horror.

Con cuidado me agaché para cerciorarme si estaba equivocada, pero no. Estaba muy muerto. Su corazón no latía y su piel comenzaba a estar fría al tacto.

Saqué rápidamente del bolsillo de mi fina chaqueta el teléfono móvil y marqué el número de emergencias para que alguien viniera a recoger el cadáver.

Estuve unos minutos sin saber qué hacer, saliendo y entrando del callejón, esperando a que alguien llegara y se llevara al pobre hombre para así yo poderme marchar de una vez.

Necesitaba descansar.

El sonido de la ambulancia y los coches de policía me alertaron de que al fin ya no me encontraba a solas con el muerto. Las luces intermitentes y las alarmas iluminaron la pequeña callejuela, llamando la atención de los vecinos curiosos que comenzaban a congregarse en sus balcones para presenciar lo que allí ocurría.

No era extraño que en Las Vegas hubiera muertos por las calles, pero tampoco era habitual, así que la novedad atraía a las mentes más avispadas que incluso con sus móviles grababan la situación.

—¿Es usted quién ha llamado? —preguntó un policía vestido con ropa de calle, enseñándome su placa. Deduje que era el inspector por su porte serio.

Su pelo entrecano y las entradas que descubrían su frente, me hicieron deducir que rondaría la cuarentena. La mueca de su serio rostro, adornada por finas arrugas en las comisuras de sus ojos, me incomodó. Su mirada fría y calculadora examinaba cada uno de mis gestos, intentando sacar conclusiones de lo ocurrido sin ni siquiera preguntar.

Asentí a su pregunta.

Los médicos de la ambulancia pasaron por mi lado entrando en la oscura callejuela con el material necesario para atender a la víctima. Cuando me preparé para explicarle al policía lo que había visto, me frenó en seco para hablar él primero de una forma que me resultó bastante antipática.

—Documentación, por favor —me pidió. Saqué mi carnet de identidad del pequeño monedero de *Betty Boop* de mi chaqueta y se lo di—. Charles, Robert, id cogiendo todas las pruebas que encontréis —indicó a sus compañeros.

Definitivamente, era el jefe.

—Había una…

—Silencio —me cortó de forma abrupta mientras seguía verificando mi identidad, dando mis datos a alguien por el walkie talkie.

«*¡Menudo borde!*», pensé frustrada.

Solté un bufido de indignación. La actitud meticulosa del policía no hizo más que hacer que de verdad comenzara a enfurecerme y eso no era nada bueno. Después de confirmar ante el departamento de policía que me llamaba Holly Collins, tenía veintidós años y vivía en el 2030 de la East St Louis Avenue, me devolvió mi carnet, pero advertí que aun así no estaba satisfecho cuando ordenó a quien fuera con el que hablaba que investigara sobre mí.

—Oiga, ¿no cree que antes de investigarme debería preguntarme lo que he visto? —pregunté al borde de perder la compostura, sin embargo, mi tono fue de lo más comedido.

¡Tenía mucho sueño! Añoraba mi cama con pasión y no me estaban poniendo fácil que aguantara. Por un momento pensé que debería haberme marchado sin avisar a nadie, mas mi conciencia no me habría permitido dormir a pierna suelta y la imagen de ese hombre desnudo en un callejón oscuro, muerto, habría hecho acto de presencia en mi mente, convirtiéndose en una pesadilla.

—Por ahora es la única sospechosa que hay aquí. Así que no me diga cómo hacer mi trabajo. Ahora, responda a mis preguntas, como me mienta, esta noche la pasará en el calabozo.

Estuve a punto de soltarle alguna de las mías, como que no hablaría si no era en presencia de un abogado, pero descarté la idea al darme cuenta de que lo único que conseguiría con eso sería perjudicarme.

—¿Qué hacía cuándo encontró el cadáver? —Abrió una pequeña libreta, con un bolígrafo en mano, se preparó para apuntar.

Abre las alas

—Salía de mi lugar de trabajo para volver a casa y...

—¿Dónde está su tienda? —me interrumpió de nuevo.

—En el 120 de Charleston Boulevard —respondí—. Se llama Erotic Pleasure y es un Sex Shop —maticé con sorna antes de que preguntara.

Garabateaba en su libreta con fruición, como si estuviera furioso con el bolígrafo.

—Continúe —demandó.

—Pasaba por aquí cuando vi salir a una chica que había venido con el hombre a mi tienda a comprar varias cosas, no sé por qué razón, entré y lo vi —expliqué en resumen. No creí que al inspector le interesaran todos los detalles. Era de los que querían las cosas en bandeja.

Durante varios minutos escribió sin descanso. Mi explicación no era tan extensa como para llenar cuatro hojas que garabateó mientras estábamos en silencio. Pasé el peso de una pierna a otra esperando que levantara la vista, entonces, uno de los policías a los que había ordenado recoger pruebas, se puso a su lado, llamando su atención.

—Señor, hemos encontrado esto. —Le enseñó una bolsa de plástico bastante grande de cierre hermético que cogía con manos enguantadas. Dentro estaba tanto la mordaza, como los amarres de cuerpo y el ticket de compra que yo misma les facilité a su salida—. La víctima no parece tener ningún signo de agresión, aparte de unas magulladuras en sus manos por los fuertes agarres que lo inmovilizaban y algunos coágulos de sangre en su cuello, al parecer, hechos con algún tipo de presión que deducimos que se hizo con los labios.

Un chupetón, vamos. Deduje yo después de escuchar tal parrafada profesional. El que me interrogaba levantó la vista durante unos segundos y después de mirarme a mí de forma desafiante, se dirigió a su subordinado.

—Esperaremos a ver qué dice la autopsia. Indíquele a los médicos que pueden levantar el cadáver —espetó—. En cuanto a usted, señorita Collins, por ahora no vendrá conmigo —declaró volviendo su mirada hacia mí.

—¿Por qué debería hacerlo? Yo ya he dicho todo lo que tenía que decir. Por mi parte, ya he cumplido —lo desafié.

—Por supuesto. Sus declaraciones constaran en nuestros informes, pero dado a las pruebas que aún debemos examinar, y que gracias al ticket que aquí se muestra —señaló la bolsa—, sabemos que usted le vendió todo esto a la víctima, así que temo comunicarle, que actualmente es usted nuestra única sospechosa y hasta que no se investigue más, nos mantendremos muy cerca.

Abrí mi boca sorprendida ante la determinación del capullo del policía.

Su compañero me miraba con compasión. Se notaba que él no era tan retorcido como el inspector.

¿Cómo podían considerarme sospechosa? De lo único que podía tener culpa era de haberle vendido esas cosas a una prostituta psicópata. Esperaba que todo eso se solucionara cuanto antes, porque ya era lo que me faltaba.

—Ya puede marcharse por ahora. Pero recuerde, estaremos vigilándola.

—Váyase a la mierda —murmuré por lo bajo mientras procedía a marcharme con la furia de la injusticia hirviendo por mis venas.

—¿Ha dicho algo?

—Qué mañana nieva.

Logré ver un atisbo de estupefacción en el rostro del inspector mientras caminaba de regreso a mi casa con una sonrisa burlona en mi rostro.

Al llegar a mi edificio me encontré con Kayla y Aidan entrando por la puerta. Al parecer acababan de llegar del hospital. Mi amiga iba tapada hasta arriba con un grueso chaquetón y entre sus manos se hallaba su nuevo mejor amigo; el pañuelo de papel. Quise preguntar cómo se encontraba, pero esta, al ver la mueca desencajada de mi rostro, no me dejó hablar.

—¿Qué te pasa? Tienes cara de haber visto un fantasma.

Cuan acertado era su comentario…

—Di más bien un muerto —ironicé. Me miró sin entender mis pa-

labras y antes de que comenzara con su cuestionario exhaustivo de la situación, la obligué a entrar en casa cerrando con llave la puerta a mis espaldas.

Nos sentamos en nuestro pequeño sofá de piel de dos plazas de color azul, Aidan se marchó a la cocina a por un vaso de leche caliente para la enferma, volviendo a los pocos segundos deseoso de conocer lo que tenía que contar.

Les expliqué lo ocurrido de forma más extendida a como lo había hecho con el inspector, entrando en detalles desde el momento en que vi entrar a la pareja en la tienda, hasta llegar al instante en que me encontré en medio de la calle con la prostituta saliendo del callejón dónde se encontraba el cadáver. Solo omití la parte en que creí ver como ella tenía los ojos rojos, pareciendo un auténtico diablo.

En ningún momento ninguno osó interrumpirme y lo agradecí después de pasarme parte de la noche hablando a trompicones por culpa del molesto inspector. Ni siquiera Aidan resultó ser el gilipollas rematado que era conmigo. Escuchó y atendió sin decir ni pío.

—Soy la principal sospechosa —finalicé mi relato.

—¿Cómo? Pero ese inspector es tonto de remate, ¿o qué le pasa? —Estornudó con fuerza y se sonó los mocos—. No me puedo creer que piensen que has sido tú.

—Ni yo. Así que, si ves policías a mi alrededor, no te preocupes. Solo hazlo si no vuelvo a casa —bromeé restándole importancia.

—Desde luego, siempre liándola, Madame —rio Aidan. Ya tardaba en abrir la boca.

—¡Aidan! No tiene gracia. Holly acaba de ver a un muerto en plena calle y encima te burlas —lo reprendió.

—Mira, capullo, estoy demasiado cansada para responderte de forma ingeniosa. Así que, me voy a dormir.

Sentía mi cuerpo comprimido y en tensión. Alcé los brazos para estirarme y mi columna crujió. Una vez en mi habitación, entré al baño y cuando me miré en el espejo me di cuenta de que tenía una pinta horrible. Las ojeras se acumulaban bajo mis ojos grises y morados, ahora rojos alrededor. No tenía fuerzas ni para desvestirme. Hice un esfuerzo descomunal para desmaquillarme y después de sopesar la idea de no ponerme mi sexi camisón, al final lo hice. Mi corto vestido de estilo Pin-Up que elegí ese día, era bastante incómodo, pese a que estaba cansada y dormir se me presentaba como un privilegio, quería hacerlo cómoda.

Recordé que debía tomarme las pastillas, sin embargo, por una noche, no creí que fuera a pasar nada.

Tras lo vivido, al tumbarme en el colchón noté como el látex me absorbía por todos los huecos de mi cuerpo. Me fundí con la suavidad de mi enorme cama, relajando mis músculos casi como si alguien los estuviera masajeando.

Caí rendida en los brazos de Morfeo en cuanto cerré los ojos, pero las pesadillas acudieron a mí desde el primer momento.

Los ojos rojos me persiguieron durante la noche, y por supuesto, el hombre misterioso con capucha también apareció para alejarme de ellos y ahuyentar a la prostituta lejos.

NO TE FÍES NUNCA DE LOS OJOS ROJOS

Cuando desperté por la mañana, Kayla hacía ruido en la cocina como si estuviera apaleando las sartenes, los muebles y todo lo que encontrara a su paso. Me reconfortó mucho saber que estaba mejor. Su nariz ya no parecía de payaso y su voz volvía a ser normal. La medicación que le dieron en el hospital tenía un efecto rápido. Animada con la idea de que era domingo y al día siguiente era 17 de marzo, día de San Patricio y nosotras no abríamos la tienda, decidió que, esa noche nos daríamos un respiro saliendo por ahí.

—No sé si me apetece mucho, la verdad —reconocí. Me había levantado con las pesadillas aún muy presentes en mi cabeza. Sentía pesar por el pobre hombre que había tenido la desgracia de ver muerto y rabia porque quien lo había dejado allí abandonado, se hubiera sumergido en mi subconsciente durante la noche, atormentándome con unos ojos rojos que ni siquiera creía que fueran reales.

Mantener mis pensamientos a raya cada vez se me hacía más pesado. Suerte que la semana siguiente tenía cita con la psiquiatra. Tenía la esperanza de que no me dijera que estaba peor, mas yo misma comprendía que no tendría esa suerte.

—¡Oh vamos! Tengo entradas para el *Subway Dead*. Esta noche toca un grupo español de música Heavy y me han dicho que la voz de la cantante es espectacular. Los Moonshide merecen llenar esta noche y nosotras debemos apoyarles. —Me puso la mirada del gato de Shrek que tanto había ensayado desde que vio la película para que la gente cayera en sus redes, y cómo no, caí de nuevo, incapaz de decirle que no a esa carita de niña buena bajo la que se escondía una verdadera zorra.

—Para ser cristiana eres una jodida pecadora. ¡Ten amigas para esto! —bufé dramática.

—¿Desde cuándo te molesta tanto salir a divertirte? Yo soy la responsable en esta relación y tú la alocada —declaró.

En su mirada logré atisbar cierta compasión. Sabía a la perfección que por mi cabeza no dejaba de rondar la imagen del hombre muerto, lo que Kayla no se imaginaba era que no solo eso me mantenía preocupada. La que yo presentía que era su asesina, estaba clavada en mi retina como un fantasma posado sobre mis hombros.

¿Por qué me daba la sensación de que no era humana?

Era una locura, además de una soberana estupidez. Mi obsesión con los monstruos que veía de pequeña bailaba en mi mente, perturbando mi realidad.

Los seres sobrenaturales solo existían en las películas. La zorra asesina era humana, de la peor calaña, pero humana al fin y al cabo.

Sí. Eso era lo que debía pensar. Dejar atrás mis perturbados pensamientos era lo mejor.

—Loquita, ¿estás ahí?

Kayla me hizo volver de golpe a la cruda realidad. Me apreté el puente de la nariz con los dedos y asentí.

—¿Cuándo vas al médico?

—El miércoles —respondí—. Creo que la esquizofrenia está empeorando. —Puse una mirada triste. Decir en voz alta el nombre de la enfermedad que me perseguía desde mi infancia, no era sencillo.

Llamarlo problema me resultaba más fácil.

—Ya verás como no. Simplemente estás estresada, después de lo que viste ayer, es lógico que te encuentres así. Por eso debemos salir. Debes despejarte. —Asentí no muy convencida.

Cogí las pastillas que guardaba en el cajón de la cocina y me tomé las

que me tocaban por la mañana.

Bajaron potentes bloqueantes de la mente de mi garganta hasta el estómago. Se suponía que esas pastillas servían para equilibrar mi desastrosa mente y una de ellas era un potente somnífero que debería impedirme soñar, sin embargo, no hacía efecto. Hacía más de un mes que volvía a tener sueños y en ellos siempre aparecía ese misterioso hombre. El resto era para controlar mi nerviosismo. Al principio de tomarlas, actuaba como un autómata sin cerebro, sin apenas ser consciente de mis movimientos, olvidando cosas tan banales como ponerme unos zapatos antes de salir de casa. Hasta que mi cuerpo se acostumbró y pude volver a ser yo misma. A veces me despertaba confusa y no sabía ni qué día era. Las pérdidas de memoria me mantenían llena de preocupación, pero la barrera de indiferencia construida en mi rostro escondía cualquier atisbo de malestar en mí.

Kayla se preocupaba mucho. Por suerte respiraba tranquila al saber que, aun con todo lo que me pasaba, no me daba ningún brote psicótico del que debiera huir.

Llevaba doce años sin sufrirlos. La última vez fue siendo una niña a las puertas de la pubertad. Con tan solo doce años, estando a manos de mi quinta familia, una aparición completamente terrorífica en plena calle a altas horas de la noche, me llevó a la locura. Solo yo lo vi. Mis padres de aquellos tiempos, al igual que los anteriores, tampoco me creyeron.

Mientras caminábamos, la aparición de un ser con unas imponentes alas negras de un tamaño mayor al de su propio cuerpo, oscuros ojos negros que me provocaron un terror sobrenatural, con el cuerpo descubierto enseñando una pálida piel casi resplandeciente cubierta por una serie de intrincados tatuajes con símbolos extraños, acabó con la vida de una persona que intentaba defenderse de sus fuertes agarres con un mandoble de espada.

Se me presentó como un demonio. Un terrible demonio con alas de ángel oscurecidas por el mal que su sola mirada presentaba.

Recuerdo que grité horrorizada, sollozaba y pataleaba con descontrol, perturbando el momento de tranquilidad. Presa del miedo, señalé con mis dedos justo el lugar donde la vívida escena transcurría, mis padres, entre gritos desesperados por tratar de calmarme, me indicaron que allí no había nada.

Tras terminar con la vida del ser humano, el demonio me miró con fijeza, como sorprendido de que fuera capaz de verlo. Sentía su mirada fría penetrar en mi cuerpo. Sus ojos negros me asustaron todavía más. Mientras tanto, mi padre forcejeaba contra mí, intentando calmar mi más fuerte crisis.

Al final, caí inconsciente.

Cuando me desperté estaba rodeada por unas paredes de un blanco impoluto, atada en una dura cama de hospital con la mirada puesta en mis ojos de un hombre con bata blanca con cara de pocos amigos. Estaba tan asustada por no ver allí a mis padres y estar inmovilizada, que caí de nuevo presa de un ataque de nervios, gritando poseída por la confusión.

El ser alado ya no estaba ahí, pero permanecía en mi cabeza, su imagen estaba grabada a fuego en mi retina.

Comencé a llorar. Los vanos intentos del médico por apaciguarme le llevaron a tomar medidas extremas. Algo que todavía recuerdo como la peor agonía.

Tras lo ocurrido aquella noche y bajo la completa conformidad de mis padres, durante unos meses, utilizaron conmigo un tratamiento brutal: los electroshocks.

Ese día me di cuenta de que nada podría salvarme de lo que ocurría en mi cabeza, una vez más, volví al orfanato en el que me crié, desechando de mi mente al fin, la posibilidad de encontrar una familia que me aceptara tal y como era.

Desde entonces, madurando a una velocidad sobrenatural al contemplar el rechazo de la gente que me rodeaba por ser una enferma mental, me prometí a mí misma que jamás volverían a ver en mí una mueca de tristeza. Construí mi sempiterna sonrisa y juré no desprenderme jamás de ella.

Aidan se despertó bien entrada la tarde. Durante el día, Kayla y yo

evitamos estar en el salón para no despertarlo. Dormir en el sofá no debía ser muy cómodo. Aun así, en más de una ocasión, estuve tentada de sentarme encima de su cabeza y chafársela con mi precioso culo.

—¿Qué hay para comer?

Este se pensaba que mi casa era un hotel o algo por el estilo. Creía que merecía estar a cuerpo de rey y yo pensaba cortarle el rollo rapidito.

—Para ti, nada.

—¡Qué borde eres de buena mañana! —contestó.

—Para tu información, son las cuatro de la tarde. Y por dios, ¿yo borde? Te equivocas —ironicé.

Sus ojos castaños se clavaron en mí, burlones. Su corto pelo despeinado le confería un aspecto casi seductor. Con una sonrisa intentó apaciguarme. Quizá con el resto de féminas funcionara, conmigo, iba listo si creía que conseguiría algo poniéndome esa cara.

—Vamos, Holly. Soy tu invitado. Un poquito de consideración por este pobre hambriento. —Se tocó el estómago mientras intentaba poner cara de pena en un intento por que me compadeciera.

—¿Tienes manos, verdad? —Asintió—. Pues utilízalas para algo más que matarte a pajas y sírvete tú mismo. Bastante hago con dejarte que manipules mis alimentos sin guantes de látex.

Lo dejé con la cara pasmada y a su hermana sonriendo. Salí airada del salón, con una sonrisa triunfal, entré en mi habitación para darme una larga y relajante ducha.

Después de todo, la idea de ir al Subway Dead se me antojaba divertida. Necesitaba un respiro y aunque sabía que el inspector me mantendría vigilada por su absurda teoría de que yo era una asesina, conseguiría divertirme.

La noche se avecinaba agradable. El ambiente seguía algo frío aun siendo mediados de marzo. La primavera pronto caería en las calles adornándolas con algo de calidez. Escogí un vestido de tirantes gruesos de polipiel, corto y escotado, dejando a la vista el canal de mis pechos, el cual dejaba ver un tatuaje con un símbolo.

El día en que me lo hice no supe su significado. Algo me atrajo a él y lo añadí a mi extensa colección de arte para toda la vida. Se asemejaba a una erre mayúscula trazada con finas líneas rectas, dándole a la que era la circunferencia de la letra, una forma triangular.

Más adelante me encontré con una de las múltiples casi videntes que pululaban por las calles de Las Vegas en busca de estúpidos turistas a los que engañar con sus artimañas de hechiceras de pacotilla y descubrí lo que era. Se fijó en mi tatuaje nada más verlo, me explicó que se trataba de una runa, para más inri, la runa relacionada con la comunicación y la armonía de algo que se compone de dos elementos.

Yo no era dada a creer en esas cosas, pero después de conocer lo que se suponía que hacía, me gustó saber que la llevaba en mi cuerpo.

Según me comentó, a menudo esa runa señalaba la posibilidad de un viaje, ya fuera físico o al interior de uno mismo. Dicho viaje podría ser hacía la autocuración o el autocambio. Me dijo también que tal vez podría ocurrir una unión inesperada en mi vida, o quizá una reunión con alguien cercano, además de que la runa *Raidho* —así se llamaba—, también podía referirse a ciertas partes de mi interior que estaban en conflicto.

Mi interior siempre estuvo en conflicto. Quizás por eso, incluso sin saber su significado, algo me atrajo a ella.

Sequé mi lacio pelo con el secador. Apenas hacía falta que lo alisara. Era recto por completo, además de largo y rubio, fácil de dominar pese a que cuando quería rizármelo, los rizos apenas aguantaban una hora. Era lo que menos me gustaba de él.

Me maquillé de forma atrevida; sombra morada en el párpado y una gruesa línea con delineador negro pegada a las pestañas superiores. Delineé también la marca de agua y finalicé mis ojos con un toque de rimel. Los labios los pinté de rojo pasión.

Ya estaba lista para salir aunque aún quedaban unas horas. Sabía que tendría que retocarme. Volví al salón y fruncí el ceño, quedándome de brazos cruzados en la puerta de la cocina al ver a Kayla prepararle la comida al capullo de su hermano.

—¿Por qué se la haces? A este paso no me desharé de él en la vida. Tu

hermano mayor debe aprender a hacer las cosas por sí mismo —la reñí.

—No te pongas así, Madame. Mi hermana no ha sido obligada, se ha ofrecido a cocinar para mí de forma desinteresada —se burló Aidan entrando sigiloso a la cocina.

El jodido siempre tenía que dar por saco, burlándose de mí.

—Estoy sorteando hostias y estoy segura de que tú eres el ganador, Aidan —sonreí. El respondió con una carcajada, con la chulería que lo caracterizaba, se sentó en mi sofá y puso los pies encima de la mesa.

—¡Baja los pies! —grité.

Kayla sacó de la freidora las patatas y las puso en un plato donde ya tenía preparada una hamburguesa.

—Eres una blanda —le espeté.

—Y tú una cascarrabias. ¿No te das cuenta que lo único que busca Aidan es tu atención?

—Lo que busca es que me pete el cerebro a causa de un ataque de ira que él me provocará para reírse de mí cuando mis vísceras salten por toda su cara —respondí.

—Mira que eres sádica… —Kayla puso una mueca de asco.

—¿Sádica yo? El sádico es él que viene aquí a amargarme la existencia. Si no fuera tu hermano, lo habría tirado por la ventana para verlo aplastado contra el suelo.

Kayla rio.

A mí, personalmente, no me hacía ni puñetera gracia porque sabía a la perfección qué pasaba por la mente de mi amiga. Tenía la alucinante hipótesis de que su hermano estaba enamorado de mí y que me molestaba para llamar mi atención.

¡Menuda forma tenía de enamorar a alguien!

Aunque Kayla tuviera razón con su estúpida teoría, nunca me iba a sentir atraída por él. Estaba muy bueno, sí, pero su estupidez me hacía verlo como un imbécil rematado y no tenía el cuerpo para uno en mi vida. Si pensaba que por hacerse el gracioso tendría una oportunidad, lo llevaba claro.

¡Pero si ni siquiera le caía bien! Definitivamente, la obsesión de Kayla por encontrarme un príncipe azul inexistente en la vida real, rayaba en lo cansino.

Cuando llegó la hora de cenar, salimos los tres juntos. Aidan se acopló con nosotras para salir. Daba la casualidad de que Kayla tenía tres entradas para el Subway.

¡Traidora!

Me tocaba aguantarlo la noche entera, pero tampoco era lo peor. Nada más salir de casa noté cómo alguien me seguía. Su rostro me resultaba familiar.

Recordé que era uno de los policías que ayudó en el levantamiento del cadáver. El inspector había cumplido su promesa de mantenerme vigilada.

—¡Genial!

—¿Qué pasa?

No me había dado cuenta de que estaba pensando en voz alta.

—Nos sigue la policía —murmuré sonriente, como si fuera la mujer del tiempo explicando el pronóstico de un día soleado.

Kayla se giró disimuladamente y lo vio. Yo me encogí de hombros.

Hasta que no me desecharan como posible sospechosa, me tocaba apechugar.

Cenamos en un restaurante de comida rápida y luego nos marchamos directos al Subway Dead, situado en el 203 de Flamingo Road, escondido en un callejón de la famosa calle. Para entrar traspasamos una puerta de hierro donde había un hombre de seguridad al que le mostramos la invitación. Tras la puerta había unas escaleras que bajaban hacia el local. La música apenas se oía por el amplio pasadizo, pero al traspasar la última puerta, la canción *Savin' me* del grupo Nickelback, penetró en mis oídos.

—No está nada mal el sitio, ponen buena música —grité. Dudaba que Kayla y Aidan me hubieran escuchado, estaba demasiado alta, sin embargo, para mí, era un sonido agradable.

Aún era pronto, apenas las once de la noche. El local se llenó con ra-

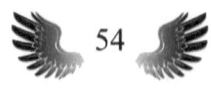

pidez y la gente bailaba disfrutando de un buen rato. Me fui directa a la barra, situada al fondo de la pista de baile. La decoración del sitio era un tanto oscura, casi tétrica.

¡Me encantó!

De las paredes de color gris oscuro colgaban cadenas y argollas con antorchas como si se tratara de una antigua mazmorra. Incluso daba la sensación de ser un lugar casi satánico. Llamó mi atención que en la barra hubiera calaveras como decoración, pero no era eso lo más excéntrico. Los camareros, situados al otro lado de la barra, estaban caracterizados como el ambiente. Llevaban lentillas rojas de lo más reales y sus rostros eran casi más pálidos que el mío. La mujer era todo un bellezón que provocaba a sus clientes, vestida tan solo con un top de encaje negro y un tutú del mismo color. El camarero ni siquiera llevaba camiseta, enseñando un torso musculoso y sensual.

—¡Joder, cómo está el camarero! —exclamó Kayla. El camarero fijó su mirada en ella y le sonrió.

Debía reconocer que su mirada me dio escalofríos y no encontraba una razón para ello.

—Tiene pinta de friki —opinó Aidan con el ceño fruncido, haciendo del hermano protector. Tuve que darle la razón con un asentimiento de cabeza.

—Sí, pero está bueno.

Pedimos nuestras copas y nos atendió la chica.

—Yo también estoy bueno. Si quieres me quito la camiseta —me sonrió con arrogancia.

—No, gracias. Acabo de cenar.

Recogí mi ginebra con vodka y naranja y me quedé mirando a la chica durante unos segundos. Por alguna razón que no lograba entender, la asemejé con la prostituta que creía que asesinó a aquel hombre. Compartían la misma mirada. Sus ojos eran idénticos. La única diferencia que se mostraba, era que aquella mujer sonreía y su mirada no provocaba tanto pavor. Aun así, fue algo que me dio que pensar, pero lo olvidé en cuanto comenzamos a divertirnos.

Abre las alas

El concierto de Moonshide no comenzaba hasta la medianoche. Mientras tanto, bailamos y bebimos entre risas. Debió ser por culpa del alcohol que circulaba por mis venas que dejó de importarme que Aidan estuviera ahí. Incluso bailé con él algunas canciones tras perder de vista a Kayla.

—Borracha eres más simpática —comentó Aidan.

—Puede que tengas razón, ¿pero sabes lo bueno? —Él negó—. Que mañana no me acordaré y seguiré pensando que eres un capullo —afirmé. Aidan comenzó a reír.

Me bebí lo poco que quedaba en mi vaso y me acerqué junto a Aidan a la barra a por más. Las luces estroboscópicas desaparecieron y en el pequeño escenario situado junto a la pared de entrada, un hombre salió a presentar al grupo que amenizaría la noche con su concierto.

La gente dejó de bailar y nosotros nos quedamos en la barra para disfrutarlo mejor. La voz de la cantante era espectacular. La canción *Chains of Agony* me resultó sumamente maravillosa, la disfruté de principio a fin.

Terminé mi bebida y pedí otra. Esta vez me atendió el chico y no pude resistirme a preguntarle por sus ojos.

—Esas lentillas son una pasada —murmuré cuando me dio la bebida.

—Gracias, preciosa. Pero son mis ojos. ¿A qué son seductores? —su tono de voz no daba opción a replicar, aunque era muy difícil de creer que alguien tuviera los ojos rojos.

Me pasó algo muy extraño. Fue como si sus palabras me hechizaran y un súbito calor comenzara a nacer por mi cuerpo, nublándome el entendimiento. Él mantenía su mirada fija en mí, sonriéndome de forma seductora. Sentí como si estuviera metido en mi interior y me acariciara con suavidad, estremeciendo cada sensible partícula de mi cuerpo.

¡Me notaba húmeda y al borde del éxtasis!

Alguien chocó contra mí y salí de mi placentera ensoñación.

El camarero se retiró a sus quehaceres como si no hubiera pasado nada y yo no me quedara a punto del orgasmo con solo el contacto de sus ojos.

Sabía perfectamente lo que sentía mi cuerpo, me había excitado con un hombre que no me atraía demasiado de una forma que no lograba comprender.

Qué extraño…

Cogí mi copa, aturdida, y me marché al centro de la pista dejando a solas a Aidan, que parecía muy ocupado haciéndole ojitos a la camarera y bebiendo.

«No dejes que te miren».

Giré mi cuello en todas direcciones en busca de quién me hablaba. Sonó claro y conciso, sin el ruido de la música de fondo. En un tono apremiante. Una voz masculina grave y sensual que me provocó un respingo. No fue placer como cuando me quedé absorta con el camarero, pero sí bastante hechizante.

—¿Qué demonios? —me pregunté en voz alta.

Continué con mi infructífera búsqueda sin encontrar resultados. A mi alrededor nadie me prestaba atención. Comenzaba a pensar que la voz había sonado en mi cabeza, sin embargo, era del todo imposible.

¿Tan mal estaba que incluso oía voces?

¿Qué me querían decir?

¿Por qué tenía la sensación de que debía creerlo?

Se formaron en mi mente cientos de preguntas. La noche se estaba volviendo muy extraña.

«Tengo que dejar la bebida», me dije a mí misma en un intento de autoconvencerme de que lo único que pasaba era que mezclar mis fuertes medicamentos con el alcohol no era recomendable.

Intenté quitarme de la cabeza la advertencia. Durante el resto de la noche ni siquiera me acerqué a la barra. Cuando terminó el concierto volví a encontrarme con Aidan. Él, al parecer, no se había separado de la botella.

—Por fin te encuentro… —balbuceó a duras penas, tambaleándose de un lado al otro mientras evitaba caer gracias a la gente que se congregaba a nuestro alrededor—. Me has dejado so… solo —hipó—. La camarera estaba buena, pero tú me gustas más.

¡Vaya por dios! Temía que comenzara con una ridícula conversación.

Abre las alas

—Deja de beber, bonito de cara.

Yo iba bebida, él me ganaba. Además mi cabeza, tras las voces, había vuelto al mundo real.

—¡Me has dicho un piropo! Eso es un gran paso. ¿Por qué no me besas?

Comenzó a ponerse en plan baboso. Con la excusa de su movimiento tambaleante, se lanzó a mis brazos y me cogió con fuerza. Agarrando de forma descarada mis nalgas.

—Aidan, te estás pasando —gruñí haciéndome oír por encima de la música.

Sonrió socarrón, pero no me soltó.

¿Dónde se había metido Kayla? Necesitaba que me ayudara o acabaría dándole un puñetazo a su hermano. Por suerte, no hizo falta.

Alguien se encargó de separarlo de mí, seguramente porque se había dado cuenta de que forcejeaba para quitármelo de encima.

—Eh, tío, ve con cuidado —bramó Aidan.

—Deja a la chica.

Su voz.

Fue como un déjà vú…

Cuando iba a perseguir a mi salvador, Kayla apareció sonriente meneando sus caderas. Deduje que había conocido a alguien y por eso desapareció durante tanto.

—¿Qué pasa por aquí? Dios, hermanito, estás como una cuba…

—Ahora vengo —musité ignorando a Aidan y cortando cualquier cosa que Kayla fuera a decirme—. Si no vuelvo, marchaos sin mí —grité sin saber si me habían escuchado.

En ningún momento perdí de vista a mi salvador. Tenía el cabello corto y rubio con reflejos en negro en las puntas, de un tono muy parecido al mío. Tenía la misma voz que resonó en mi cabeza advirtiéndome del camarero.

Tenía que atraparlo.

—Oye, ¡espera! —le grité.

Caminaba con grandes zancadas hasta la salida del local, por poco no

me quedo parada en el sitio cuando vi como se colocaba la capucha de su chaqueta gris.

¡Era él!

Esquivé a la gente todavía más deprisa, dando empujones. Los zapatos de tacón me entorpecían y se me pasó por la cabeza incluso quitármelos, idea que deseché de inmediato. Valían una pasta.

Crucé el pasillo por el que entramos, cuando pisé la calle, la encontré vacía.

Mi hombre misterioso había vuelto a escapar de mí.

Erecciones Mortales

Tras el chasco por no poder alcanzarlo, volví a casa un tanto enfadada. ¿Por qué huía de mí? No lograba explicármelo. ¿Quién demonios era?

A mi espalda el policía continuaba persiguiéndome. Quizá salir escopeteada del Subway Dead no había sumado puntos para descartarme como sospechosa, más bien los habría acumulado.

—Espero que tu sueldo al menos sea bueno, agente —murmuré en voz alta. Me giré y le lancé mi mejor sonrisa burlona. La sonrisa de *«soy una chica súper agradable»* no salía en aquellos instantes.

El policía no contestó. Me dio tiempo a observar su cara. No mostraba sentimientos. Era un policía muy duro.

Tenía un buen trecho caminando hasta casa. Más de una hora para ser exactos. Para ir al local, lo hicimos en taxi, sin embargo necesitaba despejarme caminando por las concurridas calles de Las Vegas. Era una temeraria, lo sabía. La ciudad de noche era un peligro enorme para una mujer sola, solo que yo no era como el resto. Si alguien se atrevía a hacerme algo, probaría mi tacón en sus testículos.

Sabía que mi actitud podía sonar un tanto alocada además de soberbia, pero el secreto consistía en que yo estaba loca y creía en mis propias palabras. A lo mejor me quedaba en estado de shock ante una situación peligrosa, aunque me gustaba pensar que me defendería con uñas y dientes. Era una forma propia de pensar para sentirme más valiente.

Tras una hora caminando, me dio tiempo de ver a todo tipo de personas. Borrachos, prostitutas, incluso una pelea que acabó bastante mal, con policías que detenían a los implicados, por suerte, a mi no me pasó nada, llevaba mi propio guardaespaldas. ¡Encima gratis!

El pobre policía debía estar hasta los testículos de caminar. Creedme, yo también lo estaba. Mis zapatos habían pasado de ser muy cómodos a convertirse en cristales afilados que se clavaban en la planta de mis pies.

Cuando solo faltaban unos metros para llegar, me descalcé.

«¡Por el amor de dios! ¡Esto es vida!», pensé al sentir el suelo plano bajo mis pies. Me dolían tanto, que el dolor de todos los tatuajes que llevaba sobre mi cuerpo, no era nada comparado con el que sufrían mis pies en esos instantes.

Me alegré de no haber tenido ningún incidente paranormal durante mi travesía. Ponerme a hablar sola en medio de la calle con un policía persiguiéndome, no habría dado muy buena imagen. Mi amigo el encapuchado estaba apagado o fuera de cobertura, aun así —aparte del policía—, tuve durante todo el camino la sensación de que me observaban.

—Buenas noches, señor agente. Espero que pase una agradable noche. Gracias por su amable compañía —me despedí de mi inseparable colega sonriendo.

El agente no hizo ni un solo movimiento. Ni siquiera me deseó buenas noches.

¡Estúpido!

Aidan y Kayla habían llegado antes que yo. Normal, con la pateada que me había metido ni siquiera sabía qué hora era.

—¿Dónde estabas? Me tenías preocupada.

No noté demasiada preocupación en sus palabras. La había despertado al encender la luz del salón, sorprendiéndola mientras dormía en el sofá, quitándole el sitio a Aidan, el cual yacía en el suelo durmiendo la mona sin ser consciente de nada. Estaba borracho como una cuba. Kayla continuaba vestida con la ropa de la noche. Se frotó los ojos y gruñó al darse cuenta que aún estaba maquillada. Estuve a punto de reír ante el estropicio que se acababa de hacer en su bonita cara regordeta.

—Vine andando.

—¿Estás loca? Mañana es San Patricio y durante esta noche la gente se desfasa mucho. Podría haberte pasado de todo —se alarmó.

—Sí, estoy loca. Pero tranquila, he tenido un vigilante privado durante todo el camino. Tener gratis un guardaespaldas no está nada mal —le resté importancia.

Tampoco pensaba que hubiera sido para tanto. Con veintidós años no era una adulta responsable, eso estaba claro, pero todavía era capaz de diferenciar mis grados de locura y era consciente de dónde me podía meter y dónde no.

Me marché a dormir tras la charla y dejé a Kayla hablando sola. Me encontraba realmente cansada después de la caminata, suerte que al día siguiente no tenía que trabajar.

Cuando más a gusto me encontraba bajo el calorcito que desprendían mis sábanas moradas, Kayla me hizo vestir a toda prisa, sin apenas maquillarme, para ir en taxi al centro de la ciudad y festejar el día de San Patricio. Más tarde comprendería el porqué de sus prisas. El chico que conoció en el Subway Dead iba a estar por allí.

Las calles de Las Vegas se vestían de verde. No era un color que a mí me sentara del todo bien, pero quise ir conjuntada poniéndome una camiseta de cuello en uve verde y una falda negra con zapatos de tacón. Kayla iba más acorde con la festividad.

En honor a los esfuerzos de San Patricio para convertir al cristianismo a los paganos, el mundo se vestía de verde para celebrar al patrono. El día de San Patricio nos mostraba un poco de la Isla Esmeralda, compartiendo sus tradiciones y símbolos, tales como su cerveza verde, los mágicos tréboles de cuatro hojas y simpáticos duendes.

A mi realmente lo que más me gustaba era la cerveza, para ser sinceros.

En Las Vegas, la festividad se celebraba durante varios días con mucha alegría y humor, desfiles, comida y música. Los múltiples pubs irlan-

Abre las alas

deses del barrio se llenaban de gente de todas partes.

—Tengo la sensación de que cada año hay más gente —murmuré. Era casi imposible abrirse paso por las calles. Solo era la una del mediodía y la gente ya estaba borracha.

Bailamos con desconocidos durante horas, bebimos sin descanso y reímos hasta que nos dolieron las mejillas de tanto ejercitarlas. Comimos en una taberna irlandesa casi a la hora de cenar. Mientras comía, Kayla charlaba distraída con el chico con el que entabló conversación la noche anterior en el Subway. La jodida tenía buen gusto.

Se llamaba Biel, al parecer, vivía a unas manzanas de nosotras. No llevaba mucho tiempo en Las Vegas. Era detective privado de los buenos.

Tenía cierto aire atractivo. Su pelo rubio peinado en punta le confería un aire rebelde con el suplemento de un cuerpo de espalda ancha y fuertes músculos marcados. Sus ojos eran marrones.

Todo aquello lo descubrí escuchándolos conversar. Hacía un rato que parecía que yo me hubiera marchado. Me sentía como un candelabro, pese a que debo reconocer que el porte serio de Biel, me resultaba un tanto amenazante.

Me fijé que en distintas ocasiones se quedaba absorto, con la mirada perdida, concentrado en lo que le rodeaba e incluso a mí me miraba con inquina. Quizá el aburrimiento también me convertía en una paranoica.

Entre el ruido del lleno local, oí como la canción *Awake* de Goodsmack sonaba en mí pequeño bolso. Mi teléfono móvil de última generación sonaba de forma intensa. Me levanté de mi sitio para salir de allí y poder escuchar algo y me percaté de que no conocía el número.

—¿Sí? —pregunté.

—¿Holly Collins? —contesté con un asentimiento y descubrí segundos después que no lo podían ver. Obviamente, hablaba por teléfono—. Le llamo del departamento de policía de Las Vegas en referencia al caso de asesinato en el que usted se ha visto implicada. Mañana a las diez en punto debe pasarse por comisaría a declarar de nuevo junto al inspector para responder a algunas preguntas —explicó sin apenas respirar.

Di mi conformidad y colgué la llamada. No me apetecía en absoluto ir, pero si quería dejar de ser sospechosa, tendría que obedecer.

Nunca se me ha dado bien seguir órdenes.

Tras la conversación se me quitaron las ganas de fiesta. Dejé a Kayla con Biel y yo volví a casa en taxi. El día que tuviera dinero para un coche sería el de mi muerte.

Aidan aún continuaba dormido cuando llegué.

Me metí en mi austera habitación y salí al pequeño balcón. Comenzaba a anochecer. El sonido de la gente divirtiéndose llegaba a mis oídos. Las calles eran una locura.

Me senté en una hamaca de plástico y observé las estrellas.

Me quedé dormida, o eso creía…

Ante mí volvía a tener a mi eterno desconocido plantado a tan solo unos metros.

¿Cómo había llegado a mi terraza?

—¿Quién eres? —me lancé a preguntar.

La sombra del desconocido llegaba hasta la superficie de la hamaca. Su rostro volvía a estar cubierto por la capucha de una chaqueta de color azul oscuro. Debía estar cociéndose ahí dentro. Aunque no era verano y apenas había llegado la primavera, hacía bastante calor y desentonaba su ropa con el ambiente.

No contestó.

Tan silencioso como siempre…

Me preguntaba una y otra vez por qué, si insistía tanto en aparecer en mis sueños, por la calle o allá por dónde yo pasara, no se dirigía a mí. Su comportamiento se asemejaba al de un baboso violador, por muy espatarrada que yo estuviera en ese instante, tumbada en mi incómoda hamaca de playa, mi apertura de piernas no era una invitación para que mi acosador-violador-perturbado, se colara entre mis piernas, así que las crucé y fruncí el ceño, traspasándolo con mi mirada de mala malísima.

—Mira, tío, comienzo a hartarme de tu constante acoso. ¿Qué eres? ¿Un pervertido? En mi tienda puedo encontrar algo para que complazcas tu necesidad, pero yo no estoy a la venta, guapetón —murmuré cansada de tanto silencio.

Apenas se movió, sin embargo, fui capaz de observar un leve movimiento de su cabeza que dejó entrever un resquicio de su rostro. Las comisuras de sus labios me hicieron suponer que había sonreído. Quizá también formaba parte del sueño, o de la alucinación… ¡Yo qué sé!

Le vi con la intención de contestarme, pero no lo hizo.

Suspiré frustrada.

—No sé cómo demonios te has colado aquí, pero si no tienes nada que decirme, te agradecería que abandonaras la casa. Estás nominado y voto por tu expulsión.

Mi comentario parecía divertirle, aunque no soltó sonido alguno. Estaba desperdiciando mi sarcasmo.

Cinco minutos más tarde, en los que aproveché para mirarme las uñas varias veces y comprobar que mi teta no se veía por el estrecho top verde, volví a mirarlo.

—¡Por mi vibrador favorito! ¿Quieres decir algo? Este sueño es de lo más aburrido. Estoy por desnudarme a ver si así reaccionas, tío. Seas lo que seas, bajo esas capas en las que te ocultas, tienes pinta de estar como un tren.

Quizá no debería haber dicho eso. Si era un violador, acababa de firmar mi sentencia de muerte. Pero el muy cabrón seguía quieto. Como buena observadora me di cuenta de que mis palabras habían provocado algo.

Bajo su tejano percibí una protuberancia bastante agradable para la vista. El amenazar con desnudarme lo había excitado.

¡Ay, Dios! ¿Dónde me había metido?

—Tú proposición es sumamente tentadora, Holly, pero no he venido a eso. Tienes que descubrir qué eres antes de que sea demasiado tarde. —Su voz penetró en mí de forma arrolladora. Su tono grave y masculino parecía acariciar todo mi cuerpo, haciéndolo vibrar.

Recordé que en uno de mis sueños también me había hablado y la sensación fue parecida. Sin embargo, ahora parecía más real.

Casi olvidé el significado de sus palabras ante el embrujo al que me vi sometida.

—¿Qué, qué? Tú estás loco, chaval —respondí—. Soy Holly Collins, una alocada estadounidense, sin padres, con ciertos problemas psicológicos. Nada más.

—Te han engañado —me respondió con el mismo tono de voz.

Casi le creí.

—¡Ya estoy aquí!

Kayla entró como un torbellino a mi habitación, haciéndome rebotar en el sitio por el susto. Desvié la mirada donde segundos antes estuvo mi misterio con patas, miembro viril extra grande, voz profunda y arrolladora, y ya no estaba…

Cuando Kayla llegó, me fue imposible concentrarme en pensar sobre aquella extraña visita. Al principio me mostré ausente ante mi amiga, preguntándome de nuevo si había sido real o un sueño. No tenía la respuesta, Kayla se encargó de distraerme explicándome lo bien que se lo había pasado con Biel. El chicarrón que a mi me pareció de lo más serio y estirado, dejó a mi amiga atontada. Sinceramente, no entendía qué le había visto. A mi me parecía de lo más soso e insulso, a pesar de que tampoco lo conocía para juzgarlo. Al oírla hablar de él, de veras creí que lo hacía sobre otra persona, pero no.

Quizá yo le había caído mal y por eso me ignoró…No todo el mundo era capaz de apreciar mi sarcástico encanto.

Volví a pasarme la noche en vela pensando en él. Me moría de ganas por conocer su rostro. Eso me preocupaba más que sus extrañas palabras que deduje habían sido inducidas por alguna droga. Bien sabía yo sobre lo que estas eran capaces de hacer. Lo médicos me las daban constantemente para controlarme.

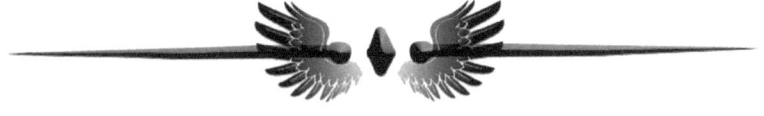

Tras una larga ducha y dos tazas de café bien cargado para despejarme,

Abre las alas

me marché a comisaría para declarar una vez más. Kayla quiso venir conmigo, pero la obligué a que abriera la tienda dispuesta a hacer eso sola.

El día amaneció alegre y soleado, al contrario que mi humor. Me puse lo primero que encontré en el armario y al llegar a las puertas del departamento de policía de Las Vegas boulevard, entré con paso decidido y altivo. Una agente me racheó en la entrada y me hizo pasar por el detector de metales, el cual sonó de inmediato.

—Serán los piercing —me encogí de hombros con una sonrisa.

La agente, no contenta con mi respuesta, volvió a palparme de arriba abajo.

—Quítese los zapatos —fruncí el ceño. Llevaba unos de tacón alto. ¿Acaso alguien en su sano juicio sería capaz de esconder algo ahí?

Al parecer la agente creyó que sí.

Con un bufido hice lo que me pidió. Volvió a pitar.

—Mi sujetador tiene varillas de acero. ¿También quiere que me lo quite? Ah, y también tengo un piercing en el clí…

—Pase —me cortó antes de desvelar donde se escondía mi piercing más atrevido.

Le sonreí de nuevo y con cara de perro con la rabia, me guio al despacho del inspector tocapelotas y este me indicó que me acercara a su mesa.

La sala, apenas iluminada por una lámpara de escritorio, me apuntaba a la cara deslumbrándome. Las paredes eran grises, como el humor del inspector que me miraba como si me fuera a detener en cualquier momento. Temía que cualquier cosa que le dijera la tergiversara para hacerme parecer culpable.

—Buenos días, señorita Collins —me saludó escueto—. Tome asiento, por favor.

Me senté dónde me indicó y me erguí en el sitio, mostrando seguridad. Esperaba que el inspector no se tomara mi posición retadora como una afrenta, a simple vista, solo quería mostrar seguridad en mis gestos para ver si así se le quitaba de la cabeza que yo era una asesina.

—Ya nos han llegado los resultados de la autopsia del señor Vincent Clearwater, el hombre que usted encontró en plena calle difunto —comenzó.

—¿Y bien? —pregunté.

La mirada del inspector observaba todos mis movimientos de forma meticulosa. El ceño fruncido y su mueca desagradable, le confería a su rostro más años de los que tenía. A mí parecer, se tomaba tan a pecho su trabajo que solo confiaba en sí mismo y cargaba con todo el peso de los casos que se llevaban a cabo en su comisaría.

—El señor Clearwater murió de un infarto, no fue asesinado.

Mantuve mi rostro impasible pese a que en mi interior estaba sorprendida por su afirmación.

—Entonces, ¿ya le ha quedado claro que no soy una asesina?

—No vaya usted tan deprisa, señorita Collins. La víctima murió de forma natural, sin embargo, examinando la zona del crimen, hemos llegado a la conclusión de que sus últimos momentos de vida los compartió con alguien.

«¿Quieres un pin?», pensé después de escuchar la absurda explicación del inspector.

¿Me tomaba por tonta? Yo misma fui quien le dijo que vi salir a una chica del callejón, la misma con la que se acercó a mi tienda a comprar juguetitos para su noche de pasión.

—¿Mantuvo usted relaciones sexuales con el fallecido? —Me miró con fijeza, sonriendo de forma socarrona. Convencido de que esa pregunta me enfurecería.

—No —respondí escueta—. Me reitero en mi anterior declaración, señor inspector. Sé perfectamente lo que vi y no me intimida con su actitud inquisidora. El señor Clearwater fue uno más de mis clientes en la tienda y lo que de verdad deberían hacer, es buscar a la mujer que lo acompañaba y hacerle estas preguntas a ella. Esa señorita lo dejó tirado y muerto en la calle. A eso se le llama omisión de socorro. Yo les llamé a ustedes, así que deje de buscar excusas para inculparme y haga su trabajo.

Pude ver como las venas de su cuello se hinchaban de la rabia. Estaba ensañándose conmigo y no podía permitirlo.

Que me juzgaran por llevar a cabo una buena acción, era ridículo. Tenía cosas más importantes que hacer que estar ahí perdiendo el tiempo.

—Es usted muy atrevida, señorita Collins. Tiene razón en lo que a encontrar a esa mujer se refiere, sin embargo, es usted nuestra única testigo y déjeme decirle que fue mucha casualidad encontrar sus productos junto al cuerpo de la víctima —contestó de forma calmada—. De todos modos, será muy difícil encontrar a la supuesta mujer porque en la víctima no había restos de ninguna otra persona, lo que nos hace pensar que, quien estuviera disfrutando de una noche de pasión con él, lo dejó limpio y sin pistas.

—¿Qué insinúa? ¿Que miento? —pregunté.

No podía ser que no hubiera ADN de la prostituta en ninguna parte de aquel hombre. En mi tienda habían intercambiado fluidos mediante sus lenguas. Lo que el inspector creía que tan solo era un infarto, yo no lo veía de esa forma. La prostituta había limpiado sus huellas.

Sí. Seguro.

—He estado leyendo informes médicos sobre usted, señorita Collins. —Mi cara debió quedarse sin rastro de color—. ¿Cómo puedo creer a una persona que ha tenido alucinaciones a lo largo de su vida?

—No tiene derecho a hacerme esa pregunta, inspector.

—En los casos que llevamos a cabo tenemos que investigarlo todo y usted ha sido una posible sospechosa, señorita Collins. De todos modos, no se le puede acusar de nada y está libre de cualquier cargo. Sin embargo, intente cerciorarse de que lo que dice es real, así evitaremos este tipo de malentendidos.

Podría haberme puesto a decirle que se metiera sus consejos por el culo, pero me callé. Si lo hacía, acabaría detenida por desacato y allí parecía que no se iba a seguir hablando del señor Clearwater.

Me sentí indignada. El inspector conocía mi enfermedad y no había tenido otra teoría mejor al no encontrar pruebas en la víctima de que yo me lo había imaginado todo. Muy profesional por su parte. El tacto lo había perdido por el camino.

—La acompaño a la salida.

—No se preocupe, conozco el camino —sonreí cínica, levantándome del asiento y dirigiéndome a la puerta con la cabeza bien alta—. Que pase usted un buen día, señor. Solo espero no estar imaginándome que soy inocente, así que le recomendaría que me lo escribiera por mail, por si acaso.

Tras dejarlo con dos palmos de narices por mi rebeldía, salí del despacho y anduve de nuevo hasta el centro de la comisaría. Aproveché el alboroto que había para suspirar con fuerza, frustrada ante la idiotez del inspector.

No me imaginé a la mujer, al igual que tampoco lo hice con sus ojos inyectados en sangre. No tenía una explicación que desvelara por qué no habían encontrado nada de ella, pero decidí dejar de darle vueltas.

Ya no me incumbía.

—Parece que últimamente todos mueren empalmados —oí que decía un policía reunido en un grupo de cinco agentes.

—Tío, no te lo tomes a broma. Llevamos tres esta semana —respondió otro.

Disimulé ojeando mi teléfono móvil, parada en el centro del lugar para escuchar la conversación.

—Todos han muerto infartados. Al final resultará que el sexo es perjudicial para el corazón. —Todos rieron.

Yo no le encontré la gracia.

Miré de reojo a los agentes. Continuaron conversando ajenos a mi escrutinio. Fue interesante escuchar que hubo más fallecimientos idénticos al de Clearwater. Me resultó de lo más oportuno.

Un agente se me quedó mirando. De los cinco, era el más atractivo. Con un metro noventa de estatura, cuerpo atlético escondido bajo el uniforme y mirada retadora, me observó.

Yo hice lo mismo.

Por un instante, vi sus ojos como los de aquella mujer, pero deseché el pensamiento sacudiendo la cabeza. Al mirarlo otra vez, volvía a ser normal.

Abre las alas

Al final iba a resultar que el inspector tenía razón y había sido todo una alucinación.

Siguió mirándome. El rictus de su rostro era serio, sospechoso. Me dio escalofríos.

Corté el contacto visual. Lo mejor sería marcharme, sin embargo, aunque yo era inocente, el misterio del extraño fallecimiento iba a seguir en mi mente.

TODOS SABEN QUIÉN SOY, MENOS YO...

Siento libertad mientras sacudo las alas. El cielo oscuro de la noche me mece junto a la luna y las estrellas entre las que levito. El frío aire golpea fuerte en mi rostro, adormeciéndolo. No es molesto, más bien liberador, confortable... Siento mi cuerpo en comunión con las nubes y volar me hace feliz.

El batir de mis blancas y extensas alas resuena en el firmamento. La quietud de la noche me abruma.

No hay preocupaciones cuando alzo el vuelo y los malos pensamientos se evaporan como las gotas de lluvia al caer al suelo.

Sonrío a las estrellas y desciendo por las nubes. La ciudad se ilumina ante mí. La noche es joven y los humanos se divierten.

Yo lo hago a mi manera, observando desde las alturas para evitar que me vean, aunque nada me gustaría más que mostrarme tal y como soy.

Me fijo en el horizonte. Algo se acerca.

Una bruma negra y espesa se abre camino hasta mi posición.

Vienen a por mí.

Huyo batiendo las alas con fuerza.

Mi momento de felicidad se ha esfumado.

Asciendo cuanto puedo, pero de repente, dejo de subir.

Mis alas han desaparecido. No hay nada que me sostenga.

Caigo en picado...

Abre las alas

—¡Nooo!

Me desperté gritando, sudorosa. Giré la cabeza en busca de mis alas. ¿Alas? Qué me creía qué era, ¿un pollo?

Solté un fuerte suspiro.

Los sueños cada vez eran más recurrentes y raros. Tenía mi propio mundo de fantasía en el que era capaz de volar como un pájaro, una que siempre me pareció de lo más atractiva. Sin embargo, irreal.

Me levanté de la cama y fui directa a darme una ducha. Kayla tenía el día libre y yo lo pasaría en la tienda. Esperaba al menos conseguir distraerme un poco, aun así, mis pensamientos viajaban en busca de respuestas a mis sueños. Al día siguiente tenía la visita con la psiquiatra.

¿Qué demonios le iba a decir?

Tenía miedo de lo que pudiera opinar sobre mis locuras. No me gustaba mentir, era una persona sincera, pero si le contaba toda la verdad, quizá me encerraban y no podía permitírmelo. Debía trabajar y llevar una vida normal para no sentirme un bicho raro. No podían hacerme eso.

Llegué tan puntual como siempre, diez minutos tarde. El repartidor trajo los pedidos de nuevos artilugios sexuales y pasé toda la mañana ordenándolos en las estanterías correspondientes. Vibradores, dildos naturales, arneses, ropa fetish… Aún, a veces —y eso que mis ojitos lilas y grises ya habían visto mucho—, me sorprendía de todo lo que existía para el placer.

Curiosa de mí, me hice con un nuevo artefacto que acababa de llegar y lo abrí una vez sentada tras el mostrador para ver de qué se trataba. Obviamente me lo acabé quedando. Una vez abierto, ya no estaba disponible para la venta.

El nombre del artefacto me hizo soltar una carcajada. Había que ver la horterada de apodos que le ponían los fabricantes a los objetos.

—*Monta que te monta* —leí en voz alta.

Fijé mi vista en la descripción del producto que venía escrita en la caja y leí.

—¿Quieres ser una verdadera amazona? Con monta que te monta, te

convertirás en toda una experta cabalgando. Con un cojín inflable forrado en terciopelo con la forma de sujeción de los caballos, monta que te monta, es fácil de montar. —V*alga la redundancia*, pensé—. Con cuatro velocidades y un dildo de tamaño natural estriado para mayor placer, junto a un estimulador para tu clítoris, no necesitaras más que cargar la batería y disfrutar del rodeo.

Reí cada vez más fuerte, aguantándome el estómago. La imaginación de los inventores de los artilugios no tenía límite. Tuve que admitir que tenía pinta de ser muy placentero. Puede que se lo regalara a Kayla para reírme un rato de ella.

Lo dejé a un lado aún sonriendo tontamente y atendí a los clientes que fueron entrando. No éramos la única tienda de productos para el placer en la ciudad, pero sí la más conocida y ya teníamos muchos clientes habituales que volvían una y otra vez a por más cosas.

—Buenos días, Holly —me saludó Amanda, una mujer que rondaba la cuarentena, casada y con hijos, que venía siempre en busca de artilugios nuevos para sorprender a su marido.

—Buenos días, guapetona. ¿Qué te trae hoy por aquí?

La primera vez que vino pensé que se trataba de la típica ultrarreligiosa que solo venía a decirme que estaba poseída por el demonio y que todo lo que vendía eran utensilios del mismísimo Belcebú. Como si en la biblia hubiera escrito un capítulo que dijera que Satán creó los vibradores y los penes de mentira para establecer la anarquía en el mundo conyugal, pero Amanda no era así.

Al principio fue tímida, tras mis recomendaciones para avivar su monótono matrimonio, cambió y se volvió una loca como yo.

—Venía a mirarme algún conjunto atrevido y a reponer los lubricantes de sabores, Grason se los come todos —rio sin vergüenza alguna—. ¿Tienes algo de polipiel?

La guié hasta el pasillo de la ropa y saqué de las perchas algunos monos de polipiel estilo *Catwoman*. Amanda los examinó uno por uno y escogió el más atrevido de todos, el más escotado y el que menos tela tenía.

Abre las alas

—Así me gusta, que le pongas las cosas fáciles a tu marido —reí. De todos los que le enseñé, era el único con una abertura entre las piernas.

Pagó su vestimenta y estuvimos un rato conversando. Le enseñé el nuevo catálogo para que se lo llevara y reímos juntas cuando descubrió *Monta que te monta*.

—¡Ay dios, qué depravada me he vuelto! —exclamó.

—No digas tonterías. Solo disfrutas de tu sexualidad. No hay nada de depravado en explorar el placer. Si no, ¿por qué tenemos zonas erógenas? Para estimularlas y dejarnos llevar por las sensaciones que nos producen —murmuré—. No es por nada, pero antes de que se implantara el Cristianismo de forma tan estricta en nuestra sociedad, la gente era más liberal y no había tantos tabúes con el sexo. Las personas disfrutaban sin miedo, te aseguro que todos los artefactos que ves aquí, existen desde hace siglos —le expliqué de modo profesional.

Se marchó de allí contenta con sus productos y por haber aprendido algo más. Tras su marcha, no hubo mucho movimiento.

El día se pasó más rápido de lo que pensaba. Era casi la hora de cerrar.

—Buenas noches, ¿en qué puedo ayu… —No terminé mi pregunta dirigida a las dos personas que acababan de entrar. Los reconocí al instante y mi cara debió ser un poema.

La prostituta me miró altiva con su larga melena rubia recogida en una trenza a un lado y vestida igual de hortera que la última vez que la vi. Esa vez iba con un vestido verde de lentejuelas. Estuve a punto de decirle que el día de San Patricio había pasado, pero me callé. A su lado estaba el agente de policía que se me quedó mirando en comisaría cuando escuchaba la conversación de varios agentes, vestido con ropa de calle.

—¿Qué desean? —pregunté rompiendo el incómodo silencio que se había instalado a mi alrededor.

Ambos me miraban con dureza, cruzados de brazos, mantenían mudas amenazas en sus caras. No estaban ahí en son de paz, estaba claro.

—Veo que al final han encontrado a la mujer que les dije. Ya le comenté a su superior que no lo había imaginado. Supongo que vendrá para que le dé una confirmación, ¿verdad? —supuse.

Era el único pensamiento coherente que se me pasaba por la cabeza para entender la inesperada visita, sin embargo, llegué a la conclusión de que me equivocaba. Aquellos dos se conocían.

El agente dio un paso atrás para llegar a la puerta y la cerró con pestillo. Fruncí el ceño al percatarme de que trataba de encerrarme en mi propia tienda y la rubia dio un paso hacia mí. Retrocedí instintivamente.

—¿Qué hacéis? —pregunté como una tonta.

El policía se dio la vuelta, reuniéndose con la rubia y ambos comenzaron a caminar de forma constante y lenta hacia mí. Reconocer que estaba asustada no hubiera sido una gran idea, aun retrocediendo, saqué valor para desafiarlos con mi mirada de pantera.

Su mirada me ganó. Parpadeé varias veces tras ver otra vez los ojos rojos. Los dos los tenían iguales.

—¿Qué demonios?

De repente me sentí paralizada. Dejé de retroceder sin yo dar la orden y el policía me alcanzó. Su mirada fija parecía llegar a mi cerebro, pero no solo era eso…

En el mismo instante en que nuestros ojos entraron en contacto me pareció de lo más atractivo. Mi cuerpo comenzó a acalorarse de forma vergonzosa. Él agarró mis manos y gemí ante el contacto.

¿Por qué me excitaba? ¿Me estaba volviendo una ninfómana?

—Sabemos lo que eres, Holly Collins. —Su voz sedosa me hizo sonreír como una idiota. Me quedé prendada de sus ojos rojos. Me parecieron de lo más atractivos y sensuales.

Sabía que la rubia estaba a mi alrededor, atenta a mis movimientos, aunque solo era capaz de concentrarme en aquella mirada que estaba a punto de darme un orgasmo sin rozarme apenas.

No me enteré de lo que me dijo.

¿Había dicho que sabía lo qué era? ¿Y qué era? Porque yo no tenía ni idea.

Bueno sí, una humana. Punto y final.

Alzó la mano que sostenía mis muñecas colocándola en mi cuello. Lo acarició con dulzura y volví a gemir.

Abre las alas

La humedad se hizo entre mis piernas y sentí como mi respiración se volvía entrecortada.

¿Qué me estaba haciendo?

Me sentí igual que en el Subway Dead con la mirada del camarero. Recordé la voz de mi chico misterioso, *«no lo mires»*, eso fue lo que me dijo. Cerré los ojos con fuerza e intenté zafarme de su embrujo.

Fuera cual fuese la conexión instalada en mí minutos antes, ya no estaba.

—Vamos, mírame, Holly.

Ni hablar.

Seguí con los ojos cerrados como si fuera Medusa la que fuera a atacarme para convertirme en piedra. Sus caricias se convirtieron en un intento por asfixiarme. Su mano me oprimía la tráquea y abrí los ojos de forma desmesurada, sorprendida por su ataque.

—¿Qué queréis? —insistí a duras penas. El aire había dejado de entrar a mis pulmones.

—Sabemos lo que eres —repitió—. Debes morir.

La rubia se acercó por mi espalda, tras pronunciar unas palabras que no entendía, en su mano apareció un largo puñal que apenas pude ver. Iba directa a clavármelo. Pataleé con fuerza para apartarme del agente y antes de que la zorra de la rubia me lo clavara, me solté.

—¡Estáis locos! —grité.

Corrí por los pasillos de la tienda, tirando los objetos de las estanterías para cortarles el paso.

No sirvió de nada.

Eran mucho más rápidos que yo y no me preguntéis cómo lo hicieron, pero creo que me pareció ver a la rubia dando un salto tan fuerte, que su impulso la llevó a situarse delante de mí.

—No te escondas de nosotros, no servirá. Hacerte pasar por humana no salvará a tu raza. Ha llegado la hora de que desaparezcáis todos —murmuró mirándome a los ojos con odio, convencida de lo que decía.

Había llegado a un punto en que yo no entendía nada. Según los médicos yo era una loca, aunque no me lo llamaban a la cara, sin embargo,

esa tía estaba peor que yo. Tendría que hacer nota mental de comprarme una pistola táser para paralizar a los que osaran agredirme.

Si salía con vida, por descontado…

Calculé mentalmente los pasos que me separaban de la puerta del almacén y conté que unos diez. Había perdido la esperanza de poder huir. La rubia bloqueaba mi escapatoria y se acercaba a mí con un lento caminar mientras que a mis espaldas el supuesto policía hacía lo mismo.

Me tenían acorralada.

El puñal que la rubia sostenía entre sus manos relucía de forma sobrenatural. La luz que parecía desprender era de tono oscuro. Logré diferenciar símbolos grabados en la empuñadura de metal. De ellos procedía la luz.

Como un acto reflejo, me dio por mirarme el tatuaje de mi pecho. Un movimiento un tanto perjudicial para mí en esos instantes, pero al menos logré construir una teoría. No sabía cómo lo averigüé, pero los símbolos de la daga eran runas como la que yo llevaba tatuada en mi pecho. Las formas se asemejaban. La cuestión era que desconocía su significado. A tanto no llegaba.

La rubia, cansada de la poca diversión que yo le proporcionaba, dio un paso adelante y apuñaló en el aire. Conseguí apartarme antes de que me ensartara y me acerqué un poco más al almacén. Las manos me sudaban de los nervios. Jamás me había encontrado en una situación de ese estilo. Tendría que haber asistido a las clases de defensa personal con Kayla, pero valiente de mí, me salté la mitad tras comprender que lo mío no era la lucha cuerpo a cuerpo. En cambio, las batallas verbales, se me daban de fábula.

—Vamos, Katrina, mátala ya. Tengo que volver a comisaría —murmuró el agente cansado de tantos juegos.

—La muy zorra es esquiva. —Tiró varias cajas de la estantería. De nuevo me perseguía, ya que aproveché la charla con el otro para salir corriendo, cruzando por el hueco de una de las estanterías.

Katrina corrió como un huracán, mientras le lanzaba cosas a la cabeza. El agente me pilló por detrás y detuvo mis ataques, agarrándome con fuerza y presionando mis muñecas. Me hacía daño.

—¡Suéltame! —grité con todas mis fuerzas. Katrina se acercaba armada, fijando sus ojos rojos en mí. Daba miedo…

—Se acabó, Arconte. Contigo habrá uno menos que matar. Jamás conseguiréis el Cáliz de Platino.

—Eh, para el carro. ¿Qué coño dices? —pregunté alterada. Me temía que se estaban equivocando de persona—. Mira, tía, creo que esto lo podemos solucionar de otra forma. Me confundes con otra. ¿Qué es Arconte? Yo no sé qué es ese Cáliz.

Mi rostro interrogativo debió hacerla dudar por unos segundos. Había murmurado palabras inteligibles para mí, aunque tampoco tenía tiempo para estudiarlas.

En un abrir y cerrar de ojos, la cosa cambió como por arte de magia. Las luces de la tienda se apagaron y nos quedamos a oscuras, solo iluminados por el resplandor del puñal. Creí que había llegado mi hora. Katrina se acercaba y cerré los ojos para no verlo, pero nunca llegó…

La oí gemir de dolor y a mis espaldas el agente también gritó.

Era libre. Ya no me agarraba.

El sonido de una respiración atolondrada por la acción, fue lo único que logré escuchar por encima de los frenéticos latidos de mi asustado corazón. Parecía que me fuera a explotar en cualquier momento. A pesar de que ya no era presa de mis dos asaltantes, aún estaba siendo acechada por alguien.

Describirlo como mi salvador quizá fuera demasiado osado por mi parte, porque podría ser él quien pusiera fin a mi vida y yo apenas sería consciente.

De todos modos, no me había atacado, aún.

Lo escuché caminar entre las sombras y la luz se hizo de nuevo. Lo primero que vi no fue el destrozo al que se había visto sometido mi establecimiento comercial, ni los cuerpos que manchaban el suelo con su sangre derramándose de los cortes en la zona de sus corazones, acabando con su vida; lo primero que llamó mi atención tras hacerse la luz, fue la persona que me miraba a tan solo un metro de distancia, con sus ojazos azules mostrando un brillo siniestro.

Mi misterioso hombre estaba delante de mí, cubierto con la capucha.

—¿Tú? —pregunté.

Mi pregunta fue de todo menos original, pero claro, tras ser víctima de un intento de asesinato por dos personas que parecían de todo menos humanos y que decían que yo era de una raza que debía morir y no sé qué Arconte y un Cáliz de Platino, mi cara debía reflejar toda la inestabilidad mental que mi cuerpo sentía, además de miedo…

De milagro no me meé en las bragas.

—Salgamos de aquí. —Habló con ese tono que me ponía los pelos de punta, grave y musical. Me embrujaba…

—Tengo que llamar a la policía. ¡Hay dos muertos en mi tienda! —grité alterada, asimilando por primera vez lo ocurrido—. Oh Dios, ¡has matado a dos personas!

—Tranquilízate, Holly.

—¿Quién eres? ¿Cómo sabes mi nombre? ¿Qué demonios está pasando?

Me moví como un león enjaulado por la tienda, saltando los obstáculos que me encontraba. Muchos artículos habían quedado destrozados. Iba a perder una cantidad considerable de dinero. Menos mal que tenía la tienda asegurada, sin embargo, ¿cómo iba a explicar lo de los muertos? ¡Uno de ellos era policía! El inspector me metería en la cárcel sin pensarlo.

Mi salvador no contestó a mis preguntas. Se limitó a acercarse como un depredador hasta mí, mirándome con fiereza y atravesándome hasta el cerebro con el hermoso color azul de sus ojos.

Pero no iba a dejar que me sedujera su mirada arrolladora.

¡Ni hablar!

—No te acerques. ¡Largo! —Me alejé de él, retrocediendo hasta chocar con el mostrador.

—¿No crees que si quisiera matarte, ya lo habría hecho? —espetó con calma.

Abre las alas

—Llevas días siguiéndome. ¿Qué quieres? —Ignoré su pregunta con otra. Intentaba ganar tiempo para huir.

Estaba a unos pasos de la puerta e iba retrocediendo mientras miraba a ese hombre que a su vez me miraba a mí, supongo que adivinando mis intenciones.

—La puerta está cerrada. —Noté cierto toque de diversión en su voz que su rostro no mostró.

Solté un suspiro frustrado, resignada.

—Bueno —comencé— …esto tiene pinta de ser una pesadilla. Seguramente sigo tumbada en la comodidad de mi cama, cubierta por las sábanas. Últimamente sueño mucho contigo, ¿lo sabías? —Él asintió—. ¿Por qué no te quitas la capucha? Me gustaría verte.

Me sorprendí a mí misma al decir eso. Mi voz sonó curiosa y no asustada. Cómo si la idea de creer que era un sueño me tranquilizara,

Después de soñar que volaba y caía en picado, ¿por qué no comportarse educadamente con mi acosador?

Es más, sentía curiosidad por saber de él.

¿Qué me pasaba?

Con lentitud se quitó la prenda que cubría su cabeza, mostrándome al fin sus facciones al detalle. Su piel blanquecina como la mía le daba un toque de muñequito y su pelo rubio era idéntico al mío, pero él lo llevaba corto, peinado en punta y con mechas oscuras en las puntas, dándole un aire muy atractivo.

¡Qué cojones! Era atractivo con todas las letras.

Si no fuera por lo extraño de la situación, le propondría una noche loca. Tendría que estar ciega para no fijarme en semejante monumento. Pese a que iba tapado con su cuerpo cubierto por un conjunto de pantalón y camiseta negra, logré adivinar una percha de infarto.

—Mi nombre es Alistair —se presentó. Ya era hora de conocer su nombre. Al fin podía dejar de llamarlo mi hombre misterioso. Ahora sería el misterioso Alistair.

—Bonito nombre —espeté distraída—. Un poco anticuado, pero mola. —Me encogí de hombros.

82

Alistair no hizo ningún gesto. Me miraba impasible, quieto como una estatua. Como mi sueño no tuviera más acción, acabaría soñando en el sueño. No parecía ser hombre de muchas palabras. Su porte serio me lo indicaba. Puede que mi suposición de creerlo un asesino no fuera tan desencaminada con la verdad.

—Te acompañaré a casa.

Abrió la puerta de la tienda como si fuera suya y la cerró a cal y canto. Lo seguí en silencio por las calles de Las Vegas, demasiado atónita para interrogarlo. Huir de dos individuos que querían mi muerte, me dejó agotada.

Al menos me había autoconvencido de que era un sueño y cuando despertara, seguro que todo volvería a la normalidad.

EN DEFINITIVA, ESTOY LOCA

Otro extraño día más de mi todavía más extraña vida. El despertador me hizo abrir los ojos de golpe y lo apagué sin ganas de levantarme.

¡Menuda noche!

Peleas, intentos de asesinato, el misterioso Alistair dirigiéndose a mí….Sin duda mis sueños daban para escribir una novela de ciencia ficción.

¿Había sido real? No tenía ni idea, pero lo dudaba.

Estaba confusa. No fui capaz de contarle nada a Kayla cuando me levanté y nos fuimos juntas a trabajar. Lo cierto era que no recordaba ni cómo llegué a casa, una vez más…

—Ayer debiste salir tarde, no te vi llegar —habló durante el camino.

—Si te soy sincera, los hechos de ayer han desaparecido de mi mente. —Me mordí el piercing del labio pensativa, mirando al frente, sin prestar atención a ningún lugar en especial.

—Comienzas a asustarme, Holly. Últimamente estás muy rara.

Coincidí con ella.

Cuanto más cerca estaba de la tienda, más nerviosa me puse. Temía encontrármela destrozada y con los muertos todavía en el suelo desangrados. Sentía lo ocurrido como algo real.

Incluso me había despertado con el cuello enrojecido, como si hubie-

ran ejercido presión en la zona. En mi sueño, el policía me agarró con fuerza, cortándome la respiración.

Abrí la persiana con manos temblorosas, por unos instantes dudé en entrar. Kayla al ver mi indecisión se encogió de hombros y entró por mí. Que no gritara me hizo coger confianza.

No pude evitar abrir la boca con sorpresa. Todo estaba impoluto. Los objetos estaban bien colocados en las estanterías e incluso lo que creí en mi sueño que había quedado para la basura, apareció delante de mis ojos.

—Me estoy volviendo loca —susurré, pero Kayla se enteró.

—¿Se puede saber qué te pasa? Me estás preocupando, Holly. Esto comienza a pasarse de castaño oscuro.

Ignoré sus preguntas y me puse a examinar la tienda de arriba abajo. No había pistas de lo ocurrido y algo en mí seguía diciéndome que era real. Kayla me persiguió por toda la tienda con preguntas que no respondí, pero cuando entraron clientes me dejó en paz. Por suerte la mañana fue lo suficiente movida como para no tener que darle explicaciones, aun así, mi mente no estaba en este mundo.

Mientras ella atendía, me metí en el almacén con la excusa de hacer inventario y encendí el ordenador para investigar sobre mis sueños. La conexión funcionaba a trompicones. El cable que daba la red, estaba pelado de lo viejo que era. Abrí Google y comencé a teclear.

«Sueños que parecen reales».

Cliqué en la primera página que encontré y leí con atención:

«Supongo que a muchas personas nos ha pasado eso de tener un sueño del que no podemos distinguir si es real o no, porque sentimos el tacto como si fuera real, las mismas sensaciones que cuando estamos despiertos…todo exactamente igual.

Esto sucede porque un sueño es producto del pensamiento y mientras lo experimentamos parece real, tan real como la vida misma, pero cuando despertamos podemos comprobar que no tiene realidad propia».

Pude deducir que no era real gracias a que la tienda estaba tan normal

como todos los días, aun así, las marcas de mi cuello sí que lo eran, confundiéndome todavía más.

Continué con la lectura a ver si encontraba algo más.

«Para nuestro cerebro esas situaciones son reales. Esto ocurre porque los acontecimientos oníricos se perciben como realidades «externas», pero para tu cerebro es como si realmente ocurrieron. El único motivo por el que nuestro cuerpo físico no actúa en consecuencia con lo que está ocurriendo en el sueño, (por ejemplo: que te persigue un perro rabioso y tu comienzas a correr), es porque el tono muscular se inhibe durante la fase del sueño, pero los impulsos para moverse y sentir ocurren de igual manera en cuerpo y mente».

¿Y si yo actué en consecuencia y por eso tengo las marcas? A lo mejor, fui yo misma quien me ahogué mientras dormía. ¿Eso podía pasar? ¿Podría haber sido yo quién dejara las marcas en mi cuello?

«Durante la fase REM, donde nuestro sueño es profundo, el hemisferio racional baja la actividad y se mantiene en reposo mientras el hemisferio derecho está en plena actividad. Al producirse este fenómeno, nuestro cerebro permite pensamientos de libre albedrío sin oponer prejuicios racionales. Por este motivo nos enteramos de que no tiene sentido lo que estamos soñando».

¡Vaya por dios! Al parecer mi hemisferio derecho, el de los pensamientos irracionales, lo tenía más activo de noche, y eso ya era decir mucho, porque de día, también estaba presente un lado así en mí que no se me quitaba ni para atrás.

Todo parecía tener una explicación razonable en el texto, sin embargo, ¿por qué tenía el cuello magullado? No me decía si uno mismo era capaz de hacerse lo que ocurría en el sueño cómo yo pensaba que había pasado.

Si hubiera sido un sueño normal, simplemente me habría despertado alterada y preocupada, no herida. No me dolía, pero las marcas que tanto

Abre las alas

sentí como me las hacía el policía, estaban ahí para hacerme dudar de mí misma y de mi poca cordura.

Necesitaba más datos.

Tecleé de nuevo y esta vez busqué información más específica sobre lo ocurrido en mi *sueño*.

«Soñar que intentan matarte».

Busqué varias páginas hasta dar con una que me llamó la atención.

«Soñar que te persiguen es uno de los sueños más comunes. Sueñas que tratas de huir y escapar corriendo desesperadamente, mientras detrás, y cada vez más cerca, viene el peligro.

Soñar con escapar o esconderse de algo que te persigue tiene varios significados dependiendo del tipo de peligro del cual se huye y de la definición del sueño.

En general, es un sueño positivo ya que si logras escapar de un peligro es una buena señal, aunque lo ideal es cuando enfrentas a los que te persiguen y los vences, ya que eso significa triunfo total sobre cualquier clase de obstáculos y la llegada segura a la meta que te hayas propuesto.

Siempre que se tienen sueños de persecución, hay que tratar de recordar cuál era el peligro del que se huía, si se trataba de algo indefinido, de animales, o personas.

Si eran personas de las que escapabas, es importante recordar sus caras o alguna característica que sirva para identificarlos.

Soñar con que te persiguen indica que hay una o más situaciones que te agobian y de las cuales quieres escapar, si este sueño se repite con mucha frecuencia, vas a tener que detenerte a pensar si no estás atravesando un cuadro de estrés debido a las exigencias del medio en que te encuentras».

De todo lo que leí, las pocas conclusiones que sacaba era que haber conseguido huir parecía algo positivo. Tampoco me ayudaba. No aclaraba apenas ninguna de mis dudas sobre si era real o no. Aquello no me decía si podían ocurrir esos fenómenos paranormales. Sí que era cierto que estaba estresada por mis continúas idas de cabeza y mis últimos sueños tenían un patrón en común que cada día me perturbaba más: Alistair.

Si no era real, ¿cómo podía sentir como si lo conociera?

Además, lo había visto también estando despierta, en una calle, en el Subway Dead y hasta en mi balcón, pese a que nadie más fue testigo, solo yo.

No iba a perder el tiempo buscando sobre alucinaciones, porque ese tema lo conocía de primera mano.

Definitivamente lo mejor sería hablar con la psiquiatra. No me quedaba otra.

Solté un fuerte y largo suspiro y cerré el ordenador de un golpe.

—Vaya mierda de búsqueda, me he quedado igual —exclamé en voz alta.

Lo único para lo que había servido era para confundirme y seguir con la duda.

Me marché a la hora de comer a mi visita con la psiquiatra Meredith Edwards, con la promesa a Kayla de que la llamaría en cuanto saliera, esperé en las puertas de su consulta hasta que me llamó.

Por la cara que puso al verme, pude deducir que se daba cuenta de mi estado, apenas hizo falta que me explicara.

—Vuelves a tener alucinaciones —adivinó. No me hizo falta asentir—. Explícame que ves.

Se sentó frente a mí, preparada para escribir en su ordenador lo que le contara y respiré hondo para armarme de valor.

No quería que me encerraran por loca, pero debía ser sincera y soltar lo que me pasaba.

—Llevo semanas viendo a un hombre en plena calle que me sigue. Me siento observada a todas horas y tengo sueños de lo más extraños y me levanto sintiendo que son reales —comencé—. Ayer soñé que me intentaban asesinar en mi propia tienda. Me amenazaron diciendo que sabían lo que era y que mi raza debía morir. —La doctora frunció el ceño. Sin duda estaría pensando que mi imaginación no tenía límites—. Sacaron una daga que relucía como si fuera mágica e intentaron matarme, pero apareció el hombre que me persigue desde hace unos meses y los mató. Hoy al llegar a la tienda, temí encontrarme con el desastre.

Le expliqué también el resto de sueños; en el que tenía alas, las apariciones de Alistair en el Subway Dead, incluso los ojos rojos de la prostituta que vi salir del callejón donde encontré muerto al señor Clearwater. Cuanto más hablaba, más fruncía el ceño.

—¿Estás pasando por momentos difíciles? —Negué.

—No. Estoy como siempre. Todo ha sido de repente. Primero comencé a olvidar cosas, a despertarme sin saber cómo había llegado a mi cama y después comenzaron los sueños y las visiones. He llegado a un punto en el que no sé lo que es real…

La doctora tecleó.

Nos mantuvimos unos segundos en silencio, tras una espera que se me hizo eterna, dio su veredicto como buena profesional de la mente.

—Volveré a cambiarte las pastillas, asegúrate de tomarlas y ven cada semana a verme para controlar tu evolución. Por lo que me cuentas, tu estado ha empeorado y puede que tengamos que tomar serias decisiones al respecto, Holly. Te daré el beneficio de la duda porque hace mucho que nos conocemos, pero obedece —ordenó con seriedad. Se temía que no me tomaba bien la medicación y no le faltaba razón. A veces se me olvidaba, otras, al mezclarlas con el alcohol, no hacían el efecto que debían.

Hablaba con total conocimiento sobre mí misma. Era un completo desastre en cuanto a recibir órdenes. No hacía ni puñetero caso, nunca. Y así me iba…

—No quiero que me encierren. No soy un peligro para nadie —espeté—. Sin embargo, tengo una pregunta. —Asintió para animarme a que la hiciera—. ¿Por qué si fue un sueño, tengo marcas en el cuello?

Se las enseñé y comenzó a teclear.

—Eres un peligro para ti misma, puede que no para el resto. Pero viendo esas marcas no me queda más remedio que darte esto también. Y por favor, ven a tu próxima visita —finalizó.

No me dio respuestas que esclarecieran mis preguntas. Se limitó a hincharme a pastillas de nuevo y dejarme marchar.

Acababa de recordar por qué no asistía con asiduidad. Mi doctora era una verdadera zorra…

Compré todo lo que me mandó en la farmacia a la salida de la consulta y volví a casa. Lo último que me recetó eran pastillas para evitar que me autolesionara.

—¡Será perra! —gruñí al percatarme.

Se pensaba que me lo había hecho yo misma, al igual que lo pensé yo al principio, como si hacerme daño fuera mi pasatiempo.

Llevaba toda la vida aguantando que me juzgaran. Estaba muy cansada.

—¿Qué te pasa? Tus gritos me han despertado. Un poquito de respeto —se quejó Aidan.

No me di cuenta de que estaba en el sofá durmiendo. Eran las seis de la tarde y el muy vago seguía sin hacer nada. Era un despojo humano.

Escondí las pastillas de inmediato.

—Podrías hacer algo aparte de dormir, ¿sabes? Como largarte a tu casa —contraataqué sin responder a su pregunta.

Aidan no mostró vergüenza alguna, al contrario, sonrió con burla echándose los brazos detrás de la cabeza y se encogió de hombros complacido por su actitud.

Tenía la oportunidad de comenzar otra eterna discusión con él, pero no me apetecía. Lo que necesitaba era tomar el aire, salir a la calle y pensar.

—Me voy. Dile a Kayla que no me espere para cenar.

—Díselo tú misma, para algo está WhatsApp —respondió volviendo al sofá. Me lo iba a deformar de tanto tumbarse.

—Gilipollas.

Pese a que sabía que Aidan le daría mi recado a su hermana, me aseguré de que lo sabía enviándole un mensaje. Le aseguré que no llegaría demasiado tarde, ya que debía madrugar para ir al trabajo. Mientras caminaba sin rumbo fijo, tuve que explicarle lo que la imbécil doctora me dijo para que me dejara tranquila.

¿De verdad estaba tan mal? Sentía que me había equivocado explicándole a la doctora mis visiones. No me había creído en absoluto, por supuesto. Conforme yo me iba escuchando, pensé que mi historia era una verdadera locura sacada de un libro de ficción. Ojos rojos, asesinatos, un hombre muy sexi que me persigue... debería ofrecer mi historia a Hollywood. Sería número uno en taquilla.

Perdí la cuenta de las horas que llevaba caminando sin rumbo fijo, pensando en lo desgraciada que me sentía. Mi rostro debía mostrar la inquietud que me embargaba, el dolor que sentía al rememorar lo que tenía y todo lo que me había ocurrido desde pequeña.

De veras me esforzaba por ser fuerte. Fingir no era tan sencillo cuando la realidad te golpea en los morros con una maza metálica y con pinchos que te hace sangrar y te destroza hasta los dientes. Al menos, tenía el convencimiento de ser una verdadera luchadora. No me dejé vencer al darme cuenta de que jamás tendría una familia que me quisiera y con la que compartir momentos; no me dejé vencer cuando me electrocutaron como si lo mío se erradicara con electricidad y menos me iba a dejar vencer por seguir encontrándome con personas que no me creyeran y se decantaran por lo fácil: decir que estoy loca y cebarme a pastillas para remediarlo.

Saldría adelante como todas las veces.

Solo tenía que autoconvencerme de que solo eran sueños.

Sin darme cuenta llegué a la puerta de mi edificio. Me quedé pensativa en las afueras, mirando el suelo, pensando en que durante mi travesía por la maravillosa ciudad de Las Vegas no me sentí observada en ningún momento. Quizá también se debía a que ni siquiera fui consciente de adónde iba, o si había gente a mi alrededor.

Me sentía sola en una ciudad llena a todas horas, caminando tan solo con mis frustrantes pensamientos.

Alcé la mirada hasta mi edificio. Miré más allá de él, esperando encontrarme con un cielo estrellado, sin embargo, encontré algo muy distinto.

—¿Alistair? —pregunté en voz alta para que me escuchara.

¿Estaría viviendo otro sueño? No recordaba haber llegado a casa y

tumbarme a dormir. Al igual que en el sueño del intento de asesinato, era todo muy real.

Alistair estaba mirando a través de la ventana de mi habitación y se giró al escuchar mi voz pronunciando su anticuado nombre.

De un salto que me pareció de lo más ágil por su parte, además de imposible, rodeó la barandilla de mi balcón y cayó con estilo ante mí sin esfuerzo alguno.

—¡Wow! —exclamé sorprendida.

Menos mal que era un sueño, si no habría gritado como una loca al verlo saltar desde tan alto.

—¿Qué hacías en mi ventana? Otra vez… —pregunté de brazos cruzados y con una mueca de disgusto. Me sentía espiada.

No llevaba la capucha que cubría sus hermosas facciones. Tras presentarse formalmente en mi sueño anterior, supuse que no hacían falta tantos remilgos. Tuve tiempo de memorizar su rostro y me cabreaba no poder sacarlo de mi mente. Sus labios se movían al compás de su respiración y estuve tentada de acariciarlos con los dedos.

Pese a ser un sueño, no fui tan osada. Primero, mi hombre misterioso tenía que responder a mis preguntas.

—Vayamos a otro lugar —habló sin saludar. Los modales no eran su punto fuerte.

Caminé junto a él hacia la parte trasera del edificio. Había un pequeño descampado con unos bancos de madera rodeados por dos árboles que ensombrecían la zona. La oscuridad era absoluta y la única luz que incidía en nuestros cuerpos era la de la luna y las estrellas del firmamento. Recogí una hoja seca del suelo y comencé a desmenuzarla haciendo bastante ruido, mientras esperaba a que Alistair hablara.

Para variar un poco su actitud, no lo hizo. Se quedó de pie frente a mí, paralizado como una estatua, aunque fui capaz de advertir que el ruido le molestaba.

—Ya que parece que tu capacidad comunicativa es más bien escasa, comenzaré yo, ¿por qué me sigues? —No especifiqué si en la realidad o en los sueños. Todavía cabía la remota posibilidad de que quien me seguía en la vida real no fuera él, por el momento, solo en los sueños había conseguido recibir más respuesta por su parte.

—Mi nombre es Alistair…

—Eso ya lo sé, ve al grano —le corté. Noté cierto fastidio en su mirada por la interrupción, pero prosiguió.

—Llevo buscándote durante años, Holly. Tú eres la última mujer de sangre real que queda con vida de nuestra raza. Tu sangre es pura gracias a que eres descendiente de dos Arcontes Originales.

Arcontes… Otra vez esa palabra que no lograba identificar en mi vulgar vocabulario.

Al parecer, Alistair no notó que estaba incrédula ante lo que me decía porque continuó hablando sin prestarme atención.

—Nuestra raza se está extinguiendo por culpa de los traidores. Tuvimos que descender al plano de los humanos y luchar por proteger el mundo. Necesitamos recuperar lo que es nuestro.

Vaaaaaaaaaale… Estupeeeeeendo… Acababa de averiguar que no estaba tan loca como pensaba. Alistair me había quitado el puesto número uno.

Con toda la naturalidad que fui capaz de mostrar, pregunté:

—¿Y dónde entro yo en todo esto?

Deduje que no se estaba dando cuenta del sarcasmo en mi tono de voz. Loco o no, no estaba muy familiarizado con hablar con gente del planeta tierra.

Seguramente habría sido abducido por extraterrestres, o estaba en una secta. Hasta en mis sueños acababa entablando conversación con gente de lo más rara. ¡Y los médicos decían que yo estaba mal!

—Tu sangre es la única, junto a la mía, capaz de crear más de los nuestros. Eres un Arconte, como yo. Ya es hora de que cumplas tu misión y conozcas las raíces que te han sido omitidas durante años. Estoy aquí para enseñarte y que me ayudes.

—¡Genial! ¿Cuándo empezamos?

Alistair me miró, examinándome de arriba abajo, pensativo. Su rostro pasó de estar serio, a ponerse todavía más serio, si eso era posible. A otra

persona puede que le diera miedo su mirada, sin embargo, a mí, me hizo soltar una fuerte carcajada. Tanta seriedad me daba la risa.

—No te has creído ni una sola palabra de lo que te he dicho —afirmó.

—La verdad es que no. Este sueño es de lo más raro. —Lo último lo dije más para mí misma.

Comenzaba a aburrirme. Tenía delante a un espécimen de lo más atractivo hablando de locuras que me dejaban indiferente y se suponía que los sueños se podían manejar al antojo del que los vivía.

—Qué tal si hacemos esto más entretenido. Súbeme de un salto a mi casa y vayamos a mi cama. A lo mejor después de eso, te creo —bromeé lanzándome a seducirlo. Tenía ganas de marcha.

Sus ojos azules como el cielo despejado se clavaron en mi cara durante unos segundos, en busca de algo que le hiciera creer que bromeaba. Fue divertido percibir su incomodidad, sin embargo, noté como hacía un estudio exhaustivo de mi cuerpo, pensándose la propuesta. Miró durante más tiempo del normal el canal entre mis pechos. El vestido escotado que llevaba los dejaba a la vista de forma sensual, decorados con mis bonitos tatuajes y la runa Raidho.

A pesar de que su rostro intentaba mostrarse impertérrito, observé como su oscuro pantalón negro tenía un montículo en la zona de la entrepierna. Al menos, no le era indiferente como mujer.

¡Genial! El sueño se animaba.

Me levanté del banco de madera, caminé hasta a él con un contoneo de mis caderas.

Ansiaba tocarlo. Deseaba comprobar si su piel era tan sedosa como parecía.

¿Se podía sentir a las personas en los sueños?

Creía que sí. Eso fue lo que me hizo pensar en las anteriores ocasiones que fue real.

—Adelante, Arconte. Muéstrame tus secretos —murmuré seductora.

Recorrí su brazo con la palma de mi mano, apreté los tensos y musculosos bíceps y comprobé algo que ya había visto con mis tiernos ojitos; estaba fibrado.

Abre las alas

—Tienes unos brazos muy fuertes —continué al imaginarlo tocándome con ellos.

Tenía cierto fetiche con los brazos. Me ponían…

Subí hasta llegar a su cuello. La piel ahí estaba al descubierto. La toqué con dulzura y cerré los ojos, paladeando su suave tacto.

Alistair no se movió.

Bajo mis dedos noté como la nuez de su garganta se movía, tragaba saliva. A pesar de que no lo mostraran sus facciones, lo estaba poniendo nervioso con mis dulces caricias, supe que en su interior, se obraba un debate muy interesante.

—No hay tiempo para esto. —Su voz oscura sonó ronca. Se resistía a mis encantos.

Fruncí el ceño al mirarlo.

—Eres un aburrido, tío. Este es mi sueño y con tu soporífera forma de presentarte, vas a hacer que me despierte con más ganas de dormir —me enfadé.

—No es un sueño, Holly. Es la realidad.

—¡Oh, sí! Claro. Ahora viene la parte en la que me dices que el mundo esconde secretos que el ser humano no es capaz de comprender y que si no te hago caso, moriré —espeté con burla—. No te molestes, he leído muchos libros de fantasía. Ya sé por dónde va la trama y créeme, no me interesa dejar a un lado mi desastroso mundo para meterme en uno mucho peor.

—No puedes escapar de ello. Lo que ves…

—Lo que veo es producto de una enfermedad. Pronto desaparecerá hasta que vuelvan a medicarme más, o me encierren. —Me separé de él y me encaré, mirándolo furibunda—. Basta ya de tonterías. No quieres follar, pues lárgate. Me apetecería pasar el resto de la noche a solas, tengo que descansar.

Vi que iba a replicar de nuevo. Se lo pensó durante unos segundos hasta que volvió a hablar. No parecía querer marcharse hasta tener la última palabra.

—No pienses que esto quedará así, Holly. Volveré.

—Genial, pues cuando lo hagas, asegúrate de ser más simpático y darme lo que quiero. ¡Imbécil!

Me miró una última vez con el rostro tenso y desapareció delante de mí sin dejar rastro. Abandonándome en la oscuridad de la noche.

¿ARCONTE? ¿QUÉ DEMONIOS ES ESO?

Tras más de una semana sin incidentes paranormales era lunes y tocaba trabajar. No había vuelto a ver a Alistair ni en mis sueños, ni en el mundo real y lo cierto es que casi lo echaba de menos.

Durante las primeras horas de mi encuentro volví a pensar en que era real, por poco me vuelvo loca al creer que yo era un Arconte —lo cual seguía sin tener la más remota idea de qué significaba—, por no obsesionarme más, tampoco lo investigué. Lo dejé pasar y continué con mi vida de la forma más normal que pude.

Aidan era el único que estaba en casa. Kayla se marchó, ya que había quedado a desayunar con su amigo el detective privado, Biel, con el cual parecía que se llevaba muy bien.

Curiosa de mí, intenté sonsacarle datos pervertidos, pero mi mojigata amiga no se había lanzado a comerse a su presa. Quería ir despacito.

—¿Qué hay de desayuno?

Aidan entró en la cocina sin camiseta, con los ojos medio cerrados, estirándose y gruñendo como un dinosaurio. Lo taladré con la mirada.

¿Cuántos días pensaba quedarse y seguir gorroneando? Hacía ya más de una semana que estaba instalado en mi casa, a pesar de que no era tan molesto como en los primeros días, seguía fastidiándome que campara a sus anchas por mis dominios. Añoraba levantarme medio desnuda de la cama y caminar con libertad por la casa.

Abre las alas

—Lo que tú decidas hacerte —contesté comiendo un bollo a rebosar de chocolate junto a una taza de café y me marché a terminármelo al salón.

Aidan no se molestó en contestarme, sabía que por mi parte no conseguiría desayuno y tendría que ser él quien obrara tamaña faena.

Terminé y fui a trabajar, sonriente, escondiéndole al mundo entero mis verdaderos sentimientos. Las fuertes pastillas que me recetaron me dejaban hecha polvo, e incluso los dos primeros días, Kayla tuvo que encargarse de la tienda sola. Fui incapaz de ir a trabajar. Mi cuerpo aún no estaba lúcido del todo, pero al menos ya no estaba tan débil y atontada.

Kayla me esperaba sonriente en la puerta y, juntas, abrimos nuestro negocio.

Me metí en mis pensamientos una vez más. No dejaba de darle vueltas a todo lo que me ocurría en los últimos días. Aun convenciéndome de lo que creía que era cierto, no era capaz de comprobarlo y podría acabar siendo todo una mentira creada por mí misma.

—Creo que me estoy enamorando —suspiró Kayla cuando entramos.

¡Vaya por Dios! Iba a ser uno de esos días… La de veces que había escuchado el discursito del enamoramiento. Tocaba por lo menos dos veces al mes, a excepción de cuando sus relaciones duraban más que esos periodos.

—Biel es encantador. Me ha invitado al restaurante del Flamingo y hemos pasado el desayuno en silencio, mirándonos a los ojos —musitó soñadora. Hablaba con la pared mientras yo ordenaba los pedidos, aun así la escuchaba—. Dice que mis ojos son preciosos y que soy una chica especial. ¿Te lo puedes creer? Este es el definitivo. Estoy segura.

Lo que decía, el mismo discurso de siempre…

—¿Puedes pasarme esa caja? —le pedí señalando la que había a su lado.

—Hoy me ha dado un beso en los labios al despedirnos —continuó.

Por suerte me entregó la caja que le pedí y pude ponerme a pasar los códigos de barras.

—Ha sido tan romántico, Holly. Biel es especial… —suspiró.

Reparó en que estaba bastante distraída trabajando y frunció el ceño.

—Te importa un bledo lo que te digo, ¿me equivoco?

—Pues no —contesté con una sonrisa.

Vale, puede que fuese demasiado brusca con mi contestación. Lo reconozco. Kayla no merecía que le hablara así a pesar de que sabía lo que pasaría si sus sueños se torcían. No era la primera vez que se ilusionaba así con un tío y ya la había visto sufrir muchas veces. Lo que menos quería era volver a tener que soportar su depresión por ser abandonada.

—Perfecto, ya me callo, amiga —dijo con algo de rencor—. Estás insoportable.

No contesté. Quise pedirle perdón, pero no lo hice.

Me pasé el resto del día fingiendo estar bien, escondiendo mi mal humor tras haberme levantado con una energía que había desaparecido por completo. Mis cambios bruscos cada vez eran más fuertes. Las nuevas pastillas no me gustaban ni pizca. Lo hablé con Kayla y estuvo de acuerdo conmigo, no me sentaban bien, pero debía reconocer que al menos mantenían al margen las alucinaciones y los sueños. Después de varias semanas durmiendo poco y mal, era de agradecer una velada placentera.

Cerré la tienda después de que Kayla se marchara antes. Estaba cansada, pero descarté volver a casa. Salí a pasear y decidí cenar en una hamburguesería situada cerca de la tienda. Los viernes solía estar muy llena y ese día no era la excepción. Hice la larga cola y después de veinte minutos esperando, en los que mi hambre aumentó, pedí mi hamburguesa con una cerveza para salir a la terraza.

La noche era fresca y se avecinaba tormenta, algo que pocas veces se veía en Las Vegas y por eso toda la gente se congregaba dentro del estrecho local, para no mojarse cuando comenzara a llover.

Me senté al final del todo. Solo una pareja me acompañaba al otro lado de la terraza, también arriesgándose a que la lluvia los empapara.

—Hola, Holly.

Me atraganté con el primer bocado de mi deliciosa hamburguesa con extra de grasa para el cuerpo y tuve que beberme la cerveza de un trago entre toses con las que fui expulsando trocitos de pan y carne como una cerda.

La voz que me resultaba tan familiar y me saludó, me dejó en estado de shock.

Alistair me miraba serio, sacudiéndose una miga salpicada directamente desde mi boca que había ido a parar a su chaqueta azul oscuro.

¿Nunca se la cambiaba?

Continué tosiendo durante un par de minutos más y Alistair no tuvo la santa decencia de darme unas palmaditas en la espalda para ayudarme a respirar. Disfrutaba viendo como mi cara se ponía más roja que una fresa y mi pulmón se escapaba por mi boca.

La pareja al otro lado de la terraza, ante el escándalo, se giró para mirar qué pasaba.

Estaba pasando un rato horrible.

—Podrías ha….hacer algo, ¿no? —bramé entre toses infernales.

Alistair reaccionó al fin, con menos gracia que el Santa Klaus bailón que compré en los chinos para Navidad, me dio varios golpes en la espalda, consiguiendo al fin soltar el trozo de hamburguesa que se me atravesó en la garganta.

—Creí que me moría… —exclamé.

—Lo dudo —contestó con voz monocorde.

Tras recuperar todo el aire del que la hamburguesa me privó, me di cuenta de la situación.

—No. ¡Otra vez tú no! —me levanté de mi silla un pelín asustada. Mis ojos se abrieron como platos.

Esa vez estaba muy segura de que no estaba soñando. Estaba en un lugar público, con gente a mi alrededor y la hermosa noche con tormenta me acompañaba con los rayos que comenzaban a aparecer en el cielo.

Repetí mentalmente lo que había hecho durante el día, para concienciarme de que estaba en el mundo real, bajo la atónita mirada de Alistair que me siguió con la mirada mientras me alejaba de él, le pregunté a la pareja que había presenciado mi ridículo espectáculo.

—Siento interrumpiros, solo quiero haceros una pregunta. ¿Veis al tío de allí? ¿El de la chaqueta azul oscuro? —pregunté.

—Sí, ¿por qué?

—Ya está. Esa era mi pregunta, gracias —sonreí nerviosa.

Al menos, era la primera vez que lo veía alguien más que yo, así que me hizo corroborar que era real. Muy real.

Por si acaso, cuando regresé donde él me esperaba con los ojos muy abiertos por mi extraña actuación, le pellizqué en el brazo para asegurarme.

—¡Au! ¿Se puede saber qué haces? —exclamó tocándose la zona dolorida, por enésima vez, matándome con esa mirada seria y aterradora que a mí me parecía de lo más atractiva y seductora.

—Eres real… —murmuré aun sin creérmelo—. No te imaginé. Estás aquí…

—Te dije que no era un sueño.

La cabeza me daba vueltas al ser consciente de la realidad.

Mi encuentro de la semana pasada había ocurrido. ¿Qué más era verdad? Él estaba en mi ventana. Saltó desde mi piso al suelo sin hacerse ni un solo rasguño. Me contó cosas que intenté olvidar porque creí que era una historia de ficción que mi cabeza había inventado a causa de la esquizofrenia. ¡Hasta incluso me salvó de morir asesinada a mano de dos demonios de ojos rojos!

—Aunque lo que voy a hacer ahora mismo va a tirar por tierra mis palabras, soy una chica dura.

Y dicho aquello, me desmayé.

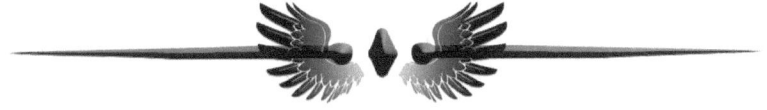

Cuando desperté de mi ridículo desmayo, no tenía ni idea de dónde me encontraba. Bajo mi cuerpo, la suavidad de un colchón de látex envolviéndolo me hizo deducir que estaba en una habitación, a pesar de que no era la mía, ni por asomo.

Me rodeaban cuatro paredes azul oscuro sin más decoración que un cuadro de lo que parecía un ángel de alas oscuras, acompañado por un niño cogiéndole de la mano y un perro a un lado. Tenía pinta de ser del renacimiento, pero no lo reconocí. Me gustaba el arte más moderno, como el que me tatuaba por el cuerpo, de pintores antiguos y todo ese rollo de museo, no entendía demasiado.

Al fondo, había un armario de madera color blanquecino, sin espejo, para mi gusto, muy pequeño. La espartana decoración concluía con un escritorio del mismo color del armario con un ordenador de sobremesa bastante moderno.

Me levanté de la cama y encontré mis zapatos a los pies. No me los puse. Me convertí en una ninja sigilosa, caminando de puntillas por el suelo de parqué para que no crujiera avisando a quien fuera mi captor. La puerta estaba al alcance de mi mano. Giré el pomo con lentitud y reí interiormente al encontrármela abierta.

¿Adónde iba a ir?

Tras la puerta había un largo pasillo con varias puertas más. Deduje que era un piso grande, de esos que muchos famosos de la zona compraban a precios desorbitados.

Si era Alistair quien me había llevado allí, debía tener pasta. A lo mejor era un fetichista que tenía habitaciones llenas con las mujeres que iba secuestrando para su placer.

Descarté la idea. No encajaba entonces que hubiera dejado abierta la puerta de la habitación en la que descansaba. Aunque quizás lo hacía para que confiara en él.

Ya no tenía ninguna duda de que Alistair, alias «mi chico misterioso», era real. Sin embargo, no descartaba que estuviera más loco que yo después de recordar la sarta de bobadas que soltó por su boca.

Un Arconte… ¡Claro! Como sabía lo que era a la perfección, mi loco raptor creyó que lo creería.

Seguí caminando de puntillas. Las paredes estaban casi tan vacías como las de la habitación en la que estuve. Encontré varios cuadros más y casi al llegar a la última puerta —la única que estaba al frente y no a los lados del pasillo—, había una mesilla de mármol. Sobre ella, había una especie de tótem de piedra.

—A falta de pan, buenas son tortas —murmuré para mí cogiendo el tótem con las manos, armada para defenderme si hacía falta.

La puerta era de un cristal blanquecino semitransparente que me dejó entrever un amplio salón en el que percibí movimiento. Una sombra negra se acercaba a mí y la puerta comenzó a abrirse de forma pausada. Cogí el tótem con fuerza y cuando una cabeza comenzó a asomar, la golpeé con todas mis fuerzas.

—¡Joder! —gruñó la voz de mi víctima—. ¿Se puede saber qué haces, Holly?

Alistair me miraba tan serio como siempre que me encontraba con él. En su frente había una marca rojiza que contrastaba con su blanca piel. Incluso conseguí hacerle sangre.

Poco más y le abro la cabeza… a pesar de que se lo merecía por secuestrarme.

—Suelta eso —ordenó.

—¡Y una mierda! ¡No te acerques! —grité con la esperanza de que alguien más me oyera en la inmensidad del piso—. ¡Me has secuestrado!

Intenté atacarlo de nuevo, aunque se apartó con rapidez.

—No te esfuerces, la casa entera está insonorizada. —Se cruzó de brazos apoyado en el marco de la puerta, mirándome con diversión sin dejar de parecer aterrador. Una combinación muy difícil de conseguir.

Continué gritando, pero dado que no servía de nada, me callé, o al final me quedaría afónica.

Me abrió paso para que lo acompañara al salón. Seguí con el tótem en la mano para atacarlo si hacía falta, lo agarraba con fuerza. Así me sentía protegida.

Me fijé en la decoración del salón. A diferencia de la espartana habitación en la que me había despertado, el salón estaba decorado con muy buen gusto. Era amplio y ordenado. Al fondo, cerca de una balconera, había una mesa de comedor de cristal con sillas tapizadas en tonos oscuros que complementaban el resto del salón. Los muebles, del mismo tono, cubrían la pared derecha con diversas vitrinas en las que en vez de copas y otros utensilios del hogar, había libros, películas e incluso una videoconsola. Y en el centro, una televisión de por lo menos cincuenta pulgadas que hacía dos de la mía, apagada en esos instantes.

Descubrí que a mi secuestrador le gustaban los videojuegos. Un punto de lo más normal, si obviábamos su afán por secuestrar a mujeres como yo.

El sofá de piel negro se encontraba a un par de metros del televisor. Alistair se sentó con pose relajada y volvió a fijar su mirada en mí.

—Es hora de que me escuches seriamente.

—Tienes razón. No te conozco, pero eres el tío más odioso con el que he tenido la mala suerte de toparme y te aseguro que me he topado con muchos capullos.

Como si estuviera en mi casa, me tiré de culo en el mullido sofá y puse los pies descalzos sobre la mesita de centro del salón. Alistair me apuñaló con la mirada y le contesté con una sonrisa burlona.

—Baja los pies…. Por favor —dijo entre dientes. Se notaba que el por favor le había costado soltarlo.

—No —contesté—. Me has secuestrado. No sé dónde estoy, así que hasta que mi cabeza no se aclare, dejaré mis desnudos pies sobre tu impoluta mesa y tú te callarás. Bueno, no te callarás —me retracté—. Me dirás lo que me tienes que decir y así podré largarme a mi casa a dormir un buen rato.

Vi cómo rodaba los ojos exasperado. Entre todas mis virtudes, la de sacar de quicio a la gente entraba en el TOP 5 de mis favoritas y más perfeccionadas. No todo el mundo nacía con ese don.

Era una privilegiada.

Aunque se moría por llevarme la contraria, Alistair no protestó. Supongo que estaba demasiado ansioso por contarme su historia.

—Antes de que me interrumpas con lo que deduzco que es tu gracia natural, quiero que me prometas que me escucharás hasta terminar. Ya después tendrás opción de preguntar lo que quieras —murmuró.

¿Por qué tenía esa voz tan sexi? Me excitaba más de lo imaginable. Era una distracción inevitable. Estuve tentada de decirle que repitiera lo que acababa de decir solo para que sus palabras me acariciaran de nuevo.

Podría estar insultándome, cosa que creo que hizo porque lo de gracia natural fue dicho con desdén, pero tampoco me importaría con tal de hipnotizarme con su voz durante horas. El movimiento de sus labios era abrumador. Tenía ganas de lamerlos hasta desfallecer.

Alistair me traía por el camino de la amargura. No me caía bien, pero para llevármelo al huerto, estaría dispuesta a obviar ese pequeño detalle.

—Sí, señor. Prometo cerrar el pico hasta que termine el señorito. ¡Anda, si rima! —reí tontamente como una idiota—. Solo una cosa, tengo sed y me temo que tu charla va a ser soporífera.

Con un suspiro resignado, se levantó para cumplir mis deseos. Mientras lo esperaba me di cuenta de que aún agarraba con fuerza el tótem y decidí dejarlo sobre la mesita. Ya no estaba en peligro. Volvió a los pocos segundos con un vaso de agua y fruncí el ceño.

—¿Agua?

¿Se podía ser más rancio?

—¿Algún problema?

Tenía muchos problemas, pero no me iba a parar a explicárselos a ese espécimen capullo que estaba para pasárselo por la piedra una y mil veces. Había que ver lo que me atraía el jodido…

—Habla ya, o al final me enfadaré —gruñí cogiendo el solo vaso de agua. Ya podría haberse estirado un poco, o al menos ponerle una rodajita de limón.

Volvió a sentarse a mi lado, preparándose para hablar.

—Puede que todo lo que te diga ahora te resulte muy extraño, sin embargo, debes mantener la mente abierta. Hoy conocerás respuestas a preguntas que seguro llevas años haciéndote.

—Soy la mujer con la mente más abierta del mundo, ya lo verás —bromeé. Alistair no se tomó bien mi intervención—. Vale, ya me callo.

Respiró hondo y comenzó a hablar:

—Hace más de dos mil años, una raza celestial llamada Arconte sufrió una traición por parte de algunos de los nuestros —comenzó—. Los que liderábamos la raza, nos vimos consumidos por la oscuridad de aquellos que se empeñaron en destruirnos. Poco a poco, los Arcontes menores se

Abre las alas

unieron en el bando que quería arrebatarnos nuestra posición, lo consiguieron. Los doce originales estábamos en constante peligro. Durante las primeras batallas en el reino celestial, cayeron seis y cada vez eran más los traidores que se unían a las filas de los Arcontes a los que rebautizamos como *Skoliós*, los perversos, para vencernos.

»Tras varios intentos por parte de los Skoliós por vencernos, sin obtener más resultados que bajas entre sus filas de traidores gracias a que aún quedaban Arcontes menores leales que nos apoyaban, los ataques fueron menguando hasta que nos hicieron creer que ya no atacarían más. —Hizo una pausa. Me fijé en su mirada pensativa y en el dolor ahogado que escondía su rostro. Todo lo que me explicaba le hacía daño recordarlo—. Pensábamos que se habían rendido.

Sentí compasión por él, también una cierta tristeza por aquellos que cayeron. Sin embargo, su historia seguía sin decirme nada que aclarara mis dudas.

¿Dos mil años?

Eso era imposible.

—No quiero interrumpirte, pero tengo una pregunta —me sorprendió que asintiera para que se la hiciera. Hubiera sido más normal que me mirara con rencor—. Os traicionaron, eso me ha quedado claro, pero toda traición tiene un porqué. Supongo que hace dos mil años tuvo que ocurrir algo que desencadenara que los Arcontes acabaran siendo *cogollos*.

—Skoliós —me corrigió.

—Bueno, lo que sea —agité la mano con desdén—. ¿Qué pasó para que uno de los vuestros —o varios—, se volvieran en vuestra contra?

Alistair me miró sorprendido por mi perspicacia. Por primera vez, había verdadero interés en mí por conocer aquella historia de ciencia ficción. Fuera cierta o no, me acababa de enganchar con su forma de relatarla.

¿Había dicho que era fanática de las historias de fantasía?

—Hace dos milenios, en el año cero del calendario gregoriano, una explosión en el universo abrió los portales que con anterioridad fueron cerrados después de que los dioses acordaran que cada mundo debía tener su propio orden. Cada raza que habitaba en él, tendría un lugar que compartir con sus semejantes sin que se mezclaran los unos con los otros. —Aquello me recordó al típico discurso que un creyente de la fe daría a la gente para que lo siguiera en sus creencias.

»Sin embargo, los portales se abrieron y seres de otros mundos comenzaron a viajar entre dimensiones hasta toparse con el planeta con los seres más débiles y manejables; el planeta tierra y los humanos.

Me ofendió bastante que nos consideraran seres débiles y manejables, por otro lado, tenía algo de razón.

—Muchos de los nuestros también llegaron a este mundo, haciéndose pasar por humanos pasaron desapercibidos, entremezclándose de forma que nadie sospechó que no eran seres humanos. En nuestro reino celestial, lo tenían todo. Éramos doce líderes que nos preocupábamos por el resto, y de todos modos, una vez pisaron la tierra, algunos decidieron que no querían seguir siendo nuestros esclavos —soltó un bufido—. Cómo si alguna vez lo hubieran sido… —se indignó.

—Así empezó todo entonces —murmuré—. La apertura de los portales corrompió a los vuestros…

—También son los tuyos —me interrumpió y lo ignoré. Aún no era capaz de creerlo.

—…y decidieron librarse de vosotros por ser los primeros, para que así, no recibieran vuestras órdenes. —Alistair asintió.

—Veían en la tierra un lugar en el que liderar. Junto con otros seres, sembraron el caos. Tras las primeras reyertas en el reino celestial en las que murieron mis hermanos, alguien que tenía acceso a nuestras cámaras secretas en las que llevábamos a cabo los rituales de creación, robó el Cáliz de Platino.

Intenté preguntar sobre el ritual y el Cáliz, pero tapó mi boca con su mano para poder continuar. La suavidad de su piel aumentó mi temperatura. Él también se quedó unos segundos atolondrado, sin embargo, continuó y yo cada vez estaba más confusa con su historia.

—Los seis originales que quedábamos nos temimos lo peor. Llegó a nuestros oídos que quien se había apoderado del Cáliz lo estaba utilizando para crear más Arcontes.

»La jugada no les salió bien. Solo los originales, o hijos de dos originales, podemos crear más de los nuestros. —Me miró fijamente, como si la frase que acababa de decir fuese de vital importancia en el hilo conductor de la conversación—. Sus almas, además de no ser puras tras quebrantar las leyes de la ética y la moral de nuestra raza, estaban corrompidas por la maldad, así que las creaciones que bebían del cáliz, nacían corrompidas y malvadas como el perturbado que nos traicionó. Así montó al ejército con el que volvió a nuestro reino para atacarnos de nuevo, mermando todavía más nuestras filas.

De nuevo esa mirada llena de dolor. Podía imaginarme a la perfección lo que su cerebro vislumbraba. Tras esa máscara de seriedad se escondía un libro abierto lleno de horror, sangre y muerte que habían quebrado cualquier resquicio de felicidad en el hombre que tenía delante. La guerra que vivió en sus carnes estaba aún muy presente. Se notaba en cada palabra que soltaba. Aunque seguía pareciéndome una locura, comenzaba a creer en lo que decía. Cuando supiera la historia al completo, ya me encargaría de sonsacarle toda la información que pudiera sobre los Arcontes y los *cogollos*, además de preguntar sobre los seres que pudieran habitar con nosotros.

¿Existirían los vampiros y los licántropos?

También se lo preguntaría. No estaría nada mal encontrarme con un Damon Salvatore o un Klaus Michaelson…

Volví al mundo real cuando Alistair prosiguió:

—Solo quedamos tres originales en esa batalla que ocurrió largos años después de la primera. Miles de arcontes murieron. Hijos de los originales también cayeron. Nadie se salvó de la maldad de los Skoliós. El reino celestial ya no era un lugar seguro, así que nos instalamos en la tierra.

»Llevamos siglos buscando el Cáliz de Platino. Nos hemos movido de ciudad en ciudad, de país en país, llegando a Las Vegas después de siglos de búsquedas infructíferas. Sabemos que está aquí, pero los Skoliós tienen aliados y nos ponen muy difícil recuperarlo. La mayoría de los Arcontes ahora llevan vidas de humanos, trabajando para sobrevivir y evitar ser asesinados por los enemigos. Por suerte, cuando descendimos, descubrimos unas necesidades terrenales, como comer, dormir, e incluso la necesidad de aparearnos, descubriendo que yacer con humanos era una posibilidad que nos beneficiaba. Aunque no nacían seres inmortales, nació la raza de los Guerreros Oscuros; mitad Arconte, mitad humano.

—Híbridos —añadí recordando el término al que se asociaba a las mezclas de razas en las series de ficción a las que me enganchaba.

—Exacto —contestó—. Desde que son pequeños, se entrena a los Guerreros Oscuros para la lucha. Su creciente evolución nos ha permitido ganar terreno con los Skoliós, sin embargo, necesitamos el Cáliz para poder crear más Arcontes. Somos más fuertes que los híbridos y cada vez somos menos.

—Pero tú no puedes crear más si lo consigues. Me ha parecido entender que solo dos originales; un hombre y una mujer, son capaces de hacerlo. Tú eres el último original. Algo no encaja en la ecuación —espeté.

—Correcto. Ahí es donde entras tú, Holly. Por tus venas corre sangre original. Como te dije, tú también eres un Arconte. Uno muy importante.

LA REALIDAD DE MI EXISTENCIA

Mi cara debió parecerle de lo más divertida porque por primera vez lo vi sonreír ante mi estupefacción. Me levanté del sofá como impulsada por un resorte. Por los nervios y mi torpeza innata, tropecé con la pata de la mesita de centro, dándome en el dedo pequeño del pie.

—¡Me cago en mis muelas! —gemí. ¡Cómo dolía!

Lo peor que te puede pasar al ir descalza, justamente es eso.

Casi se me saltaron las lágrimas, pero volví a pensar en las palabras de Alistair a modo de distracción y se me pasaron los males físicos para entrarme un no sé qué, que sé yo… que yo qué sé.

Un Arconte…, yo… ¡Pero si todavía no tenía ni puñetera idea de lo que era! Lo único que me había quedado claro era que eran viejos, y venían de un país muy, muy lejano, como la princesa Fiona de *Shrek*.

¡Menuda locura!

Volví a sentarme y clavé mis ojos morados en Alistair.

—¿Qué estás diciendo? ¿Cómo puedo tener sangre de Arconte?

Yo y mis dobles preguntas.

—Porque tus padres eran dos Arcontes de los originales —espetó como si fuera lo más obvio.

De todas las reacciones que podría haber tenido ante su respuesta, no se me ocurrió otra cosa que partirme de la risa, hasta el punto en que

113

comencé a convulsionarme en el sofá de forma desesperada, aguantándome el estómago que comenzaba a doler de tanto reír. Cuando conseguí calmarme, me encontré con la mirada enfadada de Alistair. Muy, muy enfadada.

Se tocaba el puente de la nariz con frustración y mantenía la mandíbula apretada. Su expresión me pareció de lo más sexi que había visto en la vida. La vena de su cuello palpitaba frenética. Quise tocarlo, pero me resistí. A lo mejor mordía…

—Esto no es divertido, Holly.

—Para el carro, chaval. No pretenderás que me quede tan pancha después de decirme que soy un Arconte, porque después de media hora de charla, aún no tengo ni puñetera idea de lo que son. Así que perdóname si me hace gracia, pero bastante estoy haciendo con intentar creer en historias paranormales —musité con chulería.

La paciencia no era una característica positiva de Alistair, ni la mía tampoco, me incomodaba que su escaso tacto conmigo fuera tan notorio.

Mi cabeza loca tenía sus límites, en ese día, ya había escuchado suficiente. Alistair, no contento, decidió continuar:

—Como te he dicho, cuando descendimos a este mundo, solo quedábamos tres: Zeron, Tália y yo. Aparecieron los Guerreros Oscuros y con los pocos Arcontes menores que se unieron en nuestra misión, sobrevivimos durante siglos. Solo quedamos unos pocos miles, pero la cifra sigue descendiendo. Nos quieren aniquilar hasta la extinción.

Escuché durante el rato en que relató cómo se tiraron a todo humano viviente al sentir los deseos carnales que les provocaba el plano humano y pensé que tampoco hacía falta tanto detalle. Me estaba poniendo malísima. Sin embargo, mi curiosa mente comenzó a imaginar cosas prohibidas, en todas ellas, yo estaba debajo de Alistair, desnuda, con cara de placer y al borde del orgasmo.

—¿Podrías dejar de pensar en esas cosas?

—¿También lees el pensamiento? —contraataqué sin ruborizarme siquiera. Había interrumpido mi sueño erótico estando despierta en el mejor momento.

—No, pero tu cara es muy expresiva y puedo oler tu excitación.

—¡Oh, vaya! Qué amable por tu parte —ironicé.

¿La excitación podía olerse?

Ni excitarme a gusto podía. Este tío era un aguafiestas.

—Cambiemos de tema —añadí—. Después de follaros a todos y crear a los híbridos y todo el rollo, ¿qué pasó? Me inquieta que digas que todo esto ocurrió hace dos mil años, sin embargo, yo tengo veintidós y dices que soy cómo tú.

Nunca supe quién fue mi madre. Cuando crecí, la señora del orfanato me explicó que mi madre era una yonki que murió durante el parto y que el nombre de mi padre, jamás salió a la luz. Conocer mis raíces ya no me importaba demasiado. Me había acostumbrado a no ser hija de nadie.

—Eso es porque naciste hace veintidós años.

—¡Bingo! ¡No lo sabía! Gracias por tu aportación —ironicé. Manteníamos una lucha de ironías.

Ante mi contestación, Alistair levantó una ceja.

Este tío se creía que yo era adivina y sabía lo que él me quería decir, porque volvió a quedarse callado unos minutos, dejándome al borde de la explosión de carácter que llevaba rato conteniendo. Cuando iba a gritarle para que fuera al grano, se me adelantó:

—Tus padres eran dos originales, los que me acompañaron durante siglos y con los que luché, día tras día, para recuperar lo que es nuestro —explicó con seriedad.

Debí quedarme blanca de la impresión, porque por una vez, la cara de Alistair no mostraba enfado, solo preocupación. Sus palabras abrían una herida supurante en mi pecho que jamás se había cerrado.

Podía acostumbrarme a no saber quién era, pero lo peor era saber que sí había tenido unos padres. Unos que estaban muertos.

Quizás en mi interior albergaba la esperanza de encontrarlos con vida, mas no tenía esa suerte.

—Se llamaban Tália y Zeron. Eran dos grandes guerreros que lucharon hasta el final y dieron su vida por ti.

—¿Me abandonaron? —pregunté aun sabiendo la respuesta.

Abre las alas

—Fue más complicado que eso. —Se levantó de su sitio y abrió un armario del mueble que teníamos enfrente. De allí sacó dos vasos y una botella de whisky. Me temía que la historia iba a ser más dura de lo que imaginaba y agradecía que me ofreciera una copa.

La necesitaba con todas mis fuerzas.

—Zeron y Tália nunca fueron pareja mientras estuvimos en nuestro mundo, sin embargo, al descender aquí y sentir como nuestros sentimientos se volvían más humanos, se enamoraron perdidamente.

»Su historia no fue sencilla y hasta que no pasaron los siglos, apenas se acercaban, pero yo era testigo de las miradas que se echaban. El anhelo se reflejaba en sus rostros —explicó brevemente. Quise ahondar más en el asunto, conocer la relación de mis padres, pero Alistair no se entretuvo y me dejó con la intriga—. Zeron murió antes de saber que Tália estaba embarazada de ti. Los Skoliós le tendieron una emboscada. Se enteraron de la relación que tenía y le enviaron una misiva de que la tenían presa. Era una mentira.

»Las cosas comenzaron a complicarse tras la muerte de Zeron, y Tália, huyó. La querían muerta. Me enteré de que estaba embarazada meses después y luché por encontrarla y protegerla. Éramos los únicos que quedábamos y solo nuestra sangre podía activar el hechizo del Cáliz para crear más de los nuestros. Sin embargo, cuando la encontré, fue demasiado tarde…

Tragué saliva y esperé. Alistair volvió a quedarse inmerso en su dolor. Un dolor que yo comenzaba a compartir pese a que la historia aún seguía pareciéndome una verdadera locura. Eran mis padres. Me empapé de la impotencia que aún atormentaba los pensamientos de Alistair. Se culpaba por no haberla salvado.

Cuando iba a preguntarle cómo pude nacer yo cuando a ella la mataron, se me adelantó y me explicó lo ocurrido.

Tália, con el poder de las runas y los hechizos celestiales, implantó la semilla que crecía en su interior en una mujer que encontró en la calle como último recurso. Sin darle explicaciones, se desprendió de mí porque corría un grave peligro. Los Skoliós y demonios la acechaban día y noche y sabía que no le quedaba mucho tiempo.

—Todo esto lo supe gracias a Snow, un Guerrero Oscuro que veló por tu madre hasta el final. Él es un gran amigo y guerrero mío. Desde entonces, te hemos buscado por todas partes. Te necesitamos para crear más Arcontes. Te necesitamos en nuestras filas.

No sabía qué decir, estaba impresionada por todo lo que me había contado. Necesitaba un tiempo que él no me iba a dar para pensar. El mundo no estaba habitado solo por humanos como había creído toda mi vida. Yo no era humana, pero aún no sabía exactamente qué era, ni lo que eso conllevaba.

Al otro lado del enorme ventanal del salón, comenzaba a amanecer. Se avecinaba un nuevo día soleado tras las lluvias y las tormentas que nos habían acompañado durante la extraña velada. Miré mi reloj y pensé en que me había pasado la noche entera despierta, escuchando una historia que había resuelto las dudas sobre mis orígenes, creándome muchas más.

Alucinante…

Me bebí de un trago el resto del whisky y suspiré. Alistair me miró, examinando mis reacciones. Lo cierto era que no sabía cómo afrontar la situación.

—Esto parece una pesadilla.

—No, querida. Tu pesadilla no ha hecho más que comenzar…

—Gracias por los ánimos —resoplé.

Se levantó de nuevo y miró por la ventana, pensativo.

—Es hora de que nos pongamos en marcha —claudicó.

—Eh, eh, eh, para el carro —lo frené—. Ya me has contado parte de la historia, pero aún tengo preguntas. Pero por ahora, me tengo que ir a trabajar.

Me miró como si habláramos en diferentes idiomas. Se pensaba que porque me hubiera contado aquello iba a dejar mi vida de lado. ¡Lo llevaba claro!

—Tu único trabajo es ayudarme.

—No, perdona. Ese todavía no es mi trabajo. Tengo una tienda que

Abre las alas

mantener a flote y un alquiler que pagar. Las cosas no son tan sencillas —contesté de brazos cruzados.

Se acercó a mí con paso amenazante y sus ojos se clavaron en los míos.

Si se pensaba que me iba a amedrentar, ya podía esperar sentado.

—Te quedarás aquí y escucharás lo que te digo —ordenó con seguridad.

—No.

—Sí, Holly. Lo harás.

Me encantaba como sonaba mi nombre en sus labios.

Nos retamos con la mirada. Lila y gris contra azul cielo. La pantera y el tigre. Dos depredadores letales con una fuerza sobrenatural.

—Ahora mismo voy a coger la puerta y me voy a largar. Y como me lo impidas, te va a ayudar tu puñetera cabeza.

Mi chulería no le gustó ni un pelo. A mí tampoco me gustaba que fuera un gilipollas. Aun así, era un gilipollas que me ponía como una moto al mirarme así. Sería capaz de desnudarlo en dos segundos y comprobar si con el sexo se le quitaba esa cara de perro amargado.

—¿Puedes dejar de mirarme así? —preguntó entre dientes.

—¿Cómo se supone que te estoy mirando?

—Como si quisieras quitarme la ropa a mordiscos.

Decir que me sorprendió su atrevimiento a la hora de definir mi mirada, era quedarse corta. Mi boca llegaba al suelo de lo abierta que se me quedó.

—Ya te he dicho que tu cara es como un libro abierto. —Lo vi sonreír con brevedad.

Cerré la boca antes de ponerme a babear y mordisqueé el piercing de mi labio de forma nerviosa. Su sonrisa me estaba poniendo peor.

¿Por qué tenía que ser tan sensual?

Por desgracia, tenía la estúpida manía de que me atrajeran los capullos, Alistair además de capullo, era soso, estúpido y malhumorado. Lo tenía todo. Sería todo un reto conseguir quitarle esa cara de bulldog.

Me quedé sin palabras para contestarle de forma ingeniosa. Intentan-

do mantener la dignidad de una reina, puse mi mejor cara de enfado y lo empujé para dirigirme hasta la puerta que había a sus espaldas.

La abrí con ímpetu y Alistair susurró burlón.

—Por ahí no es.

Lo ignoré sin cambiar mi actitud y volví al pasillo de las puertas. Todas eran idénticas a excepción de una situada al final, con varios pestillos y cadenas que me hicieron deducir que ahí se encontraba mi libertad. La abrí con un fuerte empujón y la cerré a mis espaldas, para seguidamente, girarme y llamar de nuevo con mis nudillos.

Alistair la abrió, volviendo a desarmarme con su estúpida sonrisa.

—Me he dejado los zapatos.

Y así fue como mi orgullo se quedó hundido bajo tierra, estropeando mi dramática salida triunfal que prometía haber sido apoteósica.

—¿Dónde demonios te has metido? Nos tenías preocupados.

Dejé las llaves en el cuenco de la entrada y tiré los zapatos de tacón al aire, rozando la cabeza de Aidan, quien me miraba con los brazos en jarras apoyados en sus caderas.

—Por ahí —respondí. Decir que acababa de enterarme de cosas que ni yo misma me creía aún, no era necesario.

Me sorprendió el tono preocupado de Aidan. Había esperado la reprimenda de Kayla nada más llegar, pero jamás imaginé que sería su hermano quien me recibiera.

Bajo sus ojos se notaba el cansancio de una noche en vela. Ignorando su cara de perro, me alejé en dirección a mi habitación y él me siguió con fuertes pasos haciéndose oír.

—Llevo toda la noche llamándote. Kayla ha estado a punto de avisar a la policía. ¡No puedes marcharte sin decir nada!

Frené en secó y me giré, chocando con el duro pecho de Aidan.

—Para el carro, marqués. Yo no tengo que dar explicaciones a nadie. Ayer salí y acabo de volver. Ya está. No le des más vueltas —espeté más borde de lo normal—. Ahora ahueca el ala que me voy a la ducha y este cuerpo no esta hecho para que lo vea cualquiera.

Abre las alas

—Ya claro. Por eso ya lo conoce la mitad de Las Vegas, Madame.

¡Zas en toda la boca!

En el fondo me merecía la pulla.

Le lancé una fría sonrisa y cerré de un portazo la puerta de mi habitación, casi a punto de darle en la nariz. Estaba hasta el moño de todo. Lo que menos necesitaba era que Aidan pusiera la guinda del pastel con sus insultos a un día frustrante.

La ducha me relajó los músculos de la zona cervical. Estaba muy tensa y cansada y lo que menos me apetecía era ir a trabajar. Descubrir que Alistair vivía a tan solo dos calles de mi casa, me molestó un poco. Estaba demasiado cerca y me vigilaba. Por eso lo había encontrado varias veces en mi ventana. ¿Cuánto tiempo llevaría viviendo allí? Estaba claro que no demasiado. Puede que a eso se debiera la escasa decoración de las habitaciones. El salón era lo que tenía un toque más personal.

Será cabrón…

Cuando Kayla se despertó me comí su charla, en silencio. Aguantando el chaparrón. Yo no tenía la culpa de que un Arconte me hubiera secuestrado en una hamburguesería después de desmayarme de forma ridícula y me hubiera explicado quién soy en realidad, poniendo mi mundo patas arriba. Más aún…

Trabajé de forma distraída durante todo el día. Kayla me miraba preocupada y adivinó que algo me pasaba.

—Desembucha de una vez —ordenó tras cobrarle a una pareja un Kit sexual para principiantes.

—Estoy loca —dije sin más—. No tengo nada más que añadir.

Aunque me moría de ganas, no podía desahogarme con mi amiga. Era una chica comprensiva, pero todo tenía su límite. Lo único que llegué a contarle, era con quién había estado.

—Estuve con Alistair.

—¿Con quién?

Me di un pequeño bofetón en la cabeza al darme cuenta. Kayla no sabía su nombre, ni tampoco la de veces que lo había visto. Ella, tal y como yo creí en su momento, pensaba que eran ilusiones mías.

—Mi hombre misterioso. El que me sigue…

Salió del estrecho mostrador y se paró delante de mí, mirándome fijamente con ojos de inquisidora. Cogió una caja de chocolatinas en forma de pene y preguntó mientras comía:

—¿Me estás diciendo que has pasado la noche con el tío que decías que era una aparición? —Asentí quitándole el chocolate y saboreándolo. Tenía más hambre que el perro de un ciego. Llevaba desde el escaso bocado que le metí a la hamburguesa y después escupí, sin comer—. ¿Es real? —Volví a asentir—. ¡Por la barba de mi padre! —exclamó—. ¿Te lo has tirado?

Abrí los ojos como platos. ¿Desde cuando era tan descarada?

—No. —Aunque para ser sinceros, ganas no me faltaban—. No ha pasado nada. Solo hemos… hablado. —No podía ser más concisa.

Conociéndola, me temí que siguiera preguntando, pero la entrada de clientes en la tienda no le permitió comenzar con el tercer grado.

Al volver a casa, Kayla se vistió a toda prisa. Había quedado con Biel y Aidan se fue con ella de ligoteo, así que me quedé sola. Aproveché para descansar en la soledad de mi sofá, viendo un rato el televisor. Cogí los DVD de *Crónicas Vampíricas* y disfruté con unas palomitas de miel de las ocurrencias de mi querido Damon Salvatore.

¡Ese vampiro era un bombón! Me ponía hasta cuando se comportaba como un cabronazo. Bueno… la verdad es que así es como más me gustaba. Sus ojazos sensuales me recordaron de inmediato a los de otra persona, un rubio irresistible que me había enloquecido con su historia.

Alistair se colaba una y otra vez en mi cabeza, a pesar de que debería darle más vueltas a la historia de los Arcontes y los cogollos —los cuales se suponía que eran enemigos de mi raza y querían matarme—, solo podía hacerlo a lo atontada que me dejaba mi chico misterioso.

—Holly, la doctora tenía razón. Estás para que te encierren.

Levanté mi precioso culo del sofá antes de que la imagen de Damon Salvatore se transformara en Alistair y cogí una pizza precocinada de la nevera para hacerla al microondas. Cogí una cerveza, las pastillas del cajón y cené para mantenerme distraída.

Abre las alas

Tras tomarme la pastilla que me tocaba por la noche, apenas fui consciente de lo que ocurría en la pantalla. Me dejaba adormilada y sin cerebro.

No era yo.

Me levanté como una autómata. Ya era hora de planchar la almohada con mi cara.

Ni siquiera me desvestí, nada más cerrar los ojos, comencé a soñar.

Sus alas son inmensas. Las rozo con las yemas de mis dedos y sonrío ante su suavidad. Me producen un placentero cosquilleo.

Su energía circula por mi cuerpo y sonrío ante lo que su rostro refleja.

Tiene los ojos cerrados, disfrutando de mi contacto. Su piel blanquecina brilla con la luz de la luna. Resplandece como un ángel.

Mi ángel.

Estiro mis alas junto a él y sonrío mientras alzo el vuelo y huyo de él entre sonrisas.

Su mirada me desarma. Parece un depredador, sin embargo, tiene instalada en su mirada una sonrisa ladeada que me corta la respiración.

Volamos por el cielo como dos niños que juegan al pilla-pilla y su risa me coge desprevenida. No es algo habitual en él, es como una suave melodía que aviva mis sentidos.

Con la palma de su mano acaricia mi mejilla y mi piel se eriza, se estremece.

Cada toque que me profesa me pone los pelos de punta. Perfilo el contorno de su pecho desnudo y suspiro al acariciar las runas que lo cubren.

Brillan tanto como él.

—Me gusta tu cuerpo bajo la luz de la luna. —Él me sonríe y yo se la devuelvo.

Nuestros rostros se acercan y gimo al notar su aliento adentrarse en mi boca.

Su olor me enloquece.

Se acerca lentamente. Demasiado lento para mi gusto.

No puedo más… Necesito que me bese, pero se aleja y ríe.

Todo desaparece y algo me saca de mi sueño.

El beso que esperaba de Alistair no iba a llegar. El mundo real volvía para darme en la cara.
Estaba despierta.

ALISTAIR, EL TÍO MÁS SECO DE LA FAZ DE LA TIERRA

Su breve sonrisa me dio ganas de abofetearle. Alistair estaba a los pies de mí cama, levantando una ceja y mirándome con sorna, divertido.

Sacándole el lado bueno a la situación, al menos ya comenzaba a tener en su cara otra expresión además de la de *«Soy un estúpido. Prohibido hablar conmigo»*.

—Qué sueño tan encantador. Casi lo consigues.

—¿Qué haces tú aquí? ¿Y cómo sabes… —No terminé mi pregunta. Mi mente acababa de encontrar una respuesta—. ¡Tú controlas mis sueños! ¡Serás cabrón!

—Era una buena forma de comunicarme contigo para que tu mente comenzara a familiarizarse con tu verdadera realidad. —Se encogió de hombros, orgulloso de su hazaña.

—¿No habría sido más fácil acercarte a mí como una persona normal? Oh, claro, tú no eres normal. Lo mejor es hacerle creer a una pobre esquizofrénica que vuelve a tener alucinaciones y está para el encierro —bufé.

Alistair continuó de pie, mirándome con fiereza mientras lo taladraba con mi mirada de *«eres un verdadero capullo»*.

—No tienes esquizofrenia. Ves lo que ves, por lo que eres —sentenció.

Así que, lo que había pasado durante mi niñez había sido una farsa.

Abre las alas

¡Genial! Me maltrataron y electrocutaron para nada.

—¿Y qué es lo que soy? ¿Qué son los Arcontes?

Se sentó en mi cama sin que le diera permiso. Instintivamente me tapé con las sábanas. Mi camisón era provocador hasta el delirio y el canal de mis pechos era visible para él. Lo vi desviar la vista un par de veces y no se merecía el espectáculo.

—Los Arcontes somos seres celestiales enviados por las deidades para cuidar, vengar o juzgar las injusticias que se producen en el plano terrenal —comenzó. Presté completa atención. Su voz me hipnotizaba y me jodía admitir que podría pasarme el día entero escuchándolo sin descanso—. Al principio nuestras labores las hacíamos desde nuestro mundo, pero cuando los portales quedaron abiertos, tuvimos que hacer de juez, jurado y verdugo con todos aquellos que se trasladaron aquí para sembrar discordia, convirtiéndose en un problema para la raza más débil; los humanos.

»Somos autoridades de la moral y la ética, hemos existido desde el nacimiento de los dioses. La palabra Arconte, *«archai»,* significa origen o comienzo.

—Vamos a ver que yo me aclare —lo frené—. ¿Me estás intentando decir que tienes miles de años? —pregunté alucinada. La noche anterior ya había hablado de dos mil años atrás, pero imaginé que exageraba.

—Sí.

—Pero si parece que tengas veintitantos…

—Beneficios de ser inmortal —sonrió con brevedad—. Los mismos beneficios de los que tú gozas.

Me quedé con la boca abierta unos segundos.

¿Inmortal? ¿Yo? ¿No podía morir?

Eso sí que no me lo esperaba.

—Nunca has enfermado —afirmó. Cuando iba a replicar diciendo lo de mi enfermedad mental, prosiguió—. Lo que tú veías de pequeña no eran alucinaciones. Eres capaz de ver los secretos que se ocultan a ojos humanos. Al no haber sido criada con los de tu raza, nadie te enseñó lo que eran. Los humanos relacionaron tus visiones con un problema mental, medicándote para ello y anulando tus verdaderas facultades. —Hizo una pausa—. Tu don lleva reprimido muchos años, sin embargo, las pastillas, al dejar de hacer el efecto adecuado, hacen que vuelva a salir a flote y ha llegado el momento de comenzar a ser eso para lo que has nacido.

Enterarme de que mi vida era una mentira me resultó más difícil de lo que esperaba. Alistair era demasiado directo y a mí me estaba costando reaccionar. Entrelacé mis manos con nerviosismo y mordí el piercing de mi labio. Todo aquello era una locura y apenas sabía cómo reaccionar.

Hubiera sido más racional ponerme a gritar como una loca, atendí y procesé todo aquello con calma, comprendiendo la verdad e intentando asumir que había más cosas aparte de lo que uno era capaz de ver. No creía que Alistair me estuviera mintiendo. ¿Qué ganaba haciéndolo?

Nada.

De todos modos, creer en cosas fuera de lo común no era sencillo ni siendo yo. Me pasé la vida intentando evitar las locuras que cruzaban mi mente y resultaba que las más locas, eran ciertas.

—El otro día cuando me salvaste en la tienda, fue real —afirmé. Alistair asintió—. Querían matarme porque sabían lo que era. —Volvió a asentir—. ¿Eran *cogollos*?

—Skoliós —me corrigió. Me daba igual lo que fueran—. No. Eran un Íncubo y un Súcubo, pero la lección de lo que son, te la daré en otro momento.

Continuó explicándome más cosas sobre los Arcontes. Estábamos destinados a convertirnos en la autoridad suprema, dictando normas y haciéndolas cumplir. Quien no las cumplía, debía ser castigado. Éramos seres reconocidos en algunas mitologías como la celta y la azteca, siendo doce los principales con una gran legión de súbditos denominados Arcontes menores.

—Tú eres casi como una original gracias a la sangre pura que corre por tus venas. Todos los que eran como tú, hijos de dos originales, también cayeron en manos de los Skoliós. —Me pregunté si él también había perdido algún hijo. Por su mirada y su edad, deduje que sí. Al fin y al cabo, era un original, había tenido mucho tiempo para procrear—.

Abre las alas

Tú eres nuestra única esperanza —murmuró recordándome a una escena de película en la que el último superhéroe que aparece, es el salvador de todo el planeta.

A pesar de la eficacia y el poder de los Arcontes, se estaban debilitando. Su fuerza y su gracia eran celestiales. Apenas necesitaban hablar —de ahí las pocas ganas de entablar conversación de Alistair—, y tampoco necesitaban luchar, aunque poseían armas arcanas.

Debieron cambiar muchas de sus costumbres cuando descendieron para vencer a los enemigos. Mantenerse al margen en el reino celestial dejó de ser un plan factible. Debían luchar para recuperar su posición y volver a ser quiénes eran; unos líderes fuertes, absolutos, capaces de mantener el orden de los reinos.

—Holly, levanta, marmota. Aidan tiene que ducharse y estoy limpiando mi baño —gritó Kayla al otro lado de la puerta, sacándome de mis pensamientos y mi conversación.

—Dile que se vaya a la fuente del parque. No quiero que me infecte el baño —contesté.

Alistair seguía ahí y no podía abrir la puerta. Sería de lo más extraño que encontraran a un tío conmigo que ni siquiera había entrado por la puerta.

A ver cómo explicaba eso.

—Que pase. No me verá.

—Con razón quedé como una imbécil cuando te grité en medio de la calle —sonrió burlón. Parecía que comenzaba a cogerle el gustillo a sonreír, lo malo era que lo hacía para reírse de mí, sin embargo, se me mojaban las bragas con sus sonrisas.

¡Dios, me comportaba como una perra en celo! Os juro que no era así. Normalmente me comportaba bien, pero Alistair alteraba mis hormonas de una forma que debía ser pecado.

Sin tener que dar permiso a Aidan, entró en la habitación semidesnudo cubierto tan solo con la toalla alrededor de su cintura y paseó delante de mí, exhibiéndose como si fuera a impresionarme.

—¿Te vienes a la ducha? —me guiñó un ojo. Alistair frunció el ceño

y lanzó un resoplido.

Ambos estaban muy cerca. Aidan no se imaginaba que a su lado había un Arconte mirándolo con reprobación por su espectáculo. Era cierto que no lo veía.

Era una situación de lo más extraña.

—Para lo único que iría a la ducha contigo, es para abrirte la cabeza con la alcachofa.

Aidan, no contento con mi respuesta —que no sé por qué, no se tomó demasiado en serio y eso que lo miré con profunda hostilidad—, se acercó hasta a mí sonriente, dejando su torso desnudo y bronceado al alcance de mis manos.

Era imposible negar que era muy atractivo, pero no me atraía y menos teniendo de cuerpo presente a Alistair. ¡Ya podría ser él quien se me presentara de esa forma!

—Deja de resistirte, Madame. Esos juguetitos no son tan buenos como este.

Decidí seguirle el juego. Tenía ganas de divertirme y gracias a que ignoró mi anterior mueca, conseguí hacerle creer que estaba interesada en su propuesta. Me puse de rodillas en la cama, quedando a la altura de su rostro y rescaté del fondo de mi mente la mirada de gatita. Oí a Alistair decirme algo como *«no estoy aquí para verte follar»* pero lo ignoré. Tenía a Aidan en la palma de mi mano. Era incapaz de resistirse a mi mirada felina.

Ventajas de tener unos ojos tan poco comunes. El lila los volvía locos.

—Tienes razón, mis juguetes no son suficientes. Necesito muchos más, algo de carne y hueso —susurré de forma sensual. Miré de reojo a Alistair que negaba con la cabeza. Su rostro tenía resquicios de furia.

¿Celos quizás?

Era demasiado pensarlo. ¿Por qué iba a estar celoso?

Deslicé mis manos por el torso desnudo de Aidan sin dejar de mirarlo. Su respiración se aceleró con mi contacto. Era plenamente consciente de las reacciones que conseguía con mis encantos. Llegué a sus labios y los acaricié con mis dedos. Con una última sonrisa, dejé de tocarlo y con la mano abierta, le di una colleja.

—¡Imbécil! Ni borracha me ducharía contigo, lárgate antes de que me arrepienta de dejarte entrar.

Me echó una última mirada furiosa y se metió sin dignidad en el baño, no sin antes llamarme estrecha.

Me sorprendí mucho al escuchar una carcajada desconocida, sexi y musical. Alistair reía divertido con el espectáculo. Sentí un fuerte palpitar en mi corazón al escucharlo. Era un sonido nuevo que me complacía.

—¿Y tú de qué te ríes? —me crucé de brazos. Escondiendo lo que su risa me había provocado.

—De nada. —Volvió a su habitual máscara de indiferencia—. Volvamos a tu lección. Aún queda mucho que aprender.

Durante todo el día se quedó conmigo, explicándome cosas que aún no terminaba de creer. Un mundo mágico se abría camino en mi vida y tenía un largo recorrido por delante para aprenderlo todo. Ponerse al día de lo que pasaba y de lo que los humanos no eran conscientes, no era tarea fácil. A la hora de comer, pululó a mi alrededor mientras comía con Kayla y un cabreado Aidan por la jugarreta en mi habitación. No podía dejar de mirarlo.

Solo yo lo veía y era de lo más extraño. Kayla me pilló varias veces, frunció el ceño porque ella no veía nada y preguntó qué me pasaba en varias ocasiones. Alistair estaba sentado en el sofá mirando la televisión con una postura cómoda, como si estuviera solo. Me quedaba embobada mirando su impresionante belleza.

¿Por qué estaba tan bueno?

De vez en cuando me miraba de reojo y cuando nuestras miradas se encontraban, yo me derretía. Esperaba que él no lo notara. Me tenía atontada.

La comida se me hizo eterna y disimular no se me daba nada bien. Suspiré aliviada cuando terminó. Aidan se sentó justo al lado de él y comenzó a cambiar de canal.

—Dile que lo deje dónde estaba —murmuró Alistair.

—Déjalo donde estaba.

—Empieza el partido —contestó Aidan con un gruñido.

—Me da igual.

Recogí la mesa sin escuchar lo que decía y adecenté la cocina para distraerme y no pensar. Kayla me esperaba apoyada en la encimera y no tardó en hablar para interrogarme.

—Holly, ¿estás bien? —Asentí con una sonrisa, pero no la convencí—. Estás muy rara.

¡Si ella supiera!

Me moría de ganas de contarle todo lo que me había ocurrido sin omitir ningún detalle, sin embargo, no podía. Mantenerme callada era una misión que debía estudiar, así que mentí para tranquilizarla.

—Las nuevas pastillas me aturden. Eso es todo. Al menos ya comienzo a acostumbrarme.

Conseguí convencerla. La dejé junto a su hermano en el sofá y me marché a la habitación a descansar.

Alistair no me dejó.

—Esta noche vendrás conmigo. Tengo varias cosas que enseñarte —decidió sin consultar.

—Por Dios, ¡quiero dormir! Tengo la cabeza como un bombo. Podrías tener un poquito de consideración. —Saqué una pastilla para dormir del cajón de mi mesita y Alistair me la arrebató.

—Ni una pastilla más. No las necesitas.

Gruñí.

—Sin ellas apenas duermo. Tengo pesadillas. —Y en todas aparecía él, a pesar de que esas, siempre eran las partes más agradables—. Si quieres que esta noche vaya contigo, déjame dormir.

—Está bien. Estate preparada a las ocho. Vendré a recogerte.

Desapareció sin dejar rastro, sin poder contestarle.

Cerré el pestillo de la habitación. No quería que nadie me despertara, y por fin, descansé un rato.

Mi siesta de cuatro horas se me hizo demasiado corta. Me desperecé

Abre las alas

y fui a la ducha. Alistair llegaría en diez minutos y aún me quedaba un poco para estar lista. Me entretuve más de la cuenta. El idiota de Aidan dejó su ropa sucia tirada en el suelo del baño y tuve que gritarle para que la recogiera. Se tomó su tiempo. Era su pequeña venganza por mi falsa seducción y la colleja. Nuestra relación era así…

Dejé que mi pelo se secara al aire. Al fin y al cabo, quedaría liso. Salí de la ducha con la toalla rodeando mi cuerpo desnudo. No tenía ni idea de qué ponerme. Alistair no me comentó dónde iríamos, pero elegí un vestido de color morado estrecho, atado al cuello y con escote, que me llegaba por encima de las rodillas, con una falda con bastante volumen que pronunciaba las zonas indicadas.

Lo dejé sobre la cama mientras me maquillaba.

Puse música para motivarme y comencé a bailar la canción *Shot me down* de David Guetta. Una versión de estilo comercial de la famosa canción de Nancy Sinatra utilizada en una de mis películas favoritas: *Kill Bill*.

Me pinté entre baileteos, resaltando el lila de mis ojos con tonos claros de sombra de ojo en la cuenca y delineador negro en las pestañas superiores. Se me echaba el tiempo encima. Guardé los maquillajes en su sitio y volví a por mi vestido tan campante, ajena a todo y bailando sin cesar. Iba tan absorta, que no me di cuenta de que tenía compañía.

—¡Por el amor de Dios! —grité al ver a Alistair frente a mí, tan espléndido como siempre. Me pegué un susto de muerte.

Sin embargo, gritar como una boba no fue lo más vergonzoso.

Con el susto y el bote que pegué, la toalla se deslizó por mi cuerpo hasta caer al suelo, dejándome completamente desnuda. Noté su mirada clavada en mi cuerpo. Me examinó con detenimiento y paró en mis zonas más visibles, como los pechos.

—¿Se puede saber qué miras? —Puse los brazos en jarras. En vez de taparme, haciendo eso le enseñaba más. Mi busto se tensó.

—Solo lo que tú me estás enseñando —respondió con voz ronca.

Su tono me provocó un breve estremecimiento de placer por todo el cuerpo. En ese momento, justo cuando iba a replicar, la puerta de mi habitación se abrió mientras Aidan murmuraba que se había dejado algo en el baño.

Corrí hasta la puerta, dejándolo que solo asomara la cabeza y la cerré de golpe.

—¡Te he visto una teta! —gritó entre risas al otro lado.

—Gilipollas.

Aseguré la puerta con el pestillo. Tenía el día exhibicionista.

Alistair se acercó por la retaguardia. Notaba su cercanía y me puse nerviosa y caliente. Lo miré a los ojos y estos observaban mi trasero.

Arconte o humano, era hombre. La protuberancia en sus pantalones me indicó que le gustaba lo que veía. Al menos, no era inmune a mis encantos. Eso me gustaba.

—¿Algo que opinar? —pregunté con chulería. Para que correr a taparme. Llevaba unos minutos enseñándole mis intimidades, ya no había más que ver.

—Tienes muchos tatuajes —contestó seco—. Vístete, debemos irnos.

O sea, estaba completamente desnuda delante de un tío —el cual estaba para hacerle unos cuantos favores—, enseñándole hasta mis pensamientos, ¿y solo era capaz de decir que tenía muchos tatuajes? ¿Es que los Arcontes no tenían sangre en las venas?

Decidí ir más lejos. Quería demostrarme a mí misma que atraía a Alistair. Mi orgullo comenzaba a enfurecerse ante su desdén.

—Pues disfrútalos. Pocos han visto mis tatuajes al completo —le guiñé un ojo.

Caminé hasta la cama contoneando las caderas de forma exagerada. Notaba su mirada puesta en mis movimientos. Saqué un culote de encaje de la cómoda y me giré para mirarlo.

—¿Podrías dejarme vestir a solas?

—Ya te lo he visto todo. No me voy a asustar —espetó.

—Muy bien, como quieras. Se mira, pero no se toca. —*«Aunque si estás dispuesto a tocar, yo me dejo»*, pensé.

Me vestí de la forma más lenta que se me ocurrió. No se perdía ni uno solo de mis movimientos. Pretendía con ello conseguir alguna reacción que rompiera su fachada de hombre serio, pero no funcionó. Aun utilizando todas mis armas de mujer, se quedó inmóvil, mirándome con deseo, pero inmóvil. Había esperado que me atacara y no lo hizo.

Resoplé frustrada.

Estaba haciendo el ridículo.

Un tío que quería llevarme a la cama, y me ignoraba.

Estaba perdiendo facultades.

—Cuando termines de excitarme vistiéndote así, nos marchamos. Se nos echa la noche encima.

—¿Te excito? —me atreví a preguntar.

Alistair se acercó con la mirada brillante de deseo. Aún no me había puesto el vestido. Intenté cerrar el sujetador sin tirantes sin atinar en la hebilla. Se colocó a mis espaldas y lo hizo él mismo. Noté cómo se entretenía, acariciando la suave piel de mi espalda. Estuve a punto de gemir.

—Por supuesto —susurró en mí oído con una voz que debería estar prohibida—. Tenemos trabajo que hacer y tengo mucho que enseñarte.

—En la cama también se aprende —respondí directa. ¿Por qué había dicho eso? Debía estudiar mis pensamientos antes de soltarlos en voz alta.

Lo miré a los ojos y no logré adivinar sus pensamientos. Esperaba que mi proposición lo tentara, pero no… Cuando creí que se estaba acercando a mí para poseerme, se separó.

—Estrecho… —susurré enfurruñada.

Tras el chasco, salí de casa un tanto cabreada y acalorada a partes iguales. Por un momento pensé que caería, pero se resistió. Subimos a un precioso Pontiac G5 de color rojo. Un coche muy llamativo para un tío al que le gustaba pasar desapercibido. Ni siquiera le pregunté adónde íbamos. El camino fue tenso y silencioso, solo hablé cuando paró.

—¿Vamos al Excalibur Casino? ¿Es que quieres enseñarme tu ludopatía? —pregunté.

Volvía su juego de no contestarme. Pensaba que ya habíamos supera-

do esa fase.

Entramos dentro del enorme recinto repleto de personas. El Excalibur era un hotel temático que visto desde lejos parecía un castillo medieval, ambientado en la época del Rey Arturo. Por las noches se llenaba de luz y de vida con los turistas y la gente que iba a pasar un buen rato en el casino para dejarse su dinero.

—No te separes de mí.

Lo seguí por las salas, pasando por la zona de las tragaperras, hasta llegar a la zona del Blackjack y los juegos de cartas.

Nos paramos frente a la barra de cristal, iluminada por luces tenues que le daban un toque romántico al lugar.

—Mantén los ojos bien abiertos.

Un camarero se acercó a nosotros y yo pedí un tequila Sunrise. Alistair desaprobó mi bebida con una mirada desdeñosa que ignoré.

Noté cómo se me quedó mirando cuando mantuve mi vista fija en el atractivo camarero.

Esperaba algo de mí y no lo entendí hasta que vi los ojos rojos del chico.

—Gracias —agradecí cuando me trajo la bebida.

Le di un trago largo.

—Es uno de ellos —le susurré a Alistair tras fijarme más atentamente en él. Tenía la misma pinta que los del Subway Dead y de Katrina.

Asintió complacido.

—Es un Íncubo.

Los íncubos eran demonios con forma masculina que atacaban a las mujeres por la noche, mayoritariamente en la cama, mientras dormían. Su apariencia no era necesariamente atractiva, pero tuve que admitir que el camarero estaba bastante bien.

—Son seres que no buscan la seducción, si no despertar en su víctima los instintos sexuales más primitivos —explicó.

—Sus ojos son los que embrujan —deduje. Alistair asintió—. Por eso me dijiste en el Subway que no lo mirara.

—Intentaba tentarte.

Abre las alas

Continuó explicándome sobre ellos. Resultó que no solo eran demonios que se alimentaban con el sexo, también estaban dotados con un miembro descomunal —una ventaja que cualquier mujer aprovecharía—, tampoco les importaba la apariencia de su víctima, simplemente buscaban alimentarse de su placer, una y otra vez.

—En realidad, no parecen tan malos. Una noche loca la quiere cualquiera y ellos te la dan sin compromiso —bromeé.

—Tienes razón —contestó— ...pero los Íncubos no buscan tu placer para hacerte feliz, lo buscan para matarte.

Una de las consecuencias era que en caso de que la víctima quedara embarazada, podía llegar a dar a luz a bebés muertos o con retraso mental, además de abortos con apariencia medio humana-medio animal. Criaturas deformes, perversas y malvadas.

Aquello ya no me parecía tan bonito. No me gustaría morir así por culpa de querer unos cuantos orgasmos, porque además de todo eso, yacer con íncubos, era adictivo para las víctimas. Querían sexo una y otra vez con ellos y acababan perdiendo la vida ante tanto frenesí.

Todo aquello me hizo pensar en la muerte del señor Clearwater.

—¿Hay mujeres íncubo? —Asintió. Antes de responderme, caminamos hasta una mesa apartada del bullicio. No debíamos llamar la atención. La gente iba a su bola, bailando al ritmo de la música.

Los camareros no debían de ser los únicos enemigos que nos rodeaban.

—A las hembras se las llama Súcubos. A diferencia de los Íncubos, ellas sí que adoptan formas atractivas, porque saben que los hombres se excitan por la vista. —Me miró de arriba abajo y casi me sonrojo. Aquella mirada me confirmaba que mi cuerpo lo excitó. Aun así seguía cabreada porque no me hubiera hecho caso estando desnuda ante él—. Actúan de forma parecida a los Íncubos, pero ellas son más letales. Nunca dejan a su víctima con vida y les crea una adicción tan grande que todas las noches buscan el placer de yacer con ellas.

—Muy típico en los hombres —añadí.

—Los Súcubos no derraman el semen de sus víctimas, lo recolectan para embarazar a mujeres y crear monstruos. De los dos demonios, ellas son más peligrosas —finalizó.

Tras su explicación no me quedó ninguna duda de que quién había matado a Clearwater y a los otros hombres que encontraron muertos con una erección, fue obra de súcubos. La prostituta, Katrina, era una de ellos.

—¿Mataste a los que intentaron matarme? —pregunté. Ya no tenía dudas de que fue real.

—Sí. Descubrieron lo que eras y suerte que llegué a tiempo. Si se enteran de quién eres, corres peligro —contestó.

—Pero entonces se supone que también te buscan a ti. Somos los únicos con sangre original. Si tanto temes por mi vida, ¿por qué me has traído a un sitio plagado de esos demonios?

—Conmigo estarás a salvo —fue su única respuesta.

Nos quedamos observando durante al menos media hora. Por primera vez en mi vida veía de verdad. Allí dentro había más ojos rojos de los que podía contar. Alistair me llamó la atención varias veces para que no fuera tan descarada.

—Deberías cambiar tu color de pelo. —Le pregunté por qué con la mirada y respondió—. Todos los Arcontes lo tenemos de un rubio muy claro. Es prácticamente imposible encontrar a un humano con rubio platino natural.

—Diré que soy albina. —Frunció el ceño. Me gustaba mi pelo, cambiármelo no entraba en mis planes.

—Albina y con los ojos lilas. Lo más normal del mundo —ironizó rodando los ojos.

—Me gusta mi pelo.

—Supongo que también te gustará tu vida. Así que si la aprecias, tíñete el pelo —puse un puchero. No quería teñirme.

Junto a mis ojos, mi pelo era lo más llamativo de mí misma. Ahora entendía el por qué de las mechas oscuras en el pelo del Arconte. Intentaba camuflarse.

—No sé si ayudarte. Por ahora no me hace gracia nada de lo que me dices. No quiero esconderme. Llevo siendo así toda mi vida y nunca me ha pasado nada.

—Las cosas han cambiado. Los Skoliós saben de tu existencia. Los que maté te descubrieron y puede que ya haya llegado la noticia a oídos de los demás —murmuró—. No tenemos tiempo y aún tienes mucho que aprender. Esto que ves aquí es un famoso casino conocido mundialmente y está regentado por Skoliós y demonios. ¿Ves la puerta de allí? —Señaló un enorme portón blindado, protegido por dos hombres, uno a cada lado—. Los dos que la protegen son Demonios Custodios y creemos que el cáliz está ahí dentro.

—¿Y por qué no entramos a por él?

Reconocía que mi pregunta era demasiado obvia, pero se suponía que Alistair era inmortal y tenía poderes —los cuales aún desconocía—, y no creí que le resultara muy difícil adentrarse en ese lugar a pesar de que no tenía ni idea de qué se ocultaba allí.

—Los custodios tienen un potente glamour capaz de confundir y manejar mentes. Cuesta mucho reconocerlos porque parecen humanos, pero si te acercas, te reconocerán por tu aura y te puedo asegurar que no saldrás viva. Si allí dentro está el Cáliz, no serán los únicos que lo protejan.

Volví a mirarlos y reconocí que parecían humanos por completo. No había nada que me hiciera sospechar. Un apunte que me posicionaba en una ligera desventaja, ya que podría caer en sus redes sin ni siquiera saber lo que eran.

—Y a nosotros, ¿quién nos protege? ¿Cómo puedes estar tan tranquilo rodeado de… monstruos? —espeté.

Me sentía como el bicho que había que pisar en medio de toda aquella gente. Muchas miradas se clavaban en mí a pesar de que a Alistair lo ignoraban. Parecía como si no lo vieran, así que me pregunté si no estaría usando su truquito de desaparecer como un fantasma.

—A mí no pueden verme —murmuró adivinando mis pensamientos—. Snow y parte de su equipo están a nuestro alrededor, vigilándote. Es ese de allí.

Señaló a un chico sentado en la barra que observaba a la multitud. Debió escuchar cómo Alistair lo nombraba porque se nos quedó mirando. Él también lo veía, pero sin duda, no fue eso lo que más me sorprendió.

El rollito de Kayla, Biel, era quien Alistair me señalaba.

¡SOY CÓMO HARRY POTTER SIN VARITA!

Biel, Snow, o cómo se llamara, se acercó a nosotros sonriendo al visualizar mi cara de incredulidad. Alistair no parecía sorprendido de que lo conociera. Todo aquello me resultó sospechoso, aunque tenía muchas preguntas, me decanté por lanzarle una reprimenda con lo primero que se me ocurrió.

—Cómo se te ocurra jugar con los sentimientos de Kayla, te mato —lo amenacé con seriedad—. No me gusta el juego que os traéis entre manos y meter a la única persona que me importa, me parece rastrero. Que yo sea un bicho raro, no quiere decir que mi amiga se tenga que ver inmersa en un mundo que no le concierne.

—No estoy jugando con Kayla, Holly —contestó conciso sin darme opción a réplica.

—Eso espero. No quiero verla sufrir. Es lo más importante que tengo.

Alistair nos miró a uno y a otro hasta que llegamos a una tregua mediante nuestras miradas.

—Te presento a Snow, mi mejor Guerrero Oscuro y el que ha logrado dar contigo —dijo Alistair con orgullo obviando nuestra anterior conversación.

Snow se sentó con nosotros. El detective privado, serio y estúpido, resultó ser un guerrero que luchaba mano a mano con los Arcontes para protegernos y ayudarnos a recuperar el cáliz, destruyendo a Skoliós y

Abre las alas

demonios sin cesar.

Los guerreros no eran inmortales como los Arcontes, pero sí poderosos y con una larga vida por delante, mayor que la de los humanos. Snow tenía más de setenta años y aparentaba una veintena.

Nos marchamos del Excalibur y por el camino aprendí una nueva lección sobre seres paranormales.

—Nacemos mitad Arconte, mitad humano. No somos inmortales, pero sí difíciles de matar gracias a los dones que la sangre de Arconte nos proporciona. Cicatrizo rápido y no tengo las enfermedades que afectan a los humanos comunes. Mi agilidad es parecida a la vuestra y soy bastante fuerte —explicó orgulloso mientras caminamos hasta el precioso coche de Alistair.

Al menos, si no era inmortal, quería decir que Kayla y él podrían tener una relación aunque él no envejeciera al mismo ritmo que ella. Si de verdad mi amiga se enamoraba, podía tener una oportunidad de ser feliz.

No entendía por qué me importaba más la vida romántica de mi amiga que el hecho de que fuera un guerrero oscuro capaz de dar conmigo. Me molestaba que él me encontrara, por ende, Alistair comenzó con su acoso a través de los sueños para introducirme en un mundo loco y lleno de fantasía que se presentaba peligroso ante mis ojos.

—A partir de mañana iremos todas las noches a entrenar. Debes estar preparada para lo que pueda ocurrir —ordenó Alistair.

Bufé. Este tío no entendía que tenía una vida y que debía trabajar para sobrevivir.

Ponerme a discutir no serviría de nada. Acabaría secuestrándome de nuevo si le llevaba la contraria. Aunque su presencia no era del todo incómoda —sobre todo para la vista—, comenzaba a sentirlo como un grano en el culo.

Tras pasarme el día trabajando, al cerrar la tienda, tuve que inventarme una excusa para que Kayla no sospechara.

Le dije que había quedado con un chico para una loche loca, como era algo que solía hacer, se lo tragó. Aunque solo había estado una vez, recordaba dónde vivía Alistair. Su enorme piso se encontraba a dos calles de mi edificio. Desde el principio, estuvo muy cerca, preparado para abordarme en cualquier instante.

Subí al último piso cargada con una libreta y un bolígrafo para tomar apuntes, luego llamé a la puerta que recordaba de mi anterior visita, barra, secuestro.

Biel fue quien me abrió.

—Bienvenida —sonrió afable. Ya no me parecía tan rancio como el día en que lo conocí.

Durante el camino a casa la noche anterior me enteré de que Snow vivía con Alistair, eran grandes amigos y compañeros. Él fue quien le habló de mí a Alistair, ya que fue quien intentó proteger a Tália, mi madre, cuando estaba embarazada de mí, fallando en el intento.

Me di cuenta de que aún se culpaba por ello y sopesé que su actitud evasiva conmigo se debía a ese recuerdo, sin embargo, descubrí que no era tan estúpido como su amigo Alistair, ¡Oh, el gran original! Snow era divertido, agradable y entendía por qué Kayla estaba tan emocionada con él.

—Está en la ducha. En un momento saldrá —murmuró invitándome a entrar.

Me senté en el sofá dando un fuerte culetazo. Estaba cansada del trabajo e imaginé que la noche sería larga. Tenía que aguantar por todos los medios aunque estaba segura de que Alistair se encargaría de ello.

Volví a mirar el salón y pregunté para llenar el silencio:

—Imagino que los juegos no son de Mister Simpatía. —Snow sonrió.

—Son míos, pero te sorprendería saber lo bueno que es. No es tan estirado como parece.

—¿No? Pues a mí me parece el tío más capullo que he conocido en mi vida —contesté hablando solo de su actitud. No iba a admitir que también me parecía el hombre más atractivo del mundo y que mi cuerpo se encendía al tenerlo cerca.

Lo malo igualaba a lo bueno.

Abre las alas

—¿Cómo serías tú si hubieras visto morir a los tuyos sin poder hacer nada? ¿Cómo te sentirías al ser el único superviviente de una raza que debía mantener el orden? —preguntó retóricamente—. A los Arcontes se les describía como seres alegres, apacibles... Alistair cambió al verse rodeado de tanta amargura. Vivir miles de años huyendo cambia a cualquiera. Necesita recuperar la esperanza de poder ayudar a su raza y a la mía. Tú eres esa esperanza.

Lo miré con fijeza. Estudié sus palabras y entendí su postura. Las vivencias por las que pasamos a lo largo de nuestra vida son las que nos hacen, consiguiendo a veces, hacer desaparecer lo que éramos, hasta que algo aparece para recordarnos que la vida sigue. Siempre sigue aunque a veces parezca que llega a su fin.

Descubrí que bajo todos esos muros de soberbia y seriedad, se encontraba el verdadero Alistair.

No era tan distinto a mí. Yo me había pasado la vida sufriendo el rechazo de la gente por una enfermedad que había resultado que no tenía, pasando de familia en familia sin encontrar jamás mi verdadero lugar.

Snow se marchó dejándome a solas con mis pensamientos. Sabía por Kayla que iban a cenar juntos.

Ella sí que se lo montaba bien. Yo pasaría la noche con un monumento con patas que solo me quería por conveniencia.

Mientras esperé a que Alistair saliera, me puse a ver la televisión. Zapeé por varios canales y me decidí por la *MTV Rocks*. Los Thirty Seconds To Mars cantaban su nuevo single, *Do or Die* y yo canté con ellos.

In the middle of the night
When the angels scream
I don't want to live a lie that I believe
Time to do or die
(En mitad de la noche,
Cuando los ángeles gritan.
No quiero vivir una mentira, eso creo.
Es tiempo de hacer o morir.)

La canción hablaba sobre el destino, un tiempo ilimitado y sobre hacer algo o morir. Un lema que debía instalarme en la mente. Había descubierto cosas que me metían en una guerra de seres inmortales y otros difíciles de matar, de la que tenía mucho que aprender.

Hacerlo o morir. Ese parecía mi destino y por eso estaba en casa de un tío de más de dos mil años, para hacer algo.

—Ya estás aquí —casi saludó Alistair.

Me quedé boquiabierta al apreciar su apariencia. Observé su esculpido torso al descubierto. Llevaba una simple toalla atada a la cintura. La situación me recordaba a la del día anterior, en la que yo era la que iba cubierta de esa forma, con la diferencia de que a mí se me cayó. En ese momento, yo rezaba a todos los dioses en los que no creía, para que se le cayera a él también.

No tuve esa suerte.

Aun así, apreciar los tatuajes que cubrían su cuerpo me embotó los sentidos. Acerté al referirme a él como el hombre más atractivo que había visto jamás. Estaba a punto de sacar la lengua y ponerme a babear como un perro. ¡Quería lanzarme a sus brazos!

Debió parecerle graciosa mi cara porque noté cierta burla en sus facciones, pero para ser sincera, en su cara fue en lo que menos me fijé. Puse el zoom en mi visión y examiné cada vena, cada músculo de sus brazos, pectorales y finalmente descendí mi vista hasta la marcada uve que se formaba en sus caderas y se perdía debajo de la toalla.

—¿Algo que comentar? —preguntó socarrón.

¡Vaya, pero si sabía bromear!

—No. Todo correcto y en su sitio. —«*Pero la toalla me molesta*», pensé.

Verlo desnudo sería estar en paz con él. ¿Cómo la tendría?

«*¡Por todos los dioses, Holly! Mantén tu mente alejada de guarrerías*», me advirtió el angelito bueno apoyado en mi hombro.

Muchas eran las veces en las que mantenía conversaciones con mi yo bueno y el maligno. Este último siempre me dejaba libertad. El bueno era un aguafiestas.

—Iré a vestirme y comenzamos.

—Puedes quedarte así, no me molesta.

¿Había dicho yo eso?

Sí. Sin duda. La sorpresa en el rostro de Alistair me daba la respuesta.

—Ahora vuelvo. Te necesito centrada. —Se giró y se marchó por el pasillo.

Cómo si no pudiera mantenerme centrada con semejante cuerpo al descubierto. ¡Acabáramos! No estaba centrada con su sola presencia, punto.

Volvió cargado con unos cuantos libros y me enorgullecí de mí misma por haber traído una libreta en la que apuntar. Sería una alumna aplicada. El único problema que veía para sacar matrícula de honor, era que el profesor me ponía mala malita.

—Ya conoces la historia sobre los Arcontes, como te dije, somos seres con ciertos dones que son los que nos han ayudado a vencer las barreras. La magia existe y nosotros hacemos uso de ella —comenzó—. ¿Sabes lo que es esto? —Me señaló a mí.

Mi camiseta escotada de calaveras dejaba a la vista mi tatuaje. Estuve a punto de contestarle que lo que señalaba era una teta que le dejaría tocar sin reparos, pero contesté lo correcto.

Comenzar a cabrearlo desde el inicio de la clase no era plan a pesar de que me moría de ganas por sacarlo de quicio y ver en él esa mirada que conseguía traspasarme como una daga que encendía mis pensamientos más prohibidos.

—Una runa —respondí al fin. Asintió complacido con mi respuesta.

—¿Sabes lo que significan? —Negué.

Solo sabía el significado de la mía. El resto no me había molestado en mirarlas. Sabía que había veinticuatro, en la antigüedad, además de ser un alfabeto, también se utilizaban como algo mágico. Los símbolos contenían poderes que se escapaban del entendimiento de las mentes más simples, como la mía. Deduje que estaba allí para aprender el significado mágico de cada una de ellas.

Acaricié mi muñeca izquierda preparando mi mano para un largo rato de apuntes. Sabía que iba a necesitar espacio en mi libreta, suerte que la compré antes de ir a casa de Alistair.

—Las runas existen desde hace milenios y se utilizan desde la antigüedad para cosas relacionadas con la magia. Su procedencia se remonta a muchos siglos atrás, sobre todo, en la mitología nórdica, pero esto no es una clase de historia. A ti te interesa la parte de la magia.

Interesarme no era la palabra correcta para definirlo. Era a él a quién le interesaba que lo supiera, pero no lo saqué de su error. Dejé que creyera que estaba interesada por completo en aprender las propiedades de todas y cada una de ellas.

—Una runa no es tan solo una letra de un antiguo alfabeto, sino que, más bien, nos proporciona la definición básica de «secreto» o «enigma» —comenzó—. Una runa es un concepto o idea sagrada que debe ser expresada o tratada de forma oculta.

Apunté en mi libreta lo que decía, descifrándolo a mi manera, sin apenas entender una palabra.

—Las formas rúnicas nacieron de los signos sagrados concebidos en las mentes de los sacerdotes y los magos de la Edad de Bronce, o probablemente mucho antes, como expresiones gráficas abstractas del más profundo contenido de sus enseñanzas mágicas y religiosas.

Me explicó que había diversos modos de utilizarlas e íbamos a centrarnos en su utilización como arma y defensa. El material más utilizado para plasmar los símbolos era la madera, sin embargo, su utilización había ido evolucionando y los Arcontes, otros seres celestiales y sobrenaturales, las utilizaban en sus propias armas e incluso en sus cuerpos para beneficiarse de sus poderes y conseguir ventajas en la lucha para la defensa y ataque.

Me mostró el libro que sostenía. Los sencillos dibujos de las runas escondían secretos aún desconocidos para mí.

—Ahora quiero que las dibujes todas, ya después, hablaremos de lo que hacen. —Lo taladré con la mirada.

—Creí que me ibas a enseñar a utilizarlas —murmuré de mal humor.

Abre las alas

No tenía ni puñeteras ganas de ponerme a hacer dibujitos como si estuviera en el parvulario. Bastante me dolía la mano de escribir. Si lo hubiera sabido, habría cogido mi portátil. Mucho más cómodo y menos cansado.

—Si no sabes dibujarlas, tampoco sabrás utilizarlas. Memoriza sus trazos en tu mente. No podrás llevarlas eternamente cuando las utilices.

—En eso te equivocas —contraataqué—. Esta de aquí —señalé mi pecho— …es de por vida. No se quita.

Quizá no sabía lo que era un tatuaje de verdad aunque él también llevara.

—Tienes razón, pero con dibujarlas no basta. Hay que activarlas. —Apoyó sus dedos suavemente sobre el tatuaje. El roce me provocó un respingo por todo el cuerpo, hebras invisibles de electricidad me recorrieron por doquier. Su tacto era suave y placentero. Cerró los ojos manteniéndose concentrado y pronunció unas palabras que no entendí.

Sentí como una brisa recorría mi cuerpo. Alistair apartó la mano dejando un vacío a su paso. Mi pecho palpitaba de forma extraña. Una luz se abrió paso hasta mis ojos, al fijar la vista en la runa *Raidho* de mi pecho, vi cómo resplandecía en tono azulado, brillando con intensidad.

—Ahora está activada.

Durante unos segundos mi mente se quedó en blanco para volver de forma lúcida. Cientos de pensamientos se ordenaron, haciéndome sentir que estaba en el lugar correcto. Seguir adelante con mis enseñanzas era apremiante. Alistair me estaba mostrando un mundo que poco a poco comenzaba a sentir como el mío.

—Espero que ahora sepas seguir tu camino.

—¿Qué me has hecho? —pregunté aún confusa.

—La runa Raidho activa te permite acceso a la voz de la conciencia y aumenta tu capacidad para ser consciente de todo esto —explicó—. Inconscientemente, al habértela tatuado, estabas dando a entender que querías descubrir la verdad de todo lo que te ocurrió siendo niña. Necesitabas conocer tus inicios, ahora es el momento de que te los muestre.

Sin ninguna objeción más, comencé a dibujar. Las veinticuatro runas eran sencillas de plasmar en papel, sus formas rectas las podría dibujar incluso un gorila del zoológico. En una en forma de T, pero con la copa acabando de forma triangular, quise hacerle una modificación, poniéndole dos ojitos para hacerla más graciosa.

Fue una mala idea...

Alistair vigilaba lo que hacía, al ver mi intento de obra de arte, dejó la bebida que tomaba sentado cómodamente a mis espaldas en el sofá y me reprendió.

—Limítate a dibujar lo que ves. —Su tono estaba lleno de enfado. Ni que ponerle ojitos a una T fuera pecado—. Esta es la runa de nuestra raza —terció.

Vale, acababa de entender su enfado. Volví a meter la pata.

—Esta runa representa lo divino; el mundo de los de arriba. *Tiwaz* es la runa del autosacrificio, así como la de los grandes reyes y líderes de la gente. Es la runa de la justicia, la guerra y la columna que sostiene el mundo.

Tenía sentido que fuera la que nos representara. Los Arcontes éramos líderes; una especie de deidad que se encargaba del orden de las cosas. Un orden que ya no éramos capaces de llevar a cabo por culpa de la guerra que los traidores se habían empeñado en comenzar. Me seguía resultando extraño meterme en el mismo saco. Por ahora, yo no había hecho nada, ni para bien, ni para mal. Aparte de ser una experta en frustrar al último original que quedaba...

Alistair me enseñó su antebrazo. Llevaba tatuada esa runa, pero no brillaba como la mía. Eso quería decir que no estaba activa.

—¿Qué magia tiene? —pregunté curiosa.

—Ayuda a obtener una victoria justa, a desarrollar la fe y nos enseña cuando hay que sacrificarse por algo.

—¿Y por qué no la activas? Si ayuda a salir victorioso, sería bueno que la utilizaras. A lo mejor conseguimos ganar antes —espeté con inocencia infantil, una lógica aplastante digna de una niña de tres años que acababa de aprender a hablar.

Alistair sonrió sin ganas.

Abre las alas

—Esta no hay palabras mágicas que la activen. Lleva siglos apagada. Solo volverá a brillar el día en que devolvamos las cosas a su lugar.

Tras dos horas dibujando, llegó el momento de saber para qué servían. Cada una tenía su propio significado, pero muchas compartían poderes: inteligencia, defensa, ataque… Incluso había alguna que aumentaba la pasión en la pareja. No me hacía falta algo así, ya tenía bastante con mi propia lujuria y desenfreno. No necesitaba hechizos mágicos para ser una leona.

De nuevo Alistair se me quedó mirando. ¿Por qué siempre me miraba cuando pensaba en cosas prohibidas? Jamás me había encontrado en una situación en la que debiera esconder mis más ocultos pensamientos. Iban a su libre albedrío y si tuviera una madre, seguro que me diría que parecía un hombre con la testosterona por las nubes.

—¿Siempre piensas en lo mismo? —Se cruzó de brazos, expectante.

¿Tenía que responderle?

Al parecer, sí.

—¿Hay algo de malo? No solo los hombres tienen permitido pensar obscenidades. Soy una mujer adulta con la mente muy abierta.

—Y también con las piernas... —susurró por lo bajini, pero lo escuché.

¡Uy, lo que me ha dicho!

¿Pero este qué se había pensado? A veces no era muy avispada y ser rubia no tenía nada que ver, pero sus palabras eran un insulto velado que atacaba directamente a mi decencia y estatus como mujer. Me levanté del sillón dolida por sus palabras y lo encaré. Él también se levantó, quedando en pie enfrente de la mesa del comedor y miró por la ventana de forma distraída.

Abrí mi mano y cogí impulso con el brazo, estampándola contra su suave mejilla aterciopelada. Provoqué un fuerte estruendo.

—¡Gilipollas! —lo insulté—. No te consiento que me faltes al respeto. Mi mente y yo podemos pensar todas las guarrerías que se nos ocurran, con mi cuerpo, decido lo que hago. No por eso soy una fresca como piensas. Así que quita esa cara de estúpido y deja de juzgarme cada vez que hago o digo algo.

Tocó su mejilla enrojecida por el golpe. No dijo nada. Acababa de conseguir dejar al gran Alistair sin palabras. Con altivez, volví a enfrascarme en los apuntes con el humor turbio y seguí aprendiendo las características de las runas.

Los ojos se me cerraban. No tenía ni idea de la hora que era. El olor de una pizza llegó a mis fosas nasales. Estuve tan absorta en mis estudios, que ni siquiera vi como Alistair se marchaba en silencio a la cocina a por algo de comer.

—Toma. Llevas muchas horas sin comer. —Me ofreció un trozo y lo cogí gustosa.

—Gracias.

Comí en silencio, un tanto incomoda al sentir la mirada de Alistair puesta en mis movimientos. Lo miré de reojo y no fui capaz de identificar su expresión, no dejaba de mirarme. No parecía enfadado, solo un tanto confuso por cómo se estaban desarrollando los acontecimientos.

—¿Por qué me miras así? —En esos instantes no pensaba en lo guapo que era y las ganas que tenía de hacerle un favor, quería averiguar si también era capaz de descifrar el resto de mis expresiones.

Se quedó callado sin responderme. Volvía su voto de silencio.

—Para activar las runas deberás pronunciar estas palabras —respondió evitando mi pregunta.

Comenzó a murmurarlas en un idioma que no lograba descifrar, muy musical y atrayente. Las memoricé con soltura y cuando ya las tenía, me explicó el significado. Era una oración para atraer el poder de la magia más oculta y poderosa. La luz brillaba en las runas para desarrollar la magia, para que quien la activara, absorbiera su poder.

—Prueba a dibujarte una y actívala.

Cogí el bolígrafo y dibujé en un hueco sin tatuar la runa *Kenaz*, la del fuego. Pronuncié las palabras tal y como las había aprendido y se iluminó. Un potente poder recorrió todo mi cuerpo.

Abre las alas

—¿Y ahora qué hago?

Alistair colocó una vela delante de mí y me dijo que intentara encenderla sin mechero.

—Desea que se encienda. El poder fluirá desde tu interior otorgándote la capacidad de crear fuego.

Respiré profundo y pensé en la chorrada que quería que hiciera. Puse las manos a unos centímetros de la vela, y como Bonnie de *Crónicas Vampíricas*, deseé encender la vela. Una corriente eléctrica circuló por mi cuerpo. En realidad no creía que funcionara, pero lo hizo.

Alistair corrió en busca de agua. La vela comenzó a arder, alzando un fuego que consumía la cera por completo, e incluso el cristal de la mesa comenzó a enrojecer.

—¡Por Dios! —grité sorprendida.

El fuego desapareció en cuanto le echó agua. El salón se inundó del aroma de la cera quemada, acompañado por un fino humo negro que envolvía la estancia.

No me lo podía creer. ¡Había hecho magia! Me sentí igual que Harry Potter en el día que encerró a su primo en el terrario de las serpientes; impresionada por mis ocultas capacidades.

—Ha estado bien —espetó mi estúpido profesor sin mostrar nada en su expresión—. No esperaba que lo consiguieras a la primera.

Al parecer, él quería tenerme durante toda la noche frente a la vela practicando, pero mis aptitudes resultaron mayores de las que imaginó en un principio.

—Puede que seas más lista de lo que crees.

—Sé que soy lista. Eres tú el que no cree en mí —repliqué—. Sin embargo, eso es lo más parecido a un halago que me has lanzado en los días que hace que nos conocemos —sonreí.

Después de insinuar que era una fresca, aquello era un gran paso.

—Te equivocas. Creo en ti, Holly —respondió serio. Alcé la mirada y me encontré con sus ojos azules observándome con intensidad—. Me he comportado de una forma muy dura contigo, y aun así, aquí estás, aprendiendo a ser lo que eres en realidad.

Me encogí de hombros y mordisqueé mi piercing. No se me quitaba la manía y tampoco encontraba otra cosa que decir. Estaba cansada. Mirar por la balconera me hizo comprender lo tarde que se me había hecho. Ya amanecía y llevaba toda la noche despierta. Alistair miró lo mismo que yo.

—Es hora de que descanses. Mañana pasaremos a la acción.

ABRE LAS ALAS

E staba en medio de un apacible sueño que me transmitió mucha calma. No lograba descubrir qué ocurría, aunque estaría dispuesta a quedarme allí para siempre. Estaba agotada.

—Holly, ¡despierta!

Pegué un bote en el sitio del tremendo susto, con la mala suerte de caer de culo al suelo con un fuerte golpe. Kayla se carcajeó. Yo todavía no era capaz de enfocar la vista para ver su satisfacción por despertarme de esa forma.

—¿Qué hora es? —pregunté con voz pastosa. Había ido al almacén a por algo —no recordaba qué era—, y ya no sabía nada más. Me dormí sentada en la silla de mi improvisado despacho y eso conllevó a que Kayla me despertara de un susto.

—La hora de cerrar, menos mal, porque menuda tarde —se quejó—. Gracias por tu ayuda.

Por su tono de voz deduje que estaba algo molesta. Normal. No había hecho nada en todo el día.

—Lo siento —me disculpé.

—Voy a tenerte que prohibir que salgas entre semana. Tienes una pinta horrible —me miró poniendo una mueca.

¿Tan horrible estaba?

Cuando me fui de casa de Alistair, lo primero que hice fue darme una ducha para despejarme un poco y tomar café por un tubo. No me maquillé, llevaba más de un día entero sin dormir, a excepción de mi mini siesta en la silla. Ni siquiera mi piel de alabastro me ayudaba a parecer decente.

—Está bien. No saldré —murmuré adormilada—. Vete a casa. Yo me quedo aquí.

Alistair iría a buscarme a casa, así que la idea de quedarme en la tienda me parecía de lo más indicada para perderlo de vista y descansar a pierna suelta.

—Definitivamente, estás loca —se carcajeó Kayla cuando le expliqué la absurda idea de dormir allí con la excusa de que así me autocastigaba por haber estado perreando durante todo el día.

A veces me preguntaba cómo se creía todas mis estupideces. ¡Ni yo me las creía! Pero ella me dejaba hacer. Que todavía creyera que tenía esquizofrenia quizás era lo que me ayudaba. En el almacén no teníamos camas, pero sí colchonetas para tumbarnos. Cogí la mía de color negro, que era nada más y nada menos que un colchón BDSM inflable con amarres, y me tumbé a dormir.

El molesto sonido de mi móvil sonando me despertó de golpe. El nombre de Kayla aparecía en la pantalla, pero antes de cogerlo, miré la hora.

¿Por qué no me dejaban en paz? Solo quería dormir. ¿Tan imposible era? ¡No llevaba ni una hora!

—No te lo vas a creer… —espetó antes de que pudiera saludarle con un *«vete a tomar por culo»*.

—Lo que no me puedo creer es que no me dejes dormir —lloriqueé.

Iba a llorar. Los ojos ni se me abrían del cansancio.

—Ha venido Alistair. ¡Es real! —Resultó que sí que podía abrir los ojos porque se me pusieron como dos enormes platos.

¿Alistair en mi casa? ¿El mundo se estaba acabando?

—Por dios, Holly, ¡está cómo un tren! ¿Por qué no me cuentas las cosas? Eso no se hace, amiga —soltó de forma atropellada.

Estaba demasiado aturdida como para contestar. La dejé que hablara sola durante un rato, hasta que finalmente, se cansó y cortamos la llamada.

Me hice un café para despejarme. Dormir ya no podía. Mi plan para esquivar a Alistair no funcionó. Sin saber cómo, estaba delante de mí con el ceño fruncido y de brazos cruzados, tan sexi como siempre, mirándome con cara de perdonavidas.

—Es hora de irnos.

—¿Podemos dejarlo para otro día? No he descansado nada —lloriqueé.

—Los enemigos no descansan —fue su única respuesta—. Abrígate. Donde vamos hace frío.

No me molesté en hacerle caso. Además, no tenía nada con qué abrigarme. La temperatura de Las Vegas aumentaba por días dando paso a una cálida primavera. Me aseguré de cerrar bien la tienda y me uní a él, me esperaba apoyado en una farola en medio de la calle desierta.

—¿Adónde vamos?

—Al desierto de Mojave. Ahí podemos entrenar sin ser vistos.

—¡Pero si está a dos horas de aquí! —exclamé. ¿Se había vuelto loco?

—Llegaremos antes de lo que te imaginas. Agárrate a mí —ordenó. Levanté una ceja insegura. Agarrarme a él no me molestaba, al contrario, me ponía nerviosa y a la vez ansiosa por palpar ese cuerpo, pero no tenía ni idea de cómo iba a influir agarrarme a él para llegar a un sitio tan alejado de dónde nos encontrábamos—. Confía en mí.

Me acerqué y rodeó mi cintura con sus fuertes brazos. Durante unos segundos nos miramos sin hablar. Cerró los ojos y percibí su concentración mientras una luz blanquecina comenzaba a envolvernos. La piel de Alistair comenzó a brillar y abrí la boca hasta casi llegar al suelo, cuando, de su espalda, aparecieron dos inmensas alas blancas con las plumas de los extremos azuladas. Podrían envolvernos a los dos haciéndonos desaparecer.

—¡Eres un pollo!

¿Por qué había dicho eso? Ni por asomo los pollos tenían esas alas. Mi grado de idiotez innata era preocupante, había subido varios puntos

Abre las alas

con mi respuesta.

Él rio.

Sí.

¡Alistair había reído! Fue una carcajada que se reflejó en su rostro, achinando sus ojos y haciendo que se le marcaran unas finas arrugas sensuales en las comisuras. Creí por un momento que lo había soñado.

Acababa de descubrir que me encantaba su risa.

—Mantén los ojos bien abiertos y disfruta de las vistas —murmuró sin rastro de seriedad en su voz.

El sonido del batir de las alas inundó la noche. Suerte que no había nadie a nuestro alrededor. Cuando alzó el vuelo, solté un grito de la impresión. Alistair me sostenía con fuerza por las caderas mientras ascendíamos hacía el oscuro cielo de la noche estrellada.

El viento golpeaba en mis mejillas con fuerza. No era molesto, al contrario, me sentí en paz, libre de cargas; una sensación tan maravillosa que, mientras Alistair batía sus alas para subir todavía más para no ser vistos, me eché a reír.

—¡Esto es una pasada! —exclamé.

—Mira hacia abajo.

Dejamos de ascender y nos quedamos flotando a más de mil metros del suelo. Las Vegas era diminuta desde allí, las luces parecían pequeñas luciérnagas agrupadas en un mismo sitio. Los neones de los locales de ocio parpadeaban como las estrellas que me rodeaban en el cielo. La sensación que recorría mi cuerpo era idéntica a la que sentí en mi sueño cuando era yo la que volaba.

—Qué vistas tan preciosas —susurré embelesada por las vistas, ajena a los ojos que se posaban en mi mirada.

—Tienes razón, es preciosa.

Alistair murmuró aquellas palabras mirándome con fijeza. Sus ojos eran cálidos y brillaban con intensidad en la escasa luz de la noche proporcionada por la luna. Sentía que al fin comenzaba a abrirse para mí. Durante unos segundos, nos miramos sin decir ni una sola palabra. Nuestras erráticas respiraciones iban al compás y las palabras sobraban, porque nuestros ojos hablaban por nosotros mismos a pesar de que ninguno supimos qué significaba.

Quise besarlo. Su rostro estaba a escasos centímetros del mío y su aliento penetró en mi boca entreabierta por el deseo. Aunque Alistair desde el principio me pareció un hombre soso y capullo, algo tenía que nublaba mi mente hasta el delirio. Decir que no me atraía sería mentirme a mí misma. Su cuerpo, todo él, me llamaba a gritos y deseaba llamar su atención como fuera. Su mirada me indicó que él también sentía esa tensión sexual no resuelta. Cada vez estábamos más cerca de rozarnos.

—Será mejor que continuemos, llegamos tarde —carraspeó con voz ronca rompiendo el tenso momento y se separó con sutileza.

El embrujó había terminado.

El resto del camino lo hicimos en silencio. A mi taxi particular se le había agotado la parte divertida de su personalidad, volviendo a encerrarse bajo la capa de seriedad que lo caracterizaba. Se habría quedado sin batería. Apenas conseguí disfrutar del resto del viaje con tanto silencio.

El desierto de Mojave estaba desierto, obviamente. Aterrizamos en medio de la seca vegetación, al momento, comprendí por qué quería que me abrigara. La diferencia de temperatura comparada con la gran ciudad era estremecedora. Me temblaba hasta el piercing del labio, el cual llevaba mordiendo largo rato.

—¡Jo-der, qué… qué frío! —tartamudeé.

—Te dije que te abrigaras —contestó mirando el vestido *burlesque* de color azul con estampados que elegí para ese día—. Ahora se te pasará, no queda nada para llegar.

Eso esperaba, porque como tuviera que aprender cosas bajo esa infrahumana temperatura, moriría de hipotermia. Me guio hacia el interior del desierto. No podía centrarme en una referencia con lo que me rodeaba, porque no había nada, los cactus no contaban, había demasiados y ya llevaba en mi piel clavadas varias púas asesinas en la zona inferior de mi cuerpo.

—Podrías haberme dicho que trajera espinilleras. ¡Duele! —me quejé.

Abre las alas

—Hemos llegado —espetó ignorándome. Le importaba un bledo mi condición.

Dio un paso adelante y dejé de verlo. Curiosa, lo seguí y vi una especie de capa borrosa ante mis ojos. Hundí mi mano y esta desapareció en su interior.

—¿Qué es esto? —pregunté a la nada.

—Crúzalo. —Era la voz de Alistair.

Vale… Estaba a mi lado, pero no estaba. ¿Cómo demonios se había hecho invisible?

Mi mano desaparecida entre la extraña masa borrosa, agarró otra mano que deduje era la de Alistair, empujándome hasta él.

El frío desapareció de inmediato, no solo porque me encontraba en un lugar más cálido, el impulso que utilizó para atraerme hizo que nuestros cuerpos chocaran. Alistair me abrazaba para que no cayera, una vez más, se separó antes de lo que me hubiera gustado.

—Ya era hora de que llegarais, os estábamos esperando.

Desvié la mirada para buscar al dueño de la voz y Snow sonreía en nuestra dirección. Alistair me soltó de forma abrupta y saludó a su amigo con un choque de puños.

«*¡Qué modernos!*», pensé al verlos.

Por lo que pude observar, seguíamos en el desierto, sin embargo, la temperatura se convirtió en estable, e incluso hacía algo de calor. Además de Snow, allí había más gente. Vi alas por doquier, espadas, magia… guerreros luchando y entrenando dentro de esa cúpula que deduje nos mantenía separados de miradas indiscretas. Lo observé todo, maravillada.

—Bienvenida a mi mundo. Nuestro mundo —murmuró Alistair abriendo los brazos para abarcar el lugar.

En el centro del desierto, apartados de la urbe, los Arcontes y Guerreros Oscuros se entrenaban día y noche. De camino a la muchedumbre, Alistair me explicó que el extenso terreno donde nos hallábamos estaba protegido por una cúpula inmensa formada por hechizos rúnicos que impedía a los humanos, demonios y Skoliós, traspasarla. Era un método de seguridad para tener un lugar secreto de reunión donde poder hacer ruido sin llamar la atención, además de que también, por toda la extensión, había una serie de casetas de madera en la que algunos Arcontes y Guerreros vivían fuera del alcance de humanos y demonios.

Cientos de personas nos rodeaban, quizás incluso miles, no era capaz de contarlos. Al llegar hasta a ellos, muchos se me quedaron mirando curiosos. Los entrenamientos cesaron y se reunieron a nuestro alrededor, esperando que Alistair, su líder, hiciera las pertinentes presentaciones.

—Arcontes, Guerreros, ella es Holly, hija de Tália y Zeron —me presentó. Tenía dotes de líder, todos lo escuchaban con atención soltando exclamaciones al haber nombrado mis raíces y mirándome unos con sorpresa y otros con admiración.

Me sentía como un bicho raro.

—Ella es la única con sangre original que queda aparte de mí. Nuestra esperanza. Nuestra raza ha sufrido mucho durante dos mil años. Ha llegado el momento de continuar. ¡Nosotros podemos! —Todos gritaron entre vítores con sus palabras. La multitud aplaudió con alegría. De verdad pensaban que yo podía ayudarlos. Me sentí cohibida.

¿Tan importante era? No me creía capaz de estar a la altura. Ni siquiera tenía idea de lo que debía hacer en realidad. Tenía un largo camino por recorrer para aprender todo sobre mi verdadera familia, mi raza, mi nuevo hogar.

—Bienvenida —saludó una mujer con rostro risueño y ojos anaranjados, parecía que el fuego titilara en su interior—. Soy Catrice —se presentó.

Me abrazó de forma efusiva. Catrice era tan alta como yo, muy guapa, y con el naranja de fuego de sus ojos dándole un toque muy fiero. Su pelo estaba teñido de color chocolate, pero el rubio platino comenzaba a aparecer en la raíz. Era una Arconte.

—Encantada.

Me dio la impresión de que era una chica muy agradable. A su lado, un Guerrero Oscuro se presentó como Chris, pelirrojo y alto, con los ojos más verdes que jamás había visto. Él y Catrice estaban juntos y parecían muy enamorados cuando ella le dio un tierno beso en los labios tras presentarse con amabilidad.

Los envidié.

También conocí a Clayton y Selise, otros dos arcontes menores expertos en las runas que me prometieron enseñarme a utilizarlas con propiedad, y a Leo, un Guerrero Oscuro con cara de chico malo que al momento adiviné que le gustaba la acción.

Muchos más pasaron a mi lado para presentarme sus respetos, incluso niños, como si fuera una diosa caída del cielo o algo parecido, pero la mitad de los nombres ya los había olvidado.

Snow me sacó del tumulto de personas curiosas y, con tono autoritario, ordenó al resto que volvieran a lo suyo. Él también era un hombre importante en el grupo.

Perdí de vista a Alistair.

—¿Qué te parece? —preguntó refiriéndose a lo que nos rodeaba.

—Abrumador, hay muchísimos.

—Sí, todos estaban enterados de que vendrías y querían conocerte. Faltan algunos, pero dos mil Arcontes para conocerte habría sido demasiado y apenas tendríamos espacio para entrenar —sonrió.

No era capaz de adivinar cuántos había en el interior de la inmensa cúpula. Vi muchas alas a mi alrededor, pero reconocí a más Guerreros que Arcontes.

—¿Tú también vuelas? —le pregunté. Hasta hacía media hora, no tenía ni idea de que los Arcontes volaban como los ángeles. Un detalle que se le olvidó mencionar a Alistair aunque podría haberlo deducido yo sola a través de mis sueños.

—No, solo lo podéis hacer vosotros. Nosotros somos guerreros de a pie. —Se encogió de hombros y asentí conforme. No paraba de aprender cosas nuevas a cada nueva conversación que tenía con Snow o Alistair.

Recorrí varios metros, pasando entre las pequeñas batallas que los Arcontes y Guerreros obraban entre sí mientras él iba explicándome lo que hacían. La fiereza en sus miradas al atacar, la fuerza que ponían ante cada mandoble de su espada, me enseñó que se lo tomaban muy en serio.

Estaban decididos a superar a sus enemigos en cuanto a fuerza e ingenio, aprovechaban al máximo esos momentos que servían para aprender nuevas técnicas y mejorar las ya aprendidas.

En un rincón apartado visualicé a Alistair. Lo acompañaba una mujer, una arconte teñida de negro y mirada azulada que me dio la impresión de que se lo comía con la mirada. Sus gestos pretendían ser seductores y coqueteaba enredándose en el dedo un mechón de su pelo. Lo que más me molestó fue presenciar la sonrisa en la cara de Alistair.

Sonreía de verdad, sin mostrarse seco y esquivo con ella. ¡A mí no me sonreía de esa forma! Eso me enfurecía. Mucho. Y no sabía por qué.

¿Por qué demonios me cabreaba presenciar esa escena?

Snow me miró de soslayo siguiendo la trayectoria de mi mirada y adivinó mis pensamientos. Por el rabillo del ojo lo vi alzar una ceja y sonrió socarrón antes de murmurar:

—¿Celosa?

Me giré a cámara lenta para mirarlo con cara de «*tú eres tonto*».

—¡Por supuesto que no! —dije más alto de lo que pretendí. Muchos se me quedaron mirando. Había soltado incluso un gallo que distorsionó mi voz por completo, haciéndome parecer idiota.

Alistair no me miró, la otra tampoco. Seguían a lo suyo.

—Es Amelia. Un Arconte menor, hija de Angelus, uno de los originales caídos —me explicó. No me interesaba una mierda—. Está empeñada en que su sangre es válida para el ritual de creación, pero no es así. Lleva siglos intentando convencer a Alistair —explicó.

—Esta lo que quiere es el poder.

—Puede… —Snow se encogió de hombros—. No te preocupes, Alistair no está con ella, no le interesa. Lo suyo no funcionaría jamás, son demasiado distintos.

—¿Y qué te hace pensar que eso me preocupa? Por mí cómo si se la tira ahora mismo delante de mis narices. Ni me inmutaría. —Puede que mi tono con tintes de celos y enfado diera la impresión de que mentía. Snow lo captó de inmediato, lanzándome una sonrisa socarrona.

¿Me jodería verlo con otra?

Abre las alas

Sí.

¿Pero por qué?

Ni idea.

Mis autorespuestas no ayudaban a aclararme mucho. Debía reconocer que su actitud con ella me molestaba. Podía sonar egoísta, pero quería que conmigo también sonriera así, sincero, sobre todo, que no me mirara como si fuera imbécil cuando soltaba alguna de mis ocurrencias. Mi personalidad no era sencilla de soportar, pero durante los días que llevaba con él, tampoco se había esforzado por conocerme más a fondo. Debía hacerme a la idea de que lo único que yo era para él, se trataba de una misión para alcanzar la gloria que durante tantos siglos había buscado.

¿Por qué me afectaba tanto pensar en aquello? Me entristecía y a la vez enfurecía. Quería ser para él algo más que eso. No sabía todavía el qué y tampoco iba a pararme en aquellos instantes a preguntármelo. Ya tendría tiempo para reflexionar sobre mis tontas ideas de quinceañera.

—Tu mirada es como un libro abierto, Holly. Aprende a disimular —me aconsejó—. Me marcho, es hora de tu clase con el maestro. Suerte, te dejo sola ante el peligro.

Respiré hondo y mordisqueé mi piercing de forma nerviosa. El día en que se me quitara esa manía sería porque acabaría tragándomelo o, finalmente, rompiéndome el labio. Caminé decidida con mi falsa sonrisa en la cara hasta su posición y carraspeé para interrumpir la estruendosa carcajada de Amelia —que supongo que reiría por algo que no tendría ni puñetera gracia—, por algo que Alistair hubiera dicho.

—Holly, te presento a Amelia. Es de las pocas hijas que quedan de un original —la presentó. Sonreí falsamente, esperando que no se dieran cuenta de que realmente me asqueaba la idea de conocerla.

—Encantada —me saludó. Sus ojos viajaron por mi cuerpo, escrutándolo con atención y no pudo esconder la mueca de desdén que comenzó a formarse—. Vaya, eres la Arconte con más tatuajes y pendientes que he conocido.

Su intento de parecer impresionada fue en vano. Entendí a la perfección lo que había querido decir con su absurdo comentario, la traducción exacta era «*aquí no pintas nada*». Alistair no pareció percatarse. En las peleas sibilinas, los hombres no captaban nada y entre nosotras, había una batalla muda que sellaba el hecho de que jamás nos soportaríamos.

Así de simple.

—Hasta hace una semana, era humana, así que me he comportado como tal —sonreí enseñando los dientes, desafiante—. ¿Comenzamos? Estoy ansiosa por aprender a ser una Arconte —miré a Alistair poniendo ojitos de niña buena y obediente.

—Por supuesto.

—Os dejo a solas, hasta luego, Stair. —Le lanzó un beso con la mano y se me escapó un resoplido sin poderlo evitar.

¿Stair? Odiaba esas confianzas, pero claro, la nueva en ese grupo era yo. A saber la de años que hacía que se conocían aquellos dos y las cosas qué habrían pasado entre ellos.

¿Se habrían acostado?

Prefería no conocer la respuesta.

—¿Por dónde empezamos?

—Por el principio.

¡Qué listo! Pensé con ironía. Ya volvía el Alistair serio, sin un ápice de humor, que solo conseguía ponerme de los nervios con tanta rectitud.

Hizo que me quitara la fina chaqueta de cuero y la dejó a un lado en el suelo. El vestido azul de tirantes escotado apenas abrigaba, suerte que ya no hacía frío. Alistair clavó su vista en mi escote y carraspeó antes de desviar la mirada.

—Primero, debes abrir las alas.

—¿Y cómo lo hago?

Se acercó a mí, posicionándose delante y agarró mis caderas de forma suave. Su cercanía estaba consiguiendo quitarme el enfado que tenía segundos antes. En ese momento tan solo era capaz de embeberme del azul de sus brillantes ojos gracias a la luz de la noche.

—Solo tienes que creerlo. La concentración es la base de todo poder.

Pensé en lo que había dicho en el tono de maestro Yoda y cerré los ojos. No tenía ni idea de cómo hacerlo. La explosión de mis alas no

Abre las alas

llegó.

¿Y si no tenía? Hasta hacía una semana no pensé que mis rarezas fueran fruto de algo fantástico. Quizá era la excepción de los Arcontes y no tenía alas.

—Abre las alas. No te rindas —susurró con dulzura. Sus manos acariciaban mis caderas con suavidad—. Forman parte de lo que eres, solo tienes que desearlo y aparecerán. Piensa que cuando lo consigas, serás capaz de alcanzar el cielo en un suspiro y apreciarás el mundo que te rodea desde las alturas. Todo dejará de ser inalcanzable para ti. Verás la vida desde el exterior y sentirás bajo tu piel, lo pequeño que se ve el mundo desde ahí. Te aseguro que es la sensación más maravillosa del mundo.

Sus palabras me hicieron desear ser capaz de sentir todo aquello. Seguía cerca de mí, animándome con palabras y caricias que hacía de forma inconsciente, que más que ayudarme, me distraían por lo que provocaban en mi cuerpo. Al principio pensaba en las alas que quería que aparecieran a mi espalda, pero ya no era capaz.

Abrí los ojos y Alistair me miraba con fijeza.

—No puedo —resoplé.

—Estás desconcentrada. Deja la mente en blanco —me pidió con dulzura. ¡Cómo si eso fuera fácil!

Era muy fácil hablar de dejar la mente en blanco, pero mi mente era incapaz de ponerse en ese color. Quedar vacía de pensamientos no era una práctica que hubiera llevado a cabo a lo largo de mi vida, así que no sabía cómo se hacía.

—Si te separaras un poco, quizá conseguiría concentrarme.

—¿Te pongo nerviosa? —sonrió socarrón.

¡Dios, qué sonrisa! Me desarmaba por completo.

—Mucho… —admití con voz ronca.

Dio un paso hacia atrás y al momento me sentí vacía. Quería que volviera.

—Cierra los ojos. Desea que tus alas nazcan, forman parte de ti. Una vez las liberes, será pan comido disfrutarlas una y otra vez.

Me imaginé con alas, brillando como Alistair cuando me mostró las suyas. Sentí una corriente que comenzó por mis pies y fue subiendo hasta arremolinarse en mi espalda. El cosquilleo se hizo más intenso y una explosión en mi espalda me hizo abrir los ojos de golpe.

Alistair sonreía. Lo vi diferente, a su alrededor había un halo que resplandecía con intensidad. Vi todo más nítido, como si mi vista se hubiera agudizado y además olía todo mejor. El aroma que me llegaba de él, era embriagador: a naturaleza, frescor, a hombre con una sensualidad arrolladora que me atraía hasta el delirio.

Fue una experiencia de lo más sensorial.

—Lo has conseguido. Has abierto las alas por primera vez —aplaudió.

Miré hacía atrás girando el cuello y las vi. Eran tan blancas como las de Alistair, más grandes que todo mi cuerpo, las plumas de los dos extremos tenían matices lilas como mis ojos. Eran espectaculares y resplandecían al igual que mi piel.

Reí emocionada y las alas comenzaron a moverse de arriba abajo, alzándome un poco.

—Cuidado. —Me agarró antes de que saliera por los aires sin control—. Debes aprender a volar.

—Son una pasada. ¡Tengo alas! —exclamé como una niña pequeña. Alistair me dedicó otra sonrisa, ojalá siempre estuviera de ese humor.

—Todos los Arcontes tenemos alas, pero tú eres la única que no sabe utilizarlas —se burló.

—Vaya, pero si tienes sentido del humor. No me hace gracia descubrirlo cuando es una burla hacia mí —espeté indignada.

Comenzaba a frustrarme cuando se metía conmigo. A decir verdad, desde el principio se empeñó en sacar a relucir mis defectos, obviando mis escasas virtudes. Sería un Arconte, pero él no parecía considerarme como tal, y eso me fastidiaba.

Que me tomara las cosas a broma no quería decir que fuera una irresponsable. No obstante, no podía pretender plena aceptación por su parte, y por la mía, tras una semana llena de descubrimientos lo llevaba bastante bien. Todo tenía un límite y yo no daba para más.

Abre las alas

—¿En qué piensas? Pareces enfadada —me preguntó.

Volvíamos a estar en el suelo tras mi breve alzamiento. Las alas detuvieron su aleteo constante y no me di cuenta de que tenía la mandíbula apretada hasta que él me avisó de que parecía enfadada.

—Me cabrea la poca confianza que tienes en mí.

—¿De dónde te has sacado eso? —Frunció el ceño e instaló su cara de mala hostia, esa cara que ya me sabía de memoria. Pretendía parecer él el ofendido.

—Tus constantes comentarios despectivos lo demuestran. Te cabreas cuando pregunto cosas que tú consideras chorradas, pero yo no, resoplas cuando me equivoco en algo y lo peor de todo, me tratas con suma frialdad —escupí. ¿Por qué soltaba esa diatriba? Mi cuerpo ardía en deseos de darle una bofetada. Estaba enfadada de verdad, sin una razón aparente—. Si yo soy lo que necesitas, ¿por qué no me tratas con más amabilidad?

—Te estoy tratando con amabilidad —respondió incrédulo.

—Tus trastornos de personalidad me sacan de quicio. Te ríes de mí, luego te acercas y me seduces con caricias cuando intento concentrarme. ¡Deja de confundirme!

Para mi sorpresa, comenzó a reír con fuerza, agarrándose el estómago. Le di un suave golpe en el pecho, apartándolo. A pesar de que no me agarraba, continuábamos muy cerca.

—Esconde las alas.

—¿Qué? —pregunté confusa.

—Escóndelas.

Tras su insistencia con abrirlas, me desconcertaba la idea de que quisiera que las cerrara. Cerré los ojos pensando en lo que me decía y resultó ser más sencillo que abrirlas. Toda la ira, la confusión y los sentimientos magnificados que tuve segundos antes, habían desaparecido.

—Los Arcontes somos seres muy pasionales y cuando estamos en nuestra verdadera forma, los sentimientos se magnifican hasta el punto de apenas reconocer nuestras sensaciones —explicó—. Estabas perdiendo el control.

—¿Y tú te ríes? —Me crucé de brazos—. Por muy magnificados que estuvieran, sigo pensando lo que he dicho.

Suspiró con fuerza y caminó hasta un pequeño oasis que delimitaba el final de la cúpula. Esa zona estaba vacía. Ni siquiera era capaz de ver al resto de Arcontes y Guerreros desde mi posición, estábamos a solas. Se sentó a la orilla y yo lo seguí, preguntándome qué hacía.

—Confío en ti, Holly. Has demostrado aptitudes admirables. Es solo que temo por mi gente —admitió. Se estaba poniendo en plan sincero—. Me molesta cuando te tomas las cosas a broma, lo admito, pero es solo porque llevo demasiado tiempo luchando por mejorar nuestras condiciones sin apenas conseguirlo.

—Yo no tengo la culpa de no saber nada. También debes comprender tú eso —repliqué—. No es sencillo descubrir que ni siquiera eres humana y que la enfermedad por la que he pasado desde que tengo uso de razón, que me ha hecho la vida imposible, convirtiéndome en una niña desgraciada y sin infancia, ha sido todo una mentira. Nací sola y crecí sola. Nadie me quiso nunca. —Mordí el piercing de mi labio con fuerza para hacer retroceder las lágrimas que querían desbordarse de mis ojos.

No iba a llorar. Ni hablar.

Tenía superado el no haber tenido una familia, o eso quería creer. Miré el agua del pequeño oasis y metí la mano dentro. Disimulé mi malestar chapoteando distraídamente.

—Tu amiga Kayla te quiere —murmuró—. Y el hermano chulito —resopló al mencionar a Aidan.

No le pregunté cómo conocía el nombre de mi amiga porque imaginé que habría investigado cosas sobre mí, además Snow tenía un rollito con ella y Alistair debía estar enterado. Eran buenos amigos.

—Aidan solo quiere molestarme —resoplé—. Kayla es lo mejor que tengo desde hace cuatro años. Antes de ella, pasé dieciocho años de mi vida a solas, de casa en casa, siendo la huérfana que todos devolvían porque estaba loca, tenía alucinaciones y ataques de histeria en plena calle. De cinco familias en las que estuve, ninguna lo soportó. —Ver la compasión grabada en sus ojos me hizo sentir peor. Una lágrima traicionera se deslizó por mi mejilla y él la retiró con una caricia.

—Has estado sola durante mucho tiempo, pero eso se acabó. Nosotros somos tu familia —declaró. Agarró mi mano húmeda por el agua y me acarició la palma, yendo a parar a las cicatrices de mi muñeca. Puso una mueca—. ¿Qué es esto? —estaban cubiertas por tatuajes, pero al tacto, se notaba que ahí había algo extraño.

—Con doce años me dieron electroshocks y se pasaron con el voltaje. —Me encogí de hombros, no era agradable recordar eso.

—Nadie con doce años debería pasar por eso…

—Estaba enferma, ¿recuerdas?

—Aun así, es inhumano.

Las enfermedades mentales siempre fueron un tema tabú en la sociedad. Diez años atrás era peor, aunque lo de dejar a la gente abandonada en un sanatorio volviéndola todavía más loca al verse rodeada de gente todavía peor que uno mismo, ya no se hacía de forma frecuente, aún había cientos de prejuicios alrededor de los enfermos mentales.

—Creyeron que quemándome las neuronas conseguirían arreglarme y solo lo empeoró. Fui una niña retraída, temerosa… hasta que cumplí los diecisiete años y me escapé del centro, comencé mi nueva vida y me prometí a mí misma y al mundo entero que nunca nadie volvería a verme hundida. Es por eso que me río de todo, actúo de forma alocada, rebelde y saco de quicio a todo el mundo. —Lo vi sonreír y me permití a mí misma hacerlo.

—Eres la mujer más fuerte que he conocido en mi larga existencia —susurró—. Todos los aquí presentes hemos tenido una vida dura, llena de muerte, sangre y pérdidas irreparables que nos han marcado de por vida en estos largos dos mil años, pero tú, con una sonrisa has salido adelante. Nosotros nos tenemos los unos a los otros y tú has estado sola. Te admiro, Holly —espetó dejándome con la boca abierta.

Me levanté del suelo, alejándome un poco del oasis y sacudí las malas energías de mi cuerpo. Tantas confesiones me abrumaban.

—Dejémonos de tonterías y enséñame a volar, Arconte. Tengo ganas de probar mis preciosas alas.

Acababa de aprender muchas cosas de Alistair que me gustaban. Era bondadoso, noble, un guerrero luchador que buscaba lo mejor para los suyos. Un líder en toda regla.

Al igual que él entendió mi forma de reírme del mundo, yo comprendía su máscara de frialdad y seriedad. Era su forma de protegerse de lo vivido, de esconder sus verdaderos sentimientos, algo que ambos compartíamos.

Estaba dispuesta a sacar a relucir su otro lado. Sabía que bajo todo aquello, se escondía un hombre amable y con sentido del humor; un humor que la pérdida le había arrebatado.

Él me ayudaría a mí a aprenderlo todo y yo lo ayudaría a él a salir de ese pozo de amargura que con tanto ahínco se había construido.

MI PROFESOR TIENE PERSONALIDAD MÚLTIPLE

Tener alas no era tan maravilloso como parecía. Creía que sería sencillo, pero nada en la vida lo era, menos para mí. Era una auténtica novata que no tenía ni idea de qué era capaz de hacer.

—¡Joder! —exclamé una vez más. Me dolía el culo horrores tras más de diez caídas desde las alturas.

¿Cómo iba a ser sencillo volar cuando se suponía que los seres alados no existían?

—Vamos, te estoy esperando —se burló Alistair alzado a unos diez metros de altura sobre mí.

Suerte que estábamos solos. No me hubiera gustado ser pasto de las burlas ante el resto de Arcontes. ¿Qué pensarían de mí? *«La salvadora es más torpe que Steve Urkel».*

—Esto no funciona. Mis alas no me hacen caso. —Volví a alzarme sin haberlo planeado, dando una gran aleteada y volví a caer de culo—. ¡Me cago en cupido, Campanilla y en todos los seres alados! —resoplé.

Alistair se carcajeó. Cuando lo pillara le iba a dar una buena hostia. Tenía suerte de que no fuese capaz de llegar a él, porque si no, se iba a enterar de lo que valía un peine.

Dije que me encantaba su risa, ¿verdad? Pues retiraba lo dicho.

La odiaba; la odiaba a muerte.

Llevaba una hora riéndose de mí porque no era capaz de alzar el vuelo

Abre las alas

con la misma facilidad que él.

Cansado de esperar a que yo lo alcanzara, aterrizó junto a mí y me ayudó a levantar.

—No pienses en las alas, solo piensa en lo que puedes hacer con ellas. Forman parte de ti, si tú crees que puedes, lo harás —murmuró.

Otro sabio consejo para la lista.

—¿Y qué te crees que hago? Mis alas no funcionan.

—Los Arcontes aprendemos desde niños a utilizarlas. Las tuyas llevan demasiado tiempo resguardadas. Debéis reconoceros mutuamente. —Con la punta de sus dedos acarició mi ala y sentí un respingo por todo el cuerpo—. Son una prolongación de tu cuerpo, por eso, si las acaricio —volvió a tocarla— … te estremeces. —Cerré los ojos, deleitándome con el placer de las caricias—. Prueba otra vez.

Alzó una vez más el vuelo con una facilidad pasmosa y se cruzó de brazos mientras sus alas aleteaban con constancia para sostenerlo.

Respiré hondo, armándome de valor y concentración.

—Vamos, Holly. Puedes hacerlo —me animé.

Solo debía creer, sentir que volaba, imaginarme como un pájaro surcando los cielos. Siempre quise sentir esa libertad, por primera vez, podía cumplirlo. Ver el mundo desde las alturas y viajar sin ataduras, disfrutando de la belleza de algo creado por el hombre que avanzaba a pasos agigantados. Era un placer que solo los privilegiados podían conseguir.

Era una privilegiada.

Las alas comenzaron a moverse. Cerré los ojos bañándome en aquella sensación y en lo único que pensé fue *«Puedo volar»*. Y volé…

Me alcé unos metros y alcancé a Alistair a los pocos segundos. Yo era la guía de las alas y estas iban hasta donde les ordenaba. Me situé a su lado, rodeándolo y trazando círculos a su alrededor sin pararme, era incapaz de hacerlo.

—¡Estoy volando! —grité emocionada. Alistair sonreía complacido e ilusionado por mi ilusión—. Lo he conseguido.

Sin dejar de aletear subí a más altura, planeé como un águila y tenté demasiado a la suerte dejándome caer en picado hasta alzarme de nuevo

174

antes de darme una buena hostia. Alistair me seguía, situado siempre cerca por si volvía a caerme. Volé sin descanso, pasando sobre los Guerreros y Arcontes que se entrenaban. Snow estaba junto a Chris y me miró sonriente desde el suelo, lo saludé emocionada.

Volvimos a la zona apartada, para finalizar mi espectáculo, me arriesgué a hacer una voltereta en el aire.

¡Mala idea!

Quise ir de lista por la vida y a punto estuve de abrirme la cabeza contra el suelo. Suerte que Alistair estaba ahí y me agarró cuando me desequilibré.

—Cuidado, mujer. —Su tono fue serio—. Acabas de aprender a volar, deja los espectáculos circenses para cuando mejores. —Me sonrojé avergonzada. Tenía algo de razón.

—Lo siento, ha sido la emoción del momento.

Me tendió la mano para que aterrizásemos juntos y murmuró:

—No esperaba que lo consiguieras —Me ofendió su poca confianza, pero antes de soltar un comentario mordaz, añadió—: La primera vez que un Arconte abre sus alas tarda semanas en aprender a controlarlas, y tú, en una noche, lo has conseguido.

—¿Me estás piropeando? —bromeé. Sonrió con brevedad. Me tenía cogida por la cintura, afianzando su agarre con sus firmes manos que acariciaban la zona sin intención. Consiguió que mi cuerpo reaccionara con una extraña corriente circulando por todo mí ser.

—Es hora de volver a casa. Ya te diré si ha sido un piropo cuando lleguemos. Ahora, abre las alas y aletea contra el viento.

Cuando vi la tremenda altura a la que íbamos, casi me cago de miedo. Alistair me convenció para que no mirara hacía abajo mientras subíamos. Quise quedarme más abajo, pero cuanto más alto, menos llamaríamos la atención. Los humanos no debían vernos, ni tampoco los Skoliós. Muchas batallas se libraban en el cielo. No sería la primera vez que se peleaba mientras viajaba.

—Ellos tienen las alas negras. Son corruptos y maliciosos —explicó por el camino—. Surcan los cielos para encontrarnos. Ahora vamos volando porque es más rápido, pero no te recomiendo que viajes de esta forma, y menos, sola. Somos un blanco fácil.

Y yo que pensaba aprovecharme de mis alas para ir volando a todas partes. Ya no necesitaba un coche, volar era mejor y más rápido. Aún me costaba un poco controlarlo y Alistair no me quitaba el ojo de encima, volando muy cerca por si perdía el control.

—Ya estamos llegando —musitó.

Me quedé absorta. Aun estando pendiente de no caerme, no perdí detalle de lo que veía. Las luces de la ciudad, las estrellas… Incluso los murciélagos que surcaban el cielo nocturno en busca de comida, me parecieron alucinantes. Por primera vez me sentí libre de cualquier atadura. Volar era la sensación más espectacular del mundo, un sueño que siempre tuve y todo tenía su razón; era un ser alado, un Arconte, inmortal.

Tras lo visto en esa tarde, ya no había dudas en mí. Los resquicios de incredulidad seguían ahí, pero ya no me parecía tan loca la idea de que existieran cosas diferentes a lo que el ser humano está acostumbrado.

Podría acostumbrarme a esa vida.

Aterrizamos justo detrás de mi edificio. A las cinco de la madrugada, la zona estaba desierta y Alistair se cercioró de que nadie nos viera, adelantándose.

—Gracias por acompañarme.

—No hay de qué —sonrió. Tras nuestra conversación llena de confesiones, la actitud de Alistair se apaciguó bastante y me gustó comprobar que no era tan capullo como parecía en un principio, descubriendo en él una parte de lo más agradable que desprendía una brillante luz que se colaba en mi alma, avivándome.

Durante unos minutos nos miramos en silencio, la curiosidad de su profunda mirada me inquietaba. Estudiaba cada gesto, cada pestañeo, sus ojos brillaban en la inmensidad de la noche. Ambos continuábamos con las alas blancas desplegadas, brillaban con apariencia sobrenatural. Fui la primera en volver a mi forma original, él ya se marchaba, no obstante, tampoco parecía tener prisa.

—Será mejor que descanses, mañana continuaremos —espetó—. Buenas noches, Holly. —Se acercó a mí con lentitud y me sorprendió cuando me besó en la mejilla, cerca de la comisura, con una dulzura que consiguió ponerme los pelos de punta.

Me quedé parada sin saber ni siquiera responder.

No me dio tiempo. Alzó el vuelo y se marchó.

Entré sigilosa en casa. La luz del salón estaba apagada, se oían ruidos en el interior. La voz de Aidan riendo llamó mi atención. No estaba solo y un gemido de mujer me lo confirmó.

Encendí la luz, furiosa. Además de meterse en mi casa, molestando y sin hacer nada por ayudar, el muy capullo tenía la cara dura de traer visita. En mi sofá, una morena siliconada de arriba abajo, jugueteaba con la parte inferior de la anatomía de Aidan, mientras este, amasaba los desorbitados pechos con cara de pervertido borracho.

—¿Se puede saber qué es esto? —pregunté entre gruñidos.

Aidan no hizo nada por adecentarse, al contrario, agarró a la morena de la cabeza y la besó de forma obscena, ignorándome con premeditación.

—¡Ah, hola, Holly! —saludó haciéndose el sorprendido, como si no me hubiera visto la cara de pocos amigos que tenía instalada—. ¿Te unes a la fiesta, Madame?

¿Estaba borracho?

Me acerqué unos pasos hasta donde se encontraba, y con una fiera mirada de *«no me toques lo ovarios»*, respondí a su estúpida pregunta.

—¿Podrías venir un momento? —le pedí entre dientes, intentando esconder el enfado. Fracasé en el intento.

—No es un buen momento. —La morena comenzaba a descender para lamerle.

¡Oh Dios! No quería ver eso…

—Me importa una mierda que no sea un buen momento, vas a venir, ¡ahora!

Ante mi tono autoritario, la morena se detuvo en su limpieza de bajos con la lengua, y con un resoplido lleno de frustración, Aidan se levantó, recolocándose la bragueta y siguiéndome hasta la cocina tambaleante.

Apestaba a alcohol, se había pegado una buena fiesta.

—¿Quién te has creído que eres para traer un ligue a mi casa? —lo reprendí—. No puedes hacer lo que te dé la real gana. Ni Kayla ni yo traemos a nuestros rollos aquí. ¡Este piso es sagrado!

—Por eso te viene a buscar tu chico —escupió con rabia—. Que calladito te lo tenías, Madame.

—A ti no te debo ninguna explicación. —Me crucé de brazos indignada.

¿Qué se creía? Aidan no obraba ningún derecho sobre mí. No podía juzgar mis actos, además, en ningún momento le dije a Alistair donde vivía y él solito me encontró, pero era un dato que no debía conocer, no le concernía. Al igual que no le concernía nada que tuviera que ver con él y conmigo.

De todos modos, no éramos nada.

—¡Joder, Holly! ¿Por qué me lo pones tan difícil? —Se agarró de su corto pelo con frustración, mirándome con los ojos muy abiertos, brillantes por la rabia que contenía por mi desdén—. ¿No te das cuenta, Holly? Me haces daño.

—Acuéstate, Aidan. —Lo aparté cuando intentó agarrarme. Choqué con la encimera de la cocina de tanto retroceder, me tenía acorralada en una esquina—. Estás borracho y no sabes lo que dices.

—Sí se lo que digo, pero tú no quieres entenderlo. —Chasqueó la lengua decepcionado.

Era incapaz de corresponderle. Me entristecía su rostro desolado, pero no podía ser. Era imposible y no podía actuar de forma falsa fingiendo que podía darle una oportunidad. Yo no era así.

—¿Qué tiene él que no tenga yo? —preguntó con tristeza.

—Es un amigo.

Realmente no tenía ni idea de lo que era Alistair para mí. Sería mentira si dijera que no me gustaba, porque me atraía como nunca me había atraído un hombre, sin embargo, él buscaba de mí mi lado Arconte. No creía que me viera de otra forma. Era solo su esperanza para continuar con una raza cada vez más extinta.

Me dolió más de lo que creía llegar a aquella conclusión.

—¿Y yo qué soy? —Cada vez estaba más cerca, su aliento rozaba mi rostro, llegándome el hedor a alcohol.

—El hermano de mi mejor amiga, mi amigo —contesté.

—¿Solo? ¿No soy nada más para ti?

Me dolió su mirada y consiguió hacerme sentir mal con sus respuestas. Quise autoconvencerme de que sus palabras se debían más a la borrachera que a un auténtico sentimiento hacia mí, pero ya eran unas cuantas las veces en que veía esa necesidad en su mirada de tenerme cerca y yo seguía incapaz de corresponderle. Acaricié su mejilla con dulzura y vi como sus ojos brillaban con intensidad.

—Lo siento, Aidan. Solo eres un amigo. —Noté su decepción—. No puedo verte de otra forma, si te dijera otra cosa, te mentiría.

—Es una lástima —susurró—. Habríamos hecho una buena pareja. —Sonreí y él me devolvió la sonrisa.

—Créeme, si no nos soportamos ahora, como pareja acabaríamos matándonos. Algún día encontrarás a tu media naranja y te reirás de todo esto.

Soltó un fuerte suspiro y le permití que me abrazara.

—No creo que encuentre a nadie como tú, Holly. No hay nadie como tú.

—Y menos mal… —reí restándole hierro al asunto.

Nos quedamos durante unos segundos en silencio que aproveché para coger un vaso de agua y beberlo. En realidad estaba hambrienta, pero el cansancio de un día agotador me cerraba el apetito. Aidan continuó ahí conmigo, su ligue debía estar desesperada por que volviera, o a lo mejor se había marchado ante el plantón.

—Me voy a dormir. Saca a esa tía de mi salón, por favor —le pedí.

—Está bien, pero quiero pedirte una última cosa y te dejaré en paz. —Asentí animándole a que continuara—. Déjame besarte.

Fruncí el ceño. ¿Se había vuelto loco? Al parecer, sí. Sonreía de forma burlona mientras se acercaba.

Me encogí de hombros, aunque pudiera parecer increíble, acepté asintiendo. ¿Qué más daba? Total, lo más seguro fuera que ni se acordara al despertar.

Juntó su rostro a mi frente, con lentitud, sus labios se acercaron. Su lengua entró por mi boca y se enredó junto a la mía en un húmedo beso. Aidan besaba muy bien, pero no sentí nada con su contacto dulce, impregnado con el sabor del alcohol. Se entretuvo durante varios segundos, saboreándome sin descanso, pero tras notar que yo no respondía como él esperaba, se separó.

—Al menos lo he intentado —murmuró resignado—. Buenas noches, Holly.

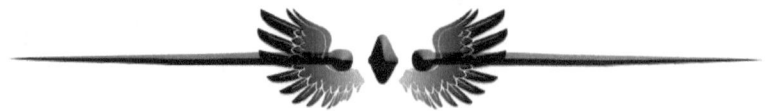

Los días fueron pasando y cada vez estaba más cansada. De vez en cuando Kayla me sometía a un interrogatorio exhaustivo para sonsacarme información sobre qué hacía durante las noches cuando salía, volviendo siempre casi a la hora del amanecer, o directamente apareciendo en la tienda con las ropas medio rotas, arañazos, e incluso moratones. Todo eso sin mencionar mi cara de absoluto cansancio en el que unas profundas ojeras me acompañaban día y noche.

¿Dormir? ¿Qué era eso? Apenas lo recordaba. La excusa de que salía a zorrear por ahí ya no me funcionaba tal y como esperaba con ella. Verme llegar con esas pintas la hacía sospechar, así que no tuve más remedio que volverle a mentir, diciendo que me había aficionado al BDSM, pero tampoco coló. Intenté también hacerle creer que era una torpe con ciertas posturas y artilugios sadomasoquistas dada mi escasa forma física, pero mi amiga no era tonta. De todos modos, continuaba sin poder decirle que lo que hacía por las noches era volar, pelear y hacer magia.

Llegué a casa después de una larga noche practicando con las espadas con grabados rúnicos para infligir más daño. Alistair era un duro mentor que no daba pie a errores. Durante la semana que llevábamos viéndonos todos los días, nuestra relación mejoró de forma considerable. Me gustaba hacerlo enfadar, pero ya no surtía el mismo efecto, su lado divertido, poco a poco emergía hacia la superficie, convirtiéndolo a mis ojos en un hombre encantador que me tenía por completo embrujada.

Mis intentos por atraerlo cada vez eran más descarados, él tampoco ponía demasiadas pegas a mi seducción. Seguía mi juego con cautela, acercándose a mí cuando menos lo esperaba, rozándome con suavidad en las luchas cuerpo a cuerpo y lanzándome miradas intensas cuando me tumbaba en el suelo, ganándome por enésima vez.

Mi corazón latía acelerado con su cercanía. Cuando nos despedíamos a las puertas de mi edificio y besaba mi mejilla, cerca de la comisura de mis labios, a veces tenía la sensación de que iba a desmayarme.

Entré con sigilo en casa, dejando la fina chaqueta colgada en la percha de entrada y retiré de mis pies las botas llenas de barro y arena para ir descalza hasta mi habitación. Uno de los grandes inconvenientes de mi doble vida era que mi ropa comenzaba a escasear. Rompí varias prendas en los entrenamientos y no tenía tiempo de bajar a la lavandería de la entrada del edificio para lavar la que continuaba entera. Usaba las braguitas de Kayla. ¡Menudo desastre!

Me desnudé de camino a la ducha y me miré en el espejo antes de encender el grifo. Mi cara tenía restos de tierra que llegaban hasta mi enmarañado cabello. Restos de hojas secas se enredaban en él y poco le faltaba para parecer un nido de pájaros. Tenía hematomas en los brazos y en las piernas que dolían bastante, por suerte, desaparecerían en menos de veinticuatro horas gracias a mi recién descubierta inmortalidad, al igual que las heridas y los arañazos.

Relajé mis músculos durante varios minutos bajo el calor del agua de la ducha, lavándome el pelo y quitándome toda la roña de encima. No me sequé el pelo y tampoco me vestí, fui directa a la cama y me dormí.

Las luces estroboscópicas impedían que mis ojos fijaran la vista en un lugar concreto. Incapaz de distinguir dónde me encontraba, deduje que estaba en una discoteca —en el Subway Dead, para ser más específicos—, gracias a que a lo lejos, logré reconocer el pequeño escenario, esa noche, vacío.

¿Cómo había llegado hasta ahí?

¿Estaba soñando?

—¿Alistair? —pregunté a la nada, básicamente, porque estaba sola en el extenso local.

La música de Imagine Dragons y su canción *Radioactive* atronaba entre las paredes y las luces bailaban a su son, sin embargo, allí en el centro de la pista no había nadie más que yo.

En la barra, el mismo camarero de ojos rojos que me atendió semanas atrás, apareció en escena, mirándome con intensidad y sonriendo de forma torcida, enseñando la blancura de sus dientes con el gesto, antojándoseme tentador.

Sabía que era un Íncubo y buscaba llevarme a la muerte con múltiples orgasmos. La pregunta era: ¿cómo me había encontrado?

Llevaba días notando que alguien me seguía cuando salía de la tienda. ¿Sería él?

—Hola, Holly. No soy Alistair, soy Edward. —Por un momento creí que iba a decir, de apellido Cullen, pero no se parecía en nada y bromear con él, no me apetecía—. Llevo días buscándote.

¡Genial! Otro que me acosaba…

¿Qué les pasaba a los seres sobrenaturales conmigo? Habían cogido la exasperante costumbre de acosarme, seguirme y pillarme por banda cuando se les antojaba.

—Ni te acerques —musité en tono amenazante. Podía ser el momento perfecto para poner en práctica todo lo aprendido en mis frustrantes entrenamientos con los Arcontes y Guerreros.

En una semana aprendí a atacar y defenderme. Aún no era capaz de matar a nadie, mucho menos vencer a mis entrenadores, pero al menos, ya sabía meter puñetazos sin dejarme la mano en el intento. Mi habilidad con las armas también mejoraba y en comparación con la lucha, se me daba mejor. Sin embargo, en ese instante, no tenía ninguna con la que defenderme.

Me coloqué en posición de ataque, con las rodillas flexionadas y encorvada hacia adelante. Edward sonrió mostrando sus dientes, que con las luces, parecían fluorescentes. Creí que podría al menos entretenerlo antes de poder huir, sin embargo, mi adiestramiento estaba lleno de carencias. Luchar era básico para sobrevivir ante el mundo que se mostraba ante mí, tan nuevo y peligroso, pero saber hacerlo no implicaba que en una situación real pudiera vencer, y más cuando mi enemigo aplicaba en su lucha ataques mentales. Aún no había dado esa lección…

Forcejeé durante unos segundos con Edward, empujándolo con fuerza. Conseguí darle algún que otro puñetazo en su cara bonita y partí su labio. Le di más fuerte de lo que pensaba, aun así, no fue suficiente.

Nuestras miradas se encontraron al alzar la vista para arremeter de nuevo contra él y dejé de ser dueña de mis actos. Mis pensamientos dejaron de tener sentido. No quería matar a Edward, quería que me hiciera suya, sentirlo entre mis piernas hundido hasta el fondo de mí ser. Sus manos me desnudaron con lentitud.

Las luces del antro quedaron fijas cuando brilló el rojo en todo su esplendor. La música de Rihanna y su *Rude boy* sonaba en un volumen medio, ahogando los susurros que Edward pronunciaba cada vez más cerca de mi oído.

—Déjate llevar, Arconte. Vas a disfrutar, y tras esta noche, te unirás a nosotros pidiendo muchas más así. —Lamió el lóbulo de mi oreja mientras continuaba desnudándome. Mi camisón lucía en algún lugar del suelo junto a las braguitas que me acababa de arrebatar.

¿Por qué iba con ropa de cama? No conseguí la respuesta. Sus manos acariciaron mi cuerpo y me dejé hacer. La humedad resbalaba por mis piernas, Edward, ansioso, acarició la zona, haciendo una pausa en el centro de mi cavidad, arrancando de mi garganta un profundo gemido lleno del más íntimo placer.

Estaba perdida.

Perdida en un mar sin fin de caricias eróticas que hacía que disfrutara. No pude pensar en deshacerme de su embrujo, quería que el Íncubo me diera más. ¡Necesitaba más!

Me tumbó en el suelo y abrió mis piernas. Masajeé mis pechos y pellizqué mis pezones. Gemí descontrolada mientras él continuaba estimulándome. Sabía que me daría un señor orgasmo y lo ansiaba con todas mis fuerzas.

Nunca llegó…

Abrí los ojos de forma abrupta cuando noté como alguien me zarandeaba con pasión. Mi erótico sueño seguía haciendo estragos en mi cuerpo. Me encontraba en un estado ardiente y sudoroso, clamaba por atenciones especiales, y aquel que osaba sacarme de mi ensoñación, no ayudaba con su toque celestial.

Solté un gemido con su roce. Al abrir los ojos, el brillo azulado en la mirada de Alistair acrecentó mi ansiedad.

¿Qué había pasado?

Estaba en mi cama, tumbada en mi mullido colchón con la luz de la mesita de noche encendida. Estuve durmiendo minutos antes, atrapada en un sueño caliente que dejó a mi cuerpo insatisfecho al despertar antes de sucumbir al encanto del Íncubo.

—Reacciona, Holly, estoy aquí —apremió Alistair con voz alarmada—. Has sido atacada por un Íncubo en sueños, respira hondo.

Acarició mi espalda. Respiraba acelerada, el corazón golpeteaba en mi pecho con fuerza a punto de salírseme. Más que calmarme, su toque acrecentaba mi ansiedad. Mi insatisfacción era tal que dolía hasta la extenuación. Su cercanía nublaba mi entendimiento. Tenía su rostro a tan solo unos centímetros y su aliento se infiltraba en mi boca poniéndome cardiaca. Para acariciarme, Alistair se sentó conmigo en la cama tras incorporarme.

Sin pensarlo dos veces, lo besé. Lo necesitaba. Atrapé sus labios con ansias, peleando con mi lengua para abrirme paso en su húmeda cavidad. Al principio se resistió intentando separarme sin éxito, pero conseguí acceder y nuestras lenguas batallaron sin descanso, humedeciéndose, memorizándose por primera vez, desnudando unos ocultos sentimientos sin nombre.

Mi calor iba en aumento, quise comenzar a desnudarme, entonces me di cuenta de que ya estaba desnuda. Recordé que al acostarme no tuve ganas de vestirme. Necesitaba el contacto que Alistair me estaba proporcionando sin poder pensar en nada más.

—Holly, detente.

—No. —Volví a atrapar sus carnosos labios. Agarré su sedoso cabello mientras me colocaba de rodillas sobre el colchón, acercándome más a él.

Deslicé mis manos por la oscura camiseta que lucía su cuerpo hasta llegar a los botones del pantalón. Su miembro estaba erguido en el interior, duro y preparado para complacerme a pesar de que su dueño quería resistirse a mis encantos.

No pensaba permitir que se apartara.

—¡Holly, para! —levantó la voz. Me apartó sin cuidado, tumbándome en la cama de golpe.

—No quiero parar. ¡Necesito esto! —supliqué al borde del colapso. Junté mis piernas en un intento por aplacar la quemazón, pero no funcionó, al contrario, sentí como la excitación subía un grado más.

Si no me corría, acabaría volviéndome loca. Necesitaba la liberación para sobrevivir.

—Continúas bajo el influjo del poder del Íncubo —explicó con voz tensa. Seguía lejos de mí—. Intenta liberarte.

—¡No puedo! Solo quiero una liberación, ¡fóllame! —supliqué de nuevo, atrapándolo por el pantalón. Mis manos consiguieron desabrocharlo. Cayó al suelo, aun así, los bóxer seguían siendo una barrera que no me hacía ninguna gracia.

Volvió a apartarme antes de conseguir arrancárselos.

—¡Por el amor de Dios! Deja atrás tu caballerosidad. Ahora mismo me importa una mierda que pienses que soy una fresca. Necesito esto. —Toqué la humedad entre mis piernas y capté deseo en su mirada, haciendo acopio de toda su fuerza para no ser él quién lo acariciara.

—No puedo. —Se alejó todavía más.

Abre las alas

—Joder.

El calor seguía en aumento y nadie lo aplacaba. Debía tomar una decisión, pero quedarme a dos velas no entraba en mis planes.

Alargué la mano hacia el cajón de la mesita de noche, y con las dos manos, saqué varios objetos que dejaron a Alistair con la boca abierta hasta el suelo. Trabajar en una tienda llena de objetos para el placer no solo me ayudaba a vivir, también animaba mis noches más solitarias y calientes.

—¿Qué haces? —preguntó.

—Ya que no eres capaz de calmar mis ansias, seré yo misma quien lo haga.

Agarré entre mis manos el «conejito rampante», un vibrador con siete velocidades que además de proporcionar una profunda penetración, su vibración estimulaba el clítoris, llevando a la locura a la usuaria. No iba a hacer falta demasiada estimulación, llevaba al borde del orgasmo desde que desperté.

Prendí el botón bajo la atenta mirada de Alistair y fui acercando el juguete hasta mi humedad con extrema lentitud.

—¡Al cuerno!

Se tiró sobre mí, agarró el conejito que vibraba sin descanso y lo arrancó de mi mano para tirarlo a algún lugar de la habitación que no me molesté en averiguar. Cegada por su ansiedad, sus labios atacaron mi boca y nos besamos con verdadera pasión. Sentía el deseo que desprendía tan solo con la desesperación con la que lamía mi lengua. Reprimir sus instintos fue imposible ante mi osadía.

Luché por arrebatarle la camiseta y liberé su espléndido torso lleno de tatuajes de símbolos en color negro. Sus ojos me traspasaban hasta el alma, brillaban con intensidad. Deslizó sus manos hasta alcanzar uno de mis pechos, lo amasó con la palma y se entretuvo en pellizcar mi pezón con sus dedos.

Gemí llena de deseo.

—Te necesito, ahora —supliqué de nuevo, con urgencia.

Entre nuestros cuerpos seguía habiendo una separación de unos centímetros que hice desaparecer al envolver sus caderas con mis piernas. Tras mi intento anterior de arrebatarle los pantalones y desnudarlo, aun seguía en bóxers, y mi sexo se acopló a la protuberancia que se erguía en su entrepierna, restregando su dureza contra mi humedad.

Llevé mi mano hasta su miembro y lo liberé de la prisión. Grande y rosado; erecto y dispuesto. Me relamí los labios de anticipación, Alistair soltó un gruñido gutural en respuesta a las caricias que con mis manos le prodigaba. Nuestras miradas se encontraron. El fuego en la mía debía ser contagioso, porque Alistair estaba al borde de arrasar la tierra y quemarla sin dejar siquiera las cenizas. El azul claro andaba oscurecido por la pasión, pero brillante como la noche estrellada que nos acompañaba al otro lado del ventanal de mi habitación.

—Eres una tentación demasiado provocadora —musité contra sus labios.

Su glande rozaba mi clítoris y me moví, provocándolo y haciendo que él se desesperara tanto como yo para que llegara el momento. Tumbó mi cuerpo sobre la mullida cama y sobre mí apoyó todo su peso. Alcanzó mi pecho con sus labios, mordisqueándolo y consiguiendo enderezarlo más aún. Sus manos acariciaban mis caderas con extrema suavidad. Recorrió la longitud de mi cuerpo hasta llegar con sus dedos a mi clítoris y lo masajeó.

—¿Qué es esto? —Salí durante unos segundos del intenso placer que me rodeaba y miré en la misma dirección que él.

—Un piercing —expliqué con voz ronca.

—¿Por qué te pones uno justo ahí?

Solté una carcajada sorprendida por su tono inocente. Por unos instantes se me antojó como un niño.

—Me gusta.

—Tienes unos gustos muy raros. —Asentí.

Temía que iba a continuar haciendo preguntas y lo evité volviendo a besarlo. Lo que estábamos haciendo no tenía nada de romántico, pero en mi mente no dejaba de pensar que sus besos eran maravillosos y adictivos. Sus labios dulces y húmedos, ya hinchados de tanto frotarlos con los míos, encajaban a la perfección y se complementaban, librando batallas con ayuda de nuestras lenguas calientes.

—¿Quién te lo hizo? —preguntó con seriedad, separándose unos centímetros.

Volví a restregarme contra él para distraerlo, pero estaba convencido de que le respondería.

¿Por qué hacía esa pregunta?

—El mismo que me hace los tatuajes.

—¿Un hombre? —volvió a preguntar interrumpiendo mi intento de conseguir que me penetrara. Necesitaba liberarme de una vez, sobraban las palabras.

—Sí. ¿Celoso? —Empujé mis caderas y soltó un gruñido. Había estado cerca de entrar en mi interior.

¿Por qué me resultaba tan complicado? No me esperaba tanta dificultad.

No respondió a mi última pregunta. Evitó contestar besándome e introduciendo un dedo en mi interior. Mis fluidos empapaban su mano y mis gemidos los aplacó con su boca. Lo aparté de un empujón, tumbándolo en la cama y subí a horcajadas, colocando mis piernas alrededor de sus caderas.

Llegaba el momento de darlo todo.

—Ahora mando yo.

—¿Ansiosa? —sonrió socarrón.

Si la situación no hubiera estado teñida por la poca cordura que me quedaba, su sonrisa habría conseguido que mis piernas temblaran de lo seductora que resultó.

—Demasiado.

Agarré su miembro y lo introduje en mi interior de una estocada. Gemí al sentir su gran extensión en mi interior y comencé a moverme alzando mis caderas de arriba abajo. Lo sentía hasta el fondo. Mis paredes se estrechaban a su alrededor.

Me ayudó a balancearme poniendo sus manos en mis caderas y el ritmo aumentó. Sentía que en cualquier momento saldría ardiendo por

una combustión espontánea. Mi cuerpo sudaba y se estremecía con cada envite. No perdí de vista sus ojos, sus gruñidos inundaban mis oídos y mis gemidos hacían eco de su placer. La luz de mi mesita de noche era la única iluminación de la habitación, tenue. Brillaba en nuestros cuerpos y nos permitía observar nuestros rostros contraídos por el placer. En ningún momento pensé en que Kayla o Aidan nos escucharan, éramos solo él y yo.

Continué friccionando contra su pubis. El piercing de mi clítoris aumentaba mi ritmo para llegar al clímax. Tenía esa zona más sensible de lo normal y el vello de su zona lo acariciaba con suavidad.

Volvimos a besarnos una vez más y gemí contra su boca.

—¡Dioses! —gimió él—. Noto como me apresas —musitó con voz ronca.

Tenía razón.

En mi bajo vientre comenzó a aparecer un hormigueo que auguraba hacerme explotar. Afianzó sus manos a mi alrededor y comenzó a embestirme con fuerza, rebotaba hacia todos los lados. Mi cabeza daba vueltas.

Grité con todas mis energías cuando el increíble orgasmo arrasó mi cuerpo, creí que me iba a desmayar. Alistair continuó con su vaivén, gruñendo cada vez más, buscando su propia liberación y aumentando mi placer de nuevo.

Una segunda oleada me invadió, al mismo tiempo que él llegaba.

Caí desmadejada entre sus brazos, desnuda y satisfecha, no obstante, tampoco me hubiera importado continuar así durante toda la noche.

Alistair se me quedó mirando, su cuerpo brillaba por el sudor de ambos. Se levantó y comenzó a vestirse. Yo no tenía ninguna intención de hacerlo, además, por mucho que hubiera querido, no podía.

—¡Dios, me va a dar algo! —murmuré de buen humor. Mi respiración continuaba acelerada de tanto ejercicio y Alistair me miró mientras se vestía.

—Quiero que te quede clara una cosa, esto no volverá a ocurrir. Nunca. —Su voz volvía a ser tan glacial como cuando lo conocí. Todo res-

Abre las alas

quicio de amabilidad y deseo había desaparecido dando paso a un hombre que me resultó irreconocible—. Esto ha sido un error, te aseguro que si no hubiera sido por el hechizo del Íncubo, no habría pasado.

El buen humor que tenía segundos antes acababa de desaparecer de un plumazo con sus palabras, dando paso a la incredulidad y la indignación. Todos los avances que superamos, ya no existían.

—¡Serás gilipollas! —le reprendí. Me puse de pie ante él y lo encaré con los brazos colocados en jarras—. Ten por seguro que no me habría acostado contigo si no hubiera estado hechizada. Estaba empeñada en autocomplacerme, no te necesitaba —mentí de forma descarada.

—Claro, tus intentos por violarme eran muy sutiles —ironizó—. No te ha costado demasiado abrirte de piernas.

Le di una bofetada que resonó en el silencio de la habitación.

—Lárgate.

Sin decir palabra, abrió la ventana del balcón y lo último que vi fue como abría sus alas, dejándome sola.

ROJO QUE TE COJO

eis días habían pasado desde que me dejé llevar por el embrujo del Íncubo saciándome con el que era mi mentor; los mismos que hacía que no sabía nada de él.

Tras una noche de pecado disfrutando de dos orgasmos arrolladores con un Arconte de más de dos mil años de edad, que quise llevarme a la cama desde que lo conocí abrumada por una tensión sexual arrolladora, no me sentía mucho mejor. Cuando se marchó me sentí como una verdadera mierda; vacía y sucia. Sin un ápice de dignidad.

Kayla me notó rara al levantarme, una vez más, no pude contarle lo ocurrido. Me escuchó gemir en la inmensidad de mi habitación, no solo ella, Aidan también se encargó de echarme en cara mi fiestecita nocturna.

Desde que le dejé claro que no quería nada con él, adoptó una actitud llena de rencor hacia mí, echándome miradas frías y despectivas. Pensé que ser clara ayudaría a apaciguarlo, pero al parecer, la derrota no era algo que supiera asimilar y lo demostraba con su cara de perro las escasas veces que tenía el placer de verlo en casa. Quizás, el hecho de haber escuchado mi disfrute con Alistair, hubiera influido en ello. Desde entonces, todas las noches salía de fiesta y volvía un tanto tocado por el alcohol. Kayla me contó que un amigo de años atrás había vuelto y su antiguo grupo se reunía para divertirse. Estaba preocupada por su

191

hermano y sus vaivenes, conocía nuestra última conversación, pero ¿qué podía hacer? Ignorarlo era lo sencillo, en el fondo, me preocupaba por él.

—¿Adónde vas hoy? —preguntó Kayla al salir de la tienda, acostumbrada a mis salidas nocturnas, aun así, no dejaba de preguntar. Era viernes por la noche y decidimos darnos un descanso al día siguiente.

—A casa —respondí.

Durante la semana, Snow, Leo y Selise, se encargaron de entrenarme en los distintos tipos de lucha, pero esa noche no pensaba presentarme. Llevar una doble vida me agotaba. No recordaba lo que era dormir más de ocho horas, porque apenas si dormía cuatro. Al menos ya sabía defenderme y mis progresos en las artes de atacar y defender, progresaban adecuadamente. Además, ya tenía hasta mi propio puñal con símbolos rúnicos y estaba aprendiendo a luchar con espadas, todo ello, volando y también en tierra. Todo sin la maravillosa ayuda de Alistair.

Me evitaba.

Snow me dijo que estaba ocupado siguiendo la pista de Skoliós y demonios que amenazaban con atacar. Mi nueva descubierta inmortalidad había trascendido y me buscaban con ahínco por todas partes. Era peligrosa, no porque fuera letal con mis técnicas de lucha dignas de un karateka borracho, si no por ser hija de dos Arcontes originales, una herencia que yo no había demandado.

—El domingo podríamos ir al Subway. Te echo de menos. —Kayla puso un tierno puchero y sonreí. En los últimos tiempos había dejado de lado a la única persona que de verdad me había apoyado en la vida. Tenía miedo de que saliera perjudicada con el entramado que me rodeaba, por una noche de diversión, no creí que pasara nada.

—Es una idea estupenda —acepté—. Necesito relajarme.

—¿Qué te está pasando, Holly? Sé que me escondes algo. Ya no me cuentas nada. ¿Es por ese tal Alistair? —preguntó de forma atropellada. Solté un fuerte suspiro. Él tenía ocupado parte de mi tiempo y mis pensamientos.

¿Qué me pasaba?

Llevaba una semana anhelando su presencia, sentía sus caricias y sus labios contra los míos. Mis sueños giraban en torno a él y no aparecía para darme una explicación de su actitud de hombre de neandertal. Era un capullo, además de cobarde. Su desdén lo demostraba.

—Alistair es imbécil —espeté sin pensarlo. El rencor en mi tono de voz era visible.

—¡Ay, amiga! Ese tonito me suena a que hay amor.

Torcí el cuello con lentitud, a cámara lenta y miré a mi mejor amiga con los ojos medio bizcos de lo que intentaba fruncir el ceño ante su estúpida afirmación.

—¿Se te va la pinza? Por supuesto que no es amor. Simplemente es un atractivo capullo que quería ser flor y se quedó en abono —respondí—. Me trató como una mierda.

—No voy a discutir contigo. Como no me cuentas nada… —me recordó echándome una mirada dolida—. No puedo decirte lo que veo. Solo lo he visto una vez y no lo conozco, a pesar de que dices no sentir amor por él, te trastoca.

—Siempre he estado trastocada.

—Es cierto, pero llevas días con mirada triste, sea lo que sea que te ha hecho Alistair, te afecta. Tú no eres así.

Me conocía mejor que nadie, incluso que yo misma. Y tenía toda la razón. Nunca me había enamorado y tampoco creía en el amor. Por lo tanto, lo que sentía ante el rechazo de Alistair era del todo desconocido y era incapaz de afrontarlo con propiedad. Acostarme con él embrujada no había sido solo un calentón por saciar, sentí cosas que no podía describir con palabras. Durante unos minutos me sentí especial, deseada, pero sus crueles palabras me sacaron de la fantasía que yo misma inventé, en la que creía que él había sentido lo mismo.

Obviamente no fue así. Lo hizo para aplacarme, dejándome congelada con su marcha.

—Me acosté con él y dijo que fue un error —admití—. Me rechazó y me hizo sentir fatal, como una zorra calentorra. —Antes de que Kayla pudiera reprenderme, continué—. Sé que me vas a decir que la culpa es mía por abrirme de piernas, pero no lo entenderías.

Abre las alas

—Pues explícamelo.

—No puedo. Es demasiado complicado.

Nuestra conversación terminó y finalizamos nuestro camino en silencio. Las noches cada vez eran más calurosas en Las Vegas, no obstante, sentía frío por todo mi cuerpo. El cielo nocturno brillaba con la luna llena en el centro, rodeada de parpadeantes estrellas que se antojaban cálidas. A los pocos minutos de llegar, alguien llamó a la puerta, Snow entró saludando a Kayla con entusiasmo. Aidan había vuelto a salir.

—Voy a cambiarme y nos vamos. —Le dio un beso en los labios y Kayla se marchó a su habitación, dejándonos a solas.

Snow me miró.

—¿No vas a entrenar?

—Paso. Quiero dormir —respondí escueta.

—¿Hasta cuándo vais a estar así? —Me crucé de brazos.

—No soy yo la que huye. Díselo a tu amigo. El muy cobarde no aparece desde hace seis días —le recordé. Tenía incluso contadas las horas y los minutos que hacía que no lo veía.

Patético.

—Estás enfadada —afirmó.

—Por supuesto. Es un cobarde, que no dé la cara, me cabrea. Se supone que es él quien debe enseñarme y ha delegado sus obligaciones en vosotros. Su actitud es de lo más infantil

No contestó, con ello, me dio la razón.

Me preparé un bocadillo de atún y lo acompañé con una cerveza bien fría para aclarar mi mente. Me senté en el sofá, seguida de Snow.

—Mañana por la mañana vendrán Selise y Catrice para ir de compras contigo. Es hora de que vayas a la peluquería. Tranquila, yo me encargo de Kayla. Dormirá conmigo. —Asentí no muy conforme.

No hablé demasiado a Catrice y Selise, solo había intercambiado conocimientos, sin embargo, debía conocerlas porque, al fin y al cabo, pertenecía a su mundo y hablar de ello con alguien que no fuera Alistair, sería bueno. A pesar de que con ellas tuviera que tomar la decisión de cambiar el color de mi pelo.

Me despertó un mensaje en el móvil. Eran las doce de la mañana. Dormí como una marmota, pero apenas descansé. Mi cuerpo estaba entumecido y no tenía ganas de moverme.

El sol entraba por la ventana cegándome y tuve que guiñar un ojo para leer el mensaje de un número desconocido. Gracias a la firma de Catrice, supe que era ella, citándome en el Fashions Show Mall, un centro comercial de Las Vegas considerado como uno de los más grandes de Estados unidos.

Fui al baño a adecentarme, maquillándome con sutileza y pinté mis labios de rojo, para después, escoger del armario un vestido estilo Pin-up de color negro con topos blancos atado al cuello y escotado, en forma de tubo, que se ceñía a mi cuerpo como una segunda piel y dejaba a la vista mis coloridos tatuajes, conformando un estilo en mí de lo más particular. Lo finalicé con unos zapatos de tacón de charol rojos de punta redonda. Cogí mi pequeño bolso con un cierre de calaveras, la cazadora de cuero y salí por la puerta lista para conocer más cosas sobre mí misma.

Me hubiera encantado ir volando al lugar, sin embargo, cogí un taxi. Las calles en Las Vegas eran tan largas que caminando, había horas de unas a otras.

El Fashion Show Mall estaba cerca del XS Nightclub, un local de diseño y lujoso al que nunca entraba por lo caro que era, situado dentro del hotel Encore, al lado también del Hotel Wynn y su impresionante casino. Estaba en pleno Strip; cinco kilómetros de calle llenas de lugares para divertirse, excéntricos, con edificios inigualables en la zona más turística de Las Vegas. Por supuesto, el Fashion Show no desentonaba con el ambiente ni los edificios de su alrededor. La cúpula que lo cubría tenía forma de nave extraterrestre y los cientos de luces de las más de doscientas tiendas del lugar, parecían ventanas relucientes de la nave.

Visualicé a Selise y a Catrice sentadas en la terraza del Starbucks. No eran difíciles de distinguir; altas, esbeltas, con miradas arrebatadoras como la mía con sus colores fuera de lo normal, pero sin duda, yo llamaba más la atención por culpa del color plateado de mi pelo.

Abre las alas

—Hola, chicas —las saludé con una sonrisa. Ambas me respondieron de la misma forma.

Verlas arregladas de forma casual me resultó extraño. Las largas semanas que llevaba entrenado las había visto con ropa cómoda. Selise llevaba pantalones tejanos estrechos y una camiseta de palabra de honor roja con detalles brillantes, y Catrice, un vestido negro abombado en la zona de las caderas que le daba un toque sensual, ambas subidas en zapatos de tacón y maquilladas para la ocasión.

—Me gusta tu estilo —aprobó Selise mirándome de arriba abajo—. Tus tatuajes son preciosos.

—Estoy de acuerdo —afirmó Catrice.

—Gracias, chicas, vosotras también estáis estupendas.

Me senté con ellas en la mesa y le pedí al camarero un frappuccino de mango con frutas del bosque.

—¿A qué se debe esta repentina reunión? A parte de para ir a la peluquería. —No aguantaba más la intriga. No es que me importara compartir tiempo con ellas, solo se me antojaba extraño hacer amistades.

Como bien dije en su momento, no sabía hacer amigos. Ni siquiera sabía cómo Kayla y yo nos soportábamos. Yo misma no me soportaba el 99% de las ocasiones.

—Eres nuestra última esperanza y nueva en todo esto, creímos que te gustaría pasar un rato con nosotras, sin tanta testosterona a tu alrededor —espetó Catrice traspasándome con sus anaranjados ojos—. Alistair no es la mejor compañía del mundo y seguro que no te ha contado todo lo que quieres saber. —Asentí completamente de acuerdo con su afirmación y mi cara debió mostrarles una mueca extraña, porque me miraron con compasión.

—Es bueno, solo que se esconde tras esa máscara de frialdad —añadió Selise—. De todos modos, contigo es más serio de lo normal, ¿verdad, Catrice?

—Sí, y eso es raro. —Los dos se miraron con misterio. Mi sentido femenino me tradujo esas miradas como una profunda intriga por saber qué había pasado entre él y yo.

Todo ser humano, sea del sexo que sea, guarda en su interior una cotilla que quiere saberlo todo, las dos mujeres Arcontes que tenía enfrente, no eran distintas.

—Así que esto no es para enseñarme cosas, sino para que os cuente qué me pasa con el capullo de Alistair —afirmé de brazos cruzados.

Selise tuvo la osadía de carcajearse, mientras Catrice, se avergonzaba.

Tenía dos opciones; levantarme y marcharme a mi casa, o desahogarme con dos mujeres que conocían a aquel que me llevaba por el camino de la amargura. Me decidí por la segunda porque no me ofendía que sintieran curiosidad. Yo misma habría hecho lo mismo si la situación fuese al revés.

—¿Él ha dicho algo? —pregunté antes de aventurarme a contar mis intimidades.

—No. Simplemente hace una semana llegó al Mojave y nos encomendó entrenarte porque él tenía cosas que hacer —explicó Selise—. Nos resultó extraño, sobre todo por el hecho de que olía a ti. —Catrice asintió.

Solté un suspiro cansado. Alistair era un cobarde rematado, de eso ya no tenía dudas. Contra todo pronóstico comencé a contarles a las chicas mi episodio erótico en sueños con el Íncubo, explicándoles que sabía lo que era y admitiendo que había estado a punto de caer en sus redes, despertándome de sopetón con la intromisión de Alistair en mi habitación.

—¿Y qué hacía él a esas horas en tu casa? —preguntó Catrice cortando mi relato.

Lo cierto era que no me paré a pensarlo en su momento, pero claro, estaba tan excitada que no pensaba en nada más que sexo. Tras conseguir lo que quería de él y acabar humillada en mi propia cama, estuve más ocupada odiándolo e insultándolo día y noche, que preguntándome por qué vino a verme. Así que, no pude responderle, no tenía la respuesta. Continué relatando la situación y llegué a la parte que tanto ansiaban.

—¿Te lo tiraste? —preguntó Selise demasiado alto por la emoción. Quienes nos rodeaban tomando algo a la luz del día, se me quedaron mirando con fijeza y me sonrojé.

Abre las alas

—Has conseguido un imposible, Holly. Alistair es prácticamente inaccesible —se sorprendió Catrice.

—En realidad, él se resistió —admití. Si no hubiera sido porque intenté complacerme delante de él con mis juguetes, seguramente no me hubiera hecho caso alguno—. De todos modos, yo no estaba en todos mis cabales y su simpatía se encargó de hacerme sentir como una perra cuando se marchó. Es un cobarde… —repetí.

Nos quedamos en silencio, le di un fuerte sorbo a mi bebida, vacié más de la mitad de golpe y las ignoré cuando comenzaron a cuchichear como abuelas, pensando de nuevo en sus dolientes palabras.

Un error…

Era yo quien había cometido el error de dejarle entrar, desde entonces, la mitad de mis pensamientos iban para él.

¡Seré idiota!

—Te gusta.

Selise lo dijo convencida. No se regodeó, al contrario, me miró con compasión.

—Ni de coña, no me gusta —me apresuré a negar dando la conversación por finalizada.

Intentaron volver a hacer de nuestra quedada un rato divertido y me llevaron a una peluquería regentada por Arcontes que querían vivir como humanos. Allí podríamos seguir conversando sin llamar la atención y saldría con el pelo de otro color.

Llegó el momento de despedirme de mi rubio plateado para dar la bienvenida a otro tono; uno más salvaje, casi igual de cantón que el que llevaba.

La peluquera me enseñó el muestrario de colores, tras deliberar con las mujeres que me acompañaban —las cuales opinaban que debería ponerme un tono discreto, porque ya mis ojos de por sí, eran una rareza inusual incluso en su mundo—, hice caso a mi instinto y me pasé por el arco de triunfo sus recomendaciones.

Siempre pensé que si me teñía el pelo alguna vez sería en un tono vistoso y atrevido que haría que mi melena cobrara protagonismo, haciendo

girar a la gente por lo intenso comparado con mi piel y mi estilo.

—Este —le indiqué a la peluquera.

—¿Estás loca? —exclamaron Selise y Catrice al unísono.

—Me lo dicen muy a menudo, así que puede que sí —sonreí socarrona.

—Alistair te matará —se lamentó Selise realmente preocupada por mi integridad física.

—Alistair me puede comer el…

—¡Oye! —rio Cat cortando mi fina frase sacada de la más alta aristocracia.

—Digo que me da igual. Él quiere que cambie, ¿no? Pues cambio tendrá, además, radical.

—¡Esta tía me cae bien!

Quizá la absurda conversación de la elección de mi color de pelo fue el detonante para romper el hielo entre nosotras, no lo sé, lo que sí sabía era que las dos Arcontes resultaron ser una compañía muy agradable y pensé que íbamos a ser buenas amigas.

Catrice era la más alocada de las dos. No era tan vieja como Selise y solo tenía seiscientos años. ¡Nada! Aunque comparado con los dos mil años del viejo de Alistair, casi podía considerarla como una adolescente. Sus padres eran dos Arcontes menores que murieron cien años después de que ella naciera. Vivían alejados de las guerras, en España, hasta que en el año 1501 estalló la guerra de Nápoles entre esta y Francia. Los Skoliós se acercaron a la zona, porque donde había guerra, ellos iban para sembrar el caos y buscar más Arcontes a los que matar, encontrando a Catrice y sus padres para matarlos.

Ella se libró por los pelos, desde entonces, buscó a los guerreros para aprender de ellos y luchar, prometiéndose que vengaría a sus padres y destruiría a aquellos que los asesinaron.

—¿Nunca has estado en el reino celestial? —pregunté curiosa. Alistair no me había dicho cómo era y tenía curiosidad.

—Una vez, pero al parecer, ya no es lo que era.

—Antes todo aquello era bellísimo. Desde la apertura de los portales se ha convertido en un lugar triste y oscuro —explicó Selise—. Ninguno ha querido regresar, y quien lo hace, es para mentalizarse de que hay que buscar venganza por lo que nos hicieron los traidores.

—Algún día me gustaría ir.

Sentía que debía conocer mis raíces desde el primer lugar que pisaron mis padres. Ellos nacieron allí, vivieron y lideraron el reino junto a diez Arcontes más.

Catrice desvió el tema para seguir hablando de sí misma y descubrí por las alabanzas que se prodigaba, que era una gran guerrera; cosa que yo comprobé en mis propias carnes la noche que entrené con ella. Su pareja era Chris, un guerrero oscuro muy amigo de Snow que me cayó bastante bien cuando lo conocí. Le pregunté sobre el tiempo que llevaban —ya que los Guerreros Oscuros eran mortales—, y abrí la boca demasiado al descubrir que llevaban doscientos años.

—Alistair me dijo que los Guerreros eran mortales, ¿cómo puede tener doscientos años y aparentar menos de treinta?

—Magia —respondió Catrice sonriente—. Es una magia muy antigua, apenas sé cómo funciona, durante años, pensé que no funcionaría con nosotros. Yo creía en él amor que sentía por él, pero no estaba segura de que él sintiera lo mismo por mí. Inseguridades del amor, supongo. —Vi el brillo de sus ojos mientras contaba la historia y envidié sus sentimientos—. Un Arconte en el plano terrenal durante mucho tiempo, adopta prácticamente todas las manías e inseguridades de los humanos, y yo nací en este mundo, aun siendo un ser sobrenatural.

»Cuando lo conocí, llevaba doscientos años en el grupo de los Guerreros, e incluso, entrenándolos. Fue amor a primera vista y nuestra historia fue preciosa. Juntos nos complementamos, en la lucha, somos letales —sonrió con orgullo—. Durante años temimos tener que separarnos; yo era inmortal, pero él no. Investigamos sobre nuestras posibilidades, y Tália, tu madre, nos dio la esperanza que necesitamos para seguir adelante.

—¿Mi madre? —Aguanté la respiración durante unos segundos. Oír hablar de ella se me antojaba muy extraño, pero maravilloso. Quería saber más, mas era la historia de Catrice.

—Con una serie de runas y hechizos de sangre unimos nuestras almas. En ningún momento nos aseguró que funcionara. Solo dos almas enamoradas sin reservas podían conseguir que fuese efectivo. Eso fue lo que me hizo dudar al principio, hasta que me di cuenta de que Chris estaba tan loco por mí, como yo por él.

—Qué historia tan preciosa —sonreí como una boba. No era capaz de comprender ese amor tan sincero, pero si Chris seguía vivo y sin envejecer tras doscientos años de relación, significaba que su amor era puro.

—Todo es muy precioso, pero se le ha olvidado contarte lo más divertido —añadió Selise—. Si Chris muere, ella muere y viceversa.

Abrí los ojos sorprendida por su explicación. No esperaba tal desenlace, sin embargo, si estaban unidos por magia de sangre, me parecía algo lógico. Las palabras de ambos me hicieron pensar en la situación entre Kayla y Biel. ¿Podían ellos tener una larga vida juntos? Aún no entendía bien cómo funcionaba el paso de los años en los Guerreros Oscuros, no envejecían al mismo ritmo que los humanos, pero tampoco tenían una vida eterna como los Arcontes. Tenía preguntas de las que necesitaba respuesta y esperaba que Selise y Catrice pudieran resolverlas.

—Un Guerrero Oscuro y una humana, ¿pueden hacer ese ritual mágico? —Catrice negó borrando cualquier esperanza para mi amiga. En algún momento su relación acabaría. Tenía una fecha de caducidad.

Llego el turno de Selise y su historia. Ella tenía mil ochocientos años y llevaba luchando desde entonces. Sus padres fueron de los primeros Arcontes que se unieron a la causa de Alistair y el resto de Arcontes originales que aún continuaban con vida por aquel entonces. Tenía algunos hijos guerreros y alguno incluso había perecido en la lucha. Era más seria que Catrice, porque también había vivido mucho más. Clayton, otro Arconte menor como ella, unos siglos más joven, era su pareja desde hacía muchos años. Selise lo amaba, pero sin duda, la conexión que Catrice compartía con Chris era muchísimo más intensa que la de estos.

La peluquera cortó nuestra conversación cuando me llamó para lavar mi cabeza y me relajé nada más sentir sus manos masajeando con maestría. Lo cierto era que tenía ganas de ver el resultado de mi nuevo color.

Selise y Catrice aplaudieron al observarlo mientras me quitaba el tinte. Lo que al principio les pareció una locura por mi parte, acabó por convencerlas y se deshicieron en halagos conmigo, mientras una sonriente peluquera, cubría mi cabello con una toalla y me llevaba a la silla de peinado.

—No dejes que se mire, Perle. Que espere hasta el final —ordenó Cat sonriente—. Así te sorprenderás mucho más.

A pesar de que me moría de ganas por verme, acepté el reto de aguantar hasta el final, Perle, me giró de espaldas al espejo y empezó a peinarme con cuidado para después encender el secador y alisármelo.

—Ahora te toca a ti, cuéntanos cosas sobre tu vida —Selise tuvo que alzar la voz para que pudiera escucharla por encima del sonido del secador.

—No tengo mucho que contar. —Me encogí de hombros poco dispuesta a relatar mis vivencias, no obstante, la insistencia de ambas me hizo hablar y les conté de forma resumida lo desdichada que fui desde mi nacimiento.

Se sorprendieron al explicarles que durante años me habían tratado como una enferma mental grave y dedujeron que los medicamentos bloquearon mi lado Arconte, haciéndome parecer normal —o todo lo normal que una esquizofrénica podía ser—, y dado que mi rebeldía innata hizo que dejara de tomarlas de forma continua, todo lo sobrenatural que se me pasaba por alto por el bloqueo, volvió haciéndome parecer más lunática.

De todos modos, no me tomé tan mal la buena nueva, estaba acostumbrándome a aquello de forma excepcional.

—Para ser tan joven, has tenido una vida dura —Asentí. Omití la parte de los tratamientos extremos, así que no conocían todo mi sufrimiento—. Pasemos a otro tema.

—¿Qué tienes con Alistair? —finalizó Selise la pregunta que Catrice comenzó, dejándome parada.

—¡Nada!

De nuevo el tono de mi voz subió una octava.

—Ya os lo he contado todo. Fue el efecto del Íncubo. De verdad que no quiero hablar del tema —rogué con ojos suplicantes. Ambas se miraron y no hizo falta que se comunicaran con palabras para entenderse. Conseguí descifrar que, a pesar de que no iban a insistir por el momento, la conversación no había terminado ahí.

Ya casi estaba lista. La peluquera hizo todo lo posible para que ni siquiera fuera capaz de ver algunos mechones, no obstante, logré atisbar algún cabello con el color elegido.

—Ya está —exclamó. Empujó la silla para girarme hasta parar frente al espejo y abrí la boca incapaz de reconocer a la mujer que me mostraba el cristal.

No quedaba nada de mi antiguo color. El rubio plateado, casi blanquecino, había desaparecido dando paso a un intenso rojo como el fuego, tirando a cereza; casi idéntico al que ese día elegí para mis labios. Mis facciones quedaban más marcadas y la palidez de mi piel hacía que pareciera que podría resquebrajarme en cualquier momento.

—¿Te gusta? —preguntó la nerviosa peluquera. Modificar por completo el color de mi larga melena no fue fácil, sin embargo, se notaba que estaba acostumbrada y conmigo hizo un trabajo excepcional.

—¡Me encanta! Kayla no me va a reconocer cuando me vea.

Sin embargo, eso no era lo que hubiera querido decir en realidad. Tenía una absurda necesidad de saber que le parecería a Alistair.

Patético, ¿verdad?

Los problemas crecen

Después de un día estupendo junto a Selise y Catrice, la noche hizo acto de presencia y volví a casa tras una maravillosa cena con las chicas. Estaba cansada, pero satisfecha. Las dos Arcontes eran mujeres excepcionales, demostraron una simpatía que consiguió que les cogiera cariño al momento y eso era muy difícil porque no solía dar mi confianza como norma general. Intercambiamos nuestros números, pero pronto volveríamos a vernos sin necesidad de llamadas. Tenían planeada una salida al Subway Dead para inspeccionar la zona, porque al parecer, los Skoliós —al notar que nosotros nos preparábamos para atacar gracias a mi aparición—, estaban creando más seres corruptos, reclutando un ejército.

Me inquietaba la idea de que conocieran sobre mi existencia. No sería consciente del peligro que corría hasta que no me lo encontrara de frente.

Cuando Kayla me vio aparecer por la puerta de casa, abrió la boca impresionada por mi cambio de look. Snow estaba allí con ella y me alabó por mi estilo aun sabiendo que pensaba que era demasiado llamativo, dado el hecho de que mi cambio era para dejar de ser el centro de atención.

—¡Me encanta, Holly! Estás preciosa —me piropeó.

—Gracias, gracias. —Moví mi cabeza bamboleando la melena de forma dramática.

Abre las alas

No tenía prisa por irme a dormir al ser sábado, aunque lo necesitaba. Me senté junto a la reciente pareja, los observé con disimulo lanzarse miradas sonrientes y fui incapaz de no ponerme a pensar en su futuro.

¿Qué les depararía? No tenía claro si lo suyo era amor, porque desconocía lo que era eso. El brillo en los ojos de Kayla escondía sentimientos, sin saber hasta que punto eran importantes.

—¿Y Aidan? —pregunté rompiendo el cómodo silencio que ambos compartían.

—Ha salido. —El suspiro de Kayla me indicó que estaba preocupada—. Está bastante jorobado. —Me miró de una forma que consiguió hacerme sentir culpable.

—¿Y yo qué quieres que haga? Hablé con él y fui sincera. No puedo hacer nada más.

—¿Y si le dieras una oportunidad?

—No puedo —declaré. Sería una hipócrita si lo hiciera y tan solo conseguiría provocarle más dolor una vez se diera cuenta de que no era capaz de corresponderle—. No siento nada por él, Kayla. Me gustaría que fueras mi cuñada, pero no le quiero.

Contra todo pronóstico, lo entendió.

—Lo siento, tienes razón. En el amor no puedes elegir. —Miró a Snow soñadora y prosiguió—. Seguro que mi hermano encontrará a su otra mitad, igual que tú. Simplemente me preocupan sus salidas —admitió. Para ser la hermana pequeña, era más adulta.

Aidan era mayorcito para ser consciente de lo que debía hacer. Tener vigilancia no era necesario, y si se equivocaba, él mismo debía aprender de sus errores para no volver a cometerlos.

Kayla me propuso salir al Subway días atrás, mencionándolo de nuevo. Snow, consciente de lo que se suponía que íbamos a hacer unos cuantos al día siguiente por la zona, me miró con la alarma grabada en sus ojos.

—No sé si es buena idea, el lunes debemos ir a trabajar y estoy algo cansada —respondí poniendo una excusa barata. Kayla levantó una ceja conocedora de mi afán por las salidas nocturnas, sin creerse una palabra.

—Oh, vamos, Holly, no me seas aguafiestas.

Volví a mirar de soslayo a Snow, con un breve y serio asentimiento, me dijo que aceptara. Kayla estaría protegida por nosotros, cuando lo invitó sin saber que él ya iba a ir, accedió a ir con nosotras.

Esperaba que la noche no estuviera llena de complicaciones.

La noche se acercaba y un mensaje de Catrice me confirmó que nos veríamos en el Subway. Tuve que contarle a Kayla quiénes eran con una mentira de por medio; le dije que eran las peluqueras que obraron mi maravilloso cambio de look ganándome con su simpatía. Era una forma sutil para introducirlas en nuestro selecto grupo, así, tenía también la excusa perfecta para no ser el candelabro. Al igual que Chris y Clayton, Leo también iría; además de Alistair...

La noche prometía ser de lo más interesante.

—Holly, ¿me prestas la colonia de frambuesa?

—Está en el primer cajón de la mesita de noche —indiqué.

Kayla estaba casi lista. Su larga melena castaña caía en suaves ondulaciones por su espalda desnuda, con un vestido negro de encaje que se amoldaba a sus preciosas y pronunciadas curvas como una segunda piel. Normalmente no vestía de forma tan provocadora, pero desde que estaba con Biel, en ella había nacido una seguridad antes inexistente. Sus kilos de más apenas la acomplejaban y se ponía vestidos que antes jamás cogía.

Estaba estupenda.

Me subí a mis preciosos zapatos de tacón de vértigo de color morado con calaveras brillantes en color negro. De ropa, escogí un vestido de palabra de honor escotado, estrecho de cintura y ancho de caderas del mismo color que los zapatos. Estaba decorado por la zona del estómago y la cintura con tela negra, ya estaba preparada para la noche. Coloqué una liga escondida en el muslo con un pequeño bolsillo para guardar cosas y metí la daga de forma que no hiciera un bulto raro. Al mirarme en el espejo me sentí muy extraña, no me acostumbraba al rojo de mi pelo, no obstante, me encantaba el contraste que ejercía con el lila y gris de mis ojos. Por desgracia, seguía tan lacio como siempre, aunque con esmero y mucha laca, conseguí hacerme un tirabuzón en el largo flequillo. Maquillada con los labios a conjunto del pelo y los ojos negros, salí al salón lista para marcharnos con Biel en su coche: un precioso Infinity plateado con el que llegamos al Subway en un santiamén.

Selise y Catrice esperaban en la puerta junto a Clayton y Chris. A Snow y a mí nos tocó interpretar nuestros papeles, presentándonos como si fuéramos completos desconocidos. Kayla, en el mismo instante en que conoció a las chicas, no dejó de hablar con ellas, una vez dentro, las cuatro nos acomodamos en la esquina donde varias mesas con mullidas sillas forradas en terciopelo nos daban algo de tranquilidad mientras que los hombres marcharon a la barra a por bebidas.

—Esto está plagado de Íncubos y Súcubos —susurró Selise en mi oído. Asentí dándole la razón.

Los camareros, porteros y muchos de los asistentes a la discoteca, eran demonios ávidos de sexo en busca de víctimas con las que yacer hasta que llegaran a la muerte. Era capaz de distinguirlos, no solo por sus ojos; mis sentidos se habían agudizado hasta el punto en que la energía de los seres se me mostraba distinta a la de los humanos; poderosa, latente como un corazón palpitando a doscientos por hora.

No quería repetir la experiencia a pesar de que debía reconocer que me resultó de lo más excitante. No tenía la intención de ser la puta de ningún Íncubo.

Los chicos volvieron con las bebidas, junto a ellos, Leo y el hombre que llevaba evitándome una semana: Alistair.

Nuestras miradas se cruzaron y me mantuve en una posición desafiante. Para variar, no fui capaz de descifrar lo que cruzaba por su cabeza, volvía a mostrar cara de pocos amigos y frialdad en sus gestos, dándome cuenta de que me dolía comprobarlo.

Sin una explicación razonable, ansiaba que volviera a ser dulce conmigo. Ni tan siquiera me había saludado.

Bebí mi vaso de Ginebra con Coca-Cola de un solo trago y, enfadada conmigo misma por sentirme como una idiota, fui a la barra a por otra.

—Un Ginebra con Coca-cola —pedí sin apenas mirar al camarero. La lección de no cruzar nuestras miradas me la sabía de memoria. Suerte que no era el mismo que me atacó en sueños, Edward.

Pagué y fui bebiendo por el camino hasta terminar mi copa. Crucé la marabunta de personas que bailaban al ritmo de Bullet for my Valentine y su canción *Scream aim fire,* alargando mi vuelta hacia la mesa, donde mi pesadilla me esperaba con unos ojos azules llenos de indiferencia.

De todos modos, él no era mi única pesadilla. El hermano fiestero de mi mejor amiga —que llevaba de fiesta desde el viernes y no había pisado mi casa ni avisado de sus pasos—, bebía cerveza sin descanso, animado por los gritos de un grupo de niñatos con los que se juntaba.

Me armé de fuerza y paciencia, me acerqué para ejercer de amiga responsable con el hermano borracho.

—Aidan, para ya —exigí cruzándome de brazos, gritando para hacerme oír sobre la música colocada en medio de un corrillo de hombres que se comportaban como neandertales.

—¿Holly? —preguntó con voz pastosa—. Vaya, ¡estás buenísima! Te sienta bien ese color —balbuceó mientras asentía con la cabeza, poniendo ojitos.

—¿Quieres dejar de hacer el imbécil? Tu hermana está aquí, como te vea en este estado, le joderás la fiesta.

—¿Y a ti?

—A mí también me la estás jodiendo. Tú no eres así.

El grupo de chicos que nos rodeaba se esparció, dejándonos vía libre tras darse cuenta de que Aidan ya no estaba interesado en hacer el ridículo, así que opté por arrastrarlo fuera del local.

Subir las escaleras del pasadizo que subía hacia el callejón fue más difícil de lo que pensaba. No pesaba poco y cargué casi con todo porque apenas se sostenía en pie. Lo senté en un bordillo de enfrente del callejón y tuve que agarrarlo antes de que cayera hacia delante. En ese instante, un chico se acercó a nosotros.

—Aidan, ¿otra vez? —preguntó el desconocido. ¿Quién demonios era?—. Ya has tenido que molestar a otra pobre chica. —Chasqueó los labios en un gesto de disgusto—. Lo siento, ya me quedo yo con él.

—¿Quién eres tú? —pregunté frunciendo el cejo. No fui capaz de mostrar mi innata simpatía, dado que mi humor era bastante agrio ante como se estaba desarrollando la noche—. Aidan es el hermano de mi mejor amiga —expliqué al visualizar la sorpresa de su mirada.

—Ah, debes de ser Holly —dedujo sorprendido—. Soy Stein, amigo de este descocado y su canguro particular —bromeó restándole hierro al asunto.

Stein me dejó un tanto descolocada con su actitud tan casual. Desconocía su existencia, Aidan jamás lo mencionó, pero parecía conocerlo de toda la vida dada la familiaridad con la que hablaba de él. Quizá era el antiguo amigo que había vuelto después de largos años a la ciudad.

Vestido de forma casual y moderna, con unos jeans desgastados y camiseta negra de marca, era un hombre atractivo, aunque bastante delgado para mi gusto. Su rostro era blanquecino, apenas cubierto por una fina capa de vello rubio en su barbilla del mismo tono que su pelo. Con un tierno hoyuelo en el centro, le daba una masculinidad muy sensual que conjuntaba con sus labios —los cuales me sonreían de forma ladeada—, dándole un aire rebelde y provocador. Finalicé mi estudio al mirar sus ojos marrones bastante extraños, me hicieron pensar que llevaba lentillas para esconder su verdadero color.

—Encantada. —No sabía que más decir.

Entre los dos levantamos al borracho del suelo y lo dejamos tomar el fresco tras arrastrarlo hasta la ancha calle, donde una fría brisa corría con suavidad con el fin de despejarlo.

—¿Cuánto hace que conoces a Aidan?

Lo vi dudar durante unos segundos, concentrado en su respuesta. Aidan no parecía ser consciente de nada, me apené mucho de él. Al día siguiente no se acordaría de nada.

—Hace unos años —contestó—. He vuelto hace poco a Las Vegas para recuperar mi antigua vida aquí, echaba de menos a la familia y los amigos. —Sonrió con misterio, fijando en mí su perturbadora mirada.

Lo sentamos en un banco de la calle, tumbado boca arriba, quedándo-

nos los dos de pie mirando como Aidan balbuceaba incoherencias en su estado de semiinconsciencia.

—El amor es una mierda —murmuró mirándome y de inmediato supe que conocía mi historia con Aidan y el rechazo al que se había visto sometido por mi parte.

—Se hizo falsas esperanzas. Nunca sentí nada por él —admití a pesar de que no tenía por que darle explicaciones.

Stein puso una mano en mi hombro a modo de consuelo y en su mirada entreví que me entendía, como si él también hubiera vivido una situación parecida.

—No te culpes por su actitud, es mayorcito para saber comportarse. Pronto se le pasará —le restó importancia.

—Esos con los que estaba, ¿son vuestros amigos? —pregunté. Stein no parecía como ellos, más bien parecía recto, responsable de sus actos y no le gustaba la situación que se le presentaba.

—De él, míos no, pero decidí acompañarlo. Se ha estado quedando conmigo los últimos días —me explicó. Me gustó saber que al menos no había estado solo.

—¿Qué haces aquí?

Alistair apareció entre las sombras de la calle con el ceño fruncido, para variar un poco. Tuve la sensación de ver como Stein se tensaba, pero debieron ser imaginaciones mías. Cuando lo miré, me miraba a mí.

—He salido a ayudar a Aidan a airearse, ¿algún problema? —Eran las primeras palabras que cruzábamos tras nuestro encuentro, no tenía intención de parecer simpática, de la misma forma que él parecía un ogro amenazador con su mirada.

—Kayla preguntaba por ti.

—No te preocupes, Holly, llevaré a Aidan a mi casa para que descanse —añadió Stein entrando en nuestra tensa conversación.

—Gracias, Stein —sonreí de forma descarada y provocadora, dispuesta a jorobar a Alistair un poco, sin saber si funcionaría o no. No tendría por qué preocuparle, pero me sentí bien al hacerlo—. Apúntate mi teléfono. Ante cualquier cosa, no dudes en llamarme —le pedí.

Abre las alas

—Perfecto, preciosa —contestó con una espléndida sonrisa que tuve que reconocer que era encantadora a la par que hipnotizante—. Adelante, márchate con tus amigos. Te mantendré informada.

Me despedí de él con un beso en la mejilla y pasé delante de Alistair caminando de forma airada y altiva. Regresamos al interior de la discoteca envueltos en un incómodo silencio que fue él quien rompió ofendiendo con sus crudas palabras.

—Ya veo que no pierdes el tiempo —espetó con ironía y cinismo—. Tu afán de seducir al sexo opuesto no desaparece ni en plena misión. Muy responsable por tu parte.

Frené en seco en medio de la escalera de bajada a la entrada de la discoteca, haciendo que Alistair chocara contra mi espalda y me giré para encararlo enfurecida.

—¿Celoso?

—¿De qué voy a estarlo? —espetó con fingida inocencia. Suavizó sus rasgos durante los escasos segundos que usó para pronunciar la pregunta—. Puedes hacer lo que se te antoje. Sin embargo, esta noche no estamos aquí para verte retozar con tu próxima conquista. Los Skoliós nos rodean, pero no somos capaces de detectarlos. Han encontrado la forma de ocultar su aura y poder.

Su respuesta me ofendió al principio, aumentaba mis ganas de darle una bofetada, pero camuflarlo con el resto de su afirmación frenó mis ansias de atacar, angustiándome, poniendo en alerta todos mis sentidos.

—Antes de que pudieran ocultarse, ¿cómo descubríais a los Skoliós?

—Su aura es oscura, casi negra, como sus alas. Y aun estando en apariencia mundana, se les distingue por la intensa energía que los envuelve, de la misma forma que ellos nos reconocen a nosotros. —Iba a preguntar si a mí también podían detectarme, pero él fue más rápido y respondió sin tener que preguntar—. Sí, a ti también te detectan. Además, saben quién eres.

Su rostro se tiñó con una máscara de preocupación dejando atrás la ironía, la mirada matadora y todo sentimiento que hubiera albergado segundos antes hacia mí.

—No sé cómo, pero lo saben. —Soltó un fuerte suspiro y respiré hondo mientras mordisqueaba una vez más el piercing de mi labio.

Últimamente aquella manía se había convertido en obsesión.

No me sorprendía que la noticia hubiera trascendido. Sospechaba que Edward, el Íncubo que me sedujo, podría tener algo que ver, aunque no podía poner la mano en el fuego, cualquiera podía ser el traidor.

Alistair quitó la arruguita que se formó en mi entrecejo con una suave caricia, por primera vez desde que comenzó la noche, su rostro se suavizó durante más de diez segundos.

—No tengas miedo, no te pasará nada. Yo mismo me encargaré de ti.

—No tengo miedo, además, si me ignoras, poca oportunidad de vigilarme tendrás —contesté echándole en cara su actitud de la última semana.

—¿Piensas restregármelo una y otra vez? —Asentí y bufó exasperado.

Sabía que estaba consiguiendo llevarlo al límite de su escasa paciencia, para no discutir, seguimos nuestro camino al interior del local, arrebatándome la oportunidad de poder descargar mi frustración contra él atacándolo con palabras.

Chris se acercó a nosotros y nos apartó de la muchedumbre para tener intimidad entre el atronador sonido de la música. Venía a contarnos lo que acababa de descubrir.

—Como sospechábamos, los Skoliós se camuflan con algún tipo de magia. Ese de ahí —indicó señalando con disimulo a un rubio que estaba en la barra con semblante serio, hablando con el Íncubo camarero— … es Skoliós. Les he oído hablar sobre Holly. —Alistair se tensó a mi lado—. La quieren, pero no he sido capaz de escuchar para qué.

—Buen trabajo, Chris. Volvamos con el resto. Tú —se giró en mi dirección—, mantente cerca de Kayla y actuad con normalidad. El cambio de tu pelo los tendrá confusos, pero te pueden detectar y estar junto a una humana te hará parecer más inocente.

—Te recuerdo que Kayla está con unos cuantos Arcontes y guerreros, tu petición no tiene un ápice de lógica —expuse no muy contenta con su sugerencia.

Abre las alas

—Tiene razón —dijo Chris y Alistair se apretó el puente de la nariz con frustración al no poder tener la situación bajo control.

—Está bien, pero ante el mínimo movimiento, huirás —declaró.

—No huiré. No soy una cobarde.

El doble sentido de mis palabras no se le pasó por alto y volvió a mirarme malhumorado con su mueca de perdonavidas que a la mínima podría cambiar de opinión. Chris nos miró a uno y a otro de forma alternativa con los ojos abiertos, con la sospecha que entre él y yo había pasado algo más que se le escapaba de entre las manos.

Al volver con el resto, mi humor estaba agrio y las ganas de fiesta se evaporaron como el agua a temperatura elevada. Kayla se colocó a mi lado para hablar conmigo, pero no tenía ganas de seguir una conversación. Al mirar a Alistair de reojo, comprendió mi enfado. Al principio de la noche le sorprendió verlo aparecer, presentándose como uno más del grupo de Catrice y Selise sin tener que actuar demasiado, conforme pasaban los minutos, fingir que no se conocía con Snow, dejó de ser necesario. Escondí a mi amiga que vi a Aidan algo perjudicado, sin embargo, estaba tranquila gracias a que Stein se hizo cargo de él.

—Voy a por algo de bebida.

Fui sola hacia la barra. Pedí un chupito y una bebida grande, segura de que a Alistair no le haría gracia, mas no me importó.

El que Chris indicó que era un Skoliós seguía ahí apoyado en la barra con gesto desenfadado, a la vez que alerta. Me miró con detenimiento, de arriba abajo, haciendo una parada en mi pronunciado escote y me percaté después de que su mirada era de todo menos amistosa.

—¿Qué miras? —me encaré como cualquier mujer digna haría ante tal escrutinio, bebiendo el chupito de un trago.

El Skoliós frunció el ceño sorprendido por mi valentía, al parecer poco acostumbrado a que las mujeres le replicaran.

Si en ese instante Alistair no hubiera aparecido, quizá habría salido indemne de la situación pasando como una simple humana con pocas ganas de ligar, no obstante, tuvo que acercarse a mí en actitud posesiva de novio celoso para mostrar su gallardía ante el enemigo.

—Así que es ella —sonrió el Skoliós al reconocer a Alistair como un arconte. Desconocía si sabría que era el último original.

—Márchate si no quieres que montemos un espectáculo —amenazó.

—Edward, activa la alarma de incendios.

Ahí estaba el íncubo que me embrujó.

El camarero hizo lo que pidió. Anunciaron por megafonía el desalojo inmediato del local, creando una estampida humana de personas gritando por salir cuanto antes de allí.

No quedó vacío. Los Arcontes, Guerreros, Íncubos y Skoliós, permanecimos quietos en nuestras posiciones, incluida Kayla, quien miraba asustada a su alrededor por no ser consciente de lo que pasaba. Vi que intentaba llegar hasta mí y Snow la protegió con su cuerpo para impedir que se acercara al lugar donde un grupo de unos quince enemigos —no tenía claro de qué raza—, nos rodeaba a Alistair y a mí, armados con brillantes dagas hechizadas en las que reconocía las runas que había estudiado para potenciar las mías propias.

—¿Has traído tu arma? —preguntó Alistair con una calma que no encajaba ni en la situación, ni con su postura agazapada en posición de ataque.

Asentí maniobrando con las manos por debajo de la falda del vestido, ya que la tenía escondida en un bolsillo interno —muy útil cuando no quería ir cargada con el bolso a las discotecas—, y así poder bailar con soltura.

Grabada con las runas *Thurisaz* —encargada de potenciar la defensa, además de ayudar a destruir a los enemigos—, y *Kenaz* —encargada de fortalecer las habilidades en cualquier ámbito—, ambas unidas de forma que formaban una nueva runa aún más potente, aumentaban el daño que la daga infligía. Con empuñadura de plata y de belleza celestial, mi daga me encantaba. Sin perder de vista a quienes nos rodeaban, pronuncié las palabras para activarlas, preparada para atacar.

El corazón me palpitaba con fuerza. Era mi primera lucha real y no iba vestida de la forma más cómoda. Era capaz de correr y brincar con los

Abre las alas

zapatos de tacón, pero mis botas militares planas habrían sido un calzado mucho mejor para luchar.

No tuve tiempo de pararme a pensar en si podría o no, uno de los Skoliós se abalanzó sobre mí con la daga por delante y lo esquivé por los pelos. Las alas de este aparecieron en su espalda, negras como la noche, y yo hice lo mismo.

Oí a Kayla gritar de la impresión. Alistair vociferó alto, ordenándole a Snow que se la llevara de ahí.

El caos se desató en el Subway Dead. Una miríada de alas, blancas y negras, se entremezclaban junto a las sobrenaturales luces de nuestras armas celestiales, aventurándose a atacar. Los gritos de aquellos que resultaban heridos se metían de lleno en mis oídos, estremecedores.

Me sentí patosa e inútil al intentar esquivar los ataques. Cada vez me ponía más en el centro de la diana, haciendo que fuera Alistair quien me protegiera en cada momento.

—¡Vamos, Holly, lucha cómo has aprendido! Puedes hacerlo —me animó al parar frente a mí tras apuñalar a un Íncubo que intentaba cazarme por la espalda.

Con confianzas renovadas por sus ánimos, comencé a moverme con soltura, atacando y defendiéndome. Volé un poco hasta llegar al techo de la discoteca, y descendí hiriendo a un Skoliós en un costado que estaba a punto de alcanzar a Leo. Soltó un grito estremecedor que salió directo de su garganta, cortado de forma abrupta con una estocada final por parte de Leo.

—¡Gracias! —me sonrió divertido y sorprendido a partes iguales.

Aterricé de nuevo en medio de la lucha, cada vez menos intensa y aticé un puñetazo a Edward, el Íncubo camarero. Sonrió mostrado sus blancos dientes después de reconocerme.

—Hola, Holly. Te sienta bien ese color. Podríamos terminar lo que comenzamos. Me resultas irresistible con ese aspecto.

—Lo único que vas a terminar es de morir —gruñí rabiosa, encarándolo.

Intentaba incitarme con palabras, esquivando mis golpes entre carca-

jadas, sin poder evitarlo, lo miré. Quedé prendada del rojo de sus ojos, excitándome por momentos, al borde de poner a desnudarme para que alguien apagara el fuego que comenzaba a emerger por todo mi cuerpo.

Al dejar la guardia baja, no me percaté de la presencia de un Skoliós en mi retaguardia hasta que noté un profundo dolor en mi espalda que cortó de inmediato cualquier excitación.

—¡Holly! —gritó Alistair.

Bajé la mirada hacia el lugar en que noté algo deslizándose para perforar mi carne, y la punta de una daga de tamaño considerable, traspasaba la zona de mi vientre desde la espalda.

La sangre manchó mis manos Edward sonrió antes de huir ante una muerte inminente, sabedor de que Alistair se acercaba para poner fin a la vida del Skoliós agresor, siendo ese instante, el último que recuerdo antes de desmayarme.

En el punto de mira

urante la inconsciencia soñé que surcaba los cielos agarrada de la mano de Alistair, ambos sonriendo entre cómplices miradas que obraban en mí un sonrojo aniñado de adolescente en plena etapa tonta. No quedaba nada de su actitud arrogante y despectiva, sonreía feliz por la intimidad que nos rodeaba.

Qué distinta era la realidad. No entendía por qué mi mente se obcecaba en evocar esos momentos tan… ¿cómo definirlos? ¡Ah, sí!: románticos.

El amor no iba conmigo, no obstante, sentía algo por ese obstinado Arconte que se empeñaba en hacerme rabiar con sus dolientes palabras, tratándome como a una niñata inmadura sin dos dedos de frente.

¿Qué sentiría él? Esa era la pregunta del millón.

En las semanas que hacía que lo conocía, no había aprendido a descifrar sus inquebrantables muecas. Solo una noche fui capaz de ver su otro lado, pero se truncó tan deprisa cómo llegó.

Citando a Friedrich Nietzsche*; «en el amor, siempre hay algo de locura, más en la locura siempre hay algo de razón».*

No sabía si era amor lo que sentía por él, mas me llevaba a la locura; locura por no saber qué sentía él; locura por no poder reconocer mis propios sentimientos… En definitiva, lo mejor sería hacer como él, ignorar lo que pasó y centrarnos en la misión. No merecía la pena que derrochara mi tiempo en ese tipo de nimiedades cuando la persona en cuestión me trataba de esa forma tan bipolar. Tenía sentimientos, aunque los ocultara bajo llave en lo más profundo de mi corazón, recubierto por una coraza metálica impenetrable.

¿Pero cómo conseguirlo? Que alguien me lo explicara, porque yo era nueva en esa clase de situaciones. Lo repetí una vez más en mi mente; *«no creo en el amor»*. No hace más que complicar las cosas y bastante complicadas estaban ya en mi vida.

Abrí los ojos con lentitud y a mi mente vinieron los últimos acontecimientos: el Subway, la pelea, sangre…

¿Dónde estaba? ¿Y si me habían raptado?

Deseché esa idea al darme cuenta de que si hubiera sido así, mis enemigos habrían buscado algo más incómodo que una cama con sábanas de seda negra de dimensiones extragrandes.

Era la habitación de Alistair. Lo supe por su inconfundible aroma, impregnado en la tela de la almohada, a hombre, cálido y acogedor.

Me incorporé demasiado rápido y gemí de dolor al percatarme de que seguía herida. Estaba en ropa interior. Atisbé mi vestido pulcramente doblado en una silla al fondo, junto a un armario de madera color marrón cerezo. Mi cintura estaba rodeada por una venda manchada por mi propia sangre de la herida abierta que atravesaba el abdomen.

—¿Qué haces? Túmbate inmediatamente —exigió Alistair saliendo de una puerta al fondo de la habitación que supuse que era el baño. Su cuerpo desprendía un agradable olor a jabón, algo dulzón, su pelo brillaba, húmedo tras una ducha.

No obedecí.

—Estoy bien. No te preocupes.

Sabía cómo ignorarme a la perfección, era una virtud exasperante. Se acercó y me obligó a apoyar la espalda contra el colchón, colocando sus manos con suavidad en mis hombros, para acto seguido, retirar a un lado la venda y examinar la herida.

—Ya ha dejado de sangrar. Tardará unos días en cerrarse.

Cual profesional de medicina, bañó la zona con alcohol y la secó con una gasa para volver a vendarme, curando antes el orificio de entrada de

mi espalda.

—¿Qué pasó después?

—Huyeron —espetó escueto. Lo miré con los ojos muy abiertos dándole a entender que necesitaba más información—. Quién te atacó murió por mi daga y uno de ellos cogió el arma manchada con tu sangre. Después se marcharon todos los que sobrevivieron. Buscaban tu sangre.

Lo miré horrorizada. ¿Para qué querían mi sangre?

Alistair debió leer la pregunta en mi rostro, pero fui yo sola quien encontró la respuesta tras meditarlo durante unos segundos.

—Van a utilizarla en el cáliz…

—Solo hacen falta unas gotas para crear una decena, si con la sangre de arconte menor salieron tales abominaciones…

—…mi sangre podría ser la causante de que nacieran Skoliós más fuertes —finalicé por él.

Abrí la boca en un grito mudo y gemí horrorizada ante tal idea. De inmediato me sentí culpable por ser tan inútil en la lucha. A pesar de haber vencido a un par de nuestros atacantes, fui débil y me hirieron, consiguiendo lo que buscaban: mi sangre.

Tan esperanzadora que parecía mi aparición y solo podía definirla como penosa.

No estaba a la altura.

Agaché la cabeza para que Alistair no notara mi desazón, pero lo impidió posando los dedos en mi mentón e hizo que lo mirara.

—No es culpa tuya.

—¿De verdad? —ironicé—. Me dejé atacar, consiguieron lo que buscaban y me siento ridícula e inútil. No sirvo para esto —declaré.

Mostrarme decaída no era una sensación que me enorgulleciera en especial. Afirmaba ser una mujer capaz de desechar todo eso, pero la situación pudo conmigo, a pesar de ser inmortal, creía que en ese momento me podría vencer cualquiera que se lo propusiera.

—No seas tan dura contigo misma. Fue tu primera lucha real y lo hiciste de forma espectacular. Mataste a dos de los quince que nos atacaban, salvando a Leo de salir herido, o incluso muerto.

Abre las alas

Volvía a mirarme de forma apacible, casi como acariciándome con palabras. Sin máscaras impenetrables. Volvía a ser el hombre que comenzaba a emerger días atrás, colándose de lleno en mi interior.

—Hice el ridículo.

—¿Crees que has sido la única privilegiada en salir herida? —bromeó—. Chris está convaleciente en la habitación de al lado con Catrice cuidando de él, así que no te creas tan especial.

Sonreí con su sentido del humor, tan escaso y negro cuando aparecía. Su mano acarició mi mejilla con dulzura y cerré los ojos deleitándome de la sensación de hormigueo que provocaba.

Seguía enfadada con él por como me trató tras nuestro sensual encuentro, pero no podía demostrarlo mientras me acariciaba así para animarme con sus dulces palabras. Su don para hechizarme me convertía en una blanda y apenas era capaz de resistirme a parecer una imbécil redomada. Que ejerciera ese control sobre mi persona, era una gran incomodidad.

—¿Ya no piensas alejarte de mí? —pregunté con tono cínico, sin esconder el dolor que aún sentía al recordar su desprecio.

—Lo siento.

—¿Por qué?

—Por ser un imbécil…

—Al menos lo reconoces. —Me encogí de hombros.

Sus ojos mostraban verdadero arrepentimiento. Estuvimos unos minutos en silencio que se me antojaron eternos, donde ninguno fuimos capaces de hablar.

—Me comporté como un capullo y te falté al respeto sin pensar en cómo podía afectarte —admitió—. No fue nada cortés por mi parte.

—No soy una mujer de flores ni cortesías, pero tampoco tengo un corazón de hielo —murmuré clavando mis ojos en él—. ¿Por qué huiste así?

Necesitaba saberlo. Quería descubrir la razón que lo llevó a acobardarse como un niñato inmaduro, haciéndome daño con palabras que todavía resonaban en mi cabeza clavándose como puñales.

—Porque eres peligrosa.

—Peligrosa, ¿por qué? —respondí frunciendo el ceño.

¿Qué había que no me contaba? ¿Y si algo no funcionaba bien en mí y resultaba que al final acababa muerta por aquellos que parecían mis amigos? Mi mente peliculera pensaba demasiado. Le di tiempo a que respondiera antes de seguir con mis hipótesis fatalistas.

—Porque tu sola presencia consigue poner en peligro mi cordura —se sinceró dejándome sin palabras, a punto de abrir la boca para no cerrarla—. Desde que descubrí cosas sobre tu existencia, supe que serías mi perdición.

Su revelación no me dio la oportunidad de una respuesta ingeniosa. Mi mente quedó en blanco y solo pude clavar mi mirada en él, viendo como el brillo azulado de sus ojos miraba más allá, descifrándome.

—Creí que me odiabas. —Fue lo único que se me ocurrió decir.

—Lo intenté. Intenté apartarte, distanciarme de ti para alejar de mi mente las cosas que me hacías sentir y aproveché esta semana en la que estuve investigando para conseguirlo, mas no pude. —Hizo una pausa y esperé con paciencia, confusa ante su sinceridad—. Cuando te hirieron supe que no podía huir. Temía que si te perdía no podría decir…

—¡Biel, suéltame!

La puerta de la habitación se abrió de forma abrupta cortando las palabras de Alistair.

Kayla entró furiosa al interior de la habitación y apartó a Snow de un fuerte empujón. Jamás había visto a mi amiga tan enfadada como en aquella ocasión, ni siquiera cuando me daban los ataques de personalidad múltiple que hacían que discutiéramos a voz en grito.

—¿Qué demonios es todo esto, Holly? ¿Qué está pasando?

Se tiró de los pelos frustrada y vi en sus ojos algo de terror. A pesar de que Snow se la llevó pronto del Subway, tuvo tiempo de ver como todos abríamos nuestras alas, blancas y negras, y luchábamos los unos contra los otros en una batalla sacada de la ficción. Un arañazo en el rostro de Snow me indicó que mi amiga llevaba horas discutiendo, conociéndola, no habría aceptado explicaciones por su parte, buscándolas en mí, porque aunque le había fallado, seguía siendo la única en quien confiaba.

Abre las alas

—Holly tiene que descansar, está herida —habló Alistair en un susurro sonoro y firme, tan gélido como siempre, en el que mostraba el fastidio porque lo hubieran interrumpido.

—Dejadnos a solas —pedí.

Ambos se miraron y asintieron para abandonar la habitación y dejarme a solas con Kayla y su enfado.

Le indiqué que se sentara a mi lado en la cama, pero no aceptó, manteniéndose de pie a escasos centímetros de la puerta con los brazos cruzados. Las ojeras cubrían su rostro cansado y el estupendo maquillaje que había llevado al principio de la noche, estaba desmadejado por su cara, manchándola.

—Lo siento.

No sabía cómo comenzar. Una disculpa no era suficiente. Kayla jamás debió ser partícipe de nada de esto, mucho me temía, que abandonaría la habitación enterada de todo.

—¿Qué es todo esto, Holly? —repitió—. ¿Qué son estas personas? ¿Qué eres tú? —preguntó sin darme tiempo a responder a las dos primeras.

—Hasta hace un par de meses, era una humana enferma con esquizofrenia, ahora, una Arconte.

Como mi breve definición sobre mi nuevo estado no aclaraba las dudas de mi amiga, cogí aire de forma profunda y me lancé a contarle todo lo que llevaba semanas escondiéndole por temor a que ocurriera exactamente lo que pasó la otra noche, que se viera implicada en una lucha que no le concernía.

Cuantas más palabras y más explicaciones le brindaba —empezando por lo que eran exactamente los Arcontes, lo que hacían y los diferentes rangos—, más grande se tornaba su boca. Sus ojos llenos de incredulidad me recordaron a mí cuando Alistair me explicó lo que era, con la diferencia de que Kayla era una humana, y yo, gracias a una demostración de mis dotes mágicas, asumí que todo aquello podía ser cierto.

Mientras lo explicaba, aún a mí me resultaba difícil de creer. Arcontes, Skoliós, demonios ávidos de sexo… seres dignos de las películas de fantasía y de las mentes más retorcidas entre los seres humanos de la antigüedad, cuando incluso se juzgaba a las mujeres hasta por nacer con el color de pelo que yo misma había elegido.

Contra todo pronóstico, la parlanchina de mi amiga no me interrumpió ni una sola vez durante la larga hora que tardé en proporcionarle una definición exacta de lo que era y contra qué luchábamos. Asustada por su silencio una vez finalicé, estiré la mano para tocarla, agarrar su mano, pero no estaba preparada para recibir su rechazo.

Me apartó…

—Lo siento, Kayla. No podía contártelo.

—Soy tu mejor amiga. —En sus ojos se amontonaban las lágrimas. Jamás la había visto tan decepcionada—. Sabes que te hubiera aceptado, Holly. ¡No confiaste en mí!

—¿Cómo querías que lo hiciera? —Intenté levantarme para alcanzarla, mas no pude al sentir un tirón en la herida que cruzaba desde mi espalda—. Ya has visto el peligro que me rodea ahora. Yo misma no he sido consciente hasta esta noche. Me buscan, Kayla. No quiero que por mi culpa te maten.

Decir lo que pensaba, así, sin paños calientes, hizo el efecto deseado. Kayla mostró por primera vez miedo desde que comenzamos la conversación y parte de su enfado se evaporó para darme la oportunidad de seguir convenciéndola de que mantenerla en la ignorancia era lo mejor.

—Hace poco más de siete semanas que conozco todo esto, y en mi primera lucha, casi me matan. —Exageré para dar más énfasis a mi frase. Me faltaba preguntarle a Alistair cómo podíamos morir—. Me han atravesado la espalda con una daga mágica grabada con runas potenciadoras. Si ese golpe hubiera sido para ti, estarías muerta. Y nunca podría perdonarme el ser la responsable de la muerte de mi mejor amiga, la única que siempre me ha querido tal y como soy.

Llorar no se me daba bien. Apenas recuerdo la última vez que mis lágrimas descendieron por mi rostro haciéndome parecer débil y desvalida. Puede que tuviera unos doce años. La firme promesa que un día me hice de que nadie volvería a verme en ese estado, se resquebrajaba

Abre las alas

al temer por Kayla.

—Todo esto es tan… tan surrealista —hipó—. No estás enferma y eres inmortal. ¡No entiendo nada! —Soltó una risa histérica.

La comprendí. Si la situación fuera al revés ya me habría arrancado los pelos y quedado calva. Bueno… o desmayado, al igual que cuando acepté el hecho de que Alistair era real.

—Vivirás eternamente siendo joven para toda la vida, y mientras, yo envejeceré para morir y desaparecer para siempre.

—Estaré siempre a tu lado —contesté intentando no pensar en lo que decía.

—Llegará un momento en que seré tan vieja que no te recordaré. Sabes que eso ocurrirá.

La miré con tristeza jurándome a mí misma que eso no ocurriría, además, cabía la posibilidad de que yo no durara tanto. Visto lo visto, no era tan hábil como el resto de Arcontes.

—Yo siempre te recordaré. Además, queda mucho para que seas una vieja arrugada —sonreí apaciguando los ánimos—. No pienses en eso ahora, queda mucho por vivir, juntas.

Dejé que interiorizara la información recibida con unos minutos de silencio. Dejó de llorar y su respiración volvió a la normalidad, a pesar de que sabía que aún le costaba aceptar la buena nueva. La entendí. No éramos tan distintas.

Obligué a Kayla a marcharse a casa. Tras conocer la verdad que trastocaba su vida, prometiendo que guardaría el secreto, Snow se encargó de acompañarla entre los gritos disgustados de mi amiga. No quería verlo.

Al final de nuestra conversación salió el tema de Biel y ella estaba tan enfadada que no quería ni acercarse y mucho menos pedirle explicaciones. Intenté disuadirla. No hizo más que protegerla, pero se sentía traicionada y decía que de nuevo su príncipe azul era un sapo hediondo camuflado bajo apariencia celestial. Así que Snow debería volver a ganarse su confianza y lo tenía crudo. Kayla era incluso más orgullosa que yo.

Me levanté sin permiso de la cama, semidesnuda. Entré en el baño del cuarto de Alistair. Olía a sangre y sudor y la roña de la pelea se pegaba a mi cuerpo haciéndome sentir muy sucia. Necesitaba una limpieza y aproveché que había dejado de sangrar para ducharme. Con las primeras gotas de agua que cayeron sobre mi cuerpo, me asusté al ver el rojo en el blanco plato de ducha y miré mi herida. Seguía sin sangrar, por lo que reí como una idiota al darme cuenta de que era mi pelo el que desteñía.

No sabía lo tensa que estaba hasta que el calor comenzó a relajar todos mis músculos, quedándome bajo el chorro caliente durante varios minutos.

Al salir busqué una toalla con la que secarme y no la encontré. Ponerme la ropa interior sucia estando mojada no entraba en mis planes. Mientras esperaba que mi cuerpo se secara un poco para no dejar rastro en la impoluta habitación, el espejo me mostró mi desnuda figura y fijé la vista en la puñalada. Una marca rojiza rodeaba la incisión tanto por la espalda como en el estómago, al tocarlo, descubrí que seguía abierta.

Mi primera herida de guerra. Desconocía cuánto tardaría en desvanecerse, si es que lo hacía… Puede que tuviera que irme acostumbrando a las cicatrices. La herida rompía la bonita estética del ave fénix de mi abdomen, partiéndole un ala desplegada.

—Holly, ¿estás bien?

No me dio tiempo a taparme con nada cuando la puerta se abrió de par en par y apareció Alistair con el ceño fruncido en un principio, para después quedarse embobado examinando mi desnudez de arriba abajo.

Se estaba convirtiendo en una incómoda costumbre el ser una exhibicionista.

—Sí, estoy bien —contesté con calma, como si estuviera tapada hasta las cejas, ignorando el súbito calor que comenzaba a nacer en mi cuerpo ante su presencia.

Era tenerlo cerca y perdía la razón. ¿Por qué me provocaba eso? Me confundía…

—Muy bien. En el salón estamos todos reunidos, tenemos que hablar.

Esperé que se girara y se marchara por la puerta.

No lo hizo. Si esperaba que me vistiera, primero debía pasar por su

Abre las alas

lado.

—¿Me dejas pasar?

—¿Qué? Ah, sí. Lo siento.

Se apartó y caminé contoneando las caderas adrede. Notaba su mirada puesta en mi trasero. Sonreí sin que me viera y me vestí con la ropa ajada del día anterior. El vestido estaba roto, pero tapaba, no obstante, sin ropa interior, debería tener cuidado para no enseñar hasta mis pensamientos.

Selise me preguntó qué tal estaba nada más aparecer en el salón y me senté a su lado junto al resto para escuchar lo que Alistair tuviera que decir.

—Debemos prepararnos a fondo. Han conseguido la sangre de Holly y me temo que van a utilizarla con el cáliz —comenzó yendo directo al grano.

—¿Qué vamos a hacer? —preguntó Clayton abrazando a Selise de forma protectora.

—No lo sé —admitió—. El cáliz está en el Excalibur secundado por demonios custodios. El acceso allí es peligroso, pero hay que encontrar la forma de hacerlo.

Chris se levantó y comenzó a caminar pensativo por el salón. Parecía bastante cansado. Al igual que yo, él también fue herido en la reyerta.

—Hay algo que no cuadra. ¿Cómo han sabido de su existencia?

—No lo sé —volvió a responder frustrado por no tener respuestas—. Mi ausencia durante la semana tenía un fin. Intenté averiguar lo que sabían de ella, lo único que saqué en claro fue que sabían que era un Arconte, no obstante, ha corrido la voz sobre su sangre original.

—¿Y si tenéis un traidor en vuestra filas? —pregunté hablando por primera vez desde el inicio de la reunión.

—No lo creo, todos los que entrenamos en el Mojave estamos unidos por la causa. Todos los de allí hemos perdido algo por culpa de los Skoliós —contestó Leo con rostro serio, muy seguro de lo que decía y algo ofendido por mi pregunta.

Yo no podía asegurarlo, era imposible conocerlos a todos y además era la nueva. De todos modos, ellos sabían quién era, y a lo mejor, fue un riesgo presentarme como la hija de dos originales ante tantos.

Alistair y Snow propusieron montar un operativo de vigilancia nocturna en el Excalibur para estudiar la zona por completo. No era la primera vez que lo hacían, prácticamente, conocían todo lo que ahí pasaba. El hecho de tener mi sangre los llevaría a utilizarla y todos temíamos que los Skoliós que salieran del cáliz fueran más peligrosos. Aun así, hacían falta dos para llevar a cabo el ritual y yo no estaría presente.

¿Lo conseguirían?

LA LUCHA LEVANTA PASIONES

Ya todos se habían marchado a sus hogares a descansar. Solo quedábamos en el enorme piso Alistair, Snow y yo. Mi presencia ya no se requería y tenía ganas de tomarme un respiro en la comodidad de mi cama para dejar atrás la horrible noche vivida, de la que apenas me acordaba.

—Es hora de marcharme.

—Deberías quedarte. Estás herida y tienes que descansar —espetó Alistair con su habitual rostro serio.

—Estoy perfectamente. No me duele y eso es exactamente lo que voy a hacer, en mi casa —mentí a medias. No me dolía demasiado, pero también era cierto que no me encontraba bien y quería apartarme del hombre que con su sola presencia perturbaba mi mente.

—Me da igual. Te quedarás aquí —sentenció de lo más convencido, sin tener en cuenta mi opinión.

—Mira, agradezco tu preocupación, pero no tengo ropa, ni bragas y quiero mi cama.

—Aquí tienes cama.

Bufé exasperada con su insistencia. El tono de su voz impedía replicar, aun así, yo insistí dispuesta a no dejarme vencer.

—¿Estás sordo? Quiero irme a mi casa, no hay más que hablar.

Dispuesta a coger la puerta y marcharme, me lo impidió cerrándola de un golpe. Puse la mirada de *«o te apartas o te meto»,* pero con él no funcionaba y solo conseguí una sardónica sonrisa por su parte. Se sentía ganador y tuvo suerte de que durante esos segundos escuché el pitido de mi teléfono móvil al sonar con una llamada.

Ni siquiera sabía qué hora era, al darme cuenta de que estábamos casi al mediodía, me sorprendí. La noche hacía rato que terminó. Al estar con las persianas hasta abajo, la única luz que iluminaba era la de la lámpara del techo. Le indiqué con una mirada que nuestra conversación no quedaba ahí y cogí el insistente teléfono. Me llamó la atención ver el nombre de Stein en pantalla y lo cogí de inmediato pensando en Aidan.

—Hola, Holly —saludó al otro lado de la línea. Lo imaginé sonriendo.

—¿Qué tal, Stein? ¿Ha pasado algo? —Alistair levantó una ceja mientras escuchaba cómo hablaba. Puse voz de niña buena a propósito, seductora.

—No, tranquila. Era para decirte que Aidan está mejor. Ya no está ebrio y he podido tener una conversación coherente con él.

—¿Cómo está?

—Mejor. Olvidándote —murmuró—. La verdad es que no debe ser tarea fácil. Con solo un vistazo yo no puedo dejar de imaginarte.

—No es muy caballeroso por tu parte piropear al capricho de tu amigo —contesté de modo desenfadado. A cualquier mujer le gustaba sentirse alabada, y si Alistair estaba presente para escuchar la conversación, poniendo cara de perro, mejor que mejor.

¡Me lo estaba pasando en grande!

—Qué desconsiderado por mi parte. Lo siento, tienes razón. —Su fingido arrepentimiento me hizo soltar una carcajada. Stein era simpático. Me caía bien y su sentido del humor hizo que nuestra conversación fuera de lo más agradable.

Ya no sabía cómo hacer para alargar más la conversación.

Admitía que lo hacía para cabrear a un Alistair cada vez más serio ante la simpatía y amabilidad que desbordaba con el desconocido, poniendo incluso morritos mientras hablaba como si estuviera presente. Stein me seguía el rollo con desparpajo, tras diez minutos, Aidan dejó de ser el tema de conversación principal y luego llegó la despedida, en la que me prometió llevar a mi amigo a casa sano y salvo.

—Me voy —dije tras colgar levantándome del sofá en el que me acomodé para hablar y hacer gestos coquetos.

—¿Quién era? —preguntó aun sabiendo la respuesta. Lo miré inquisitiva, negándome a contestar. Su tono controlador me provocaba un profundo fastidio.

Volvió a bloquear la puerta, sin dejarme salir.

Estaba pesadito…

—No deberías confiar en los extraños.

—Ese consejo no me sirve. Tú eres un extraño —repliqué echando por tierra su consejo.

—¿De verdad lo piensas? —preguntó, no obstante no me dejó responder—. Ahora entiendo tu accesibilidad. Si con todos los extraños —remarcó la última palabra—, te comportas así, tu estupidez es mayor de lo que pensaba.

Lo miré furiosa ante su insinuación. Comenzaba a comprender su mecanismo de defensa. Si algo le fastidiaba, atacaba dónde más dolía, otra vez, me estaba llamando fresca por toda la cara y no pensaba permitirlo.

¿Dónde habían quedado las bonitas palabras que me dedicó al despertar? Sus cambios de personalidad resultaban odiosos, casi tanto como él en esos instantes. Hablaba sin ser consciente del daño que obraban sus palabras en mí. A lo largo de mi vida ya había recibido suficientes puñaladas como para aguantar más de alguien que, como bien decía, era un desconocido. Sin embargo, un desconocido que estaba clavado en mi mente desde que apareció, cada vez haciéndose más hueco, dispuesto a quedarse.

—Mi estupidez es tan grande que confío en personas que a la mínima muestra de aceptación, las dejo entrar en mi corazón, para así disfrutar de las puñaladas traperas que lanzan y descubrir su otra cara —escupí con saña—. Soy una estúpida, es cierto. Así que la estúpida se marcha a su estúpida casa para darle espacio al estúpido Arconte que se empeña en dejarla como una mierda, porque es un estúpido controlador que hace seguir a rajatabla todo lo que él dice.

Lo empujé con todas mis fuerzas y me largué de esa casa con los ojos húmedos de la rabia que contenía. Estaba muy dolida, demasiado, más de lo normal.

Dejé a Alistair tan parado con mis palabras que no osó seguirme, sabedor de que necesitaba espacio y tiempo para relajarme. Una vez más, salí sin zapatos y con el vestido roto. No obstante, no tenía intención de entrar a recuperarlos. Suerte que la ducha retiró el maquillaje corrido de mi cara y no parecía un mapache.

A pesar de separarnos dos calles, me hice polvo los pies con las piedras pequeñas que cubrían el suelo. La gente me miraba con cara de pena, como si fuera una sin techo. Estar llorando como una imbécil no mejoraba mi presencia.

Discutir con Alistair abría una brecha en mi duro corazón. Era cierto que le dejé entrar en él y se había instalado de forma indefinida con todas las comodidades, ocupando también mis pensamientos. Aventurarme a llamarlo amor quedaba fuera de lugar, sentía cosas desconocidas por él que tras la discusión me hacían sentir como la mujer más desdichada del mundo.

Llegué a la puerta de mi edificio secándome con el dorso de la mano las lágrimas que circulaban a su libre albedrío. No quería que Kayla se preocupara después de haber tenido una noche tan horrible como la mía. Éramos amigas, pero tal y como estábamos, hablar sería una forma de revolcarnos en nuestra propia mierda.

—Holly, ¿estás bien?

Stein se paró delante de mí con rostro preocupado, interrumpiendo mi ausente viaje hasta la puerta de mi casa.

—¿Qué haces aquí? —respondí obviando su anterior pregunta.

—He traído a Aidan. Lo he dejado arriba y el pobre está soportando los gritos de su hermana —sonrió con dulzura.

Quise devolvérsela, pero no salió. Los años de sonrisas ensayadas habían desaparecido debido al estado ausente en el que me encontraba, con la mente en otra parte.

Alzó mi rostro posando su mano en mi barbilla y sus ojos castaños de un tono tan extraño —volviendo a suponer que por unas lentillas—, mostraban preocupación.

—¿Estás bien? —volvió a preguntar.

Obviamente sabía la respuesta, el ser humano tenía la manía de hacer preguntas estúpidas y el *«estas bien»* y *«ya estás en casa»,* eran ejemplos de ello.

—Una mala noche —admití sin querer dar más explicaciones y restándole importancia.

—Parece que ayer fuera viernes 13 —bromeó.

—O el día del Apocalipsis.

Su mirada me escrutó de arriba abajo y frunció el ceño al percatarse del estado de mi ropa. Viéndolo desde fuera, parecía que podía haber sido víctima de un atraco, o incluso de un abuso sexual. La alarma en su mirada me enterneció y para calmarlo intenté sonreír.

—No te preocupes, peleas de borrachos —inventé.

No estaba para elaborar una excusa más creíble.

—El alcohol es un gran enemigo. De todos modos, la tristeza en tu mirada tiene pinta de desamor —adivinó.

—No puede existir desamor cuando ni siquiera hay amor. —Me encogí de hombros—. Será mejor que me vaya a descansar. Gracias por acompañar a Aidan.

Nuestras miradas volvieron a coincidir durante unos segundos. Había algo en Stein que me inquietaba. Su amabilidad era desconcertante. Encontrar gente tan agradable que sin conocerte intentaba ayudar, no era algo a lo que estuviera acostumbrada. Prácticamente nadie hoy en día hacía algo por el prójimo. Actuábamos todos de forma egoísta y parecía increíble que alguien pudiera obrar de forma distinta.

—Que descanses, Holly. Si necesitas algo, tienes mi número. Estaré encantado de ayudarte.

Se despidió con un pequeño beso en mis labios. Lo miré alejarse por la entrada del edificio, sorprendida, y como si estuviera rodeada de nubes, subí hasta mi casa, un tanto aturdida.

Abre las alas

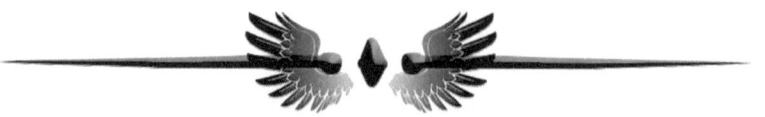

Ojalá pudiera decir que mi vida volvía a ser la que era, que me levantaba para ir a trabajar y luchaba día a día para no enfrascarme en lo que conllevaba ser esquizofrénica desde niña, pero no, eso quedaba atrás.

Casi parecía que todo eso hubiera sido un sueño y mi vida real fuera exactamente como era después de conocer a Alistair.

Cuando la normalidad es el factor que produce equilibrio en nuestros días, serenidad y bienestar en la vida, hay que ser selectivo y prudente con los cambios, ya que, aunque podrían traer mejoras, siempre introducían elementos de incertidumbre, ansiedad y riesgo.

La oportunidad de ser prudente no se me presentó, dando paso a la incertidumbre de un cambio que más que mejorar, empeoraba el riesgo en mi vida, apenas me dejaba tiempo para la serenidad. Kayla se hacía cargo de la tienda durante mis prolongadas ausencias. Desde que me largué enfurecida de casa de Alistair, mi mal humor aumentó exponencialmente y la forma de mantenerlo bajo control, era entrenando como una posesa en el desierto del Mojave, al que acudía todas las noches sin faltar a una sola cita.

—Siguiente.

Sequé el sudor que perlaba mi frente por el esfuerzo y apreté la goma que sujetaba mi pelo en una larga cola de caballo a lo alto de mi cabeza. Después de cuatro contrincantes, mis músculos estaban doloridos por el alto número de golpes que recibí, aun así, con los que luché —dos Guerreros Oscuros y dos Arcontes—, salieron mal parados ante la furia que mostré con mis ataques.

Estaba hastiada, demasiado… La frustración que arrastraba desde hacía una semana obró el milagro de ganar luchas y mejorar de forma notoria, mi capacidad para atacar y defender me estaba convirtiendo en una guerrera implacable.

Alistair observaba desde la distancia, atento a mis movimientos, pero

 236

sin acercarse. No nos hablábamos y tampoco iba a ser yo la que obrara el acercamiento.

Me sorprendió que él, bajo la atenta mirada de los contrincantes agotados con los que luché, se ofreciera voluntario. Después de todo, no me había dicho ni hola en muchos días.

—Demuéstrame lo que has aprendido —espetó con seguridad. Dejó a un lado las armas que llevaba encima y se despojó también de su camiseta.

—No pienses que por quitarte la camiseta me vas a distraer —musité con el ceño fruncido por su osadía.

Ni su atractivo torso desnudo —que sería capaz de lamer hasta dejar todavía más blanca su piel—, iba a quitar el deseo que tenía de darle una buena paliza. Sin embargo, mi mente no tenía demasiado claro qué tipo de paliza quería darle.

¡Era frustrante!

—¡Los dioses me libren! —contestó con arrogancia.

Si pretendía hacerse el simpático, no funcionaba.

Estaba agazapada y lista para atacar. Alistair me imitó y comenzamos a girar en círculos, sin acortar las distancias ni un centímetro, esperando a ver quién daba el primer paso.

—Vamos, Arconte, ataca —lo reté.

—Las damas primero.

—¡Qué galán! Sin embargo, tu arcaico criterio dice que aquí no hay ninguna dama, así que la caballerosidad está fuera de lugar.

Puede que su frase no hubiera sido dicha con mala intención, aunque mi enrevesada mente furiosa, pensó en sus palabras malsonantes hacía mí y aproveché el momento para echárselo en cara.

Lo vi sonreír sin que la alegría llegara a sus ojos y utilicé ese gesto para correr hasta su posición y placarle. Esquivó el ataque, luego me golpeó en la espalda, haciéndome trastabillar en la arena. Giré antes de que rematara su jugada. Con toda la fuerza y la rabia que sentía, le di una patada en los riñones.

—Vamos damita, levanta —me burlé tras tirarlo al suelo con mi golpe.

Abre las alas

No era nuestra primera lucha, pero sí la primera en la que conseguía tocarlo.

Se levantó con rapidez y su rostro ya no era tan amistoso. Estaba enfadado, aunque satisfecho por mi mejoría. Estaba tan orgullosa por lo que conseguí, que tuvo tiempo de atacar con el puño por delante, acertando en mi estómago. Si aún hubiera tenido la herida, eso habría dolido. Suerte que ya estaba curada y tan solo quedaba una fina cicatriz rosada.

Paré sus golpes cogiéndolo por la muñeca, como él me enseñó una vez y lo solté cuando me hizo caer al suelo de boca, inmovilizando mis manos en la espalda, subido en mi trasero, impidiendo que llegara para darle una patada.

—Has mejorado —reconoció.

—No ha sido porque tú hayas sido mi profesor. —Me removí como una culebra para soltarme y la carcajada de Alistair fue la que lo hizo aflojar el agarre. Conseguí que resbalara unos centímetros hacía un lado, por mi trasero, así que tuve la oportunidad de escurrirme un poco hacia delante.

A pesar de que la presión en las manos me hizo gemir de dolor, conseguí adelantar lo suficiente para tener la oportunidad de levantar la pierna y golpearlo en su estupendo aparato reproductor que tantos problemas me estaba dando.

—¿Duele, verdad? —me burlé sonriente. Cambiamos de posiciones y me convertí en la que dominaba la situación.

—Eso es jugar sucio —contestó con el rostro contraído por el dolor, taladrándome con fiereza con sus ojos azules.

Ninguno se percató de que había una veintena de Arcontes presenciando nuestro duelo, en el que las pullas y el veneno de las palabras viajaban con la libertad de los pájaros.

Con los golpes, ambos descargábamos la frustración que cargábamos a cuestas desde hacía días.

La cosa no había hecho más que empezar.

—Luchar es aprender a sobrevivir y las normas no sirven de nada. Atacar tu punto débil es solo el principio, Arconte.

Paré sus piernas cuando se alzaron para agarrarme de nuevo y le di un puñetazo en la mejilla como castigo.

¡Me estaba desahogando que daba gusto!

Una vez más, me arrepentía por haber dejado las clases de defensa personal. La lucha era una terapia antiestrés, que además de ejercitar y aumentar mi forma física, liberaba la tensión que oprimía mi pecho, causándome incluso dolor de cabeza.

Y todo por culpa del hombre que ahora estaba bajo mi dominio.

Cada vez me resultaba más complicado tenerlo inmovilizado, no paraba de moverse. Al final consiguió volver a girarme y quedó encajado alrededor de mis caderas.

Nuestras acompasadas respiraciones lucían frenéticas por el esfuerzo y el sudor bañaba nuestros cuerpos haciéndolos brillar. Fijarme en su torso sudoroso, al final resultó ser una ardiente satisfacción para mi vista. Sus músculos, tensos por el esfuerzo, me dejaron atontada durante unos segundos en los que dejé de forcejear. Al descender unos centímetros más, la uve que se perdía bajo sus pantalones me hizo jadear.

—No te distraigas —canturreó con sorna.

Se movió de tal forma que su miembro rozó mi sexo, y aun bajo la tela de nuestros pantalones, fui capaz de notar su dureza.

La situación lo excitaba tanto como a mí me humedecía. De forma inconsciente, gemí y me arrepentí al ver su sonrisa socarrona. Era evidente que sabía lo que su cuerpo provocaba en el mío. La tensión sexual nos envolvía y lo que en un principio estaba siendo una lucha en la que quería meterle una paliza por imbécil, se estaba convirtiendo en una tortura mental para mí por los sentimientos encontrados que se agolpaban en mi cabeza.

—Vas a perder —volvió a canturrear.

Su actitud volvió a centrarme. Por mucho que me excitara la posición en la que nos encontrábamos, y las ganas que tuviera de desnudarlo y tirármelo allí mismo sin importar los espectadores, el enfado seguía latente en mí.

Sonreí con dulzura para hacerle creer que me tenía en bandeja. Una sonrisa seductora llena de promesas prohibidas ante la que cualquier hombre caería.

—Tienes razón, no puedo contra ti. Venciste —sentencié con tono condescendiente—. Aún hay una forma de terminar esta batalla —lo seduje.

Aflojó el agarre al que me sometía con sus manos y aproveché su desliz para empujarlo hacia atrás.

¡Hombres!

Abrí las alas, sonriente por mi triunfo. Lo reté a que me siguiera cuando comencé a alzar el vuelo para alejarme de las miradas indiscretas de los Guerreros y Arcontes que presenciaron nuestra pelea con cientos de preguntas en sus mentes.

Me dio tiempo a ver como él desplegaba las suyas, tan blancas como las mías, con las esquinas azules. Salí de los límites de la cúpula que nos protegía de miradas indiscretas y volé cada vez más alto, hasta mantenerme a una altura considerable.

—No sabía que fueras una cobarde —me pinchó al llegar, frenando a unos metros de mi posición.

—Y no lo soy, quería que me siguieras. ¿Cómo se tomaría tu séquito que una novata te venciera? —sonreí con altivez y seguridad.

—No estés tan pagada de ti misma, has mejorado, pero tienes mucho que aprender.

Ya salía su lado de profesor para aguar la fiesta.

Comenzamos una lucha de altos vuelos, golpeando, esquivando y defendiendo nuestros cuerpos con toda la intensidad que se nos permitía.

Cada vez estábamos más cerca del suelo. La nariz de Alistair sangraba por un derechazo de mi puño y a mí me dolía todo el cuerpo por culpa de los golpes que recibía. Cogí impulso con las manos por delante, y al chocar, nuestras alas se enredaron y caímos al suelo, rebozándonos con la arena del desierto.

Encogimos las alas y quedamos tumbados en el suelo boca arriba.

Sentía como si me hubiera atropellado un camión. Respiraba acelerada y el corazón me iba a mil por el esfuerzo. Aunque me lo propusiera, no tenía fuerzas para continuar con la estúpida lucha sin sentido.

El silencio nos rodeó, sin razón aparente, comencé a carcajearme de forma histérica, contagiando a Alistair.

—Estoy agotada —exclamé. Hasta reír se me antojaba un esfuerzo sobrehumano.

—Estás haciendo un gran trabajo.

—No gracias a ti —le reproché.

—¿Tantas ganas tienes de que yo te enseñe? —preguntó girando su cuerpo, tumbado de lado para mirarme. Lo imité para contestar, uniendo nuestras miradas.

—No son ganas, solo quiero que quien me ha metido en todo esto, no se comporte como un imbécil.

Se quedó unos segundos en silencio, sin darme oportunidad de adivinar sus pensamientos. Siempre tenía en su rostro una máscara impenetrable que no era capaz de descifrar.

—Siento lo del otro día. Volví a juzgarte mal.

—Fatal… —le corté—. Actuaste como un estúpido celoso y te aseguro que no necesito a más gilipollas en mi vida.

—¿Soy un gilipollas?

—De los grandes.

No le di opción a replicar con la mirada que le eché, porque si lo hubiera hecho, sacaría fuerzas de donde fuera para vencerlo de una vez.

—No puedes aparecer en mi vida de sopetón y creerte con el derecho de dirigir mis pasos. No he tenido unos padres que me impusieran límites, yo misma me los establecí y te aseguro que tú no vas a cambiarlos con tu actitud de hombre de cromañón.

—Tienes razón.

—Claro que la tengo —continué con mi discurso. Una vez comenzaba, la verborrea amenazaba con no dejarme callar—. Pero aunque me la des, estoy segura de que volverás a dejarme hecha una mierda, y no te lo voy a permitir. A pesar de no mostrarlos, tengo sentimientos.

—Yo también los tengo y me estás poniendo como si fuera un monstruo —contestó dolido.

Abre las alas

No me arrepentí de lo que dije, no obstante, su dolor me conmovió. Sonaba sincero y ello conllevó a que el enfado menguara.

—Pasas de decirme cursiladas a llamarme zorra en cuestión de segundos, ¿qué quieres que piense? —alcé la voz.

—¡Me confundes!

—Pues vaya mierda de confusión —exclamé.

Me levanté del suelo y él me siguió cuando comencé a caminar sin rumbo fijo.

—¿Adónde vas?

La calma había dado paso a una amenaza de tormenta. Mi humor cambiaba más que la temperatura del desierto: cálida y abrumadora durante el día, fría y oscura por la noche. De nuevo quería darle una buena hostia, y por no hacerlo, prefería marcharme.

—¡A la mierda! No te aguanto.

Me frenó agarrándome por la mano y giré tan fuerte que choqué contra su pecho desnudo.

—Yo tampoco te aguanto —levantó la voz. Había conseguido sacarlo de quicio.

—¡Pues déjame en paz!

—¡No puedo!

Me agarró de la coleta con fuerza y juntó sus labios con los míos de forma frenética, allanando mi cavidad con pasión. Nubló todos mis sentidos. Las piernas ni siquiera me sostenían, era Alistair, con sus fuertes manos bajando por mis caderas con suavidad, quien lo hacía.

Todo rastro de rabia quedó relegado a un lado, substituyéndolo por la pasión que sus besos hacían emerger en mi cuerpo. Olvidé nuestra discusión, los reproches y me dejé llevar por la excitación de sentir cómo me acariciaba.

Sin parar a pensar en el lugar en el que estábamos, se deshizo de mi camiseta negra, y yo hice lo propio, quitándole los pantalones, todo ello sin dejar de besarnos. La miel de sus labios era una droga de la que no quería desintoxicarme jamás, dulce, apasionada… Todo eso me transmitía con la batalla que nuestras lenguas llevaban a cabo.

A la luz de la luna, me tumbó sobre la arena y terminó de desnudarme con maestría. No era el lugar más cómodo, pero si había posibilidad de parar, ya no estaba dentro de nuestras posibilidades. No quería hacerlo.

Llegar hasta el final era en lo único que pensaba, sentirlo entre mis piernas, abarcar en mi interior su dureza hasta llegar al más delicioso de los placeres.

—Me vuelves loco, Holly —susurró abriéndome las piernas, acariciando la resbaladiza humedad que apareció sin apenas tocarme—. Estás poniéndolo todo patas arriba.

Gemí al sentir su duro miembro rozar mi clítoris.

—No tengo la culpa de resultarte irresistible —susurré con arrogancia, entregada al placer, arrancándole una sonrisa ladeada que me cortó la respiración.

—Creída.

—Habló el que se cree que me muero por él.

—Reconócelo, lo haces. —Entró en mi interior de una fuerte estocada y no pude encontrar una respuesta sarcástica para darle.

Morirme por él no era el caso, pero ejercía un poder en mí que era incapaz de describir con palabras, menos cuando lo tenía sepultado en mi interior, meciéndose con lentitud abrumadora, pausando sus estocadas para enloquecerme.

—Desde que nos conocemos, no has hecho más que retarme. —Se movió rápido, haciéndome gemir—. Te ríes de mí, desafías mis órdenes y pones tu pelo de un color que llama más la atención que el anterior. Coqueteas con desconocidos y te pones en peligro sin ser consciente —me reprochó sin dejar de moverse—. Llevo sobreviviendo dos mil años en este mundo hostil, y tú, en tan solo dos meses, pones en peligro mi cordura.

—Recuerda que yo no quise esto. Estaba feliz siendo una enferma sin familia, con una amiga que soportaba todos los achaques, trabajando en mi tienda llena de objetos de pecado.

Me costó lo indecible pronunciar la extensa frase. En ningún momento dejó de complacerme, entraba con profundidad y conseguía hacer que perdiera el hilo de mis pensamientos con su roce.

Nuestros cuerpos se mecían al compás, iluminados por la tenue luz de la luna y las estrellas del firmamento, en la noche fría del desierto. Sin embargo, el calor nos acompañaba y no notamos las bajas temperaturas.

Los dos éramos puro fuego.

—Al menos, ahora sabes quién eres.

—Sí, sé lo que soy, pero también sé lo que son mis enemigos —respondí.

—No te pasará nada —prometió.

Mantener una conversación tan profunda entre tanta pasión convertía las palabras en pájaros que se marchaban volando, y aun con tanta seriedad de por medio, no era capaz de dejar de sentir como mi orgasmo emergía desde el interior de mi cavidad poseída por su erecto miembro castigador.

Dejamos de hablar para besarnos mientras con los últimos movimientos obraba el milagro de llegar juntos al clímax. Grité con fuerza y me acalló con sus dulces labios, culminando una vez más en mi interior.

Jadeé en busca del pulmón que se escapó con tanto frenesí, durante unos minutos, me quedé tumbada sin moverme. Que Alistair continuara sobre mí tenía mucho que ver. No parecía interesado en apartarse, e incluso seguía dentro de mí, mirándome de una manera indescifrable.

—¿Pensando en que esto no debería haber pasado? —pregunté sin intención de que sonara a reproche, sin conseguirlo.

—Sí —espetó—. Pero ha sido inevitable.

Se levantó recolocándose la ropa sucia y tirada en el suelo, yo hice lo mismo sin pronunciar palabra.

—Pase lo que pase, no huyas como la otra vez.

—No lo haré.

Asentí conforme con su promesa. Me apresuré en abrir las alas, y sin despedirme, me marché, dejándolo boquiabierto.

Si aún no lo he mencionado en toda esta historia, tengo que reconocer que soy un poquito rencorosa.

Tenía que devolvérsela.

PRIMERA NORMA: NO FIARSE DE QUIEN PARECE AGRADABLE

Por segunda vez me acosté con Alistair. De nuevo me sentí como nunca, extasiada de placer, desde entonces, también la duda por haberlo hecho sin protección me reconcomía la conciencia. Lo bueno de ser ya miembro del extenso grupo de Arcontes y conocer a chicas de mi condición, fue poder contar con ellas para conocer si ocurría algo.

Por suerte, no nos quedábamos embarazadas como las humanas. Era muy difícil concebir, para ello, debía haber una unión con el otro Arconte más allá de lo carnal. A pesar de que a Alistair y a mí nos unía la pasión, dudaba que hubiera algo más, pero por si las moscas, fui a la farmacia a por un test de embarazo que dio negativo y comencé a utilizar el anillo vaginal como método anticonceptivo.

Tener un hijo no era mi meta con veintidós años. Tenía una eternidad por delante, y por el momento, el instinto maternal no afloraba en mi interior. Sin ninguna referencia, dudaba que pudiera ser una buena madre, además de que los niños no me gustaban demasiado. Solo cuando son bebés preciosos y regordetes que te comerías a besos, sin embargo, cuando comienzan a hablar, caminar y empiezan el parvulario, se vuelven molestos y yo no tenía paciencia ni conmigo misma

—¿Has hablado con Biel? —pregunté a Kayla en un rato libre, entre cliente y cliente.

Abre las alas

—No quiero ni verlo.

Desde aquella noche, Kayla tenía la mirada ensombrecida y me dolía verla triste por todos los rincones. Decidí no atosigarla con preguntas, pero tras una semana en la que sus buenas vibraciones desaparecieron, decidí que tenía que ayudarla a que volviera a ser la misma de antes.

—Me ha estado engañando. Yo fui el medio del que requería para acercarse a ti. He sido su juguete, lo que ha hecho que me replanteara nuestra falsa relación.

—No lo has sido —rebatí—. Te adora, Kayla. Él también lo está pasando mal con todo esto. De ninguna forma quería que esto pasara.

Sacarla de sus ideas no iba a ser tarea fácil. Se sentó en el taburete de detrás del mostrador, apoyó la cabeza entre sus manos y suspiró.

—Me mintió. ¡Ni siquiera es humano!

—Yo también te mentí y a mí me has perdonado.

—Eres mi mejor amiga. ¿Qué querías que hiciera? ¿Odiarte? —Me miró furibunda—. Además, a él lo conozco desde hace dos meses. Ya decía yo que todo era demasiado bonito para ser verdad. Debí haberte hecho caso cuando dijiste que no me ilusionara.

Me gustaba tener la razón, pero no en esa situación. Snow me parecía un tío legal, merecedor de encontrar la felicidad y Kayla lo quería a pesar del desengaño sufrido. Mi instinto femenino me lo decía.

—Nunca haces caso de mis consejos, ¿por qué esta vez iba a ser diferente?

—Porque el vivirá más años que yo antes de envejecer; porque soy como una copa de cristal en medio de una manada de elefantes. Esto no es para mí, sabes tan bien como yo que no sobreviviría con tanta acción, con el riesgo añadido de tener que preocuparme por Biel, o Snow, o como quiera que se llame.

—Yo formo parte de ese mundo. ¿También me apartarás? —pregunté con tristeza. Estaba más afectada de lo que mostró en un principio y la lucha interna comenzaba a sobrepasarla tras una semana en la que tuvo tiempo de pensar en ello con comodidad.

—No. No podría.

—¿Y por qué a él si?

—Prefiero hacerlo ahora, antes de que duela más.

Le dije a Kayla que se marchara antes a casa. No estaba centrada, después de semanas encargándose a solas de la tienda por mis reiteradas ausencias, merecía un respiro y tiempo para aclarar sus ideas, y quizás, pensar en la opción de darle una oportunidad a Snow.

Mi tan efímera parte romántica deseaba que se arreglaran las cosas entre ellos. No creía que todo estuviera perdido, si Snow la quería, esperaba que no fuera un cobarde que se rindiera a la primera.

—Hola, pelirroja.

Levanté la vista del portátil en el que apuntaba las ventas del día preparada para marcharme a casa y fruncí el ceño divertida al encontrarme a Stein, vestido de forma casual, acentuando su atractivo con unos vaqueros ceñidos y un polo negro.

—Hola, Stein. Al final voy a pensar que me acosas —coqueteé de forma descarada.

En realidad Stein, a pesar de ser muy atractivo y apuesto, no me gustaba para tener un idilio, aunque coquetear no era pecado y con ello conseguía sentirme normal durante nuestros encuentros, dejando atrás la parte en la que dejaba de ser un humano.

—En realidad, te acoso —reconoció sonriendo socarrón.

—¿Cómo sabes dónde trabajo? —pregunté curiosa. No recordaba haberle mencionado nada de eso.

—Soy amigo de Aidan, ¿recuerdas? Además, estando borracho, no dejaba de repetir que tenías una tienda erótica y que te llamaba Madame.

—Una manera de insultarme de forma molesta, sí —repliqué. Odiaba cuando Aidan me llamaba así.

Vendía objetos sexuales, no mi cuerpo a todo el que entraba.

—Yo creo que es sensual —respondió y aunque sonara simpático, su comentario me mosqueó un poco. Antes de poder contestar, se explicó—. No me malinterpretes, preciosa. Una Madame es una reina.

—Sí, una reina de las prostitutas.

247

Abre las alas

—…y tú eres una reina sin necesidad de ser Madame. Cualquiera caería rendido a tus pies —continuó ignorando mi mueca de incomodidad, mis brazos cruzados y mis palabras—. Tienes algo que embruja. Ahora entiendo a Aidan, vuelves locos a los hombres. —La melosidad de su voz resultaba empalagosa hasta el punto de decir basta, sin embargo, que me regalaran los oídos de aquella forma, extraña, pero bonita, me hizo ilusión.

Pocas veces encontraba hombres agradables que me halagaran así. Normalmente iban directos al grano, intentando acostarse conmigo y llevándose una patada en sus genitales cuando sobrepasaban los límites que les imponía.

Era una mujer liberal, no una fresca.

—A pesar de que no me ha quedado claro si piensas que soy la reina de las putas, te ha quedado muy bonito lo que has dicho —musité—. Pero no vuelvas a llamarme Madame si quieres conservar mi amistad. —Lo señalé con el dedo en una clara advertencia.

—Para enmendar mi osadía, ¿te apetece venir conmigo al cine? —preguntó poniendo ojitos de gato de Shrek.

No tenía la técnica tan perfeccionada como yo o Kayla, pero funcionó.

—No es muy caballeroso por tu parte invitar a la tía que le gusta a tu amigo al cine como si fuera una cita…

—Es cierto, será nuestro secreto. —Me guiñó un ojo intentando parecer seductor.

Esperó fuera hasta que terminé de hacer caja, recoger mis cosas y retocarme en el baño el maquillaje.

Ir al cine un sábado por la noche era un buen plan para distraerme. Tenía vacaciones en los entrenamientos de los Arcontes. Ya había aprendido todo lo necesario y estaba demostrando muy buenas aptitudes. Las runas se me daban de fábula y mis armas eran poderosas gracias a ellas. No me echarían de menos por una noche. Desde el ataque en el Subway, las cosas parecían tranquilas y así nos daba tiempo a formular un plan, del que Alistair y Snow eran las cabezas pensantes.

Stein estaba apoyado sobre el capó de un espléndido Porsche Carrera de color azul eléctrico descapotable y me invitó a entrar en él, sonriente.

La leyenda de que los feos se compraban cochazos para impresionar a las mujeres no acababa de creerla, porque tanto Stein como Alistair, eran hombres atractivos con cochazos casi tan perfectos como ellos. No les hacía falta ese complemento para ligar.

—¿Impresionada? —sonrió socarrón. Tenía un aire chulito que en otra ocasión me habría hecho mandarlo a paseo, pero Stein tenía algo que me agradaba, aun teniendo las salidas que más odiaba de los tíos.

—Tampoco es para tanto —contesté retándolo a contradecirme y soltó una carcajada. El de Alistair era mejor coche que el Porsche.

¿Por qué los comparaba?

El trayecto hasta el Brenden Theater, al oeste de Flamingo Road, fue corto y la sesión para la que Stein reservó las entradas no comenzaba hasta pasada una hora, dándonos tiempo a parar a cenar en una pizzería cercana.

—Sabes, me he dado cuenta de algo —murmuré una vez nos acomodamos en una mesa y pedimos nuestra comida.

—¿Qué? —se interesó curioso.

—Eres un embaucador con mucha cara —contesté. Reí cuando percibí su desconcierto—. Lo tenías todo preparado. No creas que no me he dado cuenta de cuando has dado nuestros nombres en la entrada. Es viernes y este local está siempre lleno.

—Vale, ¡pillado! —Levantó las manos en un gesto de rendición y los dos comenzamos a reír.

Me sorprendió que se le ocurriera llevarme a ver una comedia romántica. Estaba segura de que no era su género favorito, la verdad es que el mío tampoco. Sin embargo, resultó ser de lo más enternecedora, e incluso se me escapó alguna lágrima tonta en una parte de lo más dramática.

—¿Te ha gustado? —preguntó cuando salimos. El enorme bote de palomitas estaba aún por la mitad y comí mientras andábamos.

—No ha estado mal —sonreí con la boca llena.

¡Qué poco elegante era!

Abre las alas

—Ha sido una noche estupenda, Holly. —Se puso delante de mí y dejé de comer, observando su mirada penetrante que se clavaba bajo mis pupilas con fuerza—. La verdad es que…

No terminó la frase, sonó su teléfono móvil, disculpándose, se apartó unos metros para hablar.

Aproveché para revisar el mío propio y tenía varios mensajes en WhatsApp de hacía un par de horas. Alistair me preguntaba dónde estaba, adornando el mensaje con un emoticono de un muñeco enfadado.

¡Qué mono! Pero si sabía que existían las caritas. Ya podría haberse esmerado en poner una feliz. Tanto en persona, como por mensaje, tenía que ser un estúpido. Las viejas costumbres no desaparecían.

«Estoy con un amigo ☺».

Poner una carita feliz era mi particular forma de retarlo, y por qué no, de hacerlo enfadar. Se lo merecía. A pesar de que no éramos nada, quería controlarme y yo no me dejaba. Mi orgullo no lo permitía, al igual que el de él no le permitía no saber dónde estaba.

«¿Con quién?».

Contestó de inmediato.

Él podía ver que seguía en línea y sabía que esperaba una respuesta que no le iba a dar. Merecía el placer de tener el control de la conversación.

—Todo a su tiempo, joder —oí que exclamaba Stein en un tono más alto. Aun apartado, logré escucharlo.

Quien fuera que lo llamara no le hacía muy feliz. Tenía el ceño fruncido y parecía bastante enfadado con su interlocutor. Al percatarse de que lo observaba me lanzó una tranquilizadora sonrisa de lo más tensa y continuó conversando cada vez más bajo, alejándose con un disimulo del que fui consciente al instante.

Plantada en medio de los pasadizos del cine que llevaban a la salida, comí más palomitas hasta que mi «cita» regresara. La gente salía de la sala contigua a la nuestra, llenando el hall de voces estruendosas que resonaban en el vacío de las paredes que me rodeaban.

Mi sentido para encontrar enemigos estaba en modo agudo y percibí

que ahí había Íncubos y Súcubos sin ni siquiera fijarme en sus ojos rojos. Un grupo de cuatro personas actuaba de forma distinta al resto, apartados de la muchedumbre, observando a quiénes les rodeaban. Había una Súcubo y dos Íncubos. Del cuarto integrante no percibía su energía, y contemplando la teoría de Alistair de que utilizaban magia para camuflarse, deduje que el rubio que restaba era un Skoliós.

Echaron un rápido vistazo a la gente y los demonios ávidos de sexo se separaron del reducido grupo, dejando al Skoliós a solas. Fijó su mirada en mí. Frunció el ceño en cuanto nuestros ojos entraron en contacto.

Jamás lo había visto, sin embargo, creo que él me reconoció.

No me amedrenté con su escrutinio, al contrario, lo reté con la mirada a ver si se atrevía a atacarme ahí, delante de un extenso grupo de humanos.

Se giró echándome una última mirada y se marchó de forma sigilosa.

No pensaba dejar escapar la oportunidad de cogerlo.

Mientras caminaba en busca de Stein para despedirme con premura, envié un mensaje a Alistair con el móvil, diciéndole lo que acababa de pasar de forma abreviada.

—Stein, tengo que marcharme. Me ha surgido un imprevisto.

—¿Estás bien? —Asentí.

Le di un rápido beso en la mejilla y corrí en la misma dirección que el Skoliós por la puerta trasera del lujoso cine.

Alistair llamaba y cogí el móvil con la respiración acelerada. Mi enemigo caminaba observando a su alrededor de forma paranoica, a unos diez metros de mi posición.

—Vuelve a casa —ordenó Alistair.

Ni hola, ni nada. Él siempre ordenando lo que le daba la santa gana.

—No. Voy a por él.

—Ni se te ocurra, Holly. No puedes enfrentarte a un Skoliós tú sola. Es peligroso e imprudente por tu parte —me reprendió en tono paternal, como si fuera una niña de instituto que se saltaba las clases y sus padres la pillaban.

—Te dejo, que se me escapa —respondí ignorando su orden y volví a meter el móvil en mi pequeño bolso, no sin antes escuchar cómo blasfemaba al otro lado de la línea.

Una de las lecciones que más había adentrado en mi mente, era la de no separarme nunca de mi arma. En el bolso llevaba la daga de plata con símbolos rúnicos y activé sus poderes pronunciando las palabras en idioma celestial. El Skoliós se adentró en la espesura de una zona boscosa, un parque que a esas horas de la noche estaba vacío, corrí todavía más para alcanzarlo.

Corroboré que era un Skoliós de inmediato. Abrió sus alas negras y alzó el vuelo, adentrándose en el cielo nocturno con la luna tapada por las nubes. Estaba más oscuro de lo normal.

Hice lo propio y ascendí para ir a por él, encontrándome con una sorpresa que convertía mi osada valentía, en una irresponsabilidad.

¿Por qué demonios no había hecho caso a Alistair?

Ah sí… porque era una completa idiota.

Frenados en medio del cielo, tres Skoliós —dos hombres y una mujer—, esperaban mi llegada armados y con una sonrisa llena de satisfacción en sus asquerosas miradas malignas.

¡Mierda, mierda, mierda!

Era una emboscada en toda regla cuyo objetivo era yo. Había caído como una verdadera imbécil, metiéndome de lleno en la boca del lobo. Debí haberme dado cuenta de que, a pesar de estar a cierta distancia, el agudo oído del Skoliós me escuchó seguirle.

—Tenía razón, la novata nos ha seguido —sonrió la mujer con satisfacción.

No sabía si es que le hablaba a su compañero de usted, o había alguien más que sabía que los iba a seguir.

—Los Arcontes están perdiendo el tiempo, una vez más. ¿Tú eres la que debe salvarlos? —rio el hombre. No contesté. No iba a caer también en esa trampa—. Sería tan fácil matarla, ¿no crees Will?

—Fácil y placentero, pero él la necesita viva.

—¿Qué queréis de mí? —los interrumpí intentando que mi voz sonara segura. Estaba mucho más nerviosa de lo que aparentaba y la seguridad de ellos me dejaba como si fuera una hormiga diminuta, aplastada con un pisotón.

Si tan solo hubiera sido uno, podía haber ganado, pero ¿tres? Era un suicidio.

—Tu sangre, por supuesto —dijo como si fuera lo más obvio—. Con un poquito no tenemos suficiente.

—Puedes acompañarnos por las buenas o por las malas —amenazó la mujer sonriente y altiva.

Sopesé las opciones que tenía de salir airosa de la situación y ninguna me convenció lo suficiente para llevarla a cabo. Huir no podría, me alcanzarían antes de ser capaz de llegar a un lugar seguro, y luchar, me llevaría a salir herida. Sin embargo, las palabras de la mujer no me iban a amedrentar. Que fuera lo que tuviera que ser.

—No me iré con vosotros, ni por las buenas, ni por las malas.

Me preparé para atacar y ellos hicieron lo propio. La primera en abalanzarse fue la chica, cuyo ataque me resultó fácil de repeler. Los tres iban armados con dagas parecidas a la mía, seguramente hechizadas con poderes oscuros.

Luchar en pleno vuelo era más difícil que en el suelo y recibí varios golpes de la tiparraca en el estómago.

—¡Zorra! —gruñí al notar como rasgaba la piel de mi brazo con su daga.

A pesar de que era lo que menos me debía preocupar en aquellos instantes, temí que el daño hubiera destrozado las flores de cerezo de mi brazo. El agudo dolor consiguió enfurecerme, junto a la sonrisa de superioridad de la Skoliós.

Al intentar apuñalarme de nuevo, frené su ataque con la mano, apartándola de su trayectoria, con la otra, en la cual llevaba mi arma, la clavé en su pecho y la retorcí con saña, haciendo que cayera en picado hasta el suelo.

Los otros dos me miraban sorprendidos, como si el mero hecho de haber herido a su compañera resultara una aberración para sus ojos.

Abre las alas

Al ver que mis aptitudes eran mayores de lo que pensaban, se prepararon juntos para atacar. Aleteé con fuerza para subir más y esquivarlos, pero uno de ellos dedujo mis intenciones, alcanzándome, y el otro aprovechó para agarrarme una pierna, impidiendo mi ascenso. El primero se lanzó a golpearme con su puño de hierro, abriendo una herida sangrante en mi labio.

—Eres buena, pero una novata al fin y al cabo. Holly, hija de Zeron y Tália. —Me revolví furiosa entre su agarre al oír los nombres de mis padres murmurados con tanto desdén—. Los conocí, yo mismo me encargué de poner fin a la vida de tu madre, así que no eres rival para mí —sonrió con orgullo.

Con la pierna libre, pateé en la cabeza al que me agarraba y el asesino de mi madre me clavó el puñal en el estómago. ¡Joder! Dolía a horrores.

La antigua puñalada desapareció, pero la zona seguía enrojecida y algo dolorida, añadirle más dolor, era innecesario. Por suerte no me había atravesado de lado a lado.

El otro, recuperado del golpe en la cabeza, me inmovilizó las manos a la espalda y la daga cayó, dejándome indefensa ante dos guerreros implacables.

—Buenas noches, Holly —sonrió el otro, Will creo que se llamaba, y de un golpe, me hizo perder la conciencia.

Todo se volvió negro, pero antes, pensé en Alistair y su advertencia.

Era una completa idiota…

VIERNES 13 DE COLGADOS

La cabeza me dolía horrores. Sentía como si hubieran estado tocando mi cerebro con pinzas sin utilizar anestesia en la intervención y no dejaran de hurgar, después hubieran pasado un tractor por encima, aplastándome la sesera.

¿Qué había pasado?

—Está despertando, señor. —Oí que decía alguien.

Recordaba a los Skoliós. Luché con todas mis fuerzas contra los tres, tan solo venciendo a uno, los otros dos lograron reducirme. Un golpe en la cabeza me sumió en la inconsciencia y ahora que recuperaba el conocimiento, mucho me temía que estaba en peligro.

No quería abrir los ojos por miedo a ver a lo que debería enfrentarme en ese momento. La palabra idiota describiéndome a mí misma, no desaparecía de mi mente. El angelito bueno que me hablaba desde el hombro no paraba de decir «te lo advertí» e incluso el malvado —con el cual siempre coincidía y me animaba a hacer locuras—, estaba decepcionado conmigo por mi estupidez.

Lo que más me preocupaba era, si salía de ahí, la reprimenda que me esperaba por parte de Alistair.

Me necesitaban con vida, y mi absurdo intento de aparentar ser algo que me venía grande, me dirigió directamente a la casa del enemigo, o dónde fuera que se ocultaban.

Abre las alas

—Vamos, Holly. Abre los ojos.

La voz que pronunció esas palabras me resultó de lo más familiar. Estaba segura de que conocía a su usuario, no obstante, tenía una matiz distinto en su tono; malvado, soberbio…, no tenía la dulzura empalagosa que recordaba de él.

Hice caso a su sugerencia y comencé a abrirlos, despacio. Intenté moverme y descubrí que estaba atada de pies y manos en una silla de hierro, con cadenas que impedían mi huida.

La había jodido, pero bien…

Quería alargar el momento de ponerle cara a esa voz tan conocida, pero la curiosidad pudo conmigo y alcé la vista, mirando furiosa al hombre que tenía enfrente. No llevaba las lentillas puestas y por primera vez vi el color real de sus ojos, cuyo tono morado brillaba con intensidad por la potente luz de la única lámpara situada en el techo.

—Stein… —gruñí.

¿Cómo no me había dado cuenta?

Fácil. Era un buen actor y me la había metido doblada. Otro punto más en mi contra que me seguía catalogando como idiota.

—Hola, hermana.

Me quedé paralizada al escucharle llamarme así. La sorpresa en mis ojos debió divertirle y comenzó a carcajearse.

¿Hermana?

¡Y una mierda!

¡Pero si me besó! ¿Qué clase de fantasía pervertida tenía el lunático de Stein?

Necesitaba una aclaración con urgencia.

—¿Sorprendida? No creerás que eres la única con sangre original. Compartimos padre, hermanita —sonrió cínico y soberbio, mostrándose como era de verdad.

Cuán engañada me había tenido…

Su declaración me dejó estupefacta. En los últimos dos meses había pasado de ser una loca, a un ser sobrenatural alado cuyos padres eran dos originales de una raza llamada Arconte, y delante de mí tenía a un hermano perdido enemigo de mi raza, que estuvo ligando conmigo durante las últimas semanas.

Surrealista, pero cierto.

¡Genial!

—¿Qué quieres? —pronuncié con rabia, me sentía engañada, tonta…, imbécil.

Stein se presentó como un amigo de Aidan. No es que los conociera a todos, pero si tan bien se llevaban, en algún momento debió haberlo mencionado y no lo hizo. ¿Y si estaban jugando también con él?

Yo era el premio gordo de la lotería. Ansiaban mi sangre y no imaginé que las cosas podrían complicarse a tanta velocidad, metiendo también a la gente que me importaba de por medio. Tenía la esperanza de poderlo controlar y había fallado estrepitosamente en el intento.

—A ti —me señaló sonriente. Debí haberlo adivinado.

Estábamos a solas en una sala que parecía una mazmorra. Las paredes metálicas pintadas de gris oscuro y con el techo insonorizado impedían que si gritaba alguien me escuchara. Me rodeaban una serie de jaulas en las que distinguí restos de sangre, en una de las paredes, artilugios de tortura; como bisturís y dagas con símbolos, esperando para ser utilizados.

Ese lugar no era un simple escondrijo para los Skoliós. Era el lugar donde se encargaban de torturar a los Arcontes, antes de matarlos. Stein formaba parte de la sociedad sádica que quería destruirnos y crear abominaciones para asumir ellos el control de todo, y para colmo, ¡era mi hermano!

Preferiría seguir sin saber quién era mi familia, al menos estaría más tranquila. Alejada de todo el horror que últimamente me envolvía.

—Si hubieras accedido a venir por propia voluntad, nos habríamos ahorrado tenerte amarrada con cadenas —murmuró gesticulando con dramatismo con las manos, demostrando una soberbia que mantuvo oculta en nuestros anteriores encuentros—. Nuestra sangre es capaz de crear una nueva raza, no tan poderosa como los Arcontes, pero sí mejor que los Skoliós. Por nuestras venas corre sangre verdadera, un linaje casi extinto del que debemos buscar la mejor forma para que perdure.

—Tu sangre está intoxicada por la maldad. No puede salir nada bueno de ahí, solo abominaciones y tú has sido el encargado de extinguir nuestro linaje.

—¿Y qué hay de malo en eso? —contestó obviando la primera parte de mi comentario—. Necesito un ejército, cuanto más malvado, mejor. La sangre que te quitamos el otro día no ha servido de mucho. Iniciamos el ritual con una docena de humanos y ninguno sobrevivió.

Me quedé horrorizada al escuchar lo que relataba. Vidas inocentes habían caído en sus manos y sentí que yo era en parte culpable, a pesar de que mucho antes, ya los convertían en Skoliós con la sangre de dos Arcontes menores.

—Yo solo no puedo llevar a cabo el ritual completo y por eso está fallando. Debes pronunciar las palabras junto a mí cuando beban nuestra sangre del cáliz.

—Ni lo sueñes —gruñí volviendo a revolverme, lo cual, fue una mala idea. Las esposas metálicas unidas por un clavo afilado, abrieron una herida en mis muñecas y gemí de dolor.

—No te lo estoy pidiendo. Estás a mi merced y harás lo que se te diga —sonrió con maldad—. Steven, muéstrale a nuestra invitada lo que pasará si no coopera.

El tal Steven se acercaba por mi retaguardia, marcando con fuerza sus pasos sobre el frío suelo oscuro. No pude ver cuáles eran sus intenciones y al notar un fuerte dolor en mi hombro, deduje que su objetivo era torturarme.

Estupendo…

La daga penetró en mi clavícula, hundiéndose varios centímetros. Apreté los dientes para no gritar, mas fue en vano. No soportaba el dolor, aunque en los últimos días había probado lo que eran las puñaladas, no había forma de esconder el grito que pugnaba escandaloso por salir de mi garganta.

—¿Ya te haces a la idea de lo que ocurrirá?

—No pienso ayudarte.

La sangre caía por mi hombro. Manchó mi camiseta favorita de color negro, con una Katrina rodeada de flores de colores. Menos mal que tenía otra igual.

Esperaba que el dibujo de la muerte mejicana no fuera el preludio de lo que me iba a pasar.

—Steven, parece que no lo ha entendido. Adelante…

Otra estocada más de la daga, esta vez en el otro lado…

Prefería que me matara antes que ayudarle. No iba a participar en algo que aborrecía con toda mi alma. Cuando Alistair me dijo que su mundo era peligroso, no creí que fuera para tanto.

Era mucho peor.

Stein intentó convencerme una tercera vez. Perdía sin parar una cantidad ingente de sangre y los ojos me hormigueaban intentando cerrarse.

Otra puñalada más, en mi pecho, convirtió mi escasa visión en completa oscuridad.

Desperté en otro lugar, más grande y menos tétrico. Mis muñecas seguían atadas con esposas más finas que los grilletes metálicos. Tenía pinta de ser una habitación, sin ningún tipo de decoración. Paredes blancas y sin ventanas, solo una puerta… Un zulo que intentaba parecer acogedor.

Desconocía qué hora era. En el suelo, junto a los pies de la cama, estaba mi pequeño bolso. Escuchaba sonar mi móvil con insistencia cada dos por tres, pero obviamente, no podía cogerlo atada como estaba. Y si pudiera, no tenía la certeza de poder moverme.

Me dolía todo el cuerpo. Las heridas abiertas ardían como el fuego atacando directamente la piel, el olor metálico de mi propia sangre penetraba en mis fosas nasales, ahogándome.

En menudo lío me había metido.

Sola, rodeada de la más absoluta nada, me entraban ganas de llorar, cosa que me prohibí sacando el poco orgullo que me quedaba, dispuesta a resistir. Por suerte iba perdiendo la consciencia de forma intermitente, olvidándome también del hambre y de la sed que tenía.

Abre las alas

¿Cuánto tiempo llevaría?

¿Horas, días? ¿Tal vez semanas?

En ninguna de las veces en que volví en mí vi a Stein.

Bueno… no vi a nadie. Escuchaba voces que supuse venían del otro lado de la puerta de madera, al fondo de la espartana habitación, pero nadie entró nunca en mis ratos conscientes para decir ni un simple «Hola».

¿Dónde estaría?

Quizá esa fuera una pregunta errónea para hacerme justo en aquellos instantes. La más idónea sería, ¿me encontraría alguien?, ¿o moriría a manos de aquellos sádicos sin escrúpulos?

Fuera cual fuese mi futuro, de un modo u otro, estaría jodida.

Traqueteo al otro lado de la puerta, gritos espeluznantes…

Adormilada como estaba, pensé que alguien estaba viendo una película de terror gore en la que prácticamente todos los protagonistas, a excepción de uno o dos, sufrían muertes horribles a manos de un asesino en serie. Pensar eso me recordó al remake de la película *Viernes 13*, publicada unos meses atrás en el cine.

Empezaban siendo un grupo numeroso de amigos viajando a una casita mega pija en la zona de Crystal Lake, donde cuenta la leyenda que Jason Voorhees murió ahogado, y solo quedaban vivos dos a lo largo de toda la película. Aunque Jason siempre ha sido un personaje de terror apasionante, la última película me resultó de lo más ridícula, llena de niñatos inmaduros en busca del colocón padre, sexo y rock and roll.

Tras verla, llegué a una conclusión que os va a sorprender: todo aquel que tocaba, o intentaba hacerse con las plantas de Marihuana de los alrededores de Crystal Lake, moría a manos de Jason. Así que, si os acercáis a la zona, no fuméis Marihuana, ni toquéis las plantas que hay por los caminos, porque Jason se enfada mucho si lo haces, hasta el punto de que te mata entre terribles sufrimientos.

Definitivamente, no estaba bien. Debía haber alguien fumando aquello cerca de mí y penetraba en mi organismo, porque deliraba con idioteces surrealistas mientras oía el sonido de la gente luchando.

Me daba igual.

La perdida de sangre era como un gran colocón.

Jason iba a venir…

La puerta se abrió golpeando con fuerza contra la pared del impulso con el que el individuo la trató. Veía puntitos por todas partes, incapaz de distinguir quién era.

—Chris, ayúdame a quitarle esto —murmuró alguien. Me sonaba su voz. Creo que no era la de Jason—. Ya estamos aquí, Holly. Estarás a salvo.

¿A salvo?

¿No era eso lo que se decía en las películas de terror y luego, pum?

—Socorro, Jason quiere matarme. ¡Juro que no he tocado su marihuana! —balbuceé como una imbécil sin ser consciente de lo que decía, convencida de que mi vida era la película de Viernes 13.

—¿Qué está diciendo? —preguntó a su acompañante la voz que se dirigió a mí.

—No tengo ni idea. ¿Estará drogada?

—No… No he tocado la marihuana, ¡lo juro! —repetí.

—Saquémosla de aquí. Está delirando. Ha perdido demasiada sangre.

Sentí como me alzaban unos fuertes brazos en los que me sentí segura al instante. A pesar de que cabía la posibilidad de que mi salvador me llevara a una muerte segura, aproveché para dejarme vencer una vez más por la inconsciencia.

No pensaba dejar que Jason me matara.

¡Ni hablar!

Desperté con la mente más despejada, en otro lugar y tras enfocar la vista —aún viendo puntos que no me impedían ver a mi alrededor—, descubrí que estaba en la habitación de Alistair.

¡Me habían encontrado! ¡Estaba viva!

Tenía ganas de reír hasta quedarme afónica. No había nada que me atara a la cama y me revolví saboreando la libertad. Al incorporarme, me dolían los hombros una barbaridad y la movilidad de mis brazos era bastante dolorosa. Ya no sangraba, alguien se había encargado de cubrir mis heridas y curarlas.

—Ya era hora de que despertaras.

Alistair estaba en el umbral de la puerta abierta, cruzado de brazos, con el semblante más serio que le había visto hasta la fecha y eso que no había demasiado con que comparar. Era más terrorífico que el mismísimo Jason con su máscara de Hockey.

Qué obsesión había pillado con Jason…

—Hola.

¿Hola? ¿Solo se me ocurría decir eso?

El hecho de estar avergonzada de mí misma por mi actitud irresponsable me dejaba sin habla. Su impersonal entrada en la habitación era la calma que precedía a la tormenta. Paró a unos metros de mí, adoptando la postura de estatua enfadada lanzarayos, y me miró con una hostilidad tan dura, que agaché la mirada como un corderito asustado.

—¿Se puede saber qué cojones hacías? —gritó perdiendo la compostura—. ¡Podrías haber muerto! No puedes ir en busca de todo Skoliós que veas. La cosa no funciona así, y menos sola —me reprendió—. ¡Casi me vuelvo loco! ¡Joder!

—Lo siento…

No podía replicarle con mis ingeniosas salidas, tenía toda la razón y ya bastante humillada me sentía como para hacer más leña del árbol caído.

—¿No vas a contestarme con alguno de tus maravillosos comentarios? ¿Me dejas que te llame niñata inmadura, entonces?

—Tampoco te pases —contesté arqueando una ceja.

Pensaba que la fase de *«te falto al respeto»* ya estaba superada.

—¿Que no me pase? Te las has querido dar de heroína y les has puesto en bandeja tu vida.

—No iban a matarme —dije con seguridad.

Al menos de eso, sí que estaba segura.

Stein me necesitaba viva para conseguir su propósito de crear nuevos seres.

—¿Cómo estás tan segura? ¡¿Eh?! —volvió a gritar—. Estabas medio

262

muerta, delirando sobre un tal Jason que venía a matarte. ¿Quién es? ¿Un traficante? —preguntó fuera de sí.

Por un momento me quedé un tanto descolocada con sus preguntas sin encontrarles sentido, hasta que recordé el ruido que oí al otro lado de la puerta donde me tenían encerrada. Por él comencé a delirar con la película de Viernes 13 y el Jason que mataba por la marihuana mientras me desangraba.

Sin poder evitarlo, rompí en carcajadas de forma descontrolada bajo la atónita mirada de Alistair, que continuaba en pose amenazante.

—¿Se puede saber qué te hace tanta gracia?

Tuve que tumbarme. Mi cuerpo se sacudía con la risa y notaba las heridas tirando con fuerza. No podía parar. Alistair estaba impaciente por conocer mi respuesta y yo seguía a lo mío.

Cinco minutos después, unos cuantos gemidos de dolor y lágrimas de risa, me calmé.

—Estaba delirando —reí sin poder aguantar la seriedad, soltando la típica pedorreta con la boca de alguien que se aguanta la risa—. Mientras me desangraba pensé en la película Viernes 13 y creí que quien hacía ruido al otro lado de la puerta de la sala en la que me encontraba, era Jason que venía a matarme.

Levantó una ceja ante mi declaración sin entender ni una sola palabra. Quizá no había visto la película. De él, me esperaba cualquier cosa.

—Es una película muy mala en la que todos los que se acercan a las plantas de Marihuana, mueren.

—Ya sé de qué va la película —me interrumpió—. Pero no era así.

Comenzar a discutir con él de mi teoría sobre la película no venía al caso, porque no creía que fuera capaz de entender mi loca perspectiva del filme. Era una opinión que solo compartía con mi subconsciente, sabedora de que me trataría como una tarada por burlarme de un clásico como aquel. De todos modos, daba cierto realismo a otra de mis teorías sobre el cine: prácticamente todos los remakes de películas famosas eran una verdadera decepción.

—Solo una mente avispada como la mía es capaz de percibir los deta-

Abre las alas

lles que nadie ve —contesté con orgullo en la voz.

—Lo que tú digas… —Dejó atrás la estupefacción para retornar a su estado de ogro verde y antipático—. La próxima vez, ni se te ocurra salir a por ellos tú sola, y menos, sin decir adónde te diriges.

—Sí, papá. —Había aprendido la lección. No hacía falta que siguiera tratándome como a un bebé—. ¿Cómo me encontrasteis? —pregunté antes de que se tomara mi burla igual de mal que todas y comenzara a despotricar una vez más.

—El localizador de tu IPhone fue de gran ayuda —espetó—. Llamé a Kayla y le pregunté por tu cuenta de Apple con la esperanza de que tuvieras activada la localización por si algún día perdías el móvil, tras conseguir tu contraseña —hizo una pausa y lo miré con incredulidad—, muy poco segura, por cierto, supimos que estabas en una habitación del *Motel Súper 8*.

—¿Conseguiste mi contraseña? —exclamé cruzada de brazos.

Vale, pensar en la contraseña en vez de en el lugar donde me encerraron carecía de lógica, pero era mi contraseña privada… Una contraseña vergonzosa, y que Alistair la conociera no me hacía ni puñetera gracia.

—Sí, *«conlalenguahagomaravillas»*. —Me sonrojé. No pude evitarlo. Él disfrutaba de mi vergüenza.

La historia de la contraseña no venía al caso, pero la culpa fue de Kayla y sus bromas pesadas. Ella, tras una noche loca de fiesta de la cual no me acuerdo de nada porque iba bastante borracha, la cambió porque al parecer le conté que el tío que me había ligado aquella noche no paraba de decir a todo el mundo que mi boca era el paraíso para cualquier hombre. Una situación un tanto bochornosa de la que al menos, saqué algo gracioso como una contraseña que mi mejor amiga me obligó a poner.

—Al ver la dirección —continuó Alistair—, pensé que estarías con alguien.

—Claro, como me abro de piernas con cualquiera… —bufé contrita.

—Pero para tu suerte, tu llamada me hizo descartar aquello, aunque quizás habías podido liarte con el Skoliós.

264

Lo estaba haciendo a propósito, el muy…

Quería cabrearme y al final lo iba a conseguir. Si no fuera por la sonrisita de suficiencia y soberbia que se adivinaba en su rostro, ya tendría mi puño aplastando su nariz. Golpear sin hacerme daño comenzaba a dárseme bien.

—¿Te crees muy gracioso?

—¿Yo? ¡Qué va! Solo lanzo hipótesis de lo que podría ocurrir.

—Tu falta de tacto es increíble. Jamás me acostaría con un Skoliós. Son sádicos, desalmados y una absoluta abominación —musité—. Utilizaron mi sangre para crear una raza más poderosa y les salió el tiro por la culata. Los seres humanos que utilizaron murieron antes de completar la transformación.

—¿Cómo sabes todo eso? —preguntó dejando atrás todo resquicio de broma.

Había llegado el momento de contarle la historieta del lado oscuro de mi familia.

—Será mejor que te sientes para lo que te tengo que decir —golpeé a un lado en la cama.

No se sentó.

Tan simpático cómo siempre.

—Entre ellos hay un Arconte con sangre original, mestizo, creía que con mi sangre conseguiría un nuevo avance: Skoliós más poderosos que hasta ahora, pero no tanto como un Arconte Original —relaté—. Sin embargo, para que funcione, según la creencia de quién me lo contó, debo participar en el ritual pronunciando junto a él el hechizo de creación. Por eso me necesitan con vida, sin mí, no podrán conseguirlo.

—Ni siquiera es seguro que funcione —añadió él sopesando mis palabras—. Con Amelia he discutido cientos de veces sobre lo mismo y siempre he pensado que no funcionará. El hechizo es más complejo de lo que muchos creen, su secreto jamás ha sido revelado al resto. Por eso los Arcontes menores que utilizaron el cáliz sin ser los entes encargados para ello, hicieron que salieran los Skoliós. Todo tiene su porqué, el Cáliz de platino no se puede manipular así como así.

Abre las alas

No era novedad que Amelia no me caía nada bien. Además de ser un bellezón que se moría por los huesos de Alistair, era falsa, manipuladora y no era la primera vez que lo escuchaba hablar a él sobre su teoría de la sangre mestiza. Ella era hija de un original, al igual que Stein.

Unas ideas idénticas para dos personas que actuaban en diferentes bandos y que me daba mucho en qué pensar.

—Sea como sea, Stein está convencido de que puede hacerlo —contesté molesta porque la hubiera mencionado.

Sí, por alguna absurda razón que no entendía, estaba celosa. Y no por que ellos tuvieran algo, sino porque cuando hablaba de ella, su voz era dulce y encantadora. Eran amigos, demasiado y yo no lo aprobaba.

El sentimiento de propiedad emergía con respecto a Alistair y ya no era capaz de pararlo de ninguna manera, y menos, cuando se trataba de Amelia.

—¿Stein? ¿El amigo de Aidan?

—El mismo —asentí—. Es hijo de Zeron. Mi hermano…

—Hijo de… ¡Por eso me resultaba familiar! —Caminó por la habitación como un león enjaulado—. Él estaba cuando los Arcontes se rebelaron. Zeron lo protegió después de que asesinaran a su madre y el muy cabrón estaba con ellos. ¡Era un traidor! Nos la coló a todos.

Siguió insultándose a sí mismo durante varios minutos más y lo dejé hacer. Era divertido ver cómo se flagelaba, aunque fuera duro de asimilar para él.

Cuando se calmó, decidí preguntar algo menos importante. Quise saber cuánto tiempo había estado en sus manos. Al ir perdiendo la consciencia de forma paulatina, era incapaz de adivinarlo.

—Doce horas.

—¿Solo?

—¿Qué esperabas? ¿Qué te dijera un mes?

—La verdad es que sí. Me ha parecido mucho más —admití.

Se sentó por fin a mi lado en la cama y fijó su intensa mirada azulada en mí, sin esconder la preocupación. Sus facciones fatigadas mostraban el cansancio acumulado. Tenía pinta de no haber dormido en toda la noche velando por mí y mi corazón dio un fuerte pálpito al darse cuenta.

—No te puedes imaginar el miedo que he pasado… —susurró abriéndose.

—La salvación de la raza es una auténtica irresponsable, no me lo recuerdes.

—Créeme, la raza era lo que menos me preocupaba.

Cuando se ponía en modo sentimental no sabía cómo reaccionar. Me desarmaba, ponía patas arriba mi forma de pensar. La coraza que con tanto ahínco tenía construida para no sufrir, se desmoronaba y estaba segura de que las piezas para reconstruirla estarían perdidas por el camino.

Me negaba a creer que por Alistair sentía algo más que una estupenda atracción, pero cuando hablaba de esa forma y me miraba con sus azulados ojos, traspasando hasta mi alma, no podía mantener la entereza. Su aroma masculino se coló por mis fosas nasales debido a su cercanía, atolondrándome hasta el punto del suspiro inoportuno.

A pesar de no ser capaz de pronunciar palabra, me dejé guiar por los sentimientos, acercándome, inhalando su aliento que entraba caliente por mi boca e impidiéndole que se escapara en cuanto nuestros labios hicieron contacto y nuestras lenguas se enredaron en una ardua batalla.

Podríamos haber seguido así mucho más. Sin embargo, en los mejores momentos, siempre tenía que haber algún tercero para interrumpir.

Esa era la historia de mi vida.

ALISTAIR ME CONFUNDE

Nos separamos de inmediato cuando Snow abrió la puerta y se coló en la habitación disimulando de forma penosa que no nos había visto. Sonrió como un imbécil en mi dirección mientras Alistair se levantaba de la cama como si tuviera un muelle en el culo, tapándose ligeramente la entrepierna para separarse cuanto más pudiera de mí.

¡Hombres!

Rodé los ojos. ¡Cómo si un beso fuera motivo para avergonzarse!

Lo que de verdad me avergonzaba era haber sido yo la que se lanzara, la que tomaba la iniciativa en un momento en que las dudas y los extraños sentimientos del cariño volaban libremente por el ambiente, para después quedarme con las ganas de seguir saboreando esa dulce boca que quería solo para mí.

—Siento la interrupción. Kayla te llama —explicó encogiéndose de hombros, supe que estaba dolido porque mi amiga no quisiera hablar con él.

Como no le cogía el móvil porque estaba sin batería, y apenas hacía una hora que me desperté, decidió llamar al teléfono de Snow, a pesar de que le costaba tener que enfrentarse a su voz.

—Holly, ¿cómo estás? —Adiviné la urgencia de su voz como verdadera preocupación.

Abre las alas

—Perfectamente —sonreí mintiendo y después me di cuenta de que hablaba por teléfono y no me veía.

—He estado a punto de llamar a la policía. Casi me da un chungo. Suerte que el amigo de mi hermano ha estado aquí tranquilizándonos. Es un sol.

—¿Qué amigo? ¿Stein? —pregunté levantándome de golpe de la cama ignorando que estaba ante dos hombres, cubierta tan solo por un sostén de encaje y un tanga diminuto—. Aléjate de él, Kayla. Es de los malos.

—¿Qué? —gritó dejándome sorda.

—Voy para casa, no te muevas y cierra todo. No le vuelvas a dejar entrar, nunca.

—Aidan se ha marchado con él…

Me quedé plantada en el sitio como si una pesada losa estuviera encima de mis pies impidiendo cualquier movimiento por mi parte. Dejé de escuchar los gritos y sollozos de mi amiga al otro lado de la línea para sumirme en un estado de estupor que me hizo sentir sola en el mundo, sin voces, sin nadie…

Aidan estaba con el enemigo… y todo por mi culpa.

Si le pasaba algo, me culparía toda la vida.

—¡Holly, Holly!

Tanto Kayla por el teléfono, como Alistair en persona, gritaban para que reaccionara.

Lo hice con la firme decisión de ponerme manos a la obra, caminando al otro lado de la habitación para recoger mis ropas sobre la cómoda —algo ensangrentadas y rotas—, y volví a coger el teléfono de la mano de Alistair, el cual lo recogió después de que se me cayera por la impresión.

—Biel se quedará contigo. Iré a por tu hermano —sentencié enfrentándome a la estupefacta mirada de Alistair.

Kayla comenzó a quejarse. Decía que no quería verlo, y perdiendo los nervios como pocas veces perdía con mi amiga, le dije que dejara de comportarse de forma infantil. El tacto no se me daba bien y estaba demasiado preocupada como para tenerlo con mi amiga. Era su hermano el que estaba en peligro. Puede que no fuera realmente consciente de la gravedad del asunto y no la culpaba por ello, pero debía estar protegida y Snow era el más indicado para ello.

—¿Dónde está mi daga? —pregunté tras colgar. Snow desapareció de la habitación para ir a por Kayla. Se quedarían en mi casa vigilando cada recoveco de la zona, cuando yo regresara, quizá nos marcháramos de allí. No pensaba dejar a mi amiga desprotegida ni un solo segundo.

¿Qué iba a hacer a partir de ese momento? Dudaba que pudiera seguir trabajando en mi querida tienda. Ninguna de las dos estaríamos seguras y ya había vivido un ataque en ella. Sin embargo, era el medio que utilizaba para sobrevivir. Mi casa no se pagaba sola, ni las facturas de la tienda…

Volví al mundo real dando un fuerte cabeceo. Ahora no era momento de pensar en todo aquello.

—Estás herida. Iré yo —decidió Alistair de súbito.

Lo llevaba claro.

—Estoy bien y yo voy a ir. Si quieres, te vienes, pero no me impidas salvar a mi amigo. —Caminé directa a la puerta de la habitación y crucé el largo pasillo que ya conocía. Llegué al salón para buscar mi daga sin prestar atención a todos los que allí había, charlando tranquilamente en el amplio balcón.

—Holly —me riñó Alistair siguiéndome con paso firme—. No quieras dártelas de heroína otra vez, porque no lo eres. Acabas de salir de un secuestro y lo único que vas a conseguir es que te capturen de nuevo.

—No quiero ser una heroína, gilipollas —respondí ofendida—. Simplemente voy a luchar por lo que me importa. Que yo sepa, no es distinto a lo que tú haces por tu raza.

—Creí que no sentías nada por él. Es una estupidez arriesgarte de esa forma —me recriminó.

¿Eso que notaba eran celos? No era momento para sentirlos. Una vida humana estaba en juego y era la de un amigo.

—No siento nada por él en el plano amoroso, pero es el hermano de mi única amiga y le quiero.

Abre las alas

Podía haber terminado la frase con otro insulto, mas el tiempo se nos echaba encima y debía acortar las palabras para pasar a la acción.

Encontré mi daga sobre la mesa de centro del comedor y la guardé en el bolso junto al móvil.

Catrice entró dentro del salón con rostro preocupado. Había escuchado nuestra discusión.

—Nosotros también iremos. No sabéis qué os vais a encontrar —declaró hablando en nombre de todos.

—Te lo agradezco, Cat, pero lo que menos quiero es poneros en peligro por alguien a quien ni siquiera conocéis. Stein es…

No terminé la frase. Mi teléfono comenzó a sonar y lo saqué, mirando el nombre que ponía en la pantalla, Stein.

Hablando del rey de roma…

—Hola, hermanita. —Pude imaginármelo con la burla grabada en su cara—. Te has portado muy mal. Tus amiguitos no deberían haberte arrebatado de mis garras.

—¿Dónde está Aidan? —pregunté. El corazón me latía a mil por hora. Mi cuerpo temblaba de los nervios y un nudo se formó en mi estómago.

—¡Ah, sí! El chico enamorado de la mujer equivocada… —se carcajeó—. Creo que será mejor que lo veas por ti misma. Estamos en el Excalibur, ven sola, si no… ¡PUM! —Pegué un bote—. Aidan morirá…

Y colgó.

Apreté el móvil con fuerza, presa de la rabia. Stein era un jugador de los que utilizaban todo tipo de trampas para ganar y conseguir sus propósitos. Si con ello tenía que matar a un inocente, lo haría sin pestañear. No albergaba dudas al respecto, a pesar de que en realidad no lo conocía tan bien.

—¿Qué ha dicho?

—Me ha citado en el Excalibur, a solas. Si voy con alguien, matará a Aidan.

Alistair gruñó como un león al escucharme. Obviamente no estaba de acuerdo con que fuera sola. ¿Qué podía hacer?

No pensaba arriesgarme a ir acompañada. Prefería ser la única que me expusiera, a pesar de que eso complicaba las cosas a los Arcontes.

—A, cálmate —adujo Leo mostrándose más tranquilo que el resto—. Entrará sola, pero ten por seguro que no lo estará. Nos camuflaremos.

—Leo, sabes tan bien como yo que son capaces de detectarnos.

—Runa de invisibilidad, tío. Tengo entendido que fue una invención tuya.

¿Runa de invisibilidad? ¿Eso existía?

De todas las que me aprendí, no vi ninguna con semejante derroche de poder, debía ser una combinación. Otra cosa más que Alistair se había olvidado de mencionar.

Ya iban demasiadas…

—Tiene razón. Con esa y la que esconde nuestro poder podremos permanecer cerca sin ser vistos —aplaudió Clayton.

Sabía que Alistair estaba buscando la forma de contradecir a sus compañeros, pero no podía. Les sonreí agradecida por su ayuda, sorprendida de que quisieran ser partícipes en algo que se antojaba como una locura. No estaba familiarizada con la bondad de la gente. Siempre me encontré con lo peor de la raza humana, a excepción de Kayla. No obstante, ellos no eran humanos, pero eran mi familia.

El descubrimiento me embargó de emoción.

Familia…, un concepto de lo más simple y a la vez tan desconocido para mí.

En los dos últimos meses me había abierto más que en toda mi vida con desconocidos que luchaban por mí, brindándome su apoyo. Incluso con Kayla, al principio me costó hablarle de mi vida. Quizá desde el principio estuve destinada a esto.

Había encontrado mi lugar.

—Está bien… —aceptó con un gruñido, dedicándome una mirada de advertencia antes de decir—. Haz lo que te diga.

Perdimos unos veinte minutos trazando un plan. Alistair se encargó de dibujar las runas de invisibilidad en los antebrazos de cada uno de ellos con la afilada punta de su daga y todos escondimos armas en nuestras ropas.

Quisieron darme una espada Celestial, que básicamente era lo mismo que la daga, más grande y con más poder, pero no tenía dónde guardarla y se suponía que debía interpretar el papel de la amiga desesperada por salvar a su amigo. Con la daga que llevaba metida entre el lateral de mis braguitas, reforzada con una goma de pelo, a lo campestre, debía tener suficiente. Ya de por sí, mi atuendo ensangrentado y roto por distintos lugares no era el más indicado para acudir a un lugar con tanto glamour como el Excalibur. A pesar de estar regentado por los enemigos, seguía siendo exclusivo, lleno de magnates jugándose su dinero en los casinos y turistas dispuestos a dejarse su jornal. Llamaría la atención, pero estaba segura de que me cogerían antes de ser vista por los humanos.

—Nosotros vamos tirando, os esperamos allí —espetó Catrice y se marcharon los cinco por la puerta, desapareciendo tras activar la runa.

—¿Podré escucharos? —pregunté cogiendo una fina chaqueta que me prestó Selise y después abroché las bailarinas de charol negro y tacón.

—No. Es una invisibilidad completa, pero a mí sí. —Remangó la chaqueta, dejó mi antebrazo a la vista y dibujó otra runa que no conocía, para seguidamente, dibujársela él también. Esa activada no brillaba—. Esto nos mantendrá conectados. Nos comunicaremos con nuestros pensamientos.

—¿Podré leerte la mente?

—Sí, y yo a ti. Así que cuidado con lo que piensas —bromeó.

—Tú también ten cuidado, porque a lo mejor, según lo que escuches, hace que te enamores de mi.

Salí sonriendo por la puerta y bajé hasta el parking del edificio donde nos aguardaba el Pontiac de Alistair. Cuando lo abrió con la intención de ponerse en el asiento del conductor, lo eché para atrás con suavidad.

—Yo conduzco. Si me ven llegar contigo, sospecharán.

Frunció el ceño descontento con la idea.

—No me verán, seré invisible —alegó. No estaba dispuesto a dejarme su tesorito.

¡Ni que yo fuera un peligro!

Tal vez un poco…

—Todavía peor. No es muy normal que un coche se conduzca solo.

Ahí ya no podía rebatir.

Me estaba gustando mucho la satisfacción que provocaba el poder llevarle la contraría y dejarlo sin palabras. Se le quedaba tal cara de tonto, que me daba ganas de reír sin parar.

A regañadientes, me facilitó las llaves y subí sonriente a la cabina de pilotaje.

Puse la silla del conductor a mi gusto, me até el cinturón de seguridad y metí la llave en el agujero para arrancar. Inmediatamente, Alistair desapareció de mi lado. Seguía ahí, notaba su poder y su presencia, pero su belleza me era negada por un hechizo.

«Gracias por fijarte en mi belleza», se burló y pegué un bote. Oírlo en mi mente era de lo más extraño.

—Creído.

Hacía por lo menos seis años que no cogía un coche. Lo cierto era que desde que me saqué el permiso a los dieciséis años, antes de dejar el instituto. El Pontiac de Alistair suponía un serio problema para mi escasa experiencia en la conducción; era de cambio manual.

«¿Algún problema? ¿Por qué no arrancas?»

—Voy.

El motor era bastante silencioso. Pisé el freno y quité el de mano tras memorizar el extraño dibujito de las marchas. Puse primera, aceleré y… el coche se caló.

El gruñido de Alistair resonó en mi cabeza.

«¿Sabes conducir?»

—Por supuesto. Soy una experta —mentí.

«Te recuerdo que puedo leer tu mente. No sabes conducir…», afirmó.

—Sí que sé, pero hace mucho que no lo hago.

Un vecino del edificio pasó al lado del coche y se me quedó mirando. Obviamente pensaba que hablaba sola.

Le sonreí con cinismo.

Abre las alas

Volví a darle a la llave, tras dos intentos más, conseguí sacar el coche de la plaza de parking. El truco estaba en el embrague.

«Cuidado con la colum… ¡Joder!»

—¡No grites! —chillé y rodé el volante hacia el lado contrario en el que estaba.

El chirrido metálico indicaba que acababa de rayarle el coche.

¡No quería mirar!

—Lo siento, lo siento. —Miré hacia dónde creía que estaba, sin verlo, siguiendo adelante con el coche.

«¡Mira hacia delante!»

Conseguí salir del parking sin más contratiempos. El camino hacia el Excalibur era corto, pero por culpa de los semáforos se me hizo eterno al ir calando el motor todas las veces que intentaba salir de nuevo hasta conseguir que volviera a ponerse en rojo.

«A este paso Aidan estará muerto». Oí que pensaba Alistair.

No sabía a ciencia cierta si me lo quería decir, aun así, le respondí con un escueto «Imbécil» mental. Tanto uno como el otro debíamos controlar nuestras mentes, cuyos pensamientos estaban al descubierto.

Frené en seco cuando llegamos y suspiró con profundidad cuando lo hice. La verdad era que el viaje fue más movido de lo que esperaba y el pobre pensaba que nos íbamos a estampar en cualquier momento.

Para ser sincera, cuando cruzamos por una rotonda y me metí por el medio de la isleta, yo también creí que me comía algún coche.

Pensó que era un peligro al volante. ¿Yo? ¿De verdad?

Solo necesitaba un poco más de práctica.

«Recuérdame que no te deje nunca más el coche»

Alistair dictaba una serie de normas a seguir que no estaba escuchando centrada en la gente que veía entrar en el Excalibur.

«¿Quieres hacerme caso de una vez?» exigió.

—¿Decías? —murmuré saliendo del embotamiento mental.

«Primera norma: no hablar en voz alta. Solo piénsalo», ordenó. Si no me equivocaba, eso ya lo había dicho.

«Segunda norma: nada de sarcasmos ni de hacerse la valiente con el enemigo. No sabes lo que te vas a encontrar, y ante todo, intentaremos que no haya pelea».

«Sí, señor» contesté junto a un resoplido mental siguiendo la primera norma.

Volvía a tratarme como a una niña pequeña.

«Y tercera y la más importante de todas: no empieces una pelea por muchas ganas que tengas. Y si te digo huye, huirás».

Me había prohibido hacer prácticamente todo lo que tenía pensado que pasaría. La cautela de Alistair me daba risa. Tanto él como yo sabíamos que Stein no iba a actuar de forma pacífica, así que si había pelea, no sería yo quién la comenzara.

«Y otra cosa…», advirtió mientras bajaba del coche. «Actúa como si yo no estuviera»

«Eso es fácil».

«Deja de bromear, Holly. Esto es muy serio», habló mientras caminaba y chocaba con algo que deduje se trataba de él.

Su inconfundible aroma estaba grabado en mis fosas nasales y me aturdía su fragancia tan masculina.

«Sé perfectamente que se trata de algo serio», contesté.

Como volviera a comenzar con que me pasaba la vida bromeando con las cosas serias, le iba a dar una patada en su trasero invisible. Era mi forma de relajarme, de quitarle hierro a los asuntos más perturbadores.

«Ya sé que estás nerviosa, pero céntrate».

«Estoy centrada, pero nerviosa».

«Si darme una patada en mi trasero invisible te tranquiliza, hazlo, a ver si aciertas». Pude imaginarlo sonriendo y solté una pequeña carcajada que corté antes de seguir caminando. Que me vieran reír sola, como una loca, sería demasiado sospechoso.

La noche era cálida, y como siempre, la entrada del Excalibur estaba abarrotada de personas de lo más pintorescas. Desde gente trajeada, a animadores caracterizados con los ropajes medievales del Rey Arturo a punto de comenzar un espectáculo. Reconocí que los de seguridad de la entrada eran dos Skoliós. Su aura los delataba. No se ocultaban.

Respiré profundo, miré el cielo estrellado y caminé hacia la entrada.

«Tranquila. Estamos todos a tu alrededor».

Era bueno saberlo, a pesar de no verlos.

Los dos seguratas se me quedaron mirando tras plantarme delante de sus narices, poniendo mi mejor cara de chica peligrosa.

—¿Dónde está Stein?

El más corpulento de los dos, rubio, de casi dos metros de alto, miró de soslayo a su compañero y se alejó unos pasos para hablar por el pinganillo y volver con paso amenazante segundos después a nuestra posición.

—¿Has venido sola? —preguntó. Su voz no era tan terrorífica como su porte. Incluso me sonó dulce.

—Sí. ¿O acaso ves a alguien? —ironicé haciéndome la valiente.

«Holly…», me reprendió Alistair. No había entrado y ya comenzaba a saltarme la segunda norma.

El Skoliós ignoró mi osadía guiándome hacia el interior.

Pasamos por la abarrotada recepción del hotel y cruzamos varios salones hasta llegar al casino. Como la última vez, cientos de personas se entretenían quedándose sin blanca. El sonido de las tragaperras, los gritos de rabia y de alegría, tapaban la música que ambientaba el lugar con su ritmo roquero. Al menos, parecía que los Skoliós tenían buen gusto, poniendo *R U mine?* de Artic Monkeys.

—Esperarás aquí. Stein vendrá a por ti.

Lo vi alejarse de mí para desaparecer tras la puerta metálica del fondo del casino, donde los Arcontes sospechaban que se escondía el cáliz.

No estaba sola, me rodeaban enemigos, acechándome sin quitar sus ojos de encima de mí. Súcubos, Íncubos… me observaban, así que me mantuve alejada de sus miradas de ojos rojos. No tenía ganas de montar un espectáculo erótico desnudándome ante un ser que me asqueaba.

El sexo me gustaba, pero no con un demonio que acabaría matándome con ello, haciéndome adicta a los orgasmos. Quizá fuera una adicción curable. Cuando caí presa del encanto de Edward en mi sueño, desperté con ganas de fiesta que Alistair aplacó de forma excepcional, aunque no me hubiera molestado morir de placer con él, me calmó las ansias que el Íncubo provocó.

Un carraspeo en mi cabeza me sacó de mis calientes pensamientos.

¿Hacía calor, o era yo quién ardía?

«No creo que sea el momento de pensar en esas cosas».

«¿Te molesta?», pregunté con sarcasmo, intentando no mostrar una mueca socarrona en el rostro que me delatara.

«Simplemente, no es el momento».

Pedí una bebida refrescante para hacer más amena la espera y contesté al intruso que leía mis pensamientos.

«¿Por qué? Nadie nos oye y no tengo nada mejor que hacer mientras espero. Además, aún tienes que terminar lo que me ibas a decir el primer día en que me hirieron».

La vía mental se quedó en silencio durante unos segundos. Alistair sabía cómo esconder sus pensamientos y estaba apagado o fuera de cobertura. A diferencia de él sobre mí, yo no escuché nada procedente de su mente que no fuera algo que quisiera decirme a mí de forma directa.

«Ya te dije todo lo que tenía que decir».

Su respuesta fue una gran decepción.

¿Qué esperaba? ¿Una declaración? ¡Ja!

Su frase inacabada me hizo entender, obviamente, algo erróneo. Por un momento, pensé que Alistair sentía algo por mí, que me quería. ¡Qué sabía yo!

Negarlo ya no era posible. Alistair me gustaba mucho. Despertaba en mi interior cosas que no era capaz de describir con palabras. Cuando era agradable y atento conmigo, las famosas mariposas de las que todo el mundo hablaba, aparecían revoloteando en mi estómago, para que, cuando su carácter se torcía, se convirtieran en hormigas carnívoras que me comían desde dentro.

Eso era lo que él me hacía sentir. Teníamos una relación amor-odio que no tenía pinta de conseguir llegar a buen puerto, pero me hacía sentir más viva.

«Ahí viene».

Abre las alas

Salí de mi película mental y me centré en la realidad. La voz tensa de Alistair no solo era porque Stein se acercaba sonriente y caminaba con altivez y soberbia, también estaba tenso por lo que acababa de escuchar en mi mente, aunque no lo reconociera.

—Hermanita —me saludó examinándome de arriba abajo—. Veo que has obedecido. Por un momento pensé que no serías capaz de venir sola, pero has cumplido.

—¿Dónde está Aidan?

—Oh, sí. Tu amorcito. Adelante, sígueme —musitó.

Iba rodeado por dos Skoliós, uno a cada lado, detrás de mí, otros dos. Además de aquellos que no nos quitaban los ojos de encima mientras nos dirigíamos hasta la puerta grande y metálica del fondo del casino.

Mi propia protección invisible debía estar por ahí. Por un lado, sabía que ellos me defendían, pero por otro, tenía un poco de miedo.

No sabía qué me iba a encontrar ahí dentro.

«Seguimos aquí. No te vamos a dejar sola».

«Gracias».

En la entrada, igual que cuando Alistair me trajo para mostrarme lo que escondía el Excalibur, dos demonios custodios custodiaban la entrada. Uno a cada lado, serios, impasibles… Su apariencia era humana, solo que con pinta de hasta dormir en un gimnasio y comer *Petit Suise* para crecer un poquito todos los días. Eran enormes. Dos enormes matones capaces de controlar mentes.

Con razón el oscuro mundo que caminaba a sus anchas por el Excalibur no salía a la luz. Tenía una buena protección.

—Registradla —ordenó Stein.

Los mastodontes se acercaron, sin ningún tipo de miramiento, me cachearon como si se creyeran con el derecho de hacerlo. Gruñí cuando uno me rozó una teta y le aparté la mano de un manotazo.

—Cuidado con donde tocas o te arranco la mano —amenacé. Sus risas me cabrearon aún más.

Comenzó a palpar la zona interna de mis piernas y uno de ellos sacó mi daga celestial, entregándosela a Stein que me sonrió al guardarla.

280

¡Genial! Me habían desarmado.

«Tranquila, seguimos aquí».

Los matones se apartaron y abrieron las puertas con Stein en cabeza.

Las manos me sudaban por los nervios, temerosa de lo que allí dentro me esperaba.

«Mierda», gruñó Alistair en mi mente.

«¿Qué pasa?».

Continué caminando y traspasé la puerta antes de que comenzara a cerrarse de nuevo, guardando el secreto que sus paredes contenían.

«No puedo entrar, ¡joder!».

«¿Cómo?».

Disimular el pánico que comenzaba a sentir me resultaba cuanto menos imposible, y fui incapaz de no girarme en busca de Alistair.

«Han puesto runas bloqueándonos el paso. Creo que saben que estamos aquí. No entres, por favor», suplicó.

Pero ya estaba entrando.

Sola o acompañada, tenía que sacar a Aidan de allí.

CUANDO PASA ALGO MALO, SIEMPRE PUEDE IR A PEOR

Toda la belleza de un castillo medieval, con luces estroboscópicas que rodeaban la inmensidad del Excalibur, desaparecía en cuanto cruzabas la misteriosa puerta metálica que se hallaba en el fondo de uno de los más grandes casinos de Las Vegas.

La luz dejaba de ser la protagonista, tan solo había un par de lámparas en el extenso cuarto en el que me encontraba, aun así, distinguí todo lo que estaba al alcance de mi vista.

Pasamos dos salas antes de llegar a la que supuse era nuestro destino, todas tenían en común el suelo de baldosas de piedra y las paredes del mismo material, como si fueran mazmorras medievales. Desconocía que había algo así ahí dentro y mucho me temía que mis enemigos habían utilizado la estética de castillo de toda la edificación, para crear su propia mansión subterránea de los horrores. El lugar donde me encontraba estaba abarrotado de seres que clavaban su oscura mirada en mí, hostil, tapándome la visión que pronto me horrorizaría.

Una serie de jaulas de metal hicieron que cayera en la cuenta de dónde estaba.

Ya había estado allí.

Cuando me capturaron el día anterior estuve atada a una silla de tortura que se escondía detrás de dos Íncubos, por eso todo aquello me resultaba familiar.

Abre las alas

—Bienvenida a nuestro hogar —gesticuló Stein sonriendo con maldad. Sus ojos, tan idénticos a los míos, tenían un brillo malévolo que me ponía la piel de gallina—. Retiraos —ordenó a la treintena de seres que se congregaba y desaparecieron por otra puerta, semejante a la de entrada.

¿Cuántas salas habría?

Tenía pinta de ser un lugar enorme. Si esa era su guarida, sus aposentos debían albergar a cientos, o incluso miles de Skoliós. La sola idea me horrorizaba. Eran demasiados. Estaba sola y desarmada.

Solo quedaron unos cuatro Skoliós, y uno de ellos, era una mujer.

Sin embargo, no era un Skoliós.

Era una Arconte como Stein.

Una Arconte muy zorra que desde el principio su falsedad se clavó como un puñal haciendo que se convirtiera en una persona non grata: Amelia.

—¡Maldita zorra! —susurré por lo bajo.

Me miró al notar la amenaza de mi mirada puesta en ella y sonrió como una verdadera arpía.

—Amelia, acércate querida —la llamó el cabronazo de mi hermano.

Aún estaba sorprendida por ver a Amelia ahí. Alistair confiaba en ella ciegamente y lo había traicionado. Ahora entendía cómo había trascendido la noticia de mis orígenes. Ella le había ido con el cuento a Stein y por eso apareció tan de sopetón en escena, con la excusa de ser amigo de Aidan, para acercarse a mí sin levantar sospechas.

Lo tenían todo planeado y nadie se había percatado de ello.

Me querían, ahora estaba justo donde ellos buscaban, en sus dominios, desarmada y sola ante el peligro.

—Conoces a Amelia, ¿verdad? —espetó rebuscando algo en una pequeña caja fuerte.

No contesté.

—Lo bueno que tenemos los renegados, es que seguimos siendo Arcontes. Nuestras alas continúan siendo blancas y podemos aparentar ser lo que no somos —explicó. Como si me interesara…

—Vuestras alas serán blancas, pero vuestro corazón es negro y está podrido.

—Qué rápido te han abducido, hermanita. —Abrió al fin la caja fuerte y sacó de ella un recipiente.

Un Cáliz de Platino con un intrincado diseño rúnico. El Cáliz de la creación de los Arcontes.

Se acercó donde Amelia le esperaba, tras una mesa que a su vez hacía de mesa de operaciones para la tortura de mi raza, y colocó el cáliz sobre ella, vertiendo en él su propia sangre que regaba de una herida que se acababa de abrir en la muñeca, haciendo lo mismo Amelia.

¿Qué iban a hacer?

—Traed al chico —ordenó a los otros dos que se mantenían quietos frente a la puerta.

Aparecieron con Aidan sostenido en brazos en estado de inconsciencia y lo dejaron sobre la mesa, junto a ellos.

—¿Qué le habéis hecho? —grité horrorizada, lanzándome para atacar aunque tuviera todas las de perder.

Uno de los Skoliós me frenó de un empujón lanzándome al otro lado de la habitación y choqué contra la dura pared. Me levanté algo aturdida y con la respiración entrecortada. Me había dado un fuerte golpe en la cabeza.

—Agarradla. No quiero que nos interrumpa.

—¿Qué vais a hacer? —pregunté. Los tres Skoliós me amarraron con fuerza. Intenté revolverme para escapar, pero fue en vano.

Tenían más fuerza que yo.

—Nada de lo que tengas que preocuparte, amiga —habló Amelia por primera vez con su estridente voz. Me dieron ganas de darle una bofetada.

—Tuya es la elección, Holly.

Stein cogió el cáliz entre sus manos y activó las runas, haciendo que brillara con fuerza sobrenatural. Era un brillo potente, cegador.

Amelia golpeó suavemente el rostro de Aidan, este, poco a poco, fue recuperando la consciencia.

Abre las alas

—Levántate, querido —le sonrió seductora. Aturdido, Aidan obedeció. Todavía no me había visto y Stein se encargó de que no mirara hacia atrás.

—Bebe —le ordenó ofreciendo el cáliz a sus labios.

—¡No! —grité desesperada, forcejeando con los que me agarraban. Uno de ellos me retorció el brazo y a punto estuvo de rompérmelo.

Aidan se giró al escucharme, confuso por la situación. El pobre no entendía nada. Ni dónde, ni cómo había llegado donde estaba.

—Aidan, no bebas.

—¿Holly? ¿Qué haces aquí? ¿Qué es todo esto?

—Basta de charla, bebe —insistió Stein.

—No pienso beber —se negó. Al menos en eso me estaba haciendo caso.

—Está bien…

Stein cogió la daga con la que minutos antes se abrió una herida en la muñeca y la clavó en el estómago de Aidan. Hizo un giro con la muñeca y repitió el gesto varias veces para empeorar el daño.

Grité de nuevo, ahogando el aullido de dolor de mi amigo, con las lágrimas en mis ojos a punto de desbordarse.

¿Por qué le hacían eso?

¡Él no tenía nada que ver! Era a mí a quien buscaban. Yo… no quería que todo eso ocurriera. Aidan no se merecía estar sufriendo esa tortura.

—¿Vas a beber? —le preguntó.

No tenía otra. Aidan asintió cabizbajo y logré ver en él cómo se rendía.

—Stein, no lo hagas, por favor —supliqué al borde del llanto.

—En este mundo solo hay dos clases de personas: las que obedecen y los rebeldes. Y tú vas a aprender cómo se doma a los rebeldes, hermanita. Será una valiosa lección que aprenderás y jamás se escapará de tu mente. Tendrás que vivir con las decisiones que tomes a lo largo de tu vida y comprenderás que algunas son muy duras.

Amelia cogió a Aidan por la cabeza echándosela hacia atrás, mientras con su otra mano, le apretaba las mejillas para que abriera la boca. Una vez así, Stein acercó la copa y vertió en su cavidad la sangre corrupta de ambos Arcontes.

No me lo podía creer.

Grité. Grité como una loca, y sin saber cómo, me deshice del agarre de quiénes me retenían para lanzarme a por Stein, pero Amelia se adelantó para protegerlo y me empujó.

Volví al ataque y durante unos minutos peleamos como dos gatas. Le arañé la cara, ella me tiró del pelo, le di un puñetazo y así sucesivamente hasta que los otros volvieron a por mí, amarrándome todavía con más fuerza que antes.

Tras recuperar el control de mi respiración después de la inútil lucha, volví a centrar mi atención en Aidan. Se revolvía presa de una serie de convulsiones. La sangre lo estaba matando más deprisa por culpa de la fea herida por la que se le escapaba la vida.

—¡Parad! —exigí.

—Ya no se puede parar, hermanita. ¿No te enseñó tu querido Alistair cómo funciona? —comenzó. Odiaba que me llamara así, era el insulto más majadero que existía en mi vocabulario. Me asqueaba compartir sangre con un monstruo como él—. Ha bebido nuestra sangre del Cáliz, si no se completa el hechizo, morirá. Así que, tú eliges. ¿Pronunciamos el hechizo para que renazca como uno de los míos, o nos marchamos para que puedas presenciar como muere lentamente, retorciéndose de dolor? Es sencillo, Holly.

Parecía una decisión fácil de tomar; vivir o morir, pero no lo era. Si decidía que no quería que pronunciaran la oración de la creación, Aidan moriría, jamás volvería, y por mi culpa, Kayla perdería a su único y adorado hermano.

No obstante, si mi decisión era que viviera, lo haría convertido en Skoliós, un ser malvado y desalmado que jamás volvería a ser el mismo, quedándose con el enemigo.

Escogiera la opción que fuera, Kayla perdería a un hermano, y yo, a un amigo.

Solo había una opción lógica como desenlace de la situación. Con su muerte, acabaría todo. Sin embargo, no podía consentirlo. Que naciera un nuevo Skoliós aumentaba el ejército de nuestros enemigos y empeoraba mi propia situación, pero Aidan no podía morir. Ni hablar. No pensaba permitirlo.

Le había prometido a Kayla que lo salvaría dándomelas de heroína y no iba a poder cumplir mi palabra de forma completa, pero al menos, viviría de una u otra forma.

—Vamos, hermanita, no tengo toda la noche y Aidan tampoco —murmuró sonriente. Se notaba la enorme satisfacción que le provocaba tener un control total de su vida. Si tuviera la oportunidad, lo haría con todos los que me rodeaban con tal de conseguir su objetivo. Y eso me aterraba.

—Transfórmalo… —susurré en voz baja. No sabía si me habría oído, mi voz sonó insegura.

—Gran elección. Amelia, ven aquí.

Seguía presa entre los agarres de aquellos, sin hacer nada por soltarme. Ya no tenía fuerzas. Me sentía vencida, desolada…, incapaz de mirar lo que estaba a punto de ocurrir. Por el rabillo del ojo veía como el Cáliz brillaba con fuerza entre las manos de Amelia y Stein. Ambos comenzaron a recitar las palabras que transformarían a mi amigo en un monstruo:

Solo la sangre de dos Arcontes con las ideas claras y unos fuertes principios, son los encargados de crear.

Las primeras frases de la oración fueron pronunciadas y Aidan comenzó a gritar.

En realidad, la verdadera oración no era así. La habían modificado a su antojo.

Abrí mucho los ojos y no perdí de vista cómo continuaron.

Nosotros tenemos el poder. El cielo, la tierra y todos los reinos son nuestro hogar.

Se revolvía como poseído, Stein lo agarraba para que no cayera de la

mesa. Sus ojos estaban en blanco y gruñía de una forma que daba verdadero terror.

Jamás había presenciado una transformación, pero estaba segura de que con la sangre de los originales, no resultaba tan dolorosa.

Contra todo aquel que nos rete, lucharemos. Tú serás nuestro nuevo hermano. Nos seguirás, harás lo que te digamos y reinarás junto a nosotros para atraer el poder que necesitamos.
Nosotros elegimos a quién enseñar y tú has sido elegido.

Quería taparme los oídos con las manos, arrancarme los ojos. Aquello estaba siendo horroroso, una tortura peor que los electroshocks.

Aidan sufría.

—Ahora se convertirá en uno de los nuestros —alegó Stein tras pronunciar unas últimas palabras en idioma celestial.

Continuó gritando durante unos minutos que se me antojaron eternos, incluso logré escuchar como sus huesos se partían, acomodando el nacimiento de sus alas en la espalda. Su pelo cambió un poco de color. Ya no era castaño, sino de un rubio un tanto oscuro, sus ojos cambiaron del blanco al rojo con pintas naranjas. No quedaba nada del marrón.

Había dejado de gritar y comenzaba a recuperar la conciencia.

Solo había un problema… Cuando me miró con fijeza ahí no quedaba ni un resquicio del antiguo Aidan.

Ese de ahí ya no era mi amigo…

—Se acabó el espectáculo. Sacadla de aquí —ordenó Stein—. Pero no te hagas ilusiones. Volverás y lo harás por ti misma. Te dejo ir para que le cuentes lo que les espera a tus queridos amigos. Aquí has aprendido una valiosa lección.

—¿Qué? ¡Dejadme! —Me arrastraron fuera de aquella sala de los horrores sin opción a llevarme a Aidan de allí.

Al pasar la segunda sala conseguí liberar uno de mis brazos y comencé a golpear a los Skoliós sin control.

Abre las alas

Lloraba y gritaba desesperada. Quería volver y sacar de allí a Aidan. No podía marcharme sin él, aunque ya no fuera humano. Debía haber alguna forma de controlar su maldad, una manera de controlar la abominación que Stein y Amelia habían creado.

No pensaba rendirme.

Aun sin tener armas, aturdí al que me soltó y pude centrarme en los otros dos, sin obtener resultados. Escuché un fuerte crujido de mi muñeca y gruñí de dolor. Me la había partido, pero pronto curaría.

Mi intento por volver a por Aidan acababa de terminar. Estaba de nuevo en la entrada, los dos mastodontes que me arrebataron el puñal, tuvieron la amabilidad de devolvérmelo, sacándome de allí de un empujón que me hizo caer al suelo por otra puerta que antes se me pasó por alto.

No estaba en el mismo sitio por donde entré, sino en la calle, justamente en un callejón sin salida, cerca de la entrada del Excalibur. Debía salir de allí cuanto antes.

Me levanté entre sollozos, la mano me dolía, pero sin duda, el haber fracasado me dolía mucho más.

¿Cómo iba a volver a casa? ¿Con qué cara le diría a Kayla lo ocurrido?

No me lo perdonaría jamás. Yo misma sería incapaz de hacerlo.

Por mi puñetera culpa, Aidan era un Skoliós.

Vagué sin rumbo por las calles. Seguía oscuro, aunque ya se veía como el sol intentaba abrirse camino en el cielo. Estaba a punto de amanecer. No tenía ni idea de adónde me dirigía. Ni siquiera pensé en dónde estarían Alistair y el resto.

Todo había dejado de preocuparme y lloraba como nunca lo había hecho.

¿Por qué mi vida era tan complicada?

Desearía volver atrás y revivir el sufrimiento de ser esquizofrénica. Lo prefería a tener que lidiar con todo lo relacionado con ser inmortal. Enfrentarme a eso no se me estaba dando nada bien y cuando creía estar enferma lo controlaba a la perfección.

Me senté en un banco de madera, escondida tras unos árboles que me mantenían alejada de miradas indiscretas y escondí el rostro entre mis manos.

Desconozco cuanto tiempo estuve en esa misma posición, hasta que alguien, me consoló con su abrazo. Unos fuertes brazos me rodeaban. El olor tan masculino que Alistair desprendía consiguió relajarme, pero no paró las lágrimas, continuaron su curso cada vez más potentes.

—He fallado —sollocé—. Aidan es un Skoliós.

—Shh, tranquila. —Acarició mi pelo con dulzura y besó mi coronilla, pegado por completo a mí, sentado a mi lado.

Lo abracé con toda la fuerza que me quedaba, sentía que me iba a desmoronar y ansiaba la seguridad que Alistair me proporcionaba. Sin palabras, solo con su tacto y su cercanía, conseguía tranquilizarme poco a poco.

—No sé cómo se lo voy a decir a Kayla. Jamás me lo perdonará.

Nos separamos unos centímetros y por fin pude verle. Sus ojos hablaban por él. Me decían que no me preocupara, que siguiera para adelante. No todo estaba perdido.

Secó mis lágrimas con el dorso de su mano y se quedó acariciando mi mejilla durante largos minutos. Su contacto despertaba todas las terminaciones nerviosas de mi cuerpo, apaciguaba mi humor derrotista. Conseguía que las caricias me resultaran agradables y acogedoras a pesar de que no era momento para centrarse en cosas así.

Podría pasarme así toda la vida.

—No sabes lo mal que lo he pasado, Holly —continuó con sus caricias—. Durante unos minutos creí que no te volvería a ver.

—Hubiera sido lo mejor. Si me tuviera, o estuviera muerta, Aidan ahora no sería un Skoliós y no tendría que enfrentarme al odio de mi mejor amiga.

Normalmente era la persona más positiva del mundo entero. Nada, además de mis propios demonios, era capaz de derrotarme, no obstante, lo ocurrido durante la noche lo conseguía.

—Ni se te ocurra decir eso, ¿me escuchas? —Me agarró la cara con sus manos e hizo que lo mirara a los ojos. Brillaban furiosos por mis palabras, no concebía la idea de que me rindiera—. Eres especial. Una mujer fuerte y todo lo que has conseguido lo has hecho por ti misma. No puedes culparte por algo que no controlas.

—Pero él no debería estar en medio de todo esto.

—Claro que no, pero ha pasado, no puedes flagelarte una y otra vez sin descanso.

—Por mi culpa.

—Mira Holly, si tuviera que sentirme culpable por todo lo que nos ha estado ocurriendo durante los últimos dos mil años, te aseguro que no estaría aquí para contarlo. Ves estas cicatrices de aquí. —Se señaló las muñecas. Era la primera vez que las veía, nunca me fijé. Parecían profundas y ahí no solo había habido un corte, se trataba de una sucesión de heridas, una detrás de otra.

Las acaricié y levanté la vista para mirarlo a los ojos.

—¿Qué es esto?

—Esto es a lo que lleva la desesperación. Mil años después de la apertura de los portales solo hacíamos que perder a más y más de los nuestros. Muchos me culparon. Yo lideraba los ataques, pero los Skoliós iban un paso por delante. Murieron grandes amigos, perdí hijos, hermanos… de todo —relató con emoción—. Estaba agotado, abatido y sin ganas de seguir. Intenté desangrarme una y otra vez durante días, obviamente sin resultados. Era inmortal y no podía morir igual que un humano, sin embargo, seguí intentándolo.

»Un día Zeron me vio llorando desesperado por no poder conseguirlo. Trató de calmarme, y con sus palabras, me hizo cambiar de opinión, haciéndome ver lo que valía mi vida.

—¿Qué te dijo?

—La culpabilidad es una emoción que puede ser totalmente destructiva. Si hemos hecho algo en nuestro pasado que nos hace sentir mal, no ganamos nada ni mejoramos nada sintiéndonos culpables hasta el punto de la rendición. Sentir culpabilidad solo sirve para derrumbarnos y sentirnos prisioneros de un pasado que no nos permite ni avanzar, ni crecer —murmuró mirando a un punto incierto, trasmitiendo las palabras de mi padre—. Gracias a esas palabras, reflexioné y descubrí que siempre hay una forma de salir adelante. A pesar de mis errores, no todo ha sido malo. Tú misma sabes a la perfección de lo que hablo porque has superado todos y cada uno de los obstáculos con los que has tropezado.

—No es lo mismo.

—Sí lo es. Intenta sacar lo bueno. Estás viva y Aidan también. No todo está perdido.

Sus palabras eran caricias para mí. Me hablaba de forma suave, cariñosa, sus ojos brillaban sinceros con lo que decía. Alistair quería ayudarme de verdad.

¿Sería capaz de seguir su consejo? En aquellos instantes apenas me veía capaz, aun así, debía hacerlo. Por mí, por Kayla, por Aidan… No podía rendirme ante el primer bache de mi nueva vida.

Si la magia de las runas era tan poderosa como para crear a seres malvados, debería haber algo que destruyera esa parte, ¿no? Puede que Aidan pudiera convertirse en alguien diferente. Además, tampoco había tenido la oportunidad de ver de qué era capaz ahora que era un Skoliós. Quizá todavía quedara parte de él bajo el halo de maldad en que ahora se ocultaba.

—Gracias.

—No tienes que dármelas, Holly —respondió. Mi nombre entre sus labios era hechizante. Lo decía con una dulzura que embotaba mis sentidos.

La conexión que teníamos en esos instantes era brutal. Nuestros ojos no dejaban de observarse. El sol comenzaba a hacer acto de presencia y el azul de sus ojos brillaba con intensidad. Seguía con sus caricias en mi mejilla, nuestros rostros, cada vez estaban más cerca. Podía sentir su aliento rozar mi boca. La tentación de besarlo cada vez se tornaba más irresistible.

Sin ser yo la que se lanzara, Alistair acercó sus labios a los míos con un dulce beso que poco a poco se tornó más pasional, cuando su lengua comenzó a buscar la mía y entramos en una batalla de seducción casi mística.

Para nada esperaba recibir un beso suyo, aun ansiándolo. Cada vez que sus labios entraban en contacto, perdía el norte. Su sabor era adictivo, dulce como una fruta fresca. Me pegué más a él, colocando mis manos alrededor de su cabeza, entrelazando los dedos entre su sedoso pelo mientras él me abrazaba. Nuestros cuerpos estaban en completo contacto y deseaba que este, nunca terminara.

Lo que Alistair me hacía sentir era poderoso y temía que se convirtiera en doloroso. Ya había sufrido lo suficiente y estaba segura de que enamorarme me haría sufrir mucho más.

¿Era eso lo que me ocurría? ¿Me estaba enamorando de mi oscuro hombre misterioso?

No tenía la respuesta. Desconocía lo que era el amor. Si la sensación de estar completa con su cercanía, el cosquilleo en mi estómago con sus besos y la constante intromisión de su imagen en mi mente eran síntomas de amor, estaba absolutamente perdida.

Nos separamos para coger aire y lo miré. Fruncía el ceño, dando la sensación de que estaba confuso.

¿Estaría cómo yo? ¿Podía ser que él también sintiera algo?

No.

Claro que no.

Era Alistair. Cuando tuviera la menor oportunidad, saldría corriendo sin mirar atrás y yo me quedaría hecha un desastre, con cara de tonta y me convertiría en un alma en pena por ser tan imbécil.

Lo más seguro era que simplemente lo hubiera hecho por pena. La noche había sido de lo más desastrosa, para que no me hundiera más, había utilizado su fantástico poder de persuasión conmigo, acertando de lleno en la forma de hacer que pensara en otra cosa. Sus besos sacaban cualquier pensamiento de la mente. Era incapaz de arrancarlo, ocasionaba un millar de preguntas en mi interior.

—¿Por qué lo has hecho? —Volvió a acariciar mi mejilla y suspiró antes de contestar.

Ahora llegaba el momento en que me diría que solo había sido para callarme, que estaba felizmente casado y que las dos veces que nos acostamos fueron un completo error. De todos modos, ya me dijo una vez que no debería haber pasado, podía esperarme cualquier cosa saliendo de sus dulces y apetecibles labios.

—¿La verdad? —Asentí—. Porque quería.

Nos quedamos unos minutos en silencio manteniéndonos la mirada. Cuánto desearía poder saber lo que pensaba. Sabía esconder a la perfección sus sentimientos, algo que desde que lo conocía me fastidió, mientras que yo, al parecer, era un libro abierto con un resumen de todos los capítulos en la frente. Llegaba a pensar que mi ceño fruncido y la mirada acusadora que tenía firmemente posada en aquellos instantes, le estaban dando claras pistas de cuáles eran los míos.

Quería una respuesta más concisa, así que debía romper el incómodo silencio y salir de dudas antes de que se escapara.

—¿Por qué querías?

Vale. Mi pregunta era de todo menos ingeniosa, pero no se me ocurría otra cosa que decir.

—No lo sé.

Otra respuesta sin sentido. A ese paso, no íbamos a llegar a ninguna parte.

¿Por qué tenía que ser un hombre de tan pocas palabras?

Me levanté del banco. Las piernas todavía me temblaban un poco. Estaba nerviosa y no entendía por qué. Me alejé unos pasos. Resoplé un tanto enfadada porque no dijera la verdad y él me siguió.

—¿A dónde vas? —preguntó.

Me giré para encararlo y vi sorpresa en su rostro por mi exagerada reacción. La paciencia no era una virtud que entrara dentro de mis cualidades.

—A mi casa. Aquí no voy a encontrar nada —espeté.

—¿Qué te pasa ahora?

—¿Que qué me pasa? ¿De verdad me lo preguntas? —Alcé la voz y lo miré furiosa—. Tú me pasas. No puedes besarme y decir que lo has hecho porque querías sin darme una razón concluyente. ¡Me confundes! —Estaba hablando de forma histérica, agarrándome de los pelos, frustrada—. Tengo sentimientos, ¿sabes? Y tú estás consiguiendo ponerlos patas arriba, sin darme una opción a aclararme por tus continuos cambios de personalidad.

—¿Qué estás diciendo? —Él también levantó la voz. Una vez más conseguía romper su mascara de indiferencia.

Sacarlo de quicio era la mejor opción para conocer su otro lado, ese en el que la cara de póker desaparecía para aparecer la de póker al cuadrado, una un tanto más terrorífica, pero con la que al menos podías deducir cuáles eran sus sentimientos.

—No soy un juguete que puedas utilizar cuando te apetezca y luego desechar cuando te canses.

—Por supuesto que no lo eres.

—Entonces, ¿por qué me has besado?

Su respuesta no tardó en llegar. Gracias al tono de voz que ambos utilizamos —y que cabía la posibilidad de que algún transeúnte curioso estuviera escuchando—, conseguí la respuesta que necesitaba. La tensión que nos rodeaba hacía que nuestra sangre hirviera.

—Porque te necesito, Holly. Tenerte cerca ha hecho que vuelva a tener pasión por seguir con vida. He encontrado a alguien por quien luchar sin pensar en las consecuencias. ¡Tú eres ese alguien!

Decir que me quedé sin palabras, era quedarse pero que muy corta. Alistair acababa de abrir su corazón y yo estaba pensando en huir como una gacela. O más bien como un pájaro, abriendo mis alas y desapareciendo en el cielo que comenzaba a estar azulado por el sol.

El terror me invadía.

Terror a sentir, terror a enamorarme… No sabía cómo afrontarlo.

—¿Te quedas callada? —preguntó. Ahora era él quien parecía tener ganas de tirarse de los pelos. Los ojos parecía que se le fueran a salir de las órbitas de la frustración—. Haces que me abra y ahora tú haces voto de silencio. ¡Muy valiente por tu parte! —resopló.

—¡Cállate! —lo empujé.

—Ahora quieres que me calle. Eres una cobarde, Holly. Haces que tire la primera piedra y tú escondes el cuerpo entero.

—¡No soy una cobarde! —lo empujé de nuevo.

—Lo eres. Eres incapaz de reconocer lo que sientes. Incapaz de decirlo en voz alta. Estás asustada y por eso callas.

—Tienes razón. No reconozco lo que siento, porque es algo nuevo. ¡Me trastornas, Alistair! —reconocí a sabiendas de que si no, pincharía hasta que explotara de verdad—. Te necesito y lo odio.

—¿Por qué lo odias?

—Porque me da miedo sentir. Me da miedo entregarlo todo por una persona y que luego se aleje de mí.

No me di cuenta de que estaba llorando hasta que la sal de mis lágrimas entró en mi boca. Alistair las secó, acortando una vez más la distancia.

—No me pienso alejar. Estaré a tu lado, siempre. Para todo lo que necesites. —Sus palabras eran sinceras, sus ojos me lo indicaban, pero era complicado—. Yo también tengo miedo, pero juntos lo combatiremos. Te lo prometo.

¿Cómo decir que no cuando con solo esas palabras mi corazón latía desbocado? ¿Cómo rechazar la oferta de combatir los miedos juntos?

Era imposible.

Quería creer en todo lo que decía. Si en ese instante me hubiera dicho que sería capaz de bajar la luna solo para mí, le habría creído sin pestañear.

En su mirada, como en la mía, estaba grabado el miedo, y dispuestos a combatirlo, comenzamos sellando nuestro pacto con un beso lleno de palabras mudas que alejaban la oscuridad en la que estábamos sumergidos.

Sin embargo, había una lección que estaba aprendiendo a base de golpes. Las cosas cambiaban de un segundo para otro, debíamos estar preparados.

IDIOTAS CON CARA ANGELICAL QUE ENAMORAN

Regresamos a casa en silencio. Snow llamó minutos antes y rompió nuestro momento, ¿romántico? Kayla estaba ansiosa por saber lo qué había ocurrido. Chris, Selise y el resto, se reunían también en mi casa para esperarnos. Aún nadie sabía nada de la situación dentro de la casa del terror del Excalibur.

Alistair desconocía detalles, como que Amelia era de los malos. No tenía ni idea de cómo se lo tomaría, quizás ya debería habérselo contado, sin embargo, decidí esperar a hacerlo con todos delante. Suficiente iba a tener con plantarle cara a mi mejor amiga.

—Tranquila, podrás con ello —me animó a las puertas de mi edificio, adivinando mis pensamientos.

Respiré hondo y entramos juntos.

Al abrir la puerta me encontré con Kayla de frente. Sus ojos estaban hinchados y enrojecidos por las lágrimas. Buscó con la mirada algo a mi alrededor y supe que había esperado que volviera con Aidan.

Le había fallado.

—¿Y mi hermano, Holly? —preguntó yendo directa con la pregunta que más temía.

Ignoré a todos los Arcontes y Guerreros sentados en mi sofá. Cogí a Kayla de la mano y la guie hasta las sillas de la mesa de comedor para que se sentara. Agradecí que Alistair se mantuviera cerca y acariciara mi hombro con dulzura, brindándome un apoyo que necesitaba con todas mis fuerzas.

—Aidan está con ellos… —comencé.

—¿Qué quieres decir? ¿No ibas a volver con él? —El dolor en su mirada hizo que lo rememorara todo. En cualquier momento comenzaría de nuevo a llorar.

Ante mi silencio, preguntó temblorosa:

—¿Está… está muerto?

—No —me apresuré en contestar—. Lo han transformado. Es un Skoliós.

Nos rodeó un incómodo silencio. La ventana del salón estaba abierta y el run run de los motores de los coches entraba enturbiando el ambiente. Ni siquiera los pájaros cantaban. Tuve la sensación de que el tiempo se paraba.

Kayla apenas respiraba, aguantaba el aire en sus pulmones mientras procesaba lo que le acababa de decir.

—¿Qué? ¿Mi hermano es… malvado? —Asentí.

—Intentaremos recuperarlo, Kayla. No todo está perdido. Ahora no es el mismo que era, pero debe haber algo que hacer —añadió Alistair brindándome su ayuda.

—¿Y si os ataca y alguno de vosotros lo mata? —preguntó insegura. Cabía la posibilidad de que viniera, si ocurría, la lucha estaría asegurada.

—Yo mismo me encargaré de que todos los nuestros sepan quién es. En ningún caso lo mataremos, te lo prometo.

—No me tranquiliza demasiado, pero gracias.

Durante toda la conversación, mantuve gacha la cabeza, con miedo a enfrentarme a los ojos acusadores de mi amiga. Me agarró por el mentón para que la mirara. Lloraba, pero no parecía odiarme.

—Deja de culparte, Holly. Sé que lo has intentado —me consoló.

—No pude salvarlo, era una trampa… —sollocé—. Stein lo tenía todo preparado.

—Me consuela que siga vivo.

—Debes marcharte, Kay. Aquí estás en peligro. Me muero si te pasa

300

algo.

—Las dos estáis en peligro aquí —me cortó Alistair—. Os vendréis a mi casa una temporada. Allí estaréis protegidas.

¿Vivir con Alistair? No sabía si sería una buena idea.

Empecé a discutirlo con él. Lo cierto era que no me gustaba la idea de dejar mi casa y mi trabajo. Quería que cerráramos la tienda durante una temporada. Al menos, hasta que las aguas volvieran a su cauce, pero ¿volverían?

Esperaba que sí, no obstante, a pesar de tener unos ahorros en el banco, la tienda era la principal fuente de ingresos de ambas, tarde o temprano, el alquiler, la luz, el agua y los pagos a los proveedores tanto de la tienda como de la casa, acabarían con nuestro dinero.

Alistair no entraba en razón. Puede que el hecho de llevar dos mil años en el plano humano hubiera hecho que amontonara una considerable fortuna que creaba un alto nivel de intereses a su beneficio, pero yo me negaba a ser una mantenida, aunque fuera durante un corto periodo de tiempo.

Tras diez minutos discutiendo, alzando la voz como una pareja en crisis, y varios insultos por parte de ambos, perdí la batalla y Kayla ya estaba en la habitación recogiendo sus cosas. Tampoco estaba contenta con la decisión. Verle la cara a Snow no le hacía especial ilusión. Seguía enfurecida con él.

En cambio, yo me quedé en el salón con el resto, aún tenía mucho que contar. No hizo falta que dijera que había estado en presencia del cáliz. Tras saber de la transformación de Aidan, lo dedujeron.

—Lo tienen allí, en eso teníais razón.

—Debemos recuperarlo. Sea como sea —añadió Clayton.

—Ya has podido comprobar lo protegido que está. Necesitaremos a muchos para poder entrar, cariño. Los demonios custodios son demasiado fuertes —murmuró Selise.

—Allí dentro hay como unas mazmorras. Tienen una cantidad de salas que desconozco, pero podría aventurarme a decir que la mayoría viven allí —añadí.

Abre las alas

—Hablaré con todos. Tenemos que actuar —adujo Alistair con seriedad tomando el mando de la situación.

—Cuidado a quién le cuentas las cosas, Arconte. Se esconden traidores —espeté con algo de altivez.

La discusión había vuelto a enturbiar nuestro humor y la buena vibra estaba en punto muerto.

—¿Qué quieres decir? No hay traidores junto a nosotros.

Se estaba enfadando. Su ego subido hacía que acusarlo de no tener la razón pareciera una abominación, una blasfemia.

—¿Estás seguro? —lo reté.

—¿Qué nos escondes, Holly? —apremió Snow para calmar nuestro duelo de miradas, deseoso de que hablara.

Nos comunicamos con la mirada y juraría que había adivinado lo que estaba a punto de decir.

—Amelia está con ellos.

—¡Eso es mentira! No puede ser —saltó Alistair de inmediato.

¿Qué tenía con aquella zorra que no me había contado?

Me miraba amenazante, sintiéndose insultado por lo que acababa de decir, demostrando que Amelia le importaba. Y eso también hizo que yo me enfureciera.

—Pues es verdad —gruñí plantándole cara. Los dos estábamos de pie, el uno frente al otro. No pensaba amedrentarme con su mirada asesina. Me entraban ganas de reírme en su cara y decirle que era un iluso.

La confianza era un privilegio que a pocos se le debía ofrecer, y Amelia no debería haberlo tenido.

—¿Cómo estás tan segura?

Resoplé.

¿De verdad tenía que explicarlo? No creí que fuera tan imbécil como para no deducirlo. Su pregunta, cuyo objetivo era convertirla en inocente, no iba a obtener la respuesta que buscaba.

—Porque ella, junto a Stein, transformaron con su sangre a Aidan.

—No puede ser —repitió y comenzó a caminar alrededor del sofá, dando fuertes pisotones.

—¿Crees que me lo estoy inventando? —pregunté frenándolo con la mano—. Ella estaba ahí, lo hizo, además de admitirlo todo ante mí. Es mala. Piensa que su sangre es válida para crear más. ¡Quiere destruirnos!

—No puede ser… Confié en ella —gritó en mi cara.

No sabía cómo lo hacía, pero cada vez que decía algo que le disgustara, parecía echarme a mí la culpa, cuando ahí la única culpable tenía nombre de mujer y empezaba por A.

—Pues es una traidora y me parece muy desagradecido por tu parte que sea a mí a la que estés gritando —dije con voz grave y mirada retadora—. Yo no tengo la culpa de que tu amiguita sea una zorra sin escrúpulos con doble cara —escupí con saña.

—No me lo puedo creer —musitó. Su tono de voz descendió. Lo dijo más para sí mismo.

—Pues créelo. Los Skoliós saben de mi existencia por ella. Ahí tienes a la culpable de que mi llegada trascendiera.

Dio un fuerte puñetazo en la pared y un poco de pintura cayó al suelo. Blasfemó contra sí mismo, furioso por estar tan ciego, hasta que Snow se unió a él y yo me aparté dándole espacio. Él sabría cómo consolarlo y yo no estaba de humor para intentarlo después de llevarme toda la reprimenda.

—Iré a recoger mis cosas.

Me marché a mi habitación y saqué la maleta que guardaba en el armario. Tenía muchas cosas en la habitación y no todas cabrían. Empecé por la ropa, lo más importante, pensé que aunque no cupiera todo, podría volver a buscarlo. Abrí el cajón de la mesita de noche y añadí a al equipaje mis mejores amigos: los artículos de placer que me autoproporcionaba. Éramos inseparables, aunque hacía varias semanas que no les daba uso, quizás algún día tuviera ganas y me importaba un comino lo que Alistair pudiera pensar.

—¿Necesitas ayuda?

Pegué un brinco que hizo que mi vibrador morado de siete velocidades saliera disparado. Catrice se quedó mirando el objeto volador no identificado con sorpresa y comenzó a reír cuando lo identificó.

Abre las alas

—¿Qué haces con tantos cacharros de estos? —dijo mientras me devolvía el vibrador y observaba el repertorio del interior de mi maleta.

—Es lo que tiene regentar una tienda erótica, me gusta probar el género —contesté riendo.

—Un día me tienes que llevar.

—Prometido.

Me ayudó a recoger las cosas y cerramos juntas la maleta llena a rebosar. Me cambié de ropa por fin, luego fui al baño para adecentarme un poco mientras Catrice se iba después de que Chris le avisara de que se marchaban. Ya lo habían hablado todo.

Estaba hecha un desastre. Aun sin haberme maquillado para ir al Excalibur, en mi rostro había restos de rímel por las lágrimas derramadas y un moratón en la mejilla de los golpes de alguno de los Skoliós. Los ojos estaban enrojecidos y dos profundas ojeras adornaban mi cara. Estaba tan tensa que ni siquiera notaba el cansancio que conllevaba una noche en vela. La muñeca, al menos, ya no me dolía demasiado. Era impresionante lo rápido que me curaba, pero aún tenía las marcas de las cuatro puñaladas que recibí en distintas partes.

En solo dos meses sabiendo lo que era en realidad, ya tenía más de tres cicatrices, por suerte, mis tatuajes hacían que pasaran desapercibidas.

—¿Nadie te ha enseñado a llamar antes de entrar? —murmuré.

Alistair entró silencioso en el pequeño cuarto de baño, lo olí, supe que era él por la corriente eléctrica que circulaba por mi cuerpo. Una vez más, me exhibía.

Maldita costumbre…

—Lo siento —se disculpó. Supuse que por su forma de hablarme ahí fuera, ya que verme desnuda y entrar sin llamar, no era tan importante.

—Te has comportado como un energúmeno. Has puesto en tela de juicio lo que he visto, como si fuera una vil mentirosa —lo encaré.

—Tienes razón —su arrepentimiento era sincero, pero quedarse mirando mis pechos le restaba algo de credibilidad.

Fruncí el ceño a pesar de que eso era lo último en que se fijaría teniéndome así.

Hombres…

—Sé que eres sincero, pero ¿podrías mirarme a la cara cuando te hablo? Sé que te gustan mis tetas, pero disculparse así resulta incómodo, a la par que poco creíble. —Me crucé de brazos para taparme, por fin, levantó la vista sin rastro alguno de sentirse apenado.

Al contrario, sonrió burlón, mostrando su sensualidad masculina con el gesto, esa que solo había visto un par de veces en el tiempo que hacía que nos conocíamos.

¿Cómo podía conseguir atolondrarme tan solo curvando sus labios en una sonrisa? Era irresistible y despertaba en mí unas tremendas ganas de besarlo que tuve que reprimir mordiendo el piercing de mi labio.

—Algún día te partirás el labio —volvió a sonreír, así que continué haciéndolo como una idiota.

Me cogió por la cintura, rodeándome con las manos y terminó posando sus palmas en mis nalgas de forma descarada para acercarse y ser él quien me diera un tierno beso que me supo a gloria.

—Sigo enfadada. —Aún estaba cruzada de brazos.

—¿De verdad? —Se pegó todavía más a mí.

Volví a fruncir el ceño. ¿Qué le pasaba? ¿Desde cuándo era tan cariñoso? Era evidente que no era la única que en aquellos instantes notaba como la temperatura ascendía varios grados, Alistair tenía una dureza importante entre sus piernas que hacía contacto contra mi desnudo monte de Venus.

Para ser clara: estaba más excitado que un semental rodeado de yeguas en celo.

—¿Qué haces? —pregunté. De verdad, era incapaz de reconocer en aquel hombre al frío Alistair—. ¿Tienes fiebre?

—¿Por qué lo dices?

—Porque desde que te conozco, has sido de todo menos cariñoso.

Se separó unos centímetros claramente ofendido con mi comentario.

—Sé que no soy el hombre más perfecto del mundo, pero aunque no lo creas, tengo un lado cariñoso, Holly.

—Yo no sé ser cariñosa —admití encogiéndome de hombros con tristeza—. Lo siento si a veces soy arisca. No sé cómo se hacen estas cosas.

—Yo tampoco, pero poco a poco iremos aprendiendo. Hasta ahora has conocido mi lado más profesional, aunque cuando alguien me importa, soy diferente y creo que ya ha quedado claro que tú me importas.

La profunda conversación me hizo plantearme diversas preguntas; ¿Qué éramos? ¿Pareja, amigos? No se me daba bien ponerle nombre a las cosas y a pesar de que tanto él como yo reconocimos nuestros sentimientos con libertad, las dudas acudían constantemente. Éramos dos seres muy dispares, con caracteres opuestos por completo, con solo una cosa en común; los sentimientos que nos llevaban a mantenernos cerca y la tensión sexual que nos rodeaba.

Le di un beso en los labios sin dejar de mirarlo. Era como un dios; pálida piel, ojos azules y belleza pétrea… Cualquier mujer caería rendida solo con mirarlo, si encima le añadías un cuerpo fornido, musculoso, sin una pizca de grasa y un culo respingón, era la perdición en persona. Por supuesto, yo no había sido inmune a sus encantos. Estaba atrapada.

—Holly, ¿te cabe esto en la… Uy, lo siento —entró Kayla interrumpiendo nuestro beso.

Alistair se separó y cogí una toalla de baño para taparme. Acababan de pillarnos con las manos en la masa, mucho temía que si hubiera entrado unos segundos más tarde, la situación se habría convertido en un acto no permitido a menores.

—No me cabe nada, está a tope —contesté a su pregunta sin finalizar. Traía en sus manos un montón de ropa y deduje que quería endosarla en mi maleta.

—No te preocupes, si necesitamos algo, volveremos a por ello —espetó Alistair recuperando la compostura y disimulando con sus manos por delante la erección que había en sus pantalones—. Vístete, es hora de irnos. Os dejo a solas.

Kayla lo siguió con la mirada mientras se marchaba, para después, clavarla en mí.

—¿Qué ha sido eso? —preguntó con los ojos muy abiertos, inquisidora.

—Luego te lo cuento…

El día dio paso a la noche y estaba agotada. Ambas ya estábamos insta-
ladas en casa de Alistair y Snow y mi amiga no pensaba dejarme dormir
hasta que le contara lo mío con el Arconte. Al menos la conversación
le haría mantener alejado de su mente que Aidan nunca sería el mismo.

—¿Qué tienes con el buenorro misterioso? —preguntó de forma directa apareciendo en mi habitación provisional.

Cerré el armario tras terminar de colocar mi ropa y me senté con ella
en la cama.

—La verdad, no lo sé. Hemos reconocido que sentimos algo.

—¡Lo sabía! Te has enamorado —dijo con suficiencia.

—¡No! —me apresuré a negar. ¿Por qué me sentía como una adolescente de quince años?—. Bueno, no lo sé… Desconozco lo que es.

—Piensas cada minuto en él. Cuando lo tienes cerca te sientes completa, aunque te haga enfadar, sientes la necesidad de permanecer junto a
él. Su cercanía prende la mecha de tu bomba interior y tu corazón palpita
con fuerza en su presencia, dándote la sensación de que en cualquier momento explotará. Si sientes algo de eso, querida amiga, estás enamorada.

Abrí los ojos como platos, sorprendida, asustada. Todo lo que Kayla
describía con la ternura pintada en el brillo de sus ojos, lo sentía tal y
como relataba cuando estaba con Alistair.

No podía ser.

¿Yo enamorada?

Sonaba ridículo hasta como pensamiento. Nadie me había querido
nunca, ¿cómo iba a saber yo lo que era eso?

Quería tirarme de los pelos.

—Estoy enamorada… —Kayla sonrió satisfecha por haber conseguido arrancar esa declaración de mi boca.

Estaba por completo sorprendida. Estaba enamorada de Alistair.

Abre las alas

Pánico.

Terror…

—¿Qué hago Kayla? No sé qué hacer… —admití y me tapé la cara con las manos, confusa, nerviosa y atemorizada por el descubrimiento.

—Sigue a tu corazón. No te puedo explicar cómo hacerlo, tú misma lo descubrirás —aconsejó.

Ella tenía más experiencia que yo en las relaciones amorosas a pesar de que las de ella casi nunca terminaban bien.

Kayla sufrió muchos engaños amorosos en el pasado, pero jamás se cerraba en banda en el amor. En cambio, yo huía de las relaciones, sin quererlo, había acabado enamorada hasta las trancas de un ser inmortal, de más de dos mil años de edad, que también sentía cosas por mí a pesar de ser tan distintos.

¿Qué sentiría él en realidad?

La atracción, sí; ganas de permanecer a mi lado, también, pero, ¿amor? En ningún momento me había dicho te quiero de la misma forma que yo no se lo había dicho a él.

Lo nuestro era complicado. Ya no solo por la situación hostil que estaba presente en nuestras vidas, sino porque tanto el uno como el otro, no teníamos ni idea de cómo actuar. Al fin y al cabo él no era humano y según tenía entendido, el término amor en el reino celestial era distinto a como los humanos lo ven. Quizá tantos años rodeado de mortales había obrado en él un cambio, sin embargo, se había ido a juntar con la Arconte que nació entre ellos sin saber qué era en realidad y que encima nunca había tenido una familia que le enseñara los valores de lo que era amar.

—¡Ay que mi niña se ha enamorado! —canturreó pellizcándome la mejilla como suele hacer la gente mayor a los bebés, haciéndome reír.

—Estás loca.

—No tanto como tú.

—Touché. Pero me quieres igual. —La abracé con fuerza.

Últimamente tenía mi amistad con Kayla descuidada y la echaba de menos. En aquellos momentos, solo me tenía a mí para afrontar la situación.

—¿Crees que Aidan volverá? —preguntó con temor tras varios minutos en silencio. Aun intentando actuar con normalidad, no podía esconder sus miedos.

—No te lo puedo asegurar —admití con pesar—. Pero lo intentaremos. Yo quiero que vuelva.

—Ahora es malvado, vuestro enemigo…

—Aunque fuera el demonio más peligroso del mundo, jamás lo abandonaría. Intentaré recuperarlo, pero ahora es inmortal.

Kayla soltó un resoplido con la palabra.

—Aquí la más débil soy yo. Este mundo me asusta —admitió.

La entendía. A mi me asustaba demasiado y aún no había presenciado ni la mitad de cosas que podían ocurrir. No obstante, viví en primera persona lo peor, la abominación de utilizar el Cáliz de platino en un ritual oscuro del que nacían seres deplorables que ansiaban un poder que no les pertenecía.

—Estarás a salvo. Este lugar es seguro.

—Lo sé, pero odio estar bajo el mismo techo que Biel.

—¿Por qué no lo arregláis? Él te quie…

—¡No! Me mintió, Holly. Me utilizó para llegar a ti, encandilándome con palabras amorosas.

—Te protegía…

—Me da igual. Además, yo moriría de vieja y él envejecería de forma lenta. Es mejor dejar las cosas así. No quiero sufrir.

Su mirada indicaba todo lo contrario, ya sufría. En solo dos meses entabló una relación con Snow muy especial llena de cariño, desde el principio, ambos se complementaban. Le quería y no hacía falta que lo dijera en voz alta. Se veía a leguas, porque aunque intentaba poner cara furiosa cuando hablaba de él, un brillo de anhelo en sus ojos la traicionaba.

Tarde o temprano, las cosas cambiarían entre ellos, pero por ahora, decidí no meterme en medio. Era lo mejor.

Que pasara lo que tuviera que pasar.

TENSIÓN SEXUAL NO RESUELTA

No era mujer de dormir demasiado, pero tras más de cuarenta y ocho horas sin pegar ojo, la cama ganó la batalla y no me separé de ella durante las siguientes dieciocho horas. Por suerte, nadie me despertó hasta que por mí misma decidí que ya llevaba demasiado tiempo vagueando.

Mi estómago rugió hambriento después de tanto sin comer. Eran las siete y media de la tarde y parecía que los inquilinos estaban en el salón reunidos.

Fui directa a la cocina y saqué de la nevera jamón de pavo, lechuga, mayonesa y rebusqué en los armarios rebanadas de pan para hacerme un emparedado. Estaba buenísimo y acabé comiendo dos, acompañado con una cerveza bien fresquita. Suerte que Alistair no tenía la nevera vacía.

—Buenas noches, dormilona.

El trago de cerveza cayó por la comisura de mi labio cuando Alistair entró sin camiseta en la cocina. Me puse nerviosa como una niña tonta, haciendo un tremendo ridículo por no saber ni beber.

—Te has manchado. —Con el índice recogió las gotas de cerveza que resbalaban por el escote para manchar mi camiseta de tirantes negra con una Betty Boop motera, después lamió sus dedos de forma provocadora, cortándome la respiración.

Solté un gemido deleitada con su sensual imagen.

Abre las alas

—¿Has dormido bien?

—Ahá… —contesté concentrada en sus dedos. Me mordí el piercing, una vez más, para dejar de gemir como una gata en celo, desesperada por mimitos.

¿Sería posible que tuviera algún gen masculino en mi cuerpo? Porque de verdad, mis pensamientos eran más verdes que las montañas y prados de las Highlands. A lo mejor era ninfómana y no lo sabía, sin embargo, solo deseaba a un hombre entre mis piernas: el Arconte sonriente que tenía delante, mirándome con la lujuria reflejada en sus ojos azules como un cielo despejado en un día de verano soleado.

Desde mi revelación interior con Kayla el día anterior, me sentía totalmente diferente. Saber que estaba enamorada hacía que me pusiera nerviosa al tenerlo delante y la inseguridad me embargara.

Me bebí el resto de mi bebida de un solo trago y para distraerme comencé a recoger lo que ensucié.

¿Desde cuándo era tan vergonzosa? Pregonaba ser una mujer abierta, sin reparos, de repente, había evolucionado a una adolescente tímida.

—¿Podrías dejar de comerme con la mirada? —preguntó socarrón. Que diferente a cómo me hablaba al principio.

Me encantaría estar dentro de sus pensamientos para saber qué había cambiado en su interior para dejar de parecer un sexi ogro y convertirse en un sonriente angelito con toques de sensual arrogancia.

—Si dejaras de exhibir tu cuerpo, podría dejar de hacerlo.

Sí. Volvían mis frases ingeniosas. ¡Bien! No me había quedado tan tonta cómo pensaba.

—Yo no me exhibo. Es mi casa y suelo ir así por ella —murmuró como si dijera que el día era soleado, con un toque de su característica indiferencia. Esa actitud me resultaba más familiar.

—¿Desde cuándo eres tan creído?

—Desde que tú —golpeó mi nariz con el índice con dulzura—, me has liberado.

¡Era tan mono! Estaba a punto de derretirme.

—No te imaginas lo que es ser un alma en pena durante siglos. —Un halo de tristeza cubrió su bello rostro, en un acto reflejo, lo acaricié y Alistair cerró los ojos deleitándose de la sensación.

—Me hago una ligera idea. Durante toda mi vida se me ha tratado como a un bicho raro y he pasado toda mi infancia y adolescencia aprendiendo a valerme por mí misma, ignorando a todo el que me rechazaba por ser diferente, poniendo una sonrisa falsa en mi rostro.

—En el fondo no somos tan diferentes.

—¿De verdad lo crees? Yo estoy loca, digo cosas sin antes pensarlas, te saco de quicio con mi forma de ser. En cambio, tú eres serio, responsable y meditas mucho tus actos antes de llevarlos a cabo…

—Y también te saco de quicio —sonrió burlón.

—Cierto, pero en todo lo demás, somos distintos.

—Nadie dijo que las parejas tuvieran que ser iguales para mantener una relación. Si no, ¿qué diversión habría?

—No la habría —admití—. Sin embargo, habría una estabilidad que a lo mejor nosotros somos incapaces de conseguir.

—¿Quién quiere estabilidad en un mundo inestable? —preguntó de forma retórica—. Somos pasajeros en un viaje eterno. Si fuéramos iguales, nuestros caminos cogerían rumbos distintos demasiado pronto.

Me quedé unos segundos con los ojos muy abiertos, pensando en su reflexión. Demostraba que sus siglos de vida habían hecho de él un hombre sabio. La diferencia de edad entre ambos era algo a tener en cuenta. Me quedaba mucho por aprender.

—Me sorprendes —reconocí—. Tienes un punto de vista muy personal y lo cierto es que coincido contigo. Quizá nunca he encontrado a nadie porque intentaba que fueran como yo, pero claro, desconocía lo que era querer a alguien sin fijarte en las semejanzas o diferencias.

—¿Y ahora sabes lo que es?

Justo me acababa de hacer la pregunta que más temía responder porque revelaría mis sentimientos y me dejaría desprotegida ante lo que él pudiera responder.

—Sí… —No parecía que mi respuesta fuera suficiente para él, Alistair me pedía más con la mirada y respiré hondo para decir lo que de verdad sentía, aterrada ante la idea de hacer un tremendo ridículo.

Puede que me estuviera ilusionando y acabara por llevarme un chasco, pero si no lo soltaba en ese momento, jamás lo haría y acabaría arrepentida.

—Ayer descubrí lo que era querer a una persona y tengo miedo de que esos sentimientos me lleven a la perdición. Quiero a Kayla y Aidan como amigos, han sido grande pilares en mi vida, pero nunca me he sentido completa del todo hasta que te conocí.

Hizo que levantara la vista después de haber hablado mirando las baldosas negras de la cocina.

—¿Ahora entiendes por qué dije que eras peligrosa? —Negué—. Incluso antes de conocerte, cuando me metía en tus sueños, había algo en ti tan fuerte que me atraía sin poder remediarlo. Conociste mi lado más frío y desdeñoso por la preocupación que me provocaba comenzar a sentir algo por ti que complicara todavía más las cosas. Sin embargo, fallé en el intento —admitió—. Te colaste justo en el momento en que me llamaste capullo en medio de la calle, cuando solo tú me veías —sonrió.

—Fuiste un gran capullo. La gente que pasó por mi lado pensó que estaba loca —recordé rememorando nuestro primer encontronazo «real».

—¿Y no lo estás? —Acortó las distancias y me agarró de nuevo por la cintura. Sentí su erección golpear en mi entrepierna.

¿Y la salida era yo? Alistair siempre estaba preparado para la acción.

—Un poco… —reconocí—. Estoy comenzando a querer a un tipo que muchas veces se comporta como un ogro, que me grita como si tuviera cinco años y que huye cuando me abro de piernas para él.

—Eso es porque ese hombre, al igual que tú, desconoce lo que es el amor y tiene miedo de perderlo todo una vez más. No huyo, ya no.

—¿Por qué crees que estoy hablando de ti? —levanté una ceja burlona.

—Porque yo sí estoy hablando de mí, y si tienes a alguien más, lo mato —contestó con pasmosa seriedad.

—Creí que eras un ser pacífico.

—Y lo soy, a excepción de cuando me tocan algo que me pertenece.

En esos momentos, soy implacable.

Di un respingo con su tono posesivo. Adoraba la libertad, pero las declaraciones de Alistair provocaron cierta satisfacción en mí. Estaría dispuesto a matar por tenerme, nunca, jamás, nadie había mostrado tanto interés por mí. Conseguía que me sintiera arropada, querida y protegida. Una sensación espectacular y sorprendente que comenzaba a apreciar.

—¿Te pertenezco?

—Desde el primer momento que puse mis ojos en ti.

Atrapó mis labios al fin, y de un salto, rodeé sus caderas con mis piernas. Nuestras lenguas unidas se prodigaban caricias prohibidas, expresando sentimientos que con las palabras se quedaban cortos.

Podría pasarme el día entero besando a Alistair. Sus labios eran como una dulce droga, adictivos, sensuales y capaces de llevarme a un mundo de colores, distinto al real. Era como si todo lo malo desapareciera entre sus brazos y agradecía ese soplo de aire fresco que sus besos me brindaban.

Oía el fuerte latido de su corazón, repiqueteando en su pecho al mismo tiempo que el mío.

—Podría pasarme así todo el día —murmuré con voz ahogada durante los escasos dos segundos en que cogimos aire.

Me sentó sobre la encimera de la cocina y volvimos al ataque. Acaricié su pecho desnudo. Memoricé con las yemas de mis dedos cada músculo, cada detalle de su esculpido torso. El metió las manos por debajo de mi camiseta y acarició mi piel con suavidad.

Éramos solo los dos, metidos en nuestro mundo de atracción y sensualidad. No había prisas, queríamos reconocernos, sin embargo, estando en una casa con más gente cabía la posibilidad de ser interrumpidos, cómo no, eso es lo que nos pasó.

—Siento la interrupción, parejita, pero se avecinan problemas.

Snow carraspeó antes de decir la frase que consiguió enfriarnos por completo.

La burbuja en la que estaba nuestro mundo ideal, reventó dando paso a la cruda realidad.

Abre las alas

Al parecer, el destino no nos deparaba una historia de amor como las de los humanos, de ésas que se pueden disfrutar. Nosotros pasábamos de los besos a la acción, sin poder deleitarnos en las sensaciones del amor.

Decir «se avecinan problemas» fue una forma de hacer parecer la situación menos importante.

Clayton llamó alarmado informando de un ataque en la cúpula del desierto del Mojave que nos protegía de miradas indiscretas y dónde entrenábamos. Los Skoliós y demás demonios la habían encontrado y se congregaban a su alrededor, dispuestos a destruirla e invadirla.

Mientras Snow discutía con Kayla para que le prometiera que se encerraría en casa y no haría nada por salir hasta que volviéramos, fui a cambiarme de ropa. Además de mi gran surtido de vestidos estilo *Burlesque*, tenía gran variedad de leggings. Me decanté por unos negros con calaveras blancas y una fina camiseta de manga corta en color negro estampada con una calavera mejicana. Mi atuendo parecía una predicción del futuro. Iba a haber mucha muerte durante la noche.

Finalicé con unas botas militares y recogí mi largo pelo rojo en una coleta alta para que no me molestara. Las armas las llevaría atadas en un cinturón especial.

—¿Estás lista? —preguntó el Alistair serio, frente a la puerta, tenso como una cuerda de guitarra recién afinada.

Asentí terminando de recoger mis cosas, activando la daga y las runas que previamente dibujé en mi cuerpo, añadí una larga espada que Alistair me prestó; la cual había sido de mi padre, Zeron.

—Snow ya está de camino. Nosotros iremos volando —espetó.

Nos dirigimos hasta la parte trasera de su edificio cerciorándonos de que no había nadie a nuestro alrededor. Como si estuviéramos sincronizados, abrimos nuestras extensas alas, alzamos el vuelo en silencio y recorrimos el cielo desierto.

La luna esa noche no brillaba, las nubes la tapaban formando un halo tenebroso en la atmósfera que estremecía cada una de mis terminaciones nerviosas. Todavía quedaba un largo camino por recorrer y notaba la impaciencia de Alistair. En la cúpula del Mojave se hospedaban familias enteras, niños que aprendían a luchar como adultos y otros más pequeños que acompañaban a sus padres para verlos entrenar.

—Pase lo que pase, no te alejes —ordenó con seriedad.

—Sé defenderme por mí misma, Alistair. Daré todo de mí.

—No te lo discuto —me miró con fijeza—. Pero te quiero viva.

Nos dimos la mano y continuamos nuestro vuelo. Estaba preocupado, no solo por lo que nos encontraríamos, sino también por mí.

—Lo mismo digo, Arconte. Cómo te pase algo, te mato.

Estábamos a punto de llegar. Sombras negras en lo alto se acercaban con rapidez a nuestra posición.

Eran los Skoliós.

—¡Mierda!

Alistair sacó su espada celestial y lo imité, preparada para la lucha. Creímos que podíamos despistarlos volando cada vez más bajo, pero nos rodeaban por todos lados.

—¡Huye hacia la cúpula, yo los despistaré! —ordenó a voz en grito atacando al primero que apareció.

—¡Y una mierda! No pienso dejarte solo.

A mi izquierda había dos Skoliós armados acercándose a toda velocidad. Subí unos metros dando un fuerte aleteo y descendí en picado con la espada por delante. Acerté justo en la cabeza, partiéndosela por la mitad.

Al igual que pasaba con los Arcontes, había pocas maneras de matarlos por completo y las más efectivas eran arrancándoles la cabeza, dañar su cerebro y arrancarles el corazón del pecho.

Cuando lo supe, odié a aquellos que osaron matar a mis padres. Cualquiera de las muertes me horrorizaba.

El Skoliós al que acababa de poner fin a su vida, descendió hasta el suelo. No tuve tiempo de vanagloriarme en mi victoria, cinco más se acercaban y tuve que moverme más rápido que nunca para no salir mal parada. Alistair tenía la misma situación que yo, e incluso peor. No dejaban de llegar enemigos impidiendo reunirnos con el resto.

Abre las alas

Atravesé a uno por el abdomen y no pude esquivar el ataque de otro que consiguió hacerme un profundo corte en una pierna.

Alistair era más rápido que yo. Atacando con furia y maestría vencía a todo aquel que se le acercaba. Era un espectáculo digno de observar, del que apenas tuve tiempo de hacerlo porque perdía el hilo de mi propia batalla.

Cada vez descendíamos más, ya veía el suelo y la situación parecía poco prometedora. Había demasiados.

«Cuando grite "ahora", sígueme hasta el interior de la cúpula. No podemos con todos». Asentí a la nada. Alistair se comunicó con los pensamientos mientras ambos continuamos peleando sin descanso. La de comunicarnos fue una de las runas que me dibujé antes de salir.

Me deslicé por debajo de las negras alas de uno de ellos, con un grito de guerra, se la corté para desestabilizarlo y lo apuñalé en la cabeza.

Otro menos.

Tenía la respiración acelerada por el esfuerzo. No hacía más que esquivar ataques, a veces sin demasiado éxito, sin oportunidad de atacar.

—¡Ahora! —gritó Alistair.

Dejé lo que estaba haciendo para dar bandazos con la espada, ahuyentando a mis enemigos. Alistair se me adelantó y lo vi desaparecer en la inmensidad de la cúpula.

—No te escaparás, Holly.

Desvié la mirada hacia aquel que tan abiertamente se dirigía a mí por mi nombre. Conocía esa voz, no obstante, tenía un matiz que antes no estaba; oscuro, malvado…

—Aidan…

—El mismo —sonrió enseñando sus blancos dientes.

El resto no me había seguido. Solo éramos él y yo.

En sus manos llevaba una lanza que brillaba con el poder de las runas. Tan solo hacía un día que era un Skoliós y me dio la sensación de que fuera mucho más. Su porte era seguro y decidido, valiente… parecía que había nacido para ello y rebosaba poder por cada poro de su piel.

Me quedé parada a medio camino. Ansiaba volver con Alistair, pero encontrarme con Aidan, me dejó en shock.

Mi amigo había desaparecido y lucharía por sacarlo de la vacía cáscara de su cuerpo que ahora estaba habitada por una abominación oscura, creada para destruir las cosas buenas del mundo.

—Sabes, esta nueva vida me gusta. Ahora soy fuerte, poderoso y puedo volar —musitó con orgullo—. Y todo gracias a ti. Que pena que Stein te quiera y deba ser yo quien te lleve, hubiera disfrutado mucho luchando contigo.

Alzó la lanza que portaba, la apuntó hacía mí y la colocó sobre mi cuello, ejerciendo una molesta presión en la zona. Ante cualquier movimiento, corría el riesgo de que rajara la yugular.

—No tienes que hacer esto, Aidan. Tú no eres así.

—¿De verdad? ¿Alguna vez te has molestado en conocerme? —murmuró con sarcasmo—. Siempre me has despreciado. Te buscaba y tú huías con insultos, Madame.

Al menos transformarse en un monstruo, no había borrado de su mente la forma en que me llamaba. Podía considerarlo como un paso a mi favor.

—Estás muy equivocado. Simplemente no correspondí a lo que tú sentías. Tu forma de intentar ganarme era de todo menos convencional —contesté. Eso no me iba a ayudar para apaciguarlo, pero tampoco pensaba guardar mis pensamientos para agradarlo.

—Claro, la zorra de Holly solo se acuesta con el primero que pasa por su lado, pensando solo en sí misma, sin fijarse en los que la rodean. —Mientras decía aquello, volaba a mi alrededor en círculos sin alejar la lanza—. Siempre piensas solo en ti. Tú eres la culpable de todo lo que me ha ocurrido.

—No puedes culparme por no quererte. El corazón es quién elige de quién se enamora.

—No me hagas reír —se carcajeó cínico—. Alistair y tú tenéis los días contados. Tú vendrás conmigo.

—Ni lo sueñes.

Alistair apareció a través de la cúpula, supongo que porque estaba tardando y se preocupó. Me giré para mirarlo y si tuviera la oportunidad, sería capaz de matar con la mirada. Estaba muy serio, parecía aterrador.

Aidan se estaba llevando una de sus peores miradas. Estaba dispuesto a atacar en cualquier momento, pero yo no podía permitirlo.

Al fin y al cabo, era mi amigo, un poco más malvado, pero lo era.

—Vaya, vaya, ¡pero si tenemos aquí al último Arconte original! —aplaudió con cinismo—. ¡Qué enternecedor, el príncipe viene a proteger a la zorra!

Me sorprendía que en un solo día ya supiera toda la historia. Stein se había dado verdadera prisa para ponerlo al día y afianzarlo a su lado con mentiras.

—Ni se te ocurra volver a faltarle al respeto —amenazó.

Tuve que frenarlo antes de que fuera a por él. En su forma original de Arconte, era mucho más amenazador de lo normal. Nuestros sentimientos aumentaban y con el añadido de las runas mágicas que brillaban por su cuerpo, era una bomba de relojería que en cualquier momento explotaría.

La lanza seguía apuntándome en la yugular. La tensión se podía cortar con un cuchillo.

—Ven conmigo, Holly y tu querido sobrevivirá.

—No irá.

—Muy bien. Chicos…

Los que antes me persiguieron volvieron a aparecer volando con rapidez, lanzándose a atacar a Alistair. Quise ayudarlo, no obstante, Aidan ahondó su lanza en mi cuello un poco.

—Ni se te ocurra moverte. Te quedarás aquí, observando el espectáculo.

Ver como Alistair se enfrentaba a cinco Skoliós él solo fue una agonía que ojalá nunca hubiera visto. Esquivaba los ataques como podía, algo difícil cuando estaba rodeado. Uno de ellos, acertó con su arma en el hombro y se desestabilizó un poco, descendiendo unos metros, para después, con un movimiento ágil y certero, acabar con la vida de otro que intentaba placarlo por delante.

Aun estando herido, seguía siendo frío y calculador, sin embargo, cuando lo hirieron una segunda vez en el pecho, sentí que se me cortaba la respiración.

—¡No! —grité.

Alistair caía los pocos metros que nos separaban del suelo.

Sacando fuerzas y valor, agarré la oscura lanza que amenazaba mi yugular, y con las dos manos, la aparté.

No fue difícil gracias a que Aidan estaba distraído, sonriendo por lo que acababa de pasar.

Presa de una furia desconocida, me abrí paso con mi espada y maté a quienes habían herido a Alistair, hasta llegar junto a él en el suelo.

Tenía los ojos muy abiertos y respiraba con dificultad, aunque seguía vivo.

—Huye… —balbuceó a duras penas.

—Ni lo sueñes, no me iré sin ti.

Estaba a punto de llorar, no podía desmoronarme sin sacarlo de ahí.

Aprovechando que Aidan se hallaba a unos metros, cogí a Alistair en brazos y le dije que se agarrara fuerte a mi espalda. Era fuerte y pesado, pero saqué fuerzas de flaqueza y conseguí alzar el vuelo con él.

Aidan se acercaba y me alcanzaría en nada. Como último recurso, con la espada, dibujé la runa *Kenaz* en mi mano, la del fuego, y con gran concentración, conseguí lanzar una llamarada que impactó en él de forma certera, cortándole el paso para darme tiempo a llevar a Alistair al interior de la cúpula.

—¿Estáis bien? —Leo se acercó a nosotros de inmediato.

Alistair me soltó y quedó tumbado en el suelo.

Rompí la camiseta para examinar la herida y faltó muy poco para que le diera en el corazón. Tenía la zona ennegrecida debido al efecto de la magia del arma que le hirió y no dejaba de sangrar. Leo se agachó a mi lado y me ayudó a taponar la herida, presionando con fuerza.

—¿Se pondrá bien? —pregunté preocupada. Hacía unos segundos Alistair perdió el conocimiento. Parecía tan indefenso que fui incapaz de mantener a raya las lágrimas.

Cuando Leo terminó de presionar y se cercioró de que la sangre dejaba de salir a borbotones, levantó las manos ensangrentadas y me consoló.

—Ha estado peor, no te preocupes, Holly. Sobrevivirá —me sonrió.

Lo llevamos a una de las pequeñas casitas de madera de dentro de la cúpula. Muchas noches, algunos de los que entrenaban dormían allí, e incluso algunos, tenían un asentamiento permanente en las inmediaciones. Era el lugar más protegido de los Arcontes hasta la fecha, sin embargo, la traición de Amelia había puesto en grave peligro todo y ya ninguno se sentía seguro.

Cruzamos por medio del tumulto de Arcontes y guerreros alterados por la inminente lucha. Un fuerte estallido que resonó como una bomba puso a todos en guardia. Las defensas no aguantarían eternamente.

—¡Mierda! Deprisa —urgió Leo al percatarse de lo que ocurría.

Apenas quedaban unos metros para llegar a una casa donde Alistair pudiera descansar hasta recuperarse, pero entonces, vi que a mi alrededor se desataba el caos.

TE QUIERO

No era capaz de reaccionar con coherencia ante la situación. Me venía demasiado grande para controlar el impulso de desmayarme ante el miedo que me azotaba. El horror me rodeaba, pero no podía mantenerme al margen.

—Quédate aquí, Holly. No salgas bajo ningún concepto —ordenó Leo tras dejar a Alistair sobre una mullida cama.

Su cara estaba llena de preocupación y sacó sus armas, preparado para la lucha que se avecinaba fuera.

—Quiero ayudar —murmuré siguiéndolo hasta la puerta—. Puedo hacerlo.

—Y no lo dudo —respondió—, pero te necesitamos viva. A ti y a él —señaló a Alistair—. Cuidarlo es lo mejor que puedes hacer en este momento. Sé que lo protegerás.

Asentí. Ante su explicación no había opción a réplica y valoré su apoyo por creerme capaz de poder luchar.

Antes de que se marchara, murmuré:

—Por favor, no matéis a Aidan. Sé que no es él, pero sigue siendo mi amigo. —Asintió no muy seguro y abandonó la caseta de madera, cerrando bien la puerta.

No era demasiado grande, apenas unos veinte metros cuadrados y solo constaba de un baño pequeño, una habitación y una pequeña sala que

Abre las alas

hacía de cocina con un camping gas. En mis otras visitas, visité alguna en las que vivían de forma permanente los Arcontes. Eran más grandes y acogedoras, con la decoración mucho más lograda que en la que me encontraba. Aquí solo había una cama y nada que indicara que podía tratarse de un hogar. El olor a madera impregnaba el ambiente y la escasa iluminación de una bombilla situada en el techo en medio del pequeño habitáculo, daba un aire tétrico y poco luminoso a la estancia.

Me senté en la cama junto a Alistair y acaricié su pelo con dulzura. Aún no despertaba, pero al menos su respiración iba acompasada.

Cuando lo vi caer, tuve la sensación de que algo se rompía en mi interior. Al llegar hasta a él y verlo sangrar, pensé lo peor, el miedo a perderlo se hizo aterrador.

Ahora, estando con él inconsciente a mi lado, pensaba solo en una cosa: no quería vivir sin él. Una vez descubiertos mis sentimientos no pensaba deshacerme de ellos tan pronto. Ansiaba poder compartir mi tiempo con él, conocernos de verdad, como se suponía que hacían las parejas.

A pesar de pasar prácticamente todos los días juntos en los dos últimos meses, la parte que más conocía era la odiosa, sin embargo, sin saber cómo, esa había sido la actitud que tanto me atrajo.

Nuestros duelos de palabras, a veces rozando el insulto, avivaban mis sentidos y cuantas más veces discutíamos, más se clavaba en mí el frío Arconte que trastocó todo mi mundo con su aparición. Admitía que me encantaba su forma de ser aunque a veces resultara exasperante, y su faceta romanticona, conseguía que lo adorara. Jamás en la vida pensé en enamorarme. No creí que fuera capaz, y rodeada de peligros, seres antes desconocidos y un mundo mágico, me había encontrado a mí misma y aprendido a querer a alguien de verdad.

Ese alguien era Alistair, deseaba de todo corazón poder compartir instantes, sin luchas, sin ser perseguidos… simplemente disfrutar como cualquier otra pareja, con la diferencia de que ambos éramos inmortales y tendríamos tiempo ilimitado para llevarlo a cabo.

Eso si los Skoliós no acababan antes con nosotros…

El sonido del exterior me horrorizaba. Choques metálicos de las armas en acción, destellos de luz de la magia de las runas y gritos desgarradores inundaban mis oídos… Me sentía culpable por estar allí dentro protegida, mientras todos luchaban y también morían.

Estaba segura de que estaba siendo una carnicería. Tenía miedo de asomarme por la pequeña ventana y ver a amigos muertos por el suelo.

Durante media hora resistí la tentación, pero los gritos cada vez eran más sonoros y no me dejaban pensar con claridad. Cerciorándome de que Alistair seguía dormido, me acerqué a la ventana cerrada por una fina persiana, miré de soslayo y presencié la situación durante varios minutos.

Cuanto más veía, más impotente me sentía por no estar ahí ayudando. Vi caer a un Arconte por culpa de un Súcubo que lo sedujo con su magia y un Skoliós que sobrevolaba la zona armado con una espada enorme, le cortó la cabeza.

Me llevé las manos a la boca ahogando un grito y comencé a llorar sin poder evitarlo. Veía caer también a enemigos, más que a los nuestros, aun así caían, sin poder hacer nada por evitarlo.

Selise y Clayton luchaban mano a mano. Sobrevolando a su pareja, ella evitaba que se le congregaran a su alrededor, atacando con un arco con poder rúnico a todo aquel que se acercaba. Parecía una Valquiria, una auténtica guerrera que derrochaba fuerza por doquier.

Tanto ella como Clayton, lucían varias heridas aparatosas en sus cuerpos que no conseguían hacerles bajar la guardia. Luchaban al pie del cañón, concentrados en proteger su mundo.

Las arenas del desierto estaban ensangrentadas por todas partes. Cientos de cuerpos inertes me hicieron darme cuenta de verdad de la gravedad del asunto. Habían invadido nuestro territorio. Estaban asesinando a gente inocente y todo porque me querían a mí.

Las lágrimas nublaban mi visión y estaba comenzando a hipar como una idiota.

—¡Selise!

El grito de Clayton consiguió que enfocara mi visión. La vi caer desde su posición, con los ojos muy abiertos y grité con fuerza, no obstante, una mano me acalló.

—No grites.

—Selise…

—Shh... tranquila, pequeña. Clayton se encargará de ella. No dejará que le pase nada.

Alistair me acunó en su pecho para calmar mis lágrimas y noté cómo se tensaba cuando rocé su herida. No reparé en su estado pensando en el de Selise y su rostro perlado por una gruesa capa de sudor, me indicó que todavía no estaba recuperado del todo. Le dolía.

Lo obligué a que volviera a la cama y me senté a su lado, algo más tranquila por Selise.

—¿Te duele? —le pregunté mientras examinaba su pecho sin camiseta.

—No mucho —mintió.

Fruncí el ceño y palpé alrededor de la zona herida. Sí que le dolía.

—Mentiroso —me burlé y fui recompensada con una sonrisa de lo más sensual—. No tienes que hacerte el fuerte delante de mí. Han estado a punto de matarte…

Me costó pronunciar la última frase porque me acongojaba por completo esa idea. Él notó mi sufrimiento, acarició mi mejilla con sus dedos, retirando un rastro de lágrimas.

—¿Por qué lloras? Sé que no lloras con facilidad. —Me conocía mejor de lo que pensaba y dedujo que mi estado emocional era de lo más inestable.

—No estoy llorando —mentí a medias.

Minutos antes me ahogaba en llanto por ver los horrores que aún seguían pasando en el exterior de la caseta. Seguían oyéndose los gritos de quiénes salían heridos.

—Te sientes culpable por lo que ocurre ahí fuera —afirmó leyéndome el pensamiento. No se le escapaba ni una.

—Me buscan a mí y aquí estoy, escondida en una cabaña de madera, oyendo horrores, golpes contra la casa, dejando que los nuestros mueran.

Melanie Alexander

Sin ayudar, todo por no marcharme con Stein para terminar con todo esto —murmuré muy seria.

—No digas eso ni en broma. Tú y yo somos la esperanza de todos los que están ahí fuera luchando, si te entregaras, terminaría, en eso tienes razón, pero las pérdidas de esta noche serían todas en vano —rebatió con seriedad.

—¿Y por qué no luchamos?

Para eso no tenía una réplica apabullante, yo misma me di cuenta de que él no estaba para luchar y dudaba que me dejara a mí sola ante el peligro.

Un fuerte golpe tambaleó la casa, como acto reflejo, Alistair me protegió con su cuerpo. Su pecho se pegaba contra el mío y nuestras miradas entraron en contacto.

La congoja en su mirada me conmovió. Estaba tan preocupado por mí, como yo por él.

—Allí fuera están cayendo muchos de ambos bandos, pero no estoy dispuesto a perderte, Holly. —Me miró con intensidad—. Ahora que te he encontrado, no voy a permitirlo.

Con todo su peso sobre mi cuerpo, me besó en los labios con dulzura, a pesar de no ser el momento adecuado para ese tipo de acciones, le correspondí deseosa. Sus besos actuaron como un bálsamo reparador que reconstruía mis defensas hechas trizas, desechando por unos instantes los horrores que se sucedían a nuestro alrededor.

—Te quiero, Alistair —murmuré sin pensarlo, abriendo mi corazón. Quizá no nos quedaba mucho tiempo juntos y mejor era decirlo que nunca haberlo dicho.

Su cara de sorpresa me hizo sonreír. De repente me sentí tonta y tímida por mis palabras. Desvelaba así mis verdaderos sentimientos y juraría que estaba roja como un tomate. Creo que él no se esperaba que le dijera aquello por primera vez y yo aún no creía que lo hubiera dicho. Pero sí que lo sentía.

—Yo también te quiero, Holly.

Volvió a besarme y nos fundimos en un profundo abrazo, abriéndonos el uno al otro por completo. Me sentía feliz entre sus brazos. Contenta por descubrir que alguien fuera capaz de quererme sin importarle mis muchos defectos, aceptándome por completo.

Podríamos habernos quedado así durante horas, olvidando a todos y todo, pero el mundo real nos golpeó con tanta fuerza, que nada pudimos hacer para esquivarlo.

—¡Míralos que monos! ¿Verdad, Aidan?

Stein entró transformado en la pequeña casa y Alistair se separó, parado enfrente de mí, haciendo de escudo. Sus alas blancas con las puntas lilas eran idénticas a las mías. A pesar de ser malvado, seguía siendo un Arconte. Un renegado que ansiaba destruir a los suyos creando Skoliós y uniéndose a los demonios nocturnos.

—Muy enternecedor —contestó Aidan con sarcasmo. Miró a Alistair con un profundo odio.

Me aliviaba el hecho de que mi antiguo amigo continuara con vida. Nadie había osado matarlo. Estaba segura de que él no tuvo esa deferencia con nadie. Era un títere más de Stein, manipulado a su antojo para sus propósitos.

Alistair abrió sus alas a pesar de estar herido y llenó el pequeño habitáculo de su luz. Desprendía poder por cada poro de su piel, lucharía hasta el final sin pensarlo.

—Entrégamela, viejo amigo. Así salvarás a los tuyos.

—¡Ni lo sueñes! —gruñó como un animal—. Holly se queda aquí y vosotros os largáis.

Stein se carcajeó.

Nadie osaba dar el primer paso. Alistair era letal y mi hermano lo sabía. En el fondo, le temía.

Al fin y al cabo, era un original, uno de los doce primeros Arcontes que lideraron a todos, Stein incluido. Podría con él, sin embargo, su aparatosa herida lo ralentizaría y esa era la ventaja que tenían nuestros enemigos. Por otro lado, Aidan mantuvo fija su mirada en mí. Sus ojos ya no eran castaños, sino una mezcla anaranjada, como el fuego, furiosos, pero a la vez con un tinte de nostalgia.

Seguía estando ahí. En solo un día no podía haber desaparecido lo que él era en realidad; un chico bueno que amaba a su hermana, con un sentido del humor un tanto exasperante.

Alistair entrelazó las manos por su espalda, sin dejar de retar a Stein con la mirada y me fijé en como tocaba la runa que anteriormente se dibujó en el brazo para comunicarnos mentalmente, activándola de nuevo. Ninguno de ellos se dio cuenta.

«Cuando te avise. Saldremos por la ventana».

No podía asentir para no delatarme, así que me levanté y roce su mano para darle a entender que lo había escuchado. Stein se tomó mi iniciativa como una rendición por mi parte y sonrió, equivocado por completo con mis intenciones.

—Vamos, hermanita. Tú lugar está conmigo —murmuró con decisión.

—Mi lugar está aquí, junto a todos aquellos a los que has osado atacar para tenerme —dije furiosa y abrí las alas, empequeñeciendo aún más el escaso espacio—. Eres despreciable y mezquino. Has jugado con mis amigos, has destruido mi hogar, ¿y ahora pretendes que me marche contigo? Antes muerta —aseguré.

—¿Estas segura? Escucha ahí fuera —murmuró—. Los gritos agónicos de los tuyos. Niños, adultos, luchando por ti. ¿Puedes vivir con eso en tu conciencia?

Atacó justo donde más dolía. Un golpe bajo en toda regla que aumentaba mi sentimiento de culpabilidad.

«No le hagas caso. Intenta manipularte. Recuerda que es él quien tiene la culpa, no tú», intentó tranquilizarme.

Los gritos seguían en las afueras. No saber si eran de los míos o de los de ellos hacía que me subiera la tensión. Estaba siendo la noche más larga de toda mi vida.

—¿Puedes vivir tú con el peso de destruir a aquellos que te defendían? —escupió Alistair con rabia—. Mataste a tu propio padre, a hermanos, a amigos que lo dieron todo por ti. Nos engañaste a todos.

—¿Estoy vivo, no? Entonces sí, Alistair. Puedo vivir con todo eso a la perfección —sonrió—. Ahora, dejémonos de cháchara barata. La noche está a punto de terminar.

Chasqueó los dedos con dramatismo y Alistair me dio la señal que necesitaba, adelantándose al ataque que nos esperaba por parte de mi hermano.

Juntos saltamos por la pequeña ventana, partiéndola con nuestras alas, intentando huir sin tener demasiado éxito.

Algo golpeó mi cabeza con fuerza y perdí el conocimiento. Ni gritos, ni armas, todo desapareció.

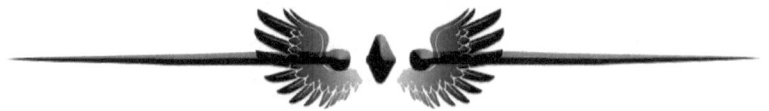

—Holly…Holly, ¡despierta!

Intenté hacer caso a la familiar voz que me hablaba. Era incapaz de abrir los ojos. Un fuerte dolor repiqueteaba en mis sienes por el golpe que alguien me propinó.

¿Qué pasó? Parecía tan sencillo huir, pero claro, nada era sencillo.

Ni siquiera tuve la oportunidad de hacerlo, pero estaba segura de que esa era la voz de Alistair.

¿Lo habríamos conseguido? ¿Al fin terminó todo?

Ojalá fuera acierto. No soportaría ver más muerte. Tenía suficiente para una larga temporada.

Me esforcé por abrir los ojos ante la insistencia de Alistair y reconocí todo lo que me rodeaba. Sin embargo, eso no era bueno.

El revestimiento metálico de las paredes, las jaulas distribuidas por la enorme sala llena de objetos para la tortura sin apenas iluminación, me hicieron saber que estaba justo en la boca del lobo. Justo donde Stein quería; en algún lugar del interior del Excalibur.

Lo busqué con la mirada y lo vi, justo a mi lado, encerrado en la jaula contigua, encadenado por fuertes grilletes de pies y manos, en el centro de la estrecha jaula. Su cuerpo sangraba, se habían cebado con él y las marcas supuraban. Lo habían torturado y atado, pero seguía consciente intentando averiguar cómo me encontraba.

Siempre velando por mí.

A diferencia de él, yo no estaba encadenada, aunque sí encerrada en la jaula.

Me incorporé con lentitud y noté como la cabeza me daba vueltas. La toqué, tenía un bulto en la parte trasera, junto a las cervicales, bastante doloroso.

—Despacio —recomendó Alistair.

Conseguí ponerme en pie, me acerqué a él, alargando el brazo. Logré tocar su mano inmovilizada por las cadenas.

—¿Qué te han hecho? —Mi voz se rompió. Esto no tenía que estar pasando. Era yo quien debía estar presa. Alistair no entraba en la ecuación.

—Estoy bien, no te preocupes.

—¿Qué pasó? —No recordaba nada después del golpe.

—Cuando salimos por la ventana los demonios custodios nos esperaban. Uno te golpeó y te dejó inconsciente. Stein corrió para llevarte volando y lo seguí, pero me atacaron y creyó que sería buena idea retenerme aquí. Perdí —explicó sonriendo sin ganas, abatido—. Lo bueno es que ya han dejado de atacarnos. Han conseguido lo que buscaban —dijo con pesar—. Debemos salir de aquí cómo sea.

Se removió con fuerza intentando soltarse, pero solo consiguió hacerse más daño. Estaba furioso y se sentía impotente. Ambos estábamos desarmados e indefensos, a merced de un grupo de psicópatas que no dudarían en matarlo a él y utilizarme a mí.

—¡Para! —ordené. Sangraba por las muñecas y no dejaba de empeorarlo con su forcejeo.

—Tengo que salir.

—Así solo conseguirás desangrarte. Ya pensaremos algo. Esto no va a acabar aquí —musité intentando creer en mis propias palabras.

Ese no podía ser nuestro final. Me negaba a que las cosas terminaran de esa forma.

En cualquier momento, Stein, o incluso Aidan, entrarían para coger lo que querían. Harían lo posible para salirse con la suya y tenían en su poder lo único que podría obrar mi rendición: Alistair.

Oímos ruidos en el exterior de las paredes que nos rodeaban y ambos fijamos la mirada el uno en el otro. Lila con azul. Dos colores fríos que se tornaban cálidos cuando coincidían. Me miraba con ternura, preocupación y… profundo amor.

Sí. Era amor.

—No sé que ocurrirá aquí, Holly, pero quiero que sepas una cosa —empezó y lo corté antes de que continuara.

—Eso está sonando a despedida…

—Déjame terminar, por favor —suplicó—. Siento haberte metido en todo esto. Ojalá las cosas hubieran sido distintas, pero no me arrepiento de haberte conocido. Me has hecho feliz con tu locura.

—Para, por favor —supliqué entre sollozos, emocionada.

Definitivamente, aquello era una despedida.

—Si salimos con vida de aquí, te demostraré quién soy de verdad. Te enseñaré la parte buena de nuestro mundo.

—Ya me la has enseñado. Tú eres esa parte buena, te prometo, que saldremos con vida de esta.

Hubiera deseado besarlo, abrazarlo, me tuve que conformar con rozar sus dedos y sentir cómo intentaba apretármelos.

—Te quiero… —susurré.

La puerta se abrió dando paso a Stein y sus gorilas que avanzaban hasta mi posición.

—Cogedla —ordenó refiriéndose a mí—. Ya habéis tenido tiempo de despediros, ahora todo lo que ocurra correrá de tu cuenta, hermanita.

—¡Dejadla! —gritó Alistair forcejeando de nuevo. Gruñía furioso mientras los demonios me cogían con fuerza para sacarme de la jaula—. ¡Os mataré!

Stein se carcajeaba y yo no podía reaccionar. Estaba en shock, alejándome a pasos agigantados de Alistair.

Lo último que oí fue la promesa de que me sacaría de allí.

Ni siquiera quise saber a dónde me dirigía.

Solo el tiempo lo diría.

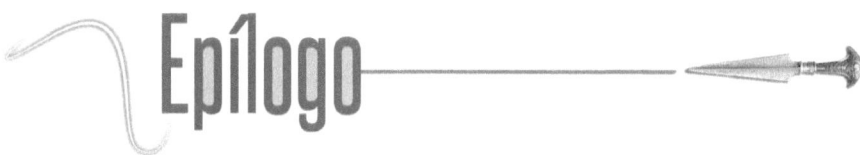

Epílogo

Pasaba la mayor parte de las horas a solas. Solo me quedaban los recuerdos, imágenes que reproducía una y otra vez en mi mente para dejar de sentirme tan miserable.

Había apodado a Stein como un psicópata, pero era mucho peor que eso; un ser cruel y desalmado, orgulloso de tener las manos manchadas de sangre de los suyos.

Desconocía cuánto tiempo hacía que estaba en esa tétrica habitación. Tras separarme de Alistair, me llevaron a un cuarto con un pequeño e incómodo catre de sábanas rasgadas. Estaba incomunicada, nadie, aparte de Stein entrando una sola vez, vino a dar por saco.

Cuando lo hizo, sus únicas palabras fueron «Prepárate para elegir».

La última vez que me hizo elegir algo, Aidan fue transformado en Skoliós. Con Alistair retenido allí, temía que mi elección sería mucho más dura.

¿Qué tendría preparado?

Prefería no pensarlo.

Estaba aprendiendo a desechar todo aquello. Tenía tiempo para conseguirlo y centrarme en otras cosas.

Cuánto había cambiado mi vida en dos meses, parecía que hubieran pasado siglos desde que el frío Alistair se colaba en mis sueños para hacerme ver que no estaba loca como creía desde que era una niña.

Aprendí la verdad sobre mi pasado. A pesar de todas las cosas horrendas que ocurrieron desde entonces, no me arrepentía de nada y era capaz de pensar en todo lo bueno.

Aprendí a amar, me encontré a mí misma y ansiaba recuperar las riendas de mi vida y compartir más momentos con él.

Con tanto tiempo libre, debía trazar un plan.

Un plan que nos sacara con vida. Si es que él continuaba ahí.

FIN

LA AUTORA

Melanie Alexander nació en Barcelona un 30 de marzo del año 1992. Adicta a la música y a los libros, en cualquier momento busca poder evadirse del mundo real.

Como amante de la literatura, y sobre todo de la novela romántica paranormal, decidió escribir la suya propia, dando paso a **Recuerdos**, la primera parte de una trilogía de vampiros llamada **El grimorio de los dioses**, la cual ganó el premio a *Mejor historia romántica paranormal autopublicada* en la web *Pasión por la novela romántica* y fue finalista en los premios *Colmillo de oro* de la web *Más que vampiros* en 2012 a mejor autora novel.

La trilogía está terminada y publicada en Amazon. El segundo de la saga se titula **La búsqueda** y finaliza con **Inframundo**.

Con **Perfectamente Imperfecta** cambió por completo de género lanzándose en la contemporánea y con **Abre las alas**, **Alas Cautivas** y **Alza el vuelo**, vuelve a los mundos de fantasía con una saga llena de magia, aventuras, y como siempre, amor.

En 2017 fichó por *Editorial Khabox* y su primera obra con ellos se titula **La mansión Burton**, y por último, **Diario de una FatGirl**, donde de nuevo, nos muestra su faceta más divertida y romántica.

Su última publicación fue en 2019 con el inicio de una bilogía llamada **Infierno** y la primera parte tiene el título **Dentro del mal** y continúa con **Yo soy el mal**.

Para el premio literario de Amazon 2021, lanzó **Cuando sea capaz**, su novela más emotiva y romántica.

OTRAS NOVELAS

REDES SOCIALES

Web: https://melaniegalexander.wixsite.com/autora

Facebook: http://www.facebook.com/melaniealexanderescritora

Twitter: @buddhaformel

Instagram: @melalexander21

www.ingramcontent.com/pod-product-compliance
Lightning Source LLC
Chambersburg PA
CBHW020358260626
47156CB00007B/2172